BASTEI
LÜBBE
TASCHENBUCH

Titel in der Regel auch als E-Book erhältlich

Über den Autor:

Wes Andrews saß schon auf dem Rücken eines Pferdes, trug einen Colt an der Hüfte und hat nächtelang in Stiefeln geschlafen. Wenn er nicht gerade Romane schreibt, schaut er sich alte Filme an, streift durch die Natur oder spielt mit rauen Männern Karten. Er lebt mit Frau und Tieren in einem verschlafenen Städtchen in den Südstaaten.

Wes Andrews

FRONTIERSMEN – HÖLLENFLUG NACH HEAVEN'S GATE

Roman

BASTEI LÜBBE TASCHENBUCH

BASTEI LÜBBE TASCHENBUCH
Band 20 797

Dieser Titel ist auch als E-Book erschienen

FSC
www.fsc.org
MIX
Papier aus verantwortungsvollen Quellen
FSC® C083411

Originalausgabe

Dieses Werk wurde vermittelt durch die Literaturagentur
Schmidt & Abrahams

Textredaktion: Hanka Jobke, Berlin
Titelillustration: © Arndt Drechsler, Regensburg
Umschlaggestaltung: Guter Punkt, München
Satz: Urban SatzKonzept, Düsseldorf
Gesetzt aus der Garamond
Druck und Verarbeitung: CPI books GmbH, Leck-Germany
Printed in Germany
ISBN 978-3-404-20797-8

5 4 3 2 1

Für John Ford & John Wayne,
ohne sie wäre der US-Western
um einige Geschichten ärmer.

Und für S. T. & J. C. K.,
die ursprünglichen Frontiersmen.

– 1 –

Zwölf Uhr mittags ... Warum musste es immer zwölf Uhr mittags sein?

John Donovan kniff die Augen zusammen und blinzelte hinauf in die gleißende gelbweiße Sonne von Briscoll. Es herrschte das, was die Einheimischen hier einen milden Frühlingstag nannten: etwa dreißig Grad im Schatten. Ein leichter Ostwind wehte und trieb Staub über die felsige Einöde, in der nichts lebte außer den übermannshohen braunen Kakteengewächsen, die in Gruppen beisammenstanden und dem kargen Boden das letzte Wasser entzogen. Und ob in denen wirklich Leben steckte, konnte man sich auch nicht sicher sein.

»Warum habe ich mich bloß auf diesen Mist eingelassen?«, murmelte John. Die Worte richteten sich an niemanden, denn er war der einzige Mensch weit und breit.

Sein Blick wanderte zu dem Fargo-Ti27, dem zweisitzigen Landgleiter mit der kleinen Ladefläche zwischen kegelförmigen Außentriebwerken, der etwa zwei Dutzend Meter hinter ihm parkte und sich langsam in der Sonne aufheizte. John war versucht, hinüberzugehen, einzusteigen und einfach wieder zu verschwinden. Aber das ging nicht. Er musste diese Angelegenheit mit Benson regeln. Hier und jetzt. Wie ein Mann. Um zwölf Uhr mittags.

Johns Hand glitt am Saum des grauen, knielangen Mantels hinunter und schlug die rechte Hälfte des Kleidungsstücks zur Seite, um den Revolver freizulegen, der in dem braunen Lederholster an Johns Hüfte hing. Seine Finger strichen über den glatten Griff. Es war eine gute Waffe, etwas älter, zugegeben, doch das bedeutete in Johns Augen nichts Schlechtes, im Gegenteil. Er hätte sich niemals eine moderne Pistole mit Lasermarkiersystem und automatischer Magnetfeldkorrektur gekauft. Damit konnte selbst ein Affe schießen, vorausgesetzt, die empfindliche Elektronik fiel nicht aus, was regelmäßig passierte, wie John zu Ohren gekommen war.

Unzuverlässige Spielsachen waren nichts für ein Leben auf den Randwelten. Wenn hier draußen etwas kaputtging, das man nicht mit einem normalen Werkzeugkasten und ein paar Kenntnissen in Elektronik und Mechanik reparieren konnte, war man aufgeschmissen. Aus genau diesem Grund setzte John auf traditionelle Wertarbeit – was wiederum der Grund dafür war, dass er den zwölfschüssigen Santhe-CG bei sich trug. Und warum er noch immer einen Frachter der *Cambria*-Klasse flog.

Manch einer nannte John deswegen altmodisch. Vielleicht war er das. Er vertraute auf Waffen, Raumschiffe und moralische Prinzipien, die sich im Laufe der Zeit bewährt hatten. Bis heute hatte er sein Ziel damit immer erreicht – auch wenn es ihn gelegentlich zu gewissen Umwegen zwang, beispielsweise dem, sich um zwölf Uhr mittags in der Wüste mit einem Mann wie Benson herumzuschlagen.

Zwischen den Felsformationen am Horizont, die in den wolkenlosen Himmel aufragten, als habe sie jemand mit einem riesigen Hammer von unten durch den hart gebackenen Erdboden getrieben, wurde eine Staubwolke sichtbar, die rasch näher kam. Ein schwaches Dröhnen begleitete sie, der Antrieb eines schweren Gleiters. Dem unregelmäßigen Auf- und Abschwellen des Geräuschs nach zu urteilen, war die Maschine nicht in bestem Zustand.

Die Staubwolke verschwand in einer Senke, und als sie wieder daraus hervorkam, erkannte John das Fahrzeug, das dafür verantwortlich war. Es handelte sich um ein robust aussehendes, geschlossenes Modell mit Scheiben, die hinter behelfsmäßig aufgesetzten Metallblenden verborgen waren, sodass Fahrer und Passagiere nur durch schmale Schlitze nach draußen schauen konnten. Benson gehörte offensichtlich zu der Sorte Mensch, die hinter jedem Felsen einen Hinterhalt erwartete.

Allerdings gehörte er augenscheinlich *nicht* zu der Sorte Mensch, die ihre Ausrüstung pfleglich behandelte. Eine Kruste aus Staub und Ölflecken bedeckte den Gleiter, und das Heulen des Motors legte den Verdacht nahe, dass die Filteranlage verstopft war und dringend ausgetauscht werden musste. Außerdem schien der vordere, aus Fahrerperspektive rechts liegende Prallfeldprojektor beschädigt zu sein, denn das bullige Gefährt wippte leicht, während es über die Ebene glitt. Alles in allem wunderte sich John über den Zustand des Fahrzeugs. So hätte er Benson nicht eingeschätzt. Aber womöglich gehörte der Gleiter gar nicht ihm – oder es war *das* Modell in seinem Fuhrpark, mit dem er schmutzige Angelegenheiten wie diese hier regelte.

Mit einem letzten Aufröhren des Antriebs schob sich der Gleiter zwischen ein Kakteen-Trio und ein paar Felsbrocken, die am Fuß der Hügelkette lagen, die hinter Johns Rücken aufragte. Die Uhrzeit mochte Benson festgelegt haben, aber der Ort war Johns Entscheidung gewesen. Als zumindest gelegentlich um seine Gesundheit besorgter Mann hatte er sich für einen Schauplatz mit einem Rückzugsweg entschieden, der etwas mehr Deckung bot als die flache Einöde.

Das Motorengeräusch des Gleiters veränderte sich, als das Fahrzeug in den Leerlauf geschaltet wurde. Die Fahrertür klappte auf, und Benson stieg aus. Dem stämmigen Mann mit dem dunkelgrauen Haar und den grobschlächtigen Zügen gehörte ein großes Erdölfeld auf dem Hauptkontinent von Briscoll. Das machte ihn nicht automatisch zu einem unsympathischen Menschen. Dass John ihn nicht ausstehen konnte – und diese Antipathie beruhte auf Gegenseitigkeit – lag vielmehr daran, dass Benson sich, wo immer er in Erscheinung trat, aufführte, als gehöre diese Welt ihm.

So war es auch gestern Abend in *Makos Taverne* gewesen, in der John zusammen mit seinen Leuten ein gemütliches Bier hatte trinken wollen. Bedauerlicherweise war ihm das nicht mehr möglich gewesen, nachdem Benson aufgetaucht war und offenbar schlecht gelaunt angefangen hatte, das Personal zu schikanieren.

Vielleicht hätte John sich raushalten sollen. Letzten Endes war es Makos Problem, was Benson in seinem Etablissement trieb. Aber in diesen Dingen war John gleichermaßen altmodisch wie in der Wahl seiner Waffen oder Raumschiffe: Wenn ein Mann sich in einer Bar, in der alle ihre Ruhe haben wollten, wie ein Idiot aufführte, musste er damit rechnen, eine Faust ins Gesicht zu kriegen. Genau so eine Faust – nämlich Johns – hatte Benson zu spüren bekommen. Drei Bier und ein mies gelaufener Job mochten dabei Johns Motivation befördert haben, den ungehobelten Industriellen in seine Schranken zu weisen, dennoch war es richtig gewesen, Benson das kantige Kinn zurechtzurücken. Auch wenn es John diesen unerfreulichen Termin zur besten Mittagszeit eingehandelt hatte.

»Donovan«, begrüßte Benson ihn, als er den breitkrempigen Hut aufsetzte, den er beim Aussteigen in der linken Hand gehalten hatte. Er trug Hemd, Jacke und robuste Hosen, an seinem breiten Gürtel hing ein Revolver. Benson mochte ein Unternehmer sein, aber auf Planeten wie Briscoll hieß das nicht, dass man schicke Anzüge anhatte und zierliche Aktenkoffer spazieren führte.

»Benson«, erwiderte John. Seine Hand lag auf dem Griff des Santhe-CG. Er war für diese Konfrontation so bereit, wie er nur sein konnte.

»Ich bin überrascht, dass Sie gekommen sind«, sagte Benson.

John taxierte ihn mit zusammengekniffenen Augen. »Warum? Halten Sie mich für einen Feigling?«

»Ihre Leute und Sie sind Tramps«, gab Benson achselzuckend zurück. »Und wir alle wissen doch, wie Tramps sind. Erst spucken sie große Töne. Dann schleichen sie sich schnell an Bord des nächstbesten Frachters und machen sich aus dem Staub.«

»Tut mir leid, Sie enttäuschen zu müssen.«

»Mir nicht. Es erspart mir die Mühe, Sie jagen zu lassen.« Der Industrielle rieb sich übers glattrasierte Kinn. »Letzte Gelegenheit, Donovan. Wenn Sie mich um Verzeihung für Ihr Benehmen in der Bar bitten wollen, wäre jetzt der richtige Zeitpunkt.«

Wie um seine Worte zu unterstreichen, gingen die hinteren Klappen des Gleiters auf, und zwei weitere Männer stiegen aus. Einer war von hagerer Gestalt, hatte ein stoppelbärtiges Gesicht und einen lauernden Blick in den wasserblauen Augen. Der andere schleppte einige Pfunde zu viel auf den Rippen herum und fing in der heißen Mittagssonne umgehend an zu schwitzen. Beide hielten Gewehre in den Händen.

»Drei gegen einen, hm?«, knurrte John, während sein Blick prüfend über die Männer glitt. »Nicht sehr sportlich.«

»Ich bin auch nicht zum Vergnügen hier, sondern um Genugtuung zu erhalten«, gab Benson zurück.

»Tja, ich schätze, das sieht schlecht aus.«

Bensons Miene verfinsterte sich. »Das heißt, Sie wollen nicht einlenken?«

»Das heißt, Sie hätten ein paar mehr Männer mitbringen sollen.« John gestattete sich ein dünnes, spöttisches Lächeln.

»Knallt ihn ab!«, fauchte Benson und riss seinen Revolver aus dem Gürtel. Seine Männer richteten ihre Gewehre auf John. Der hatte damit gerechnet und seinen Revolver bereits gezogen, bevor auch nur *ein* Lauf auf ihn deutete.

Zwei rasch aufeinanderfolgende Schüsse peitschten. Benson zuckte zusammen und ließ seinen Revolver fallen, als Johns Kugel ihn am rechten Arm traf. Der Hagere stürzte mit einem Aufschrei zu Boden, als ihn die zweite Kugel am linken Oberschenkel erwischte.

Der Schwitzende erwiderte das Feuer, aber John warf sich bereits zur Seite in Deckung. Er kam auf dem staubigen Boden auf, rollte sich ab und landete hinter einem der zähen braunen Kakteen. Weitere Schüsse knallten, und Teile des dicken Stammes flogen John um die Ohren. Er erwiderte das Feuer blind, während er den Kopf einzog und den linken Arm hob, um in den Kommunikator zu sprechen, der an einem Armband um sein Handgelenk befestigt war. »Hobie? Jetzt wäre der richtige Zeitpunkt. Hobie!«

Er bekam keine Antwort. Leise fluchend ging er in die Hocke und schielte hinter dem Kaktus hervor. Der Schwitzende schoss in seine Richtung, und John zuckte rasch wieder zurück. Doch der kurze Blick hatte genügt, um sich ein Bild von der Lage zu verschaffen. Es sah nicht sehr ermutigend aus.

Benson und der Hagere hatten sich hinter dem schweren Gleiter versteckt und zielten nun von ihrer geschützten Position jenseits der Motorhaube auf ihn. Der Schwitzende duckte sich unter die Triebwerke im Heck. Sie alle hatten ein tadelloses Schussfeld auf Johns Versteck, und wenn er von dort zu seinem eigenen Fahrzeug flüchten wollte, musste er mehr als zehn Meter freies Gelände überwinden.

John gab zwei weitere Schüsse ab, um seine Feinde von übermütigen Aktionen abzuhalten, bevor er erneut den Kommunikator hob. »Hobie? Komm schon, Partner, du hattest deinen Spaß. Melde dich endlich.«

Doch aus dem Gerät drang nur Rauschen. John überlegte, vom Nahstreckenfunk auf das planetare Kommunikationsnetz umzuschalten, um die *Mary-Jane Wellington* zu erreichen. Aber es würde mindestens eine Viertelstunde dauern, bis Kelly das Schiff hierhergelenkt hatte. Bis dahin war diese Schießerei vorüber, so oder so.

»Okay, John, denk nach«, ermahnte er sich selbst. Er warf einen zweiten raschen Blick auf seine Feinde und feuerte in schneller Folge vier Schüsse ab, damit diese den Kopf unten hielten. Eine Warnleuchte im Griff blinkte gelb auf. Noch zwei Kugeln im Magazin, dann musste er die Trommel austauschen.

Sein Augenmerk richtete sich auf den Gleiter, der aufgrund des beschädigten Prallfeldprojektors auch im Leerlauf nicht ganz ruhig in der Luft hing. Ihm kam eine Idee. Normalerweise ließ sich nicht viel gewinnen, wenn man mit einem gewöhnlichen Revolver auf die Prallfeldeinheiten eines Fahrzeugs feuerte. Zum einen waren sie durch eine dick gepanzerte Schürze geschützt, die eine Normalkaliberwaffe kaum durchschlagen konnte, zum anderen war es nicht ganz leicht, die robusten Projektoren so zu treffen, dass sie wirklich ausfielen.

Doch John war nicht nur ein guter Schütze, er besaß auch einen Revolver, der einige Stunden auf der Werkbank von Hobie, seinem Bordmechaniker, verbracht hatte. Aus diesem Grund ließen sich an der Waffe ein oder zwei Einstellungen verändern, die vom Hersteller so nicht vorgesehen waren. Beispielsweise konnte man die Leistung der Induktionsspulen über das empfohlene Maß hinaus steigern. Dadurch wurde zwar der Energiespeicher ziemlich belastet, und man riskierte, sich die Spulen zu ruinieren. Auf der anderen Seite war die Durchschlagswirkung solcher Schüsse nicht von schlechten Eltern.

»Alles oder nichts«, knurrte John und drehte den seitlich an der Waffe angebrachten Regler, den der Santhe-CG von Werk her nicht besaß, auf Anschlag. Er ging in die Hocke und wartete fünf endlose Sekunden, bis ein Statusanzeiger angab, dass der Energiespeicher die zusätzliche Ladung in die Kondensatoren gepresst hatte. Benson und seine Leute schossen nicht mehr ganz so begeistert wie noch kurz zuvor. Anscheinend war ihnen aufgegangen, dass sie mit ihren Waffen der knochentrockenen und steinharten Flora von Briscoll nicht beikommen konnten. Solange John hinter dem Kaktus blieb, war er halbwegs sicher. Allerdings hatte er nicht vor, dort zu versauern.

Er holte tief Luft und entließ sie dann geräuschvoll wieder aus seinen Lungen. Ihm blieb nur ein Schuss. Danach würden die Kondensatoren in der gegenwärtigen Einstellung erneut fünf Sekunden lang aufladen. Und fünf Sekunden ohne Deckung im Staub zu liegen, war während einer Schießerei eine halbe Ewigkeit. Ganz dumm sah er natürlich aus, wenn ihm die Induktionsspulen tatsächlich durchschmorten. Außer einem Messer im Stiefel, einem vierschüssigen Colt Minimum, der hinten in seinem Gürtel steckte und nur für Notfälle und kürzeste Reichweiten gedacht war, sowie einem Gewehr drüben im Fargo besaß er keine Waffen.

Er wappnete sich. Dann wirbelte John mit einem Ruck aus der Deckung, ließ sich zu Boden fallen, zielte und feuerte. Der Revolver jaulte in seinen Händen, und das Projektil jagte aus dem überhitzten Lauf. Schneller als ein Lidschlag überbrückte es die Strecke zu Bensons Gleiter und schlug in die Frontschürze ein.

Es gab einen Knall, und bevor Benson oder seine Leute überhaupt begriffen, was geschehen war, sackte der Gleiter vorn rechts dem Boden entgegen. Im gleichen Moment fing er an, in eine schwerfällige Rechtskurve zu driften, als die nun nicht mehr gleichmäßige Abstoßung der drei verbliebenen Prallfeldeinheiten das Fahrzeug zur Seite drückte.

Benson und seine Männer schrien auf und sprangen zur Seite, um nicht überfahren zu werden. John nutzte die Ablenkung, um den Santhe wieder herunterzuregeln, und als der Schwitzende am Heck aus der Deckung kam, empfing ihn John mit seiner letzten Kugel. Er erwischte ihn direkt in der Brust. Ohne einen Laut über die Lippen zu bringen, kippte der Mann nach hinten um und landete klatschend auf dem festgebackenen Wüstenboden.

Nicht darauf erpicht, zu warten, dass sich Benson und sein verbliebener Mitstreiter von ihrer Überraschung erholten, rollte John wieder in Deckung. Er rappelte sich auf und warf die nun leere Trommel aus. Rasch griff er in seine Manteltasche, zog eine Ersatztrommel hervor und schob sie in den Revolverrahmen, bis sie einrastete. Prüfend ließ er sie einmal um die eigene Achse rotieren, um sich davon zu überzeugen, dass sie korrekt eingesetzt war. Dann riskierte er einen Blick am Kaktusstamm vorbei, um die veränderte Lage zu überprüfen.

Der Gleiter steuerte gemächlich auf die Felsbrocken am Fuß der Hügelkette zu. Von Benson war nur sein Hut zu sehen. Er versuchte allem Anschein nach, von der Beifahrerseite aus in das Fahrzeug einzusteigen, um es anzuhalten. Sein Getreuer, den John am Bein getroffen hatte, humpelte eilig in die andere Richtung, um hinter dem nahen Kakteen-Trio Schutz zu suchen. Dabei hielt er das Gewehr in Johns Richtung und gab eine rasche Folge von Schüssen ab.

In diesem Moment zeigte sich, dass er kein Profischütze

war, sondern nur ein verkniffen dreinschauender Kerl, dem man eine Waffe in die Hand gedrückt hatte. Nach kaum der Hälfte der Strecke zog er den Abzug durch und erntete nur noch ein leeres Klicken. Gott mochte solche Fehler vergeben, John konnte sich das nicht leisten. Er schoss, hatte aber nur auf den Arm gezielt. Es genügte, den Kerl kampfunfähig zu machen. Einen Wehrlosen zu töten war selbst im Kampf einfach kein guter Stil.

John richtete seine Aufmerksamkeit auf den Gleiter. Das Gefährt hatte angehalten. Offenbar war es Benson gelungen, es unter Kontrolle zu bringen. Von dem Industriellen war nichts zu sehen. Die aufgesetzten Metallblenden vor den Scheiben entzogen ihn Johns Blicken. John senkte den Revolver, blieb aber in Deckung. Einem Mann, der ihn einmal hintergangen hatte, traute er auch eine zweite Schweinerei zu. »Benson!«, rief er. »Das war's! Ihre Leute sind ausgeschaltet. Lassen Sie es uns beenden. Von Mann zu Mann. Oder wir gehen beide nach Hause. Was Ihnen lieber ist.«

Nichts passierte. Der Schwitzende lag reglos im Staub. Der Hagere hatte sich hinter dem Kakteen-Trio verkrochen. Und der bullige Gleiter stand mit herunterhängender Frontpartie gut ein Dutzend Meter von John entfernt in der Landschaft.

»Benson!«, rief John erneut. »Hören Sie ...«

In diesem Moment röhrte der Motor des Gleiters auf, und das Fahrzeug machte einen Satz nach vorn. Funken sprühten unter der Metallschürze, als sie über ein paar Steine schrammte. Doch Benson hatte das schwere Gefährt im Griff. Es blieb auf Kurs – und der führte direkt auf den Kaktus zu, hinter dem John stand.

»Ach, zum Teufel«, knurrte John. Blitzschnell ging er seine Möglichkeiten durch. Weglaufen war keine Option. Er würde dem Gleiter nie entkommen und auch nicht rechtzeitig höheres Gelände erreichen, auf das dieser ihm nicht folgen konnte. Also blieb ihm nur eins. Grimmig hob er den Revolver. Für ein Hochregeln der Spannung blieb ihm keine Zeit. Er musste mit der Feuerkraft auskommen, die er hatte.

Der erste Schuss prallte an der Verkleidung des Gleiters ab, der zweite ebenso. Durch die Schräglage waren die Sehschlitze zwischen den Metallblenden noch schmaler als vorher. Der Gleiter kam näher und näher, mehr als eine Tonne beschleunigendes Metall. Wenn Benson John erwischte, war es aus. Wenn er ihn verfehlte, würde er kehrtmachen und den nächsten Anlauf unternehmen. John blieb nur diese Chance. Er schoss weiter. Dritte Kugel, vierte. Bei der fünften – der Gleiter war keine sechs Meter mehr von ihm entfernt – splitterte Glas. Ein Ruck ging durch das Fahrzeug.

Treffer!, durchfuhr es John.

Sicherheitshalber warf er sich zur Seite, doch der Gleiter scherte in die andere Richtung aus und steuerte auf die Felsen am Fuß der Hügel zu. Es krachte und schepperte, als er frontal mit einem der großen Brocken zusammenstieß. Der zweite vordere Prallfeldprojektor fiel aus, und das Gefährt setzte hart auf dem Boden auf.

Im Staub liegend drehte John sich um und wischte sich mit dem Handrücken der Rechten über den Mund. Dann kam er auf die Beine und marschierte auf den verunglückten Gleiter zu. Die Fahrertür war aufgesprungen und zeigte Benson, der mit eingeknautschtem Hut über dem Lenkrad hing. An seiner linken Schulter färbte sich sein Hemd rot. John hatte ihn sauber erwischt.

John steckte seinen Revolver zurück ins Holster. Der Bursche würde ihm keinen Ärger mehr bereiten. »He, Benson«, rief er, trat hinzu und zog ihn vom Lenkrad weg. Schwer fiel der Industrielle in den gepolsterten Fahrersitz zurück. Seine

Miene war benommen, an seiner Stirn klaffte eine Platzwunde. »Ich denke, das war's nun wirklich. Sie haben genug eingesteckt, und ich muss mich um wichtigere Dinge kümmern.« Er dachte da an ein ernstes Gespräch, das er mit einer ganz bestimmten Person führen würde.

»Fahren Sie zur Hölle, Tramp«, stieß Benson schwach hervor. Er schien kaum noch bei Bewusstsein zu sein, aber das hinderte ihn nicht daran, Beleidigungen von sich zu geben.

»Reizend«, erwiderte John. »Eigentlich sollte ich Sie verrecken lassen. Aber es ist Mittagszeit, und das würde mir den Appetit verderben. Also schätzen Sie sich glücklich, Kumpel.« Er griff an Benson vorbei und nahm dessen Waffe an sich, die neben den Sitz gerutscht war. Mit einem raschen Handgriff warf er die Trommel aus und schleuderte den Revolver hinter sich in die Landschaft. Anschließend aktivierte er den Notsender des Gleiters. »Spätestens in zwanzig Minuten sollten Ihre Leute Sie abholen«, sagte er. »Falls die nicht auch alle zu Tisch sind.«

Er zog sich aus dem Fahrzeug zurück und wandte sich ab. Dann, als sei ihm plötzlich noch etwas eingefallen, drehte John sich noch einmal zu Benson um. »Oh, und nur damit Sie's wissen«, knurrte er ihn an. »Meine Leute und ich sind keine Tramps.« Er ballte die Rechte zur Faust. »Wir sind *Frontiersmen!*«

Der Hieb, den er Benson verpasste, kam aus tiefstem Herzen und bereitete John eine größere Genugtuung als die ganze Schießerei zuvor. Wortlos verdrehte Benson die Augen und sackte auf dem Sitz zusammen.

John nickte zufrieden. Danach kehrte er Benson den Rücken zu und ging.

– 2 –

Im Grunde machte Briscoll als Planet nicht viel her. Gerade noch innerhalb der Lebenszone des Yellowstone-Systems gelegen, umkreiste er seine gelbe Sonne so nah, dass ein Großteil der Welt aus Sand- und Felswüsten bestand. Hätte es nicht ein paar algenreiche Ozeane dazwischen gegeben, wäre wohl nie genug Atmosphäre entstanden, um eine Kolonisierung zu ermöglichen. Einheimisches Leben existierte kaum. Allerdings hatten sich ein paar zähe Grassorten hier angesiedelt, die von Besuchern mehr oder weniger unbeabsichtigt eingeschleppt worden waren. Viel schöner wurde die Welt dadurch nicht, aber Briscoll war auch nicht wegen seiner wundervollen Landschaft kolonisiert worden, sondern wegen seiner Bodenschätze. Vor allem Erdöl existierte in verschwenderischer Fülle, was den Verdacht nahelegte, dass der Planet vor langer Zeit ein grünerer Ort gewesen war.

Ähnlich rau wie die Landschaft waren auch seine Bewohner. Es handelte sich überwiegend um Arbeiter, Pioniere, Glücksritter. Sie alle waren nur des Geldes wegen hier. Keiner wollte auf Briscoll alt werden. Entsprechend behelfsmäßig wirkte selbst die größte Siedlung des Planeten, Williamsport, von manchen vollmundig als Hauptstadt bezeichnet. Wobei das Einzige, was man bemerkenswert an diesem wuchernden Durcheinander aus flachen Steinbauten und Containerwohnungen nennen konnte, der Raumhafen war, dem die Stadt ihren Namen verdankte.

Der Raumhafen bestand aus einer planierten Ebene im

Norden der Stadt und wurde etwa zur Hälfte rein industriell genutzt. Dutzende größerer und kleinerer Tankschiffe standen dort auf dem Landefeld und warteten darauf, mit Rohöl befüllt zu werden, um dieses zu den großen Raffinerieschiffen im Orbit zu bringen.

Die andere Hälfte des Raumhafens stand jedem frei, der genug Union Dollar auf der Karte hatte, um die Dockgebühren zu zahlen. Briscoll lag günstig zwischen zwei halbwegs stabilen Transitfeldern. Außerdem lebten eine Menge Leute hier, die auf den Ölfeldern gutes Geld verdienten, aber nicht wussten, was sie auf einer Wüstenwelt damit anstellen sollten. Aus diesem Grund fand sich in Williamsport eine Menge fahrendes Volk ein, von der Theatertruppe übers fliegende Bordell, vom Wanderlichtspielbetreiber bis zum Händler geistvoller Getränke.

Und natürlich gaben sich Unmengen an sogenannten freien Frachterpiloten die Klinke in die Hand, stets von der Hoffnung erfüllt, mit ausreisewilligen Arbeitern, durchgeschleuster Schmuggelware aus den Kernwelten oder ein paar abgezweigten Tonnen Öl ein paar schnelle Dollar zu machen. Doch wie überall im Universum wurden einem auch hier keine Garantien auf Erfolg geboten. So strandeten regelmäßig Besucher auf Briscoll, abgebrannt und ohne Aussicht auf eine baldige Weiterreise.

Während John seinen Landgleiter durch die belebten Straßen südlich des Raumhafens steuerte hoffte er inständig, dass sie nicht so enden würden. Noch war der Texaferm-Block in der Konverterkammer ihres Schiffs nicht vollständig zerfallen, aber weit kamen sie damit nicht mehr. Und einen neuen Block des blauen Goldes zu erwerben, ohne das die moderne Raumfahrt nicht funktionierte, ließ ihre gegenwärtig angespannte Finanzlage nicht zu.

Warum zum Teufel habe ich den Angaben auf den Medikamentenkisten auch vertraut?, schalt er sich innerlich. Wie sich herausstellte, als sie auf Briscoll ihre Ladung an nicht ganz sauber erworbenen Kernwelten-Arzneien hatten losschlagen wollen, hatte sich jemand an den Siegeln auf den Frachtkisten zu schaffen gemacht und das Haltbarkeitsdatum um zehn Jahre nach hinten korrigiert. Keines der längst wirkungslos gewordenen Medikamente war auch nur einen Dollar mehr wert gewesen als die Glasampulle, in die es abgefüllt worden war.

Natürlich hatte John sich bei ihrem Kontaktmann beschwert, aber der hatte mit den Schultern gezuckt und gesagt, er bringe lediglich Geschäftspartner zusammen. Dass ein Handel korrekt verlaufe, läge nicht in seiner Verantwortung. Und den windigen und zweifellos untergetauchten Krankenhausmitarbeiter, der John und seinen Leuten den Mist angedreht hatte, zu jagen und ihm jeden verlorenen Dollar aus dem Leib zu prügeln, war ein Luxus, den sie sich nicht leisten konnten. Und so saßen sie hier nun, bislang erst ein paar Tage, aus denen aber sehr leicht Wochen und Monate werden konnten, wenn nichts passierte.

Missmutig steuerte John den Landgleiter zwischen zwei dreigeschossigen Gebäuden hindurch und um einen offenen Frachtabfertigungsbereich herum auf das Landefeld. Über eine der sicheren Zufahrtsstraßen, die zwischen den Landezonen der Schiffe verliefen, fuhr er gemächlich zum östlichen Rand des Raumhafens, wo die *Mary-Jane Wellington* stand.

Zur Linken und zur Rechten waren Besatzungen, unterstützt durch Männer und Frauen vom Hafendienst, damit beschäftigt, ihre Schiffe zu be- oder entladen. Vor einem kastenförmigen Tanker war ein Trupp lokaler Zollbeamter aufmarschiert. Neben einem Passagiertransporter, der etwas in die Jahre gekommen wirkte, stand ein Lastwagen, der Vorräte und Treibstoff anlieferte. Und an einem kleineren Privatkahn, der entfernt an eine hockende Krabbe erinnerte, schraubten zwei ölverschmierte Männer herum, die sich lebhaft darüber zu streiten schienen, welches Kühlleitungskabel nun in welchen Anschluss gehörte.

Als der graubraune Frachter der *Cambria*-Klasse, den er seit Jahren sein Zuhause nannte, in Sicht kam, merkte John, wie sich seine Züge unwillkürlich aufhellten. Er war immer noch wütend auf Hobie, weil der ihn in der Wüste im Stich gelassen hatte, und das würde er dem Bordmechaniker in deutlichen Worten zu verstehen geben. Aber ein Teil der miesen Laune verflog, die ihn auf dem Heimweg überkommen hatte, als ihm ihre aktuell höchst unerfreuliche Lage noch einmal deutlich geworden war.

Die *Mary-Jane Wellington* war kein elegantes Schiff. Es fehlten ihr die schlanken Linien einer Vergnügungsyacht und die aggressiven Züge eines Kampfkreuzers. An einem zentralen Besatzungsbereich mit trotzig vorgestrecktem Cockpit waren links und rechts zwei klobige Frachträume angebracht, die dem Schiff ein wenig das Aussehen eines geduckten, angriffsbereiten Sumo-Ringers verliehen. Dazu kam ein Quartett kraftvoller Primärtriebwerke im Heck, vier kleinere Bremstriebwerke am Bug, zwei Rettungskapseln, die ihr unterm Bauch hingen wie Jungtiere an ihrer Mutter, sowie eine wuchernde und entschieden nicht aus dem Herstellerkatalog stammende Sensorphalanx an der Oberseite, die John und seinen Leuten – gemeinsam mit dem verstärkten Antrieb – schon mehr als einmal die Haut gerettet hatte, weil sie vor Gefahren warnte, bevor diese ihnen direkt in den Nacken atmeten.

Hätte man die *Mary-Jane* mit einer Frau vergleichen wollen, wäre einem wohl am ehesten eine der Pioniersfrauen ganz weit draußen am Rand eingefallen: wettergegerbt, zuverlässig und unverwüstlich. Sie mochte etwas kräftiger sein, als es dem allgemeinen Schönheitsideal entsprach, und ihre Haut wies einige Narben auf. Aber John hätte sie um nichts in der Galaxis eingetauscht, selbst wenn ihm irgendein verrückter Millionär einen brandneuen *Starhauler*-Frachter in Aussicht gestellt hätte. *Wir gehören zusammen, altes Mädchen*, dachte John. *Du passt auf mich auf und ich auf dich.*

Als er näher kam, sah er, dass die Rampe zum Backbordfrachtraum heruntergelassen war. Auf einem Liegestuhl am Fuß der Rampe saß Aleandro, das im doppelten Wortsinne jüngste Mitglied von Johns Besatzung. Der zwanzigjährige Vagabund hatte vor einigen Monaten auf Loredo angeheuert, nachdem seiner Aussage zufolge seine ganze Familie bei einem Bandenkrieg ums Leben gekommen war und er nur noch von zuhause fortwollte.

Ob die Geschichte der Wahrheit entsprach oder nur an Johns Herz appellieren sollte, wusste dieser nicht. Eigentlich hatte er Aleandro auch nicht mitnehmen wollen. Es hatte sich allerdings herausgestellt, dass der Junge – der mit seinem schulterlangen Haar, dem weißgrauen Stirntuch und dem etwas gerupft wirkenden Bart aussah, als käme er direkt aus einer Künstlerkommune – ein echter Zauberer war, wenn es um die Wartung und Bedienung von Computern und anderer Feinelektronik ging. Weil er deshalb Hobie als Mechaniker gut ergänzte und John schon immer Schwierigkeiten damit gehabt hatte, Welpen zu treten, die ihn mit Hundeblick anbettelten, war Aleandro »zur Probe« an Bord genommen worden. Bislang hatte John es nicht bereut.

Vor dem Jungen, der ein Daten-Padd in der Hand hielt und damit vermutlich das Netz des örtlichen Raumhafens anzapfte, stand ein Peko in einem braunen Overall und schien auf ihn einzureden. Wäre er ein Kunde gewesen, hätte das John seine Abneigung gegenüber den grünhäutigen, schwarzhaarigen Nichtmenschen womöglich vergessen lassen. Aber der Kerl sah eher wie ein Bittsteller aus.

Im Grunde war die jüngere Geschichte der Peko ein bitterböser Scherz. Die erstaunlich menschenähnlichen Außerirdischen – übrigens die einzigen intelligenten Lebewesen, denen die Menschheit in all den Jahren im All begegnet war – hatten mit der Erde den Erstkontakt gesucht, um friedlich Handel zu treiben. Ihre Texaferm-Reaktoren und die fortschrittliche Transitfeldtechnologie hatten der Menschheit den Sprung aus dem eigenen galaktischen Vorgarten gestattet. Gedankt hatte sie es den Peko mit der für Johns Spezies charakteristischen Expansionsfreude. Übervorteilung und Gewalt hatten die bemitleidenswert gutmütigen Peko immer weiter zurückgedrängt, während die Menschheit, von Profitgier und Größenwahn getrieben, Planet um Planet kolonisiert hatte.

Mittlerweile hatten die Peko ihre Lektion gelernt und sich ihren neuen galaktischen Nachbarn angepasst. Viele von ihnen waren zu verbitterten, feindseligen Geschöpfen geworden, die in den Menschen eine Plage sahen, der man nie den Schlüssel zur Erforschung des Weltraums hätte in die Hand geben dürfen. Die meisten von ihnen lebten heute isoliert auf speziellen Welten, die ihnen die Regierung der Kernwelten-Union großzügig überlassen hatte. Andere versuchten nach wie vor, die eigene und die menschliche Kultur irgendwie in Einklang zu bringen. Die meisten dieser Optimisten strandeten irgendwann an Orten wie Briscoll.

»He, Aleandro!«, begrüßte John ihn, als er heranfuhr. »Was will der Peko?« Er blickte ihn absichtlich nicht an. Ein weiteres Paar Hundewelpenaugen konnte er jetzt nicht gebrauchen.

»He, Captain.« Aleandro hob träge eine Hand zum Gruß. »Der Grüne sucht Arbeit.«

»Sag ihm, wir haben selbst keine«, sagte John rau und ließ den Gleitermotor kurz aufheulen, um schwungvoll die Rampe hinauf in den Frachtraum zu fahren. »Ist Hobie da?«, fragte er über die Schulter.

»In der Messe, glaube ich«, antwortete der junge Computerspezialist.

John parkte den Gleiter neben zwei Vorratskisten im ansonsten ernüchternd leeren Frachtraum. Es handelte sich um einen etwa acht mal dreißig Meter messenden Bereich, der sechs Meter hoch war und an dessen Decke Metallstege und ein Schienensystem für einen Kran verliefen. Der Frachtraum besaß keine eigene Klimakontrolle, das bedeutete, es ließen sich nur Güter transportieren, die entweder in speziellen Containern aufbewahrt wurden oder das Schiffsklima aushielten.

Viele Frachterpiloten waren deshalb in den letzten Jahren auf modernere Schiffe umgestiegen. John störte das nicht. Dinge, die bei Normaldruck, durchschnittlicher Temperatur oder einer Sauerstoffatmosphäre giftige Dämpfe entwickelten, sich unkontrolliert vermehrten oder zu explodieren drohten, wollte er gar nicht erst an Bord haben.

Mit langen Schritten durchmaß er den Raum und öffnete die Luke, die in den Wohnbereich der *Mary-Jane* führte. »Willkommen zurück, John«, begrüßte ihn eine körperlose Frauenstimme aus der Bordsprechanlage.

»Danke«, knurrte John, während er den kurzen Gang zur Messe entlangschritt.

»Du klingst etwas angespannt, John«, bemerkte seine Gesprächspartnerin. »Bedrückt dich etwas?«

»Ich erzähl's dir später.«

»Natürlich, John. Du weißt, dass ich immer für dich da bin.«

»Ja, ich weiß, Mary-Jane.«

Mit einem Knacken in der Leitung verabschiedete sich die Raumschiff-KI. Mehr noch als der *Cambria*-Klasse-Frachter selbst war Mary-Jane ein Anachronismus. Das lernfähige Bordzentralsystem mit simulierter Persönlichkeit war zu Zeiten entwickelt worden, als die Reisen zwischen den Sternen noch lang und einsam gewesen waren. Sie und ihresgleichen dienten dabei nicht nur als Kontrollprogramm aller Systeme an Bord, sondern zugleich als Bordpsychologen – als jemand, der zuhörte, wenn man mit sonst niemandem reden konnte oder wollte.

Regulär besaß die *Cambria*-Klasse überhaupt keine KI. Aber Mary-Jane war schon an Bord gewesen, als John vor gut zehn Jahren unter dem alten Captain Sturges angeheuert hatte. Hobie hatte ihm mal erzählt, dass sie schon installiert gewesen war, als er selbst den Kahn vor vierzig Jahren das erste Mal betreten hatte. Wie alt Mary-Jane tatsächlich war, wusste keiner von ihnen.

Bis heute stritten sich die Computerspezialisten darüber, wo bei den KI die Programmierung aufhörte und womöglich tatsächlich so etwas wie eine *künstliche Intelligenz*, ein digitales Bewusstsein begann, das aus den Erfahrungen vieler Jahre Betriebsdauer entstehen mochte. John dachte darüber nicht nach. Was ihn betraf, war Mary-Jane ein so wertvolles Mitglied seiner Besatzung wie jeder andere. Er hätte niemals auch nur in Erwägung gezogen, sie gegen ein persönlichkeitsfreies, moderneres Bordzentralsystem zu ersetzen.

Er erreichte die Messe und sah sich um. Das Herz des Schiffs war ein überschaubarer, in heimeligem Chaos versinkender Raum. An einer Wand erstreckte sich eine Küchenzeile, die durch einen Tresen vom Rest der Messe abgetrennt war. In einer Ecke auf der gegenüberliegenden Seite gab es eine Nische mit einer Sitzecke, in deren Mitte ein runder, mit grünem Filz bedeckter Pokertisch stand, ein Erbe von Captain Sturges, der daran manche Partie bestritten hatte.

Beherrscht wurde der Raum von einem großen, am Boden festgeschraubten Esstisch mit acht Stühlen – vier für die Standardbesatzung, der Rest für mögliche Passagiere. Genau genommen gab es acht Passagierplätze – alle vier Quartiere hatten Stockbetten; mit Containerkabinen, die Hobie mal eingerichtet und im Steuerbordfrachtraum untergebracht hatte, konnten sie diese Kapazität sogar noch verdoppeln. Allerdings war im Fall einer vollen Auslastung der Umstand, dass einige Passagiere sich mit Klappstühlen behelfen mussten oder in Schichten gespeist werden musste, das geringere Problem. Der viel zu kleine Waschbereich der *Mary-Jane* stellte ein größeres Ärgernis dar, was nur einer der Gründe war, weswegen John lieber Getreide, Maschinenteile oder wenn es sein musste auch hundert im Kälteschlaf liegende Kühe transportierte als Menschen.

Die Messe war auf den ersten Blick leer, aber beim Tresen war Rumoren zu hören, und gleich darauf tauchte Hobie dahinter auf, eine Dose weiße Bohnen in der Hand und ein zufriedenes Grinsen auf den faltigen Zügen. Zwischen seinen breiten Zähnen klemmte ein angerauchter Zigarrenstumpen, der allerdings kalt war, weil an Bord nicht geraucht werden durfte.

»Hobie!«, fuhr John ihn ohne Vorrede an.

»Oh, hallo, John«, erwiderte der Bordmechaniker und Maschinist der *Mary-Jane*, wobei er die Zigarre aus dem Mund nahm. Pat Hobel ging auf die sechzig zu, war klein und stämmig und hatte schütteres, ergrauendes Haar, das er oft unter einer zerknautschten Kappe verbarg. Der Mann gehörte genauso zum Inventar des Schiffs wie seine virtuelle Kameradin und der Pokertisch. Er hatte bereits lange Jahre unter Captain Sturges gedient und nach dessen Tod – und dem von Fat Mike – in jener fatalen Nacht über Harrington beschlossen, gemeinsam mit John weiterzumachen. Für gewöhnlich war er eine verlässliche Seele, der beste Mann, den man sich mit einer abgesägten Schrotflinte in der Hand nur wünschen konnte, wenn Ärger nahte. Aber heute hatte er versagt – und John beabsichtigte herauszufinden, warum. »Wo warst du?«

»Wie: Wo war ich?«, antwortete Hobie mit einer Gegenfrage. »Ich war hier, auf dem Schiff.«

»Und erklärst du mir mal, warum du auf dem Schiff warst, obwohl ich dich draußen vor der Stadt erwartet habe, wo du mir gegen Benson helfen solltest?«

Hobie machte ein milde überraschtes Gesicht. »Ach, das war heute?«

»Das war …« John hielt ungläubig inne. »Ist *das* deine Entschuldigung?«

Hobie zuckte mit den Achseln und sah sich nach einem Dosenöffner um. »Was soll ich sagen? Ich dachte, dein Duell wäre erst morgen.«

Unwillkürlich ballte John die rechte Hand zur Faust. »Ich … Ich könnte dich umbringen, Hobie.« Er verzog die Miene. »Nein, warte, könnte ich nicht, denn dann hätte ich keinen Mechaniker mehr.« Er stach seinem Partner einen warnenden Zeigefinger entgegen. »Aber nur mal angenommen, du wärst *nicht* der einzige Mechaniker, der die Maschinen der *Mary-Jane* begreift, und ›Das war heute?‹ wäre deine einzige Entschuldigung, *dann* würde ich dich umbringen.«

Hobie verdrehte die Augen. »Nun reg dich ab, John. Wir hatten alles im Griff.«

»Hatten wir?«

»Kelly war draußen in der Wildnis und hat dir Rückendeckung gegeben.«

»Tatsächlich? Davon habe ich nicht viel mitbekommen.«

Der Bordmechaniker deutete mit seiner Bohnendose an John vorbei. »Da ist sie ja. Am besten besprichst du das mit ihr selbst.«

»Worauf du dich verlassen kannst. Kelly!« John fuhr herum und sah, wie die einzige Frau seiner kleinen Besatzung – wenn man von Mary-Jane absah – durch die linke der beiden einander gegenüber liegenden Türen die Messe betrat.

»He, John, du bist ja schon zurück. Da hast du dich aber beeilt. Ich dachte, du würdest noch ein bis drei Siegesbiere in *Makos Taverne* zu dir nehmen.«

John überging die Spitze. »Hobie hat mir erzählt, dass du meine Rückendeckung draußen warst.«

Die junge, blonde Frau, die eigentlich zu intelligent und zu gutaussehend war, um auf so einem alten Kahn zu arbeiten, nickte. »Richtig«, bestätigte sie lakonisch. Sie ging zum Tresen hinüber und lehnte sich dagegen. »Hm, gibt es Bohnen heute Abend?«

»Ich dachte eher an ein spätes Mittagessen«, antwortete Hobie. »Ich hatte heute erst eine Tasse Kaffee.«

»Wir sind noch nicht fertig, Süße«, knurrte John. »Wenn *du* mir den Rücken freihalten solltest, wo warst du bitte schön?«

Kelly wandte sich ihm wieder zu, legte den Kopf schräg und blickte ihn unbeeindruckt an. »Oben auf der linken Hügelkette, mit dem Scharfschützengewehr.«

»Und hattest du keine Patronen dabei, oder warum hast du

nicht eingegriffen, als ich plötzlich von drei Kerlen beschossen wurde?«

»Ich fand, du hattest die Typen ganz gut im Griff.«

»Für mich hat sich das da unten ein wenig anders angefühlt.«

»Tja ...« Kelly machte eine Pause, griff hinter den Tresen und holte einen Apfel hervor. Bis heute begriff John nicht so ganz, warum sie damals so scharf darauf gewesen war, auf der *Mary-Jane* als Mädchen für alles mitzufliegen. Sie kam ursprünglich aus den Kernwelten, hatte dort Medizin studiert. Doch irgendwann, so behauptete sie, war ihr einfach alles zu blöd geworden. Sie hatte das Studium kurz vor dem Abschluss geschmissen und war losgezogen, um das All kennenzulernen.

Dass sie in den Jahren an der Uni trotzdem etwas gelernt hatte, war Johns großes Glück gewesen. Denn an dem Abend, als sie buchstäblich über ihn gestolpert war, hatte er gerade angeschossen in einer Gasse hinter einer Bar in seinem eigenen Blut gelegen. Sie hatte ihm geholfen, er sie zum Dank mitgenommen.

Ein paar Wochen lang hatte eine etwas eigenartige Stimmung an Bord geherrscht, weil beide nicht so recht gewusst hatten, ob aus ihnen ein Paar werden könnte. Um der Spannung ein Ventil zu geben, hatten sie sich zu einem Date und einer gemeinsamen Nacht entschieden. Am nächsten Morgen waren sie übereingekommen, dass es sich besser anfühlte, nur befreundet zu sein. Wobei Kellys Freundschaft offenbar nicht so weit ging, ihn aus einer Schießerei zu retten.

»Weißt du«, sagte sie kauend, nachdem sie einen Bissen von dem Apfel genommen hatte, »vielleicht hattest du es verdient, dass dir ein bisschen die Hose flattert.«

»Wie darf ich das denn verstehen?«, fragte John.

»Du hast den Streit in der Bar angefangen, oder nicht?«

»Darüber ließe sich wohl diskutieren, aber das tut ohnehin nichts zur Sache. Benson hatte jedenfalls zwei Freunde dabei, obwohl wir das so nicht ausgemacht hatten. *Die* haben nicht abgewartet und geschaut, ob ihr Boss mit mir fertig wird, sondern einfach ihren *Job* gemacht und gefeuert.«

Kelly hob den Zeigefinger der Hand, die den Apfel hielt. »Schön, dass du es erwähnst, denn ich bin es langsam wirklich leid, dass du dir mit deiner großen Klappe Suppen einbrockst, die wir dann auslöffeln dürfen, und das, und diesen Teil möchte ich betonen, ohne für den *Job* bezahlt zu werden, denn, und auch den Teil möchte ich betonen, unsere Bordkasse ist seit einigen Wochen praktisch leer.«

John lehnte sich an einen der Stühle, die um den Esstisch herumstanden, und verzog das Gesicht. »Autsch, das war jetzt ein Tiefschlag. Ich dachte, wir sind ein Team und stehen füreinander ein.«

Kellys Miene verdüsterte sich. »Dann steh auch für dein Team ein, John Donovan. Geh nicht in Bars, um dich mit Leuten anzulegen, sondern um Aufträge zu beschaffen. Um Geld zu verdienen, damit Hobie die *Mary-Jane* nicht mit Spucke und dem Dreck unter seinen Fingernägeln zusammenhalten muss. Dann kann ich vielleicht auch ein paar Patronen für mein Gewehr kaufen, um dir beim nächsten Mal wirklich den Rücken zu decken.«

Überrascht hob John die Augenbrauen. »Wir besitzen ernsthaft keine Patronen mehr für das Scharfschützengewehr?«

Kelly warf ihm einen stechenden Blick zu.

»Ich ziehe die Frage zurück.« Er stieß sich von dem Stuhl ab und begann, langsam in der Messe auf und ab zu gehen. »Hört zu, es tut mir leid, in Ordnung?«, sagte er und hob abwehrend die Hände. »Vielleicht hätte ich in *Makos Taverne* keinen Streit anfangen sollen – auch wenn der Scheißkerl Benson eine Lektion dringend nötig hatte.« Er blickte Hobie und Kelly ernst an. »Ich verspreche euch, mich ab jetzt zurückzuhalten. Keine dummen Sprüche mehr zum unpassenden Zeitpunkt. Und für Geld sorge ich auch. Und zwar heute noch. Das schwöre ich.«

Kelly schüttelte den Kopf. »Ach, John, lass es lieber«, sagte sie mit einer gewissen Müdigkeit in der Stimme, die ihm gar nicht gefiel.

»Nein, ehrlich«, bekräftigte er. »Ich ziehe noch heute einen Job an Land.«

Hobie stellte seine Bohnendose ab und zog eine Uhr mit abgerissenem Armband aus einer der Taschen seiner Werkzeugweste. »Na dann, es ist halb drei.« Er zwinkerte ihm zu. »Könnte schlimmer sein. Wenn wir auf Hades wären, hättest du bloß noch zweieinhalb Stunden. So bleiben dir immerhin neuneinhalb. Andererseits habe ich erst heute Morgen das schwarze Brett drüben bei der Hafenbehörde überprüft. Sah nicht gut aus.«

»Ich habe es gesagt, und ich halte mein Wort«, sagte John, zu allem entschlossen. »Ihr werdet es sehen. John Donovan ist immer wieder für eine Überraschung gut.«

Kellys Miene wurde etwas weicher, und ihre Mundwinkel umspielte ein Lächeln. »Zumindest in dem Punkt widerspreche ich dir nicht.«

– 3 –

Der Motor des Fargo war kaum abgekühlt, als John den Landgleiter bereits wieder rückwärts aus dem Frachtraum der *Mary-Jane Wellington* steuerte. Er fuhr die Laderampe hinunter und riss den Gleiter dann herum.

»Sie machen sich schon wieder auf den Weg, Captain?«, wunderte sich Aleandro, der mittlerweile allein vor dem Schiff saß. Der Peko-Bittsteller hatte sich verzogen.

»Ja«, bestätigte John vom Fahrzeug aus. »Wir brauchen neue Aufträge. Schau dich mal im Datennetz um, Junge, ob jemand ein schnelles Schiff und eine zuverlässige Besatzung braucht.«

Aleandro schüttelte den Kopf. »Darum hat mich Hobie schon vor ein paar Stunden gebeten. Es herrscht Flaute auf Briscoll. Die Erdölquellen scheinen ausgetrocknet zu sein.«

»Schau noch mal«, wies ihn John an. »Und sei nicht zu wählerisch. Wir brauchen das Geld.«

In einem lässigen Salut tippt Aleandro sich an die Stirn. »Wird gemacht, Cap.«

»Guter Mann. Wir sehen uns.« John gab Gas und schoss mit dem Landgleiter davon.

Sein erster Weg führte ihn zum flachen, quaderförmigen Gebäude der Raumhafenbehörde. Um den frühen Nachmittag herrschte hier kaum Betrieb; es war zu heiß, um Geschäfte zu machen. Erst in den Abendstunden würde Williamsport richtig aufleben. So lange wollte John nicht warten.

Er hielt auf dem Parkplatz vor dem Gebäude und marschierte zu den Nachrichtentafeln hinüber, die rechts neben dem Haupteingang hingen. Auf den besseren der Kernwelten bestanden solche Informationsbereiche meist aus Nischen mit Bildschirmen, auf denen man mittels Berührungssteuerung verschiedene Dienste abrufen und Suchanfragen eingeben konnte. An einem Ort wie Briscoll war ein schwarzes Brett tatsächlich eine Wandtafel aus Holz oder Hartisolierplatten, an die jeder, der etwas zu verkünden hatte, seine Zettel heften konnte.

Der Teil, der von der Raumhafenbehörde beansprucht wurde, wies noch eine gewisse Ordnung auf. Neue Vorschriften, Servicegebühren und aktuelle Nachrichten für Raumfahrer waren hier ausgehängt. John fiel eine Reisewarnung ins Auge, die am Tag zuvor noch nicht dort angeschlagen gewesen war. Ein drahtiger Greis, der einfache graubraune Kleidung und einen staubigen Hut trug und damit wie einer der wenigen Optimisten aussah, die auf Briscoll eine Farm betrieben, stand davor und las interessiert die Nachricht.

»Oklahoma-Sektor, hm?«, sagte John.

Der Greis wandte ihm den Kopf zu und nickte. »Ja, Sir. Da draußen geht es mal wieder rund. Die Peko von Kendaui bereiten der Raumkavallerie Ärger. Es kam bereits zu einigen Übergriffen auf Frachterkonvois und Patrouillenboote.«

John runzelte die Stirn. »Ich dachte, Kendaui würde von der Union überwacht und sei friedlich.«

»War wohl auch in den letzten drei Jahren so. Aber jetzt ist da ein neuer Konya aufgetaucht. Der Kamerad soll einiges auf dem Kasten haben, wie man sagt. Und er ist nicht gerade gut auf die Menschen zu sprechen. Sein Name ist Geonoj.«

»Geonoj?«, wiederholte John. »Von dem Burschen habe ich schon mal gehört. Hat der nicht erst letztes Jahr für so viel Aufregung in der Gegend von Neu Hessen gesorgt? Ich dachte, das Unionsmilitär hätte ihn und seine Buschkrieger damals ausgeräuchert.«

»Offenbar nicht, Sir«, sagte der Alte. »Hier steht es Schwarz auf Weiß: Geonoj ist wieder da.« Er tippte mit einem krummen Finger seiner schwieligen Hand auf den Aushang.

»Na großartig«, brummte John. »Dann umfliege ich den Oklahoma-Sektor in nächster Zeit besser weiträumig.«

»Das klingt nach einer weisen Entscheidung.« Der Greis zog an seiner Hutkrempe. »Und nun, guten Tag, Sir.« Mit diesen Worten stapfte er davon.

John widmete sich unterdessen dem Teil der Nachrichtentafel, der jedem zur freien Verfügung stand. Auf dieser Seite nahm das Chaos merklich zu. Frachterkapitäne versuchten, Warenüberschüsse an den Mann zu bringen, freie Piloten, Mechaniker und Tagelöhner boten ihre Arbeitskraft an, eine Musiktruppe verkündete die letzten Auftritte, bevor sie Briscoll den Rücken kehrte, und der Besitzer einer kleinen Ölquelle suchte nach einer Frau, die daran interessiert war, ein »einfaches, aber ehrliches Leben« mit ihm zu teilen.

Gesuche nach freien Fracht- oder Passagierkapazitäten fanden sich in der Tat wenige, und diejenigen, die John entdeckte, passten nicht zum Profil der *Mary-Jane Wellington.* »Eine Universelle-Einheit-Gemeinde nach Bénodet fliegen«, murmelte er zu sich selbst. »Lieber nicht.« Es reichte ihm schon, sich die gelegentlichen Predigten von Kelly anzuhören. Außerdem konnten sie vierzig Gläubige überhaupt nicht an Bord unterbringen, wenn sie sie nicht auf Feldbetten und mit mobilen Sanitärzellen im Frachtraum einquartieren wollten.

Die anderen Angebote lasen sich kaum besser. Entweder war die *Mary-Jane* zu klein, oder sie war zu groß. Eine Ladung Chemikalien wollte John lieber nicht an Bord nehmen. Und für die Übernahme von fünfhundert Kubikkanistern Treibstoff, die angeblich auf Ariana am Rand zu den Kernwelten erwartet wurde – »eine todsichere Sache!« –, fehlten ihm sowohl der nötige Optimismus als auch das nötige Kleingeld.

Eine junge Frau suchte ausgerechnet eine Passage nach Heaven's Gate, einer der vier besiedelten Randwelten im Oklahoma-Sektor. John schnaubte und wünschte ihr im Stillen viel Glück dabei, nun, da die Hafenbehörde in dem Sektor Peko-Aktivitäten gemeldet hatte.

»Also auf die harte Tour«, brummte er, als er sich abwandte und zu dem Fargo zurückging. Offen aushängende Angebote machten höchstens die Hälfte der Jobs aus, die in der Umgebung eines Raumhafens zu finden waren. Es bestand immer zusätzlicher Bedarf an Leuten, die bereit und willig waren, mit ihrem Schiff von einer Welt zur anderen zu fliegen, ohne viele Fragen zu stellen. Solcherlei diskrete Geschäfte wurden allerdings an anderen Orten getätigt, in den Seitengassen und Hinterzimmern von Williamsport.

Obwohl er nicht das erste Mal auf Briscoll war, kannte John sich nicht sonderlich gut in der Stadt aus. Aber vielleicht konnte Mako ihm weiterhelfen. Ganz sicher würde er John den kleinen Zwischenfall mit Benson gestern Abend in seiner Taverne nicht übelnehmen – im Gegenteil. Eigentlich hatte John sich ja für Makos Leute eingesetzt. Er beschloss, dort mit der Ausdehnung seiner Suche auf nicht ganz legale Jobmöglichkeiten zu beginnen.

Er wollte gerade zu seinem Landgleiter zurückgehen, als ihm auffiel, dass dort ein Mann lehnte. Seine schlanke Gestalt steckte ungeachtet der Mittagssonne, die vom strahlend blauen Himmel brannte, in dunkler Kleidung, und sein Gesicht wurde von einem schwarzen Hut beschattet. John musste nicht erst den Revolvergriff aus Ebenholz sehen, der aus dem Waffenholster links am Gürtel des Mannes ragte, um zu wissen, wen er vor sich hatte. Der Kerl hatte die Hände locker auf die Kante des Gleiters gelegt und betrachtete scheinbar gelangweilt irgendetwas vor seinen Stiefelspitzen.

John spürte, wie sein Mund trocken wurde. Einen Augenblick lang überlegte er, umzudrehen und sich davonzuschleichen. Doch der Mann würde nicht weggehen, so viel war sicher. Also konnte er sich ihm auch gleich stellen. *Vielleicht,* so redete er sich ein, *ist er ja bloß zufällig in der Gegend und will Hallo sagen.*

Er trat bis auf ein paar Schritte an den Landgleiter heran und blieb dann stehen. »Santander«, begrüßte John den Mann und registrierte zufrieden, dass man seiner Stimme die Aufregung nicht anhörte.

Der Mann hob den Kopf. Ein braun gebranntes Gesicht kam unter der Hutkrempe zum Vorschein. Graue Augen fixierten John, und schmale Lippen unter einem gepflegten Schnurrbart verzogen sich zu einem Lächeln, das niemand als freundlich missverstanden hätte. Ein Zahnstocher steckte zwischen den Zähnen des anderen, den er mit der rechten Hand langsam herausnahm, bevor er mit leiser, beinahe säuselnder Stimme zu sprechen begann. »John Donovan. Schön, dass man sich mal wieder über den Weg läuft.«

»Verzeihen Sie, wenn ich diese Freude nicht teile, Santander«, erwiderte John unwirsch. »Was wollen Sie hier?«

»Ich will gar nichts, Donovan«, sagte Santander. »Aber Martell möchte Sie sprechen.«

Das hatte John fast erwartet, aber es aus Santanders Mund zu hören, ließ es auf unangenehme Weise real werden. »Sagen Sie ihm, ich habe das Geld noch nicht. Aber es ist bloß eine Frage der Zeit. Ich bin gerade an einer lukrativen Sache dran. Sobald die sich ausgezahlt hat, bekommt er seine Dollar.«

»Wie wäre es, wenn Sie ihm das selbst sagen?«, schlug Santander vor.

John spürte, wie sich seine Eingeweide unwillkürlich verkrampften. »Darius Martell ist auf Briscoll?«

Sein Gegenüber lächelte erneut sein falsches Lächeln und deutete auf den Landgleiter. »Bitte. Es wird nicht lange dauern.«

Mit etwas übertriebener Geste nickte John. Dazu brummte er unwillig, um sein Unbehagen zu überspielen: »Das will ich hoffen. Ich habe wichtige Geschäfte zu erledigen.«

Sie stiegen in den Fargo ein, John auf der Fahrerseite, Santander, der zuvor den Zahnstocher wegschnippte, auf der Beifahrerseite. Womöglich hätte John ihn in diesem Moment überraschen und überwältigen können, trotz des Rufs, den sein Gegenüber in gewissen Kreisen genoss. Aber was hätte es geholfen? Seine Schuld bei Martell wurde dadurch nicht getilgt, und beim nächsten Mal schickte er vielleicht keinen Killer, um ihn zu einem Gespräch einzuladen, sondern ließ ihn gleich aus dem Hinterhalt erschießen. Männer wie Darius Martell, der Pate von Constitution, fanden immer einen Weg, sofern man sie nicht persönlich umbrachte. Und selbst in seiner Erbmasse mochte es noch Tötungsbefehle geben, die sein Nachlassverwalter im Fall des Falles ausgab.

»Wohin?«, fragte John mürrisch. Er wartete sehnsüchtig darauf, dass dieser Tag irgendetwas Erfreuliches hervorbrachte.

»Fahren Sie einfach«, sagte Santander. »Ich weise Ihnen den Weg.«

Pflichtschuldig startete John den Motor des Gleiters und steuerte ihn vom Raumhafengelände. Mit knappen Gesten und Worten lotste Santander ihn in Richtung Westen. Dort befand sich eines der beiden Vergnügungsviertel von Williamsport. Es handelte sich um das Bessere der beiden, wo auch mal Champagner und nicht immer nur Bier und Whiskey ausgeschenkt wurde und wo die Frauen eine gewisse Klasse hatten.

Naturgemäß zählten weder Tagelöhner noch der gewöhnliche Glücksritter zur Klientel. Stattdessen führten Ölbarone hier ihre Außenwelt-Geschäftskontakte zum Abendessen aus, der Landadel traf sich, um Tagespolitik zu betreiben, und in manchem Hinterzimmer wurde um hohe Einsätze gepokert – sowohl im übertragenen als auch im buchstäblichen Sinne.

Vor einem zweistöckigen Laden, der sich *Starry Nights* nannte und bei dem es sich höchstwahrscheinlich um einen Saloon mit angeschlossenem Bordell handelte, ließ Santander John den Fargo parken. Die Leuchtelemente des großen Schriftzugs über der Tür waren noch abgeschaltet und die Vorhänge hinter allen Fenstern zugezogen. Vermutlich würde das Etablissement erst zum Leben erwachen, wenn es Nacht geworden war über Williamsport.

»Schicke Hütte«, brummte John, bloß um irgendetwas zu sagen. »Ich wusste gar nicht, dass Martell auf Briscoll ein Bordell betreibt. Eine Neuerwerbung?«

Santander antwortete ihm mit einem vielsagenden Lächeln. »Bitte, hier entlang.« Er deutete die drei Stufen hinauf, die zur Eingangstür führten. Diese erwies sich als unverschlossen, und auf ein weiteres, aufforderndes Nicken seines Begleiters hin trat John ein.

Der Schankraum, der einen Großteil des Erdgeschosses einnahm, gehörte zu den geschmackvoller eingerichteten, die John in seinem Leben gesehen hatte. Die Tischplatten bestanden aus einem Edelholzimitat, und es gab zahlreiche Nischen mit weinrot gepolsterten Sitzbänken. Die Bar an der rechten Wand wirkte gut ausgestattet, der Tresen davor war indes vergleichsweise kurz. Wie es aussah, wurden die Gäste im *Starry Nights* am Tisch bedient.

Im hinteren Bereich des Raums erhob sich eine Bühne mit einem Laufsteg, der einige Meter in den Publikumsbereich hereinragte. Es hätte nicht der filigranen Schaukeln und des schwülstigen, an einen glitzernden Sternenhimmel erinnernden Dekors bedurft, um John einen recht guten Eindruck davon zu vermitteln, welcherart Darbietungen hier nach Einbruch der Dunkelheit gezeigt wurden.

Im Augenblick herrschte gähnende Leere im Raum. Die Bar war unbesetzt und die Bühne verwaist. Lediglich unweit der Tür hockten zwei Männer gelangweilt an einem Tisch. Sie hatten die grauen Anzugjacken aufgeknöpft, und die cremefarbenen Hemden spannten sich über tonnenförmigen Brustkörben. Auf dem Tisch standen zwei offene Flaschen Bier. Daneben lagen zwei Revolver. *Hephaistos Hammer*, erkannte John. Ungenau, aber mit genug Durchschlagskraft, um einen schmächtigen Mann von den Füßen zu reißen, wenn er davon getroffen wurde. Genau das Richtige für Grobiane, wie die zwei es offensichtlich waren.

Santander bedachte die beiden mit einem knappen Nicken, dann geleitete er John rechts an der Bühne vorbei zu einem Vorhang, hinter dem eine Treppe in den ersten Stock führte. Ein schmaler Korridor schloss sich daran an, von dem zahlreiche Türen abzweigten. Hinter einigen waren leise Stimmen zu hören. Wie es aussah, waren doch ein paar Bewohner des *Starry Nights* zuhause.

Eine Tür ging auf, und eine junge Frau, die mit nichts als einem Handtuch bekleidet war, kam barfuß und mit nassen

Haaren auf den Gang. Als sie Santander und John bemerkte, schrak sie leicht zusammen, aber weil sie die Tür hinter sich bereits geschlossen hatte, trat sie die Flucht nach vorn an und huschte eilig an ihnen vorbei. Ein Duft wie von Wüstenblumen wehte hinter ihr her.

Sie bogen um die nächste Ecke und erreichten eine Tür am Ende des Korridors, vor der ein weiterer Kerl im Anzug saß, der aussah, als stemme er in seiner Freizeit Raumschifftriebwerke. Auf seinen Knien lag eine abgesägte Schrotflinte, in den Händen, die groß wie Bratpfannen waren, hielt er ein Magazin über Großwildjagd auf den Randwelten. Als er Santander und John näher kommen sah, ließ er die elektronische Illustrierte sinken und aktivierte mit einem Griff ans linke Revers ein kleines Komm-Gerät, das dort befestigt war. »Santander ist wieder da«, meldete er grollend. »Er hat Besuch mitgebracht.«

»Sollen reinkommen«, drang eine befehlsgewohnt klingende Stimme aus dem Gerät.

Der Wachmann brummte eine Bestätigung und nickte Santander zu, der daraufhin ohne anzuklopfen die Tür öffnete und den Raum dahinter betrat. John zögerte kurz. Die Menge an Personal, das ganz offensichtlich irgendwelche sonstigen Defizite mit großen Schießprügeln zu kompensieren versuchte, behagte ihm überhaupt nicht. Aber was blieb ihm anderes übrig, als unbeirrbar selbstbewusst grinsend immer tiefer in die Höhle des Löwen vorzudringen? Wenn Darius Martell etwas von einem wollte, spurte man besser – zumindest solange man ihm harte Union Dollar schuldete. Er gab sich einen Ruck und schritt über die Schwelle.

»John Donovan«, begrüßte Martell ihn, als sie in den Raum kamen. Der bemüht repräsentativen Einrichtung nach zu urteilen, musste es sich um das Büro des Managers vom

Starry Nights handeln. Gegenwärtig hielten sich drei Personen dort auf. Martell selbst hatte an dem breiten Schreibtisch Platz genommen, der den hinteren Teil des Raums beherrschte. Er war ein schmächtiger Mann, der in einem teuren Anzug mit steifem Kragen steckte und dessen schmales, kantiges Gesicht hinter einer altertümlich wirkenden Brille mit dicken Gläsern verschwand. Auf den ersten Blick mochte er kaum bedrohlicher wirken als ein Finanzbeamter, aber in seinen grauen Augen glitzerte ein eiskalter Intellekt. Diese Augen lächelten nie, selbst wenn seine Mundwinkel sich mal, so wie jetzt, zu einem dünnen Lächeln verzogen.

An seiner Seite stand eine schlanke, blasse Frau etwa in Johns Alter im blaugrauen Kostüm, die blonden Haare streng zurückgekämmt und eine randlose Brille auf der hübschen Nase. In den Händen hielt sie ein Padd, im rechten Ohr steckte ein Funkempfänger, und der Blick, mit dem sie John musterte, war entschieden neutral, so als beträfe nichts von dem, was hier geschah, sie persönlich – was vermutlich stimmte.

Umso unglücklicher wirkte der dritte Anwesende, ein stämmiger Mann um die sechzig, dessen penibel gekämmtes Haar kaum den zurückweichenden Haaransatz zu verbergen vermochte und der so nervös wirkte, als würde nicht John, sondern *er* in diesem Moment vor Martell geführt. John nahm an, dass es sich bei dem Burschen um den Manager des *Starry Nights* handelte, der dazu verdonnert worden war, zuzuschauen und zu lernen, wie Geschäfte unter der Führung des berüchtigten Darius Martell liefen.

»Mister Martell«, erwiderte John den Gruß, nachdem er sich im Raum umgesehen hatte. »Wie geht es Ihnen? Sprudeln die Gewinne ordentlich?«

Ungefragt nahm er einen der Stühle, die vor dem Schreibtisch standen, drehte ihn um und setzte sich rittlings darauf, die Arme lässig auf der Lehne verschränkt. Hinter der Geste lag die Absicht, sich zumindest einen Hauch von Selbstachtung zu bewahren. Man hatte ihn wie einen ungezogenen Schüler vor den Direktor zu Martell zitiert. Und auch wenn John dagegen nichts machen konnte, wollte er verdammt sein, wenn er vor dem selbstzufriedenen Mistkerl katzbuckelte.

Doch Martell nahm die Unverfrorenheit seines Gastes nicht einmal zur Kenntnis. »Danke der Nachfrage, Mister Donovan«, antwortete er. »Ich habe wenig Grund zur Klage. Ein paar meiner Investitionen bedürfen noch einer sanft korrigierenden Hand. Deswegen halte ich mich gegenwärtig auf Briscoll auf. Doch ich bin sicher, dass auch diese mir schon bald ein steter Quell der Freude sein werden, nicht wahr, Mister Hansen?«

»Jawohl, Mister Martell«, bestätigte der stämmige Manager des *Starry Nights* neben diesem eilig. »Das ganze Personal wird sein Bestes geben.«

»Ich weiß«, sagte Martell.

Gegen seinen Willen lief John ein Schauer über den Rücken. Wie immer war Martells Tonfall ruhig und fast unnatürlich milde. Der Mann wurde nie laut, verlor nie die Fassung. Er blieb selbst dann höflich, wenn er Todesurteile verkündete.

»Ich fliege noch heute Abend nach Bénodet weiter«, fuhr Johns Gegenüber unterdessen fort. »Allerdings wies mich ein aufmerksamer Mitarbeiter auf Ihr Schiff am Raumhafen hin, Mister Donovan, und ich hielt die Gelegenheit für günstig, mich um eine weitere meiner Investitionen zu kümmern.«

»Schon gut, schon gut«, brummte John. »Mir ist klar, dass ich Ihnen noch Geld schulde.«

»Eine nicht unbeträchtliche Summe«, merkte Martell an, »zumindest für Ihre Verhältnisse.«

»Erzählen Sie mir etwas, das ich nicht weiß.«

»Gern.« Martell faltete die Hände auf der Schreibtischplatte und beugte sich ein wenig nach vorn. »Bitte grüßen Sie Ihre Mannschaft von mir und richten Sie ihr aus, sie täte gut daran, ihre Angelegenheiten zu regeln. Ich weile eine knappe Woche im *Crown Plaza* in Victoriaville auf Bénodet, und wenn ich in acht Tagen dort abreise und bis dahin nicht zwanzigtausend Union Dollar vor mir liegen, werde ich erst Ihre Leute töten, Mister Donovan, und danach Sie. Ich denke, wir beginnen mit Ihrer Freundin, dieser reizenden Blondine. Wie heißt sie noch gleich? Kerry?«

»Kelly«, presste John zwischen zusammengebissenen Zähnen hindurch.

Martell nickte und lächelte. »Richtig. Kelly.«

»Und sie ist nicht meine Freundin.«

»Halten Sie das, wie Sie mögen. Mir bedeutet sie jedenfalls ganz sicher weniger als Ihnen. Was sie zu einem perfekten Druckmittel macht.« Martell warf einen kurzen Blick zum Manager des *Starry Nights* hinüber. »Besitzt Ihre Goldimitat-Taschenuhr eine Countdown-Funktion, Mister Hansen?«

Die Rechte des grauhaarigen Mannes fuhr an seine Westentasche, aus der ein goldenes Uhrkettchen hing. »Ja, natürlich, Mister Martell.«

Martell streckte die Hand aus. »Geben Sie sie her.«

Hansen zögerte nur eine Sekunde, dann zog er die Uhr hervor und löste die Kette von der Weste. Er wirkte alles andere als glücklich. Imitat oder nicht, die Uhr schien ihm etwas wert zu sein. Vermutlich forderte Martell sie genau deshalb ein. Es war ein weiteres seiner perversen Machtspielchen.

Gemächlich drückte der Verbrecherboss ein paar Knöpfe

an der Uhr. »Acht Bénodet-Tage, das sind ziemlich genau zweihundert Stunden.« Er betätigte eine letzte Taste, wickelte die dünne Kette um das Gehäuse und warf John die Uhr zu. Dieser fing sie auf. Das digitale Ziffernblatt der nur äußerlich auf alt gemachten Uhr war einem Zähler gewichen, der im Augenblick 199 Stunden, 59 Minuten und 46 Sekunden anzeigte.

»Die Zeit läuft, Mister Donovan.«

– 4 –

Mit der Goldimitat-Uhr, deren herunterzählender Countdown ihm in der Tasche seines Mantels brannte, verließ John Donovan das *Starry Nights*. Er setzte sich hinters Steuer seines Fargo, zog die Uhr hervor, sah sie ein letztes Mal an und verstaute sie dann in einem Fach zwischen den beiden vorderen Sitzen. »Verfluchter Scheißkerl«, murmelte er.

Die Vordertür des Clubs öffnete sich, und Santander spazierte heraus. Mit der Seelenruhe eines Raubtiers, das sich seiner Beute sicher weiß, lehnte er sich auf das Geländer neben der Tür, griff in seine Westentasche und zauberte einen frischen Zahnstocher hervor, den er sich in den Mundwinkel schob. Er bedachte John mit einem vielsagenden Lächeln und zupfte grüßend an der breiten Krempe seines Hutes.

John erwiderte den Gruß mit einem finsteren Blick, dann startete er den Motor des Fargo und sorgte dafür, dass er außer Schussweite kam. Eine Weile fuhr er ziellos durch Williamsport. Dass sich die Einsätze soeben verdoppelt hatten, gefiel ihm gar nicht. Jetzt war er nicht nur Kelly und Hobie gegenüber in der Pflicht, einen Job zu beschaffen, es musste obendrein ein lohnenswertes Geschäft sein, sonst würden die Erträge nicht genügen, um Martell auszuzahlen. Schnelle, ertragreiche Jobs hatten bedauerlicherweise für gewöhnlich einen Haken: Sie waren entweder illegal oder hochriskant – oft genug beides zugleich.

Als sich John das nächste Mal bewusst auf die Straße konzentrierte, bemerkte er, dass er unwillkürlich die Ecke nördlich des Raumhafens angesteuert hatte, in der auch *Makos Taverne* lag. Was die Vergnügungsangebote anging, ähnelte dieser Teil von Williamsport dem, aus dem er gerade kam. Dennoch hätte der äußere Eindruck kaum unterschiedlicher ausfallen können.

In den Straßen nördlich des Raumhafens drängten sich die Bars und Garküchen, die Spielhöllen und Tauschbörsen, die Händler und Hurenhäuser dicht an dicht. Viele von ihnen befanden sich in den ein- bis zweistöckigen Fertigstrukturen, die überall dort zu finden waren, wo Menschen preiswert und ohne großen Aufwand rudimentäre Siedlungen errichten wollten. Es gab jedoch genauso viele Betreiber, die sich nicht einmal diese Mühe gemacht hatten, sondern einfach in ausgemusterten Frachtcontainern, in transportablen Buden oder auf der Ladefläche von Lastfahrzeugen ihre Waren und Dienstleistungen anboten. Zwei der ersten Bars, die hier eröffnet hatten, die *Pilgrim's Rest* und der *New Town Saloon*, befanden sich sogar im Bauch stillgelegter Frachtraumschiffe.

John stellte den Fargo auf dem weitgehend leeren Parkstreifen vor *Makos Taverne* ab. Es war noch etwas zu früh am Tag, um Geschäfte der Art zu tätigen, wie sie ihm vorschwebten. Allerdings war *Makos Taverne* genauso gut wie jeder andere Platz hier in der Gegend, um darauf zu warten, dass das Licht von Briscolls heißem Stern schwächer wurde und das Leben in Gang kam.

Die Luft im Schankraum, einem etwa zehn mal fünfzehn Meter messenden Fertigmodul mit weißbraun gestrichenen Wänden, war erfrischend kühl. Solange sich kaum Gäste darin aufhielten, fiel es selbst der altersschwachen Klimakontrolle nicht schwer, für angenehme Temperaturen zu sorgen. Aus einem kleinen Tonsystem drang, etwas blechern, leise

Musik. Gelbe, in die Decke eingelassene Leuchtelemente spendeten mildes Licht.

Die Einrichtung von Makos Taverne – und das machte den Laden zu etwas Besonderem – bestand fast vollständig aus Holz. Die kleinen runden Tische waren aus Holz, ebenso die Stühle mit den blank gesessenen Sitzflächen. Selbst die Bar an der Rückwand des Raums wies eine Holzvertäfelung auf. Bloß die Barhocker davor waren aus mattgrauem Metall.

John hatte keine Ahnung, woher Mako auf einer Welt, die kaum Bäume aufwies, so viel Holzmobiliar aufgetrieben hatte. Es war unwahrscheinlich, dass er es auf Briscoll erworben hatte. Sehr viel eher hatte er die Einrichtung bereits mitgebracht, als er sich vor Jahren hier niedergelassen hatte – was wiederum bedeutete, dass er sich den Umzug einiges hatte kosten lassen, denn auch Frachtraum war nicht billig.

Wie es Mako auch angestellt haben mochte, John dankte es ihm durch regelmäßige Besuche. Ihm gefiel die altmodische Atmosphäre der Bar, ebenso wie ihm sein altmodischer Santhe-CG im Holster und sein altmodischer *Cambria*-Klasse-Frachter auf dem Landefeld des Raumhafens gefiel.

»Ein Bier«, orderte er, als er sich an den Tresen begab, an dem gegenwärtig nur ein anderer Mann saß, der seinen Hut tief ins Gesicht gezogen hatte und halb über seinem Glas zusammengesunken war. »Nein, warte«, verbesserte John sich. »Gib mir erst mal einen Whiskey. Den kann ich gebrauchen.«

Mako, ein dünner, immer etwas gebeugt gehender Mann mit olivfarbener Haut und dichtem schwarzen Haar, das vor Pomade glänzte, nickte. Er nahm ein Glas aus dem Regal hinter sich, wischte es mit einem Lappen aus und füllte es dann mit bernsteinfarbener Flüssigkeit. »Du lebst ja noch«, stellte er fest, als er John den Whiskey hinstellte.

»*Noch* trifft es ganz gut«, erwiderte John, hob das Glas und leerte es in einem Zug. Der Whiskey, der aus einer der besseren Destillen von Harrington stammte, brannte sich seinen Weg Johns Kehle hinunter und vertrieb damit ein wenig den unangenehmen Geschmack, der in seinem Mund herrschte, seit er das *Starry Nights* verlassen hatte.

»Probleme mit Benson?«, erkundigte sich Mako mitfühlend.

John schüttelte den Kopf. »Ich glaube, um den brauchen wir uns im Moment keine Gedanken zu machen. Der ist bedient.« Er starrte auf sein leeres Glas.

Mako holte die Flasche und schenkte nach. »Geht aufs Haus. Ich mag es zwar nicht, wenn sich Leute in meiner Taverne schlagen, aber ich weiß zu schätzen, dass du Sonyas Ehre verteidigt hast.«

»Danke«, sagte John und leerte auch das Glas. Langsam begann er sich besser zu fühlen.

»Aber Ärger hast du«, stellte Mako fest.

»Keinen, mit dem ich dir in den Ohren liegen will«, gab John verdrossen zurück.

Mako hob in einer gespielten Mahnung den Finger. »John Donovan, du hast einfach ein zu gutes Herz. Ständig mischst du dich in Angelegenheiten ein, die dich eigentlich nichts angehen, und bringst dich damit in Schwierigkeiten.«

Bevor John etwas auf diese nicht ganz falsche Einschätzung erwidern konnte, wurden sie durch ein Brummen am anderen Ende des Tresens unterbrochen. »Donovan?«, grollte eine Stimme wie ein verschlafener Bär. »*Ghostrider* John Donovan?«

Überrascht hob John die Augenbrauen. Seit einer halben Ewigkeit hatte ihn niemand mehr bei dem Namen gerufen, den er sich vor fast einem Jahrzehnt in gewissen Schmugglerkreisen erworben hatte, weil er wie ein Geist an den Patrouillenbooten der Kernwelten-Union vorbeizuschlüpfen wusste.

Er drehte sich zu dem einzigen anderen Gast in *Makos Taverne* um, und seine Brauen hoben sich noch weiter, als der Mann den Hut in den Nacken schob und herüberschaute. »T. S.? *Mad Dog?* Ich fasse es nicht. Entweder ist das Universum auf einmal zu einem verdammt kleinen Ort geschrumpft, oder dieser Staubklumpen Briscoll muss reizvoller sein, als ich dachte.«

Das bärtige Gesicht des Mannes verzog sich zu einem Grinsen. »Tatsächlich. Das ist John Donovan, wie er leibt und lebt.« Seine fleischige Hand packte den halb leeren Bierkrug, der vor ihm stand, dann hievte T. S. Sebastian, freischaffender Frachterkapitän und Schurke, seine kräftige Gestalt von dem Barhocker und gesellte sich zu John.

Mako widmete sich wieder seiner Arbeit hinter dem Tresen, nicht ohne John zuvor noch das georderte Bier hinzustellen.

»John, alter Schwerenöter, wie lange haben wir uns nicht gesehen? Ein Standardjahr? Zwei?« T. S. ließ sich auf den Nachbarhocker fallen und hieb seinen Bierkrug gegen den von John.

»Ich glaube, es war im Arilon-System unweit des Gettysburg-Transitfelds«, antwortete John, »und ein Unionskreuzer samt Eskortgeschwader war uns auf den Fersen.«

»Teufel ja, ich erinnere mich.« T. S. nahm einen herzhaften Schluck aus seinem Krug. »Das waren vielleicht Scheißtage.«

»Haben die dich damals etwa geschnappt?«

»Nein, dich?«

John schüttelte den Kopf. »Aber es war haarscharf. Wenn Hobie die Projektoren nicht überladen hätte, wären wir vermutlich nicht rechtzeitig von einem Wurm erwischt worden, um mit heiler Haut davonzukommen.«

»Schöner Mist«, brummte T. S. mitfühlend. »Wie geht's dem alten Schrauber? Fliegt ihr noch zusammen?«

»Alles wie immer«, bestätigte John. »Hobie, Kelly, ich, die *Mary-Jane*. Wir haben noch einen neuen Burschen an Bord, Aleandro, ein junger Herumtreiber von Loredo, aber er weiß, wie man einen Computer dazu bringt, das zu tun, was ich will.« John zuckte mit den Schultern. »Er ist in Ordnung. Wie sieht es mit deinen Leuten aus?«

»Wir leben alle noch. Was man von der *Sagitta* nicht unbedingt sagen kann.« Die Miene von Johns Gegenüber verdüsterte sich.

»Was ist passiert?«, erkundigte sich John besorgt.

T. S. presste die Lippen zusammen. »Das was früher oder später passieren musste: Ein Patrouillenboot hat uns erwischt – und ausnahmsweise mal so richtig. Wir konnten zwar noch entkommen, aber der halbe Antrieb ist Schrott. Vor allem der Texaferm-Konverter ist im Eimer. Wir haben zwei Wochen Schleichfahrt hinter uns gebracht, bloß um mit Mühe und Not Briscoll zu erreichen. Und jetzt sitzen wir hier fest, wie es aussieht auf längere Zeit.«

John verzog das Gesicht. Erst jetzt fiel ihm auf, wie müde sein Freund aussah. Gestrandet zu sein gehörte zu den schlimmsten Schicksalen für Frontiersmen wie sie, deren Lebensinhalt darin bestand, frei und ungebunden durchs All zu fliegen. Dann auch noch auf einer Staubkugel wie Briscoll gestrandet zu sein, und das womöglich auf unbestimmte Zeit …

»Das muss hart sein«, murmelte John, halb zu sich selbst. »Wenn ich dir irgendwie helfen kann, Kumpel, sag Bescheid.«

Sein alter Freund winkte ab. »Vergiss es. Jeder hat seine eigenen Sorgen. Und noch gibt der Mad Dog nicht auf. Abgesehen davon kannst du eh nichts für mich tun, wenn du nicht zufällig einen Ersatz-Texaferm-Konverter im Laderaum hast.«

John schüttelte den Kopf. »Da muss ich passen.«

T. S. leerte seinen Krug, und John gab Mako mit einem Wink zu verstehen, dass er für Nachschub sorgen sollte. Langsam füllte sich die Taverne mit weiteren Gästen, dennoch erfüllte Mako ihre Wünsche umgehend.

»Aber reden wir nicht mehr von mir«, bat T. S. düster. Mit einer vagen Geste schloss er ihre Umgebung ein. »Was treibst du auf Briscoll?«

Unauffällig warf John einen Blick in die Runde. Mit T. S. konnte er offen reden, aber es war nicht nötig, dass der halbe Schankraum zuhörte. Doch die Hand voll neuer Gäste, die in der Zwischenzeit eingetroffen war, hielt den Blick auf die eigenen Drinks gerichtet. Niemand schien sich für sie zu interessieren. Trotzdem senkte er die Stimme vertraulich, als er antwortete: »Hör zu, T. S., das erzähle ich nur dir und sonst niemandem. Also behalte es für dich.«

»Ich bin verschwiegen wie das staubige Grab meiner Mutter, das weißt du.«

»Gut so, denn diesmal stecke ich ziemlich in der Klemme. Darius Martell wetzt die Messer.«

»Was hast du gemacht, John?«

John wedelte mit der Hand in der Luft herum. »Du weißt doch, wie es läuft. Man bekommt einen todsicheren Tipp, hat zu wenig Geld, leiht sich zu viel von den falschen Leuten, dann geht was schief, und auf einmal steht man auf der Abschussliste von Männern wie Todbringer Santander.«

T. S. riss die Augen auf. »Santander ist hinter dir her?«

»Noch nicht«, gab John zurück. »Ich habe acht Tage, um zwanzigtausend aufzutreiben. Und ich muss dir wahrscheinlich nicht erzählen, wie mies die Arbeitslage auf Briscoll ist.«

Sein Freund schüttelte langsam den Kopf. »Üble Sache. Ziemliche üble Sache.« Seine Augen verengten sich, als ihm plötzlich etwas einzufallen schien. »Aber vielleicht habe ich was für dich, John.«

»Du?«

»He, ich habe mich natürlich auch nach Möglichkeiten umgesehen, ein paar Kröten zu verdienen. Ich will hier nicht alt werden.«

»Und?«

T. S. beugte sich noch etwas näher. »Ich habe einen Kerl getroffen«, verriet er leise. »Nannte sich de Vries. Vom Aussehen her ein Banker oder Corp-Exec, auch wenn er versucht, sich bedeckt zu halten. Er will von Briscoll weg, und das möglichst schnell. Ist bereit, gutes Geld zu zahlen – wenn man keine Fragen stellt. Leider hat er es ziemlich eilig, deshalb sind die *Sagitta* und ich die Falschen für ihn, selbst wenn ich mir vom Vorschuss einen Ersatz-Konverter besorgen könnte. Abgesehen davon ...« Unbehaglich strich sich T. S. durch den Bart. »Na ja, ich glaube, ich sitze lieber hier fest, als im Augenblick dorthin zu fliegen, wo der Kamerad hinwill.«

Fragend sah John seinen alten Schmugglerfreund an.

»Heaven's Gate«, sagte der nur.

Sofort begriff John, wo der Haken lag. »Das liegt auf der fernen Seite des Oklahoma-Sektors ...«

»... in dem dieser verrückte Peko Geonoj gerade unterwegs ist«, vollendete T. S. den Satz. »Ich weiß ja nicht, was du über ihn gehört hast, aber was mir über diesen Konya zu Ohren kam, lässt einem die Haare zu Berge stehen. Stammt aus dem Uanada-Reservat. Hat sich wohl schon immer für ein gewaltsames Wiedererstarken der Peko eingesetzt. Sein halber Stamm wurde nach einer Revolte auf Uanada bei einer Strafexpedition der Union ausgelöscht. Der Rest folgte ihm auf den Kriegspfad. Bei Neu Hessen haben sie ihn beinahe erwischt.«

»Das hatte ich auch schon gehört«, warf John ein.

»Tja, bloß ist knapp daneben eben auch vorbei, wie wir selbst am besten wissen.« T. S. lächelte finster. »Danach hat er sich offenbar auf Kendaui versteckt – und dabei neue Leute um sich gesammelt. Jetzt terrorisieren sie den Oklahoma-Sektor. Wer ihnen in die Hände fällt, ist dran. Wenn du Glück hast, stirbst du noch im Kampf. Aber wenn du Pech hast, erwischen sie dich lebend und verschleppen dich auf eins ihrer Mutterschiffe. Dort wartet dann ein hässlicher und sehr langsamer Tod auf dich. Die schneiden dich mit ihren Zeremonienmessern in Stücke – bei lebendigem Leib.«

John nahm einen Schluck Bier. »Mann, T. S., immer hast du solche Schauergeschichten auf Lager. Wer erzählt die dir eigentlich alle?«

»Die hier habe ich von Bedford. Er sagt, er habe einen Typen getroffen, der einen Kerl aus einem tot im All hängenden Peko-Raptor aufgelesen hat. Der Bursche in dem Raptor muss übel zugerichtet gewesen sein. Die haben ihm die Haut in Streifen von den Beinen gezogen, außerdem fehlten ihm beide Ohren. Keine Ahnung, wie der den Peko entkommen ist, aber es soll ihm wohl gelungen sein, allerdings hat ihn kurz darauf sein Fluchtfahrzeug im Stich gelassen.«

»Tony *Guitar* …« John bedachte seinen Freund mit einem schiefen Grinsen. »Dem darfst du doch kein Wort glauben. Was Bedford an Geschichten erzählt, wenn der Abend lang ist und das Bier billig, geht auf keine Kuhhaut.«

»Diesmal ist aber wirklich was dran«, raunte T. S. unheilvoll. »Ich habe Bilder von dem Entkommenen gesehen.«

»Bilder?«

Sein Freund nickte. »Bedford hat sie mir gezeigt. Ich schwöre dir, ich war froh, dass der nächste Schluck Wiskey nicht weit war. Es hat mir fast den Magen umgedreht.«

Wortlos starrte John T. S. an. Wie es aussah, hegte dieser die feste Überzeugung, dass der Peko Geonoj ein wahres Ungeheuer war. »Schon komisch, wie aus so einem friedfertigen Volk plötzlich der Albtraum der Menschheit werden kann«, murmelte John.

»Tja, ich schätze, daran sind die Menschen nicht unschuldig«, brummte T. S., »auch wenn das die feinen Herren auf den Kernwelten anders sehen.«

Nachdenklich schürzte John die Lippen. Dieser Geonoj stellte ein Problem dar, keine Frage. Doch der Oklahoma-Sektor war groß, und so eine Peko-Horde konnte nicht überall sein. Insofern war die Bedrohung recht vager Natur. Die im Staufach seines Landgleiters tickende Taschenuhr von Martell dagegen hatte etwas entschieden Handfestes an sich. Im Zweifelsfall war es besser, sich in ein Raumgebiet vorzuwagen, das von einer Grünhaut heimgesucht wurde, die zwar Menschen im Allgemeinen hasste, aber nichts gegen John persönlich hatte, als auf der Abschussliste von Santander zu landen, der sich diese spezielle Trophäe zweifellos mit besonderer Freude holen würde.

»Wie viel war dieser de Vries bereit zu zahlen?«, fragte John.

Prüfend sah T. S. John an. »Du überlegst dir also wirklich, den Job anzunehmen?«

»He, *du* hast davon angefangen.«

»Auch wieder wahr.« Sein Freund nahm einen Schluck

Bier. »Mir hat er viertausend geboten, wenn ich noch heute oder spätestens morgen früh abfliege. Aber ich schätze, da sind auch fünftausend drin, wenn du deine Karten richtig ausspielst.«

»Fünftausend?« In Johns Hinterkopf begannen Dollarzeichen zu tanzen. »Das wäre ein Viertel der Summe, die ich Martell schulde – abzüglich ein paar Auslagen.«

»Er will anscheinend wirklich dringend von Briscoll weg«, meinte T. S. achselzuckend. »Willst du seine Kontaktnummer? Er hat sie mir hinterlassen – für alle Fälle.«

»Klar, her damit.«

John kam die Frau in den Sinn, deren Anschlag er am Raumhafen gesehen hatte. Hatte die nicht auch eine Passage nach Heaven's Gate gesucht? Was sie wohl für eine schnelle Passage zu zahlen bereit war? Und gab es womöglich noch andere Verzweifelte, die von der Reisewarnung kalt erwischt worden waren?

Auf der bärtigen Miene seines alten Freundes zeigte sich ein Grinsen. »Den Blick kenne ich. Der *Ghostrider* heckt doch was aus.«

Unwillkürlich erwiderte John das Grinsen. Je länger er darüber nachsann, desto besser gefiel ihm der Gedanke eines kleinen Transportflugs in den Oklahoma-Sektor. »Ich überlege bloß, wie sich aus der Lage Profit schlagen ließe«, erwiderte er, dann stand er entschlossen auf. »Mako, zahlen.« Er legte ein paar Dollar auf den Tresen. Dann wandte er sich an T. S. und nickte ihm zu. »Es war mir eine Freude, dich mal wieder gesehen zu haben. Aber nun muss ich los. Es gilt, meiner Mannschaft gegenüber ein Versprechen einzulösen.«

Sein alter Freund tippte sich an die Hutkrempe. »Passt auf euch auf, John. Ich hoffe, bis zu unserem nächsten Treffen vergehen keine zwei Jahre.«

»Das hoffe ich auch.«

Mit diesen Worten verließ John *Makos Taverne*. Als er sich erneut hinter das Steuer seines Fargo setzte, ging ihm noch einmal durch den Sinn, was an schnellen, ordentlich bezahlten Jobs normalerweise der Haken war: *Illegal oder hochriskant – oft genug beides zugleich.*

Er zog sein Komm-Gerät vom Gürtel und rief die *Mary-Jane*. »Kelly, hier ist John. Hol mir Aleandro an die Strippe. Ich habe einen Plan.«

– 5 –

»*Das* nennst du einen Plan?«

John hatte damit gerechnet, dass Kelly gewisse Einwände gegen seine Idee haben würde, einen Transportflug quer durch den Oklahoma-Sektor zu organisieren. Dass sie ihn allerdings mit einem Gewehr in der Hand an der Rampe zum Backbordfrachtraum begrüßte, hielt er für etwas übertrieben.

Er bremste den Landgleiter am Fuß der Rampe, schob sich an der Sitzlehne hoch und hob die Hände. »Ho, Kelly, ganz ruhig.«

»Vielleicht sollte ich dich einfach erschießen, John.« Sie richtete die Mündung der Waffe auf ihn, die ohne Zweifel entsichert war. Wenn Kelly die Wut übermannte, machte sie keine halben Sachen. »Und danach bringe ich mich um. Dann haben wir's wenigstens hinter uns.«

Als sie sich den Lauf unters Kinn schob, senkte John die Arme wieder. Er flankte über die Kante des Fargo und ging langsam auf sie zu. »Was redest du da für einen Unsinn, Kelly?«

Sie zog den Lauf zurück, legte einen Hebel um – was John als gutes Zeichen wertete – und pflanzte den Schaft des Gewehrs mit einem metallischen Schlag neben sich auf. »Wovon ich rede?« Hinter ihr tauchten Hobie und Aleandro auf. Johns Mechaniker blickte etwas unglücklich drein, doch wenigstens der Junge hatte entspannt die Hände in die ausgebeulten Hosentaschen geschoben. Um seinen Hals baumelte ein Padd an einem Riemen.

»Ich rede davon, dass du alle möglichen Leute auf Briscoll einlädst, mit uns nach Heaven's Gate zu fliegen«, fuhr Kelly erbost fort. »Du kannst mir nicht erzählen, dass du nicht mitgekriegt hast, was im Oklahoma-Sektor los ist.«

»Klar weiß ich, was dort los ist«, gab John zurück. Er blieb zwei Schritte vor seiner blonden Partnerin stehen, die ihn, da sie am oberen Ende der Rampe stand, leicht überragte, klemmte die Daumen in den Waffengurt und schenkte ihr ein schiefes Grinsen. »Aus genau diesem Grund habe ich Alejandro das Angebot doch ins hiesige Netz stellen lassen. Manche Leute zahlen ein Vermögen dafür, um in diesen Tagen nach Heaven's Gate zu kommen. Wir wären schlechte Geschäftsleute, wenn wir auf diese Nachfrage nicht reagieren würden.«

»Aber, John«, wandte nun auch Hobie ein. »Der Oklahoma-Sektor … Du weißt, dass ich deine Entscheidungen selten infrage stelle. Wo die *Mary-Jane* hinfliegt, fliege ich mit. Doch warum willst du ausgerechnet in das augenblicklich gefährlichste Raumgebiet zwischen Purgatory und Constitution?«

»Weil sich dort, im Gegensatz zu den Badlands und den Flottenwerften der Union, gutes Geld verdienen lässt. Vor allem lässt sich schnelles Geld verdienen.«

Kelly verdrehte die Augen. »John, wenn es nur darum geht, uns was zu beweisen, ist das wirklich nicht nötig.«

»Tut mir leid, Süße, aber diesmal liegst du falsch«, entgegnete John. »Ich habe diesen Plan nicht euretwegen aus dem Hut gezaubert, sondern deshalb.« Er kehrte zum Fargo zurück, holte die Uhr aus dem Staufach und warf sie Kelly zu.

»197 Stunden und 39 Minuten … Was soll das bedeuten?«

»So lange hast du noch zu leben, bevor Santander deinen Namen auf eine seiner Revolverpatronen schreibt.«

Hobie riss die Augen auf. »Du hast Santander getroffen? Auf Briscoll?«

John nickte. »Und nicht nur den. Darius Martell ist auch hier. War ein dummer Zufall, dass wir uns über den Weg gelaufen sind. Jedenfalls hat er die Gelegenheit genutzt, mich an das Geld zu erinnern, dass wir ihm noch schulden. Und damit wir mit der Rückzahlung nicht zu sehr in Verzug geraten, hat er mir diese hübsche Erinnerung mitgegeben, verbunden mit einer unmissverständlichen Drohung.« Er deutete auf die Uhr.

»Puh.« Hobie zog seine Mütze ab und fuhr sich mit der Hand durchs schüttere graue Haar. »Das ist ein Ding.«

»Na schön, wir brauchen also *schnell* Geld«, gab auch Kelly widerstrebend zu. Sie reichte John die Uhr wieder, der sie in seiner Manteltasche verschwinden ließ. »Wie stehen denn unsere Chancen?«

»Lass uns reingehen und alles Weitere drinnen besprechen«, sagte John. »Aleandro, parkst du den Gleiter im Frachtraum?«

»Wird gemacht, Cap.« Der Junge stiefelte an ihm vorbei die Rampe hinunter.

Kurz darauf saßen sie zu viert um den großen Tisch in der Messe. Hobie hatte ihnen Kaffee gekocht, außerdem stand auf dem Tisch ein Rest der Bohnenpfanne, die er sich als spätes Mittagessen zubereitet hatte und die John nun in sich hineinschaufelte, um nach den Whiskeys und dem Bier etwas Ordentliches in den Magen zu bekommen.

»Ich habe mich mit diesem de Vries getroffen«, erklärte er

zwischen zwei Bissen, nachdem er Hobie, Kelly und Aleandro von seinem Treffen mit T. S. berichtet hatte und der sich daran anschließenden Eingebung, wie sich ihre Geldsorgen lösen ließen. »Er ist bereit, fünftausend zu zahlen, wenn wir ihn morgen bis neun Uhr Ortszeit von Briscoll fortbringen. Keine Ahnung, warum er es so eilig hat. Wie ein flüchtiger Verbrecher sieht er jedenfalls nicht aus. Vielleicht ist ihm eine rachsüchtige Ehefrau auf den Fersen. Aber das soll uns egal sein.«

»Fünftausend ist eine schöne Stange Geld«, meinte Kelly. »Aber es reicht nicht, um unsere Schulden bei Martell zu begleichen.«

»Stimmt«, gab John zu. »Deshalb habe ich Aleandro ja auch gebeten, einen Aufruf im Netz zu schalten. Bis morgen früh um halb neun nehmen wir Passagiere an Bord. Fracht muss bis sieben Uhr an Bord sein. Je nachdem, was wir laden, müssen wir daran denken, dem Zollinspektor ein ordentliches Trinkgeld zuzustecken. Ich habe keine Lust, schon im Orbit von Briscoll von einem Patrouillenschiff verfolgt zu werden.«

»Haben wir denn schon weitere Anfragen?«, wollte Hobie wissen.

Aleandro überprüfte sein Padd, das vor ihm auf dem Tisch lag. »Eine Frau hat sich gemeldet, eine Mrs. Emma Pennington. Sie will nach Heaven's Gate, aber … hm.«

»Was ist?«, fragte John.

»Sie kann die zweitausend Dollar, die wir haben wollen, nicht bezahlen. Ihre Reisekasse war offenbar für einen Standardtransport auslegt.«

»Wie viel hat sie?«

»Eintausendzweihundert.«

John seufzte und schob sich den letzten Löffel Bohnenpfanne in den Mund, bevor er nickte. »Soll vorbeikommen, solange sie für sich behält, dass wir ihr einen Sonderpreis machen. Sonst noch was?«

»Ein Mann namens Frank Langdon will auch mitfliegen. Er bietet uns tausend bei Abflug und dreitausend, wenn wir Heaven's Gate erreichen. Offenbar muss er erst noch ein Erbe antreten, bevor er das Geld hat.«

»Himmel, warum hat eigentlich kein Mensch heutzutage mehr Bargeld.« John schob die Pfanne von sich. »Was meint ihr?« Er sah Hobie und Kelly fragend an.

Sein Mechaniker strich sich mit der Hand übers Kinn. »Der Name Frank Langdon kommt mir irgendwie bekannt vor. Aber ich weiß ihn einfach nicht einzuordnen.«

»Ist das gut oder schlecht?«, hakte John nach.

Hobie zuckte mit den Achseln. »Kann ich nicht sagen, tut mir leid.«

»Das ist doch ein Allerweltsname«, meinte Kelly, »Unmengen von Leuten werden Frank Langdon heißen. Ich sage, wir nehmen ihn mit. Tausend Dollar sind tausend Dollar.«

John nickte. »Vor allem sind weitere *dreitausend* Dollar nicht zu verachten. Und wenn er uns übers Ohr hauen will, habe ich hier eine Goldimitat-Taschenuhr, auf der nicht nur unsere Lebenszeit abläuft, sondern auch seine.« Er schnippte mit dem Finger in Aleandros Richtung. »Sag ihm zu, mein Junge.«

»Aye, Cap.«

»Noch etwas?«

»Nein.«

»Wie viel haben wir dann insgesamt?«

Aleandro schürzte die Lippen und kratzte sich am Kopf. »Etwas über zehntausend, wenn dieser Langdon zahlt.«

»Zu wenig. Mist.« Unzufrieden schob John den Stuhl, auf

dem er saß, nach hinten, um sich zurückzulehnen und seine langen Beine auszustrecken.

»Noch ist nicht aller Tage Abend«, sagte Hobie. »Bis zu unserem Abflug sind es noch fünfzehn Stunden.«

»Richtig. Hoffen wir das Beste.« Er nickte seinen Partnern zu. »Hobie und Kelly, ihr macht das Schiff startklar und sorgt dafür, dass unsere Gäste ordentliche Kabinen vorfinden, wenn sie eintreffen?«

»Kein Problem, John«, sagte Hobie.

»Gut. Ich gehe inzwischen ins Cockpit und suche uns eine schöne Flugroute nach Heaven's Gate heraus. Es sollte uns doch gelingen, in so viel leerem Raum ein paar wütenden Grünhäuten aus dem Weg zu gehen.«

»Und was mache ich?«, wollte Aleandro wissen.

»Du behältst die Nachrichtenboards im Auge. Wenn irgendwo auch nur jemand den vagen Gedanken äußert, dass er dem Oklahoma-Sektor einen Besuch abstatten könnte, will ich, dass ihm unser Angebot ins Postfach flattert, bevor er ihn zu Ende gedacht hat.«

»Geht klar.«

Sie standen auf und verteilten sich. John verließ die Messe durch die Steuerbordluke und umrundete sie, um über eine kurze, steile Treppe hinauf in den erhöht am Bug liegenden Cockpitbereich zu gelangen.

Das Cockpit, das in seiner Form an eine liegende Tonne erinnerte und vorn ein großes, aus mehreren Teilstücken bestehendes Sichtfenster hatte, bot Platz für vier Besatzungsmitglieder, was im Grunde einer groben Verschwendung gleichkam. Kleine Frachter wie die der *Cambria*-Klasse flogen sich für gewöhnlich so problemlos, dass im Normalbetrieb ein Pilot am Steuer völlig ausreichte. Wenn es brenzliger wurde, konnte ein links neben ihm sitzender Kopilot parallel beispielsweise den Navigationscomputer bedienen oder die Schadenskontrollen im Blick behalten.

Im hinteren Bereich des Cockpits befand sich eine Technikkontrolle, von der aus alle Parameter der Schiffselektronik, der Lebenserhaltung und der Maschinen überprüft und verändert werden konnten. Manchmal saß Hobie dort. In der Regel zog er es jedoch vor, Einstellungen und Reparaturen direkt vor Ort vorzunehmen, also im Maschinenraum oder in den überall im Schiffsrumpf verteilten Wartungsmulden.

Der Technikkontrolle gegenüber lag ein Bereich, den der Hersteller absichtlich undefiniert gelassen hatte. Der Gedanke, der dahintersteckte, war der: Von Werk aus durften die Frachter nicht mit Waffen, Schildsystemen oder anderer Spezialhardware bestückt werden. Doch die *Cambria*-Klasse ließ sich – wie viele Schiffe dieser Größenordnung – im Nachhinein leicht mit allerlei Spielereien aufrüsten. So summte im Fall der *Mary-Jane* in dieser Nische die Zentraleinheit der gleichnamigen KI. Außerdem hatte Captain Sturges vor Jahren eine hochempfindliche Ortungsanlage einrichten lassen, deren Schirme ebenfalls die Wand vor dem vierten Sitzplatz zierten.

John ließ sich in seinen Pilotensessel fallen, auf dem eine giftgrüne Gel-Unterlage klebte, weil Sturges in seinen langen Jahren als Captain nie die Sitzpolsterung erneuert hatte und der ursprüngliche Kunstlederbezug zerbröselte wie trockener Napfkuchen.

»So, dann wollen wir«, murmelte er und fuhr die Navigationssysteme hoch. »Mary-Jane, leg mir einen Standardkurs Briscoll-Heaven's Gate auf den Monitor.«

»Gern, John«, erklang die sanfte Frauenstimme der Schiffs-KI aus einem verborgenen Lautsprecher. Einfache Kurse, die von einem Planeten zum nächsten Transitfeld oder von einem

Transitfeld zu einem Zielplaneten führten, berechnete der Bordcomputer um ein Vielfaches schneller als jeder menschliche Pilot. Erst wenn man versuchte, durch Swing-by-Manöver Treibstoff zu sparen oder Umwege durch bestimmte Raumregionen wünschte, wurde es nötig, einzugreifen und den Kurs zu verfeinern.

Stirnrunzelnd besah sich John die Route, die vor ihnen lag. Zunächst würden sie zum Blue-Junction-Transitfeld fliegen müssen, das etwa hundertfünfzig Millionen Kilometer oberhalb der Ekliptik über dem randwärtigen Bahnbereich des innersten Planeten hing, eines kochenden Felsklumpens namens Girra. Der Flug dorthin dauerte kaum mehr als zehn Stunden, selbst wenn sie den Antrieb der *Mary-Jane* nicht übermäßig beanspruchten.

Im Anschluss an den Transit nach Blue Junction machten sie am besten noch einmal an Fort Junction Halt, dem Raumaußenposten in dieser Region, der zugleich ihren letzten Wegpunkt vor dem Oklahoma-Sektor markierte. Danach hatten sie die Wahl. »Fliegen wir über Wayland und Safford oder über Russell Station und Iverson nach Heaven's Gate?«

»Die aktuellen Sternenkarten empfehlen die Route Wayland–Safford, um möglichst rasch nach Heaven's Gate zu gelangen«, sagte Mary-Jane. »Das Transitfeld in Iverson ist gegenwärtig als wandernd markiert. Ein Exo-Energiefilament zu finden, das uns zum Trinity-System zieht, könnte mehrere Tage dauern.«

»Hm«, brummte John. »Das wird dieser Geonoj sicher auch wissen. Er wird davon ausgehen, dass alle, die trotz Reisewarnung nach Heaven's Gate fliegen, die schnellere Route wählen – und entsprechend dort mit seinen Leuten lauern. Oder er macht genau das Gegenteil und wartet bei Iverson, weil er sich ausrechnet, dass alle denken, er sei in der Nähe von Wayland und Safford unterwegs, und deshalb diese Systeme meiden.« Nachdenklich trommelte er auf die Instrumententafel. »Wie denkt dieser Mistkerl?«

»Es tut mir leid, John, aber ich besitze zu wenige Informationen über Geonoj, um diese Frage zu beantworten. Wenn du möchtest, werde ich versuchen, aus dem lokalen Nachrichtennetz alle Einträge zu sammeln, die dort über Geonoj abgelegt sind. Daraus ließe sich ein Persönlichkeitsprofil erstellen, das dir vielleicht bei der Entscheidung hilfreich ist.«

John nickte. »Ja, danke, Mary-Jane, mach das. Ich ...«

Das Piepen seines Komm-Geräts am Gürtel unterbrach ihn. John warf einen Blick auf die Anzeige. Aleandro versuchte ihn zu erreichen. Kopfschüttelnd öffnete John die Verbindung – der Junge war offenbar zu faul, die zehn Schritte aus der Messe bis ins Cockpit zu laufen. »Was gibt's?«, meldete er sich.

»Ich bekomme gerade eine weitere Anfrage rein«, erwiderte Aleandro. »Zwei Personen plus Fracht. Die wollen aber vorher mir jemandem reden.«

»Danke. Stell sie mir ins Cockpit durch.« Während er das Komm-Gerät wieder abschaltete, begann vor ihm die Anzeige für ein ankommendes Gespräch zu blinken. Er legte den Kippschalter um und nahm es entgegen. »John Donovan hier, Captain der *Mary-Jane Wellington*. Was kann ich für Sie tun?«

»Guten Abend, Captain Donovan«, meldete sich eine Männerstimme zu Wort. Sie klang sehr höflich, und dem leicht gestelzt wirkenden Akzent nach zu urteilen, stammte ihr Sprecher von den Kernwelten, vermutlich Westminster. »Mein Name ist Cutter. Meine Schwester und ich wünschen, eine Passage nach Heaven's Gate zu buchen. Da es uns eilig ist, diese Welt zu erreichen, und wir hörten, dass Sie morgen dorthin zu starten gedenken, wenden wir uns an Sie. Haben Sie noch zwei Plätze frei?«

»Wir haben schon einige Passagiere an Bord genommen«, antwortete John. »Wären Sie bereit, sich eine Kabine zu teilen?«

»Natürlich. Das stellt kein Problem für uns dar. Komfort ist uns nicht wichtig, nur Schnelligkeit und dass wir sicher vor Ort eintreffen.«

Unwillkürlich musste John grinsen. »Dann sind Sie bei uns genau richtig.« Er beugte sich vor, legte die Ellbogen auf die Instrumententafel und faltete die Hände. »Können Sie zahlen? Wir nehmen nur Passagiere mit, die in bar zahlen können.«

»Wir haben die viertausend Dollar, die Sie für zwei Passagiere verlangen, bei uns.«

»Wunderbar. Kommen Sie zum Raumhafen, wann immer Sie mögen, Mister Cutter. Die *Mary-Jane Wellington* erwartet sie an Landeplatz 27.«

»Eine Frage hätten wir noch, Captain Donovan«, sagte Cutter.

»Schießen Sie los.«

»Verfügt Ihr Schiff über die Möglichkeit, einen Kryo-Frachtcontainer der Klasse drei mit Energie zu versorgen? Der Container verfügt über Standardanschlüsse.«

John versuchte, sich in Erinnerung zu rufen, wie groß ein Container der Klasse 3 war. Wenn er nicht irrte, sollte er kaum mehr als zwei Kubikmeter messen. »Kein Problem. Dafür haben wir sowohl Halteklammern im Frachtraum als auch Energieleitungen. Aber Fracht kostet extra. Und ich hoffe, dass Sie nicht vorhaben, gefährliche Chemikalien oder etwas Derartiges zu transportieren. Solche Sachen nehmen wir nicht an Bord.«

»Keine Sorge, Mister Donovan«, beruhigte ihn der Mann am anderen Ende der Leitung. »Die Fracht muss zwar in gekühltem Zustand transportiert werden, aber sie ist absolut ungefährlich für Sie und Ihr Schiff. Es handelt sich um einen Mann.«

»Einen Mann?« John hob die Augenbrauen.

»Unseren Vater, um genau zu sein. Er ist schwer krank, ein Organleiden. Die Ärzte geben ihm nur noch wenige Tage. Wir haben ihm versprochen, ihn nach Heaven's Gate zu bringen. Er möchte im Blue-Sky-Nebula bestattet werden.«

Von diesem Brauch hatte John gehört. Das Trinity-System befand sich in unmittelbarer Nachbarschaft einer Staubwolke, in deren Zentrum ein Doppelsternsystem mit einem blauen Überriesen lag, der die gesamte Wolke in prachtvollstem Himmelblau erstrahlen ließ. Die ersten Siedler von Heaven's Gate, eine Bande religiöse Spinner, hatten den Nebel daher als Zugang zum Reich Gottes verstanden. Entsprechend hatten sie ihre neue Welt »Himmelspforte« genannt, und auch ein halbes Jahrhundert später gab es noch die Tradition, Gläubige, die auf Heaven's Gate starben, mit Särgen in den Nebel zu schießen, wo die Toten Eingang ins Paradies finden sollten.

Persönlich hielt John wenig davon, aber er würde zahlungswilligen Passagieren diesen Wunsch ganz sicher nicht ausreden. »Also schön«, sagte er. »Ich bin kein Unmensch. Für fünfhundert Dollar zusätzlich bringen wir Ihren Vater im Handumdrehen an den Ort seiner Träume.«

»Das ist akzeptabel«, antwortete Cutter. »Vielen Dank, Captain. Wir wissen Ihren Einsatz zu schätzen. Es gibt noch ein paar Formalien, die wir in Williamsport regeln müssen, daher wird es uns vermutlich nicht möglich sein, schon heute Abend an Bord zu gehen. Aber wir sind ganz bestimmt morgen früh bis sieben Uhr bei Ihnen.«

»Soll mir recht sein. Aber verspäten Sie sich bitte nicht. Wir haben einen Abflugtermin einzuhalten und können nicht warten.«

»Natürlich. Wir sind pünktlich da.« Mit diesen Worten legte Cutter auf.

John schnippte den Schalter der Funkanlage in die Aus-Position. »Läuft doch«, brummte er. »Damit wären wir jetzt bei fast fünfzehntausend. Noch drei oder vier weitere Passagiere, und diese Fahrt wirft womöglich sogar Gewinn ab.«

Als sei dies sein Stichwort gewesen, stürzte Hobie ins Cockpit. »John, komm mit. Das musst du dir ansehen.« Auf dem faltigen Gesicht des Mechanikers lag ein Ausdruck, als habe er soeben einen Blick auf sein ganz persönliches Paradies geworfen.

»Was ist denn los?«, wollte John wissen.

Hobie schob seine Mütze in den Nacken und antwortete mit einem breiten Grinsen. »Keine Fragen. Folge mir einfach.«

Gehorsam stand John auf und marschierte seinem alten Freund hinterher, der ihn die Treppe hinunter und an der Messe vorbei zum Backbordfrachtraum führte. Sie durchquerten den bis auf den Landgleiter leeren Raum und stiegen die noch immer offene Rampe hinunter.

»Darf ich vorstellen?«, sagte Hobie mit leuchtenden Augen. »Das ist Mister Peabody. Er würde gerne mit uns nach Heaven's Gate fliegen.«

»Guten Tag, Sir«, begrüßte ihn der schmächtige, in einem braunen Anzug steckende Mann mit der adrett gescheitelten Frisur. »Ihr Kopilot Mister Hobel hat recht. Ich würde gerne nach Heaven's Gate fliegen. Ich und etwas Fracht, wenn es keine Umstände macht.« Er drehte sich um und deutete auf einen Lastwagen, der keine dreißig Schritte entfernt auf dem

Rollfeld parkte und auf dessen Ladefläche mindestens ein Dutzend silberner, würfelförmiger Tanks verzurrt waren.

Blinzend musterte John die in der Abendsonne rotgolden glänzenden Behältnisse. »Was haben Sie denn zu transportieren?«

Peabody schenkte ihm ein herzliches Lächeln. »Dreitausendsiebenhundert Gallonen feinsten Bénodet-Whiskey.«

– 6 –

Mit brüllenden Triebwerken erhob sich die *Mary-Jane Wellington* in den blassblauen Himmel über Williamsport. Einen Augenblick lang schwebte sie Staub aufwirbelnd über ihrem Landeplatz, dann richteten sich die beiden schweren Frachträume, zwischen denen das kleine Cockpit hing, nach Norden aus, und der Transporter rauschte dröhnend davon.

John Donovan saß auf dem Pilotensitz und war außerordentlich zufrieden mit sich. Sie waren nicht nur pünktlich gestartet, das Schiff war mit sechs Passagieren, einem tiefgekühlten Todkranken und vierzehn blitzblanken Getränketanks voller Whiskey auch angenehm voll. Einundzwanzigtausendsiebenhundert Dollar hatten sie an diesem Morgen eingenommen, weitere dreitausend folgten, sobald dieser Mister Langdon sein Erbe angetreten hatte. Damit waren sie, was Darius Martell anging, aus dem Schneider. Sie mussten bloß noch Heaven's Gate erreichen und das Geld dort bei der Bank einzahlen. Dazu hatten sie auf Briscoll an diesem Morgen keine Gelegenheit mehr gehabt.

»Weißt du, Aleandro, ich habe ein gutes Gefühl bei der Sache«, verkündete John, während er den Steuerknüppel nach hinten zog und zusah, wie das Blau der Atmosphäre vor der Cockpitscheibe langsam dem Schwarz des Weltraums wich.

»Wenn Sie es sagen, Captain.« Der junge Computerspezialist lümmelte sich auf dem Kopilotensitz, da Hobie sich im Maschinenraum herumtrieb und Kelly ihre Gäste in der Messe betreute.

John warf ihm einen kurzen Seitenblick zu. »Das klingt nicht sehr überzeugt. Was ist los?«

»Ach« – Aleandro machte eine wegwerfende Geste – »ich habe gestern Abend bloß den Fehler gemacht, die Dateien über Geonoj zu lesen, die Mary-Jane zusammengestellt hat. Danach hatte ich die ganze Nacht Albträume. Wussten Sie, dass der seinen Gefangenen Körperteile abschneidet, um sich daraus Schmuck zu fertigen?«

»Jetzt fängst du auch damit an«, stöhnte John. »Hobie hat mir schon die Ohren davon vollgejammert. Der Trick besteht darin, sich *nicht* von Geonoj erwischen zu lassen – oder von sonst jemandem. Und wenn es ein Schiff gibt, das dazu imstande ist, dann die *Mary-Jane*. Wir haben die besten Sensoren und den stärksten Antrieb, die man in eine *Cambria*-Klasse einbauen kann. Kein Peko wird sich uns auch nur bis auf hunderttausend Kilometer nähern.«

»Vielleicht haben Sie recht.«

»Natürlich habe ich recht. Vertrau mir, Junge.« John klopfte Aleandro auf den Arm. Dann wandte er sich wieder seinen Instrumenten zu. Ein Blick auf die Sensordaten verriet ihm, dass die *Mary-Jane* die Grenze zur Exosphäre von Briscoll beinahe erreicht hatte. Damit befanden sie sich in sicherer Entfernung, um den Texaferm-Antrieb zu zünden, der Schubwerte erreichte, die ein Schiff zerrissen, wenn man ihn in den dichteren Schichten der Gashülle eines Himmelskörpers aktivierte.

Mit raschen Handgriffen richtete John das Schiff auf ihr Ziel aus und regelte die Trägheitsdämpfer so weit nach oben, dass die Beschleunigung ausgeglichen wurde. Persönlich bevorzugte er es, wenn ein kaum merklicher Rest von Ziehen verblieb, um ein Gefühl für die Bewegung der *Mary-Jane* durch den Raum zu behalten. Aber er wusste, dass es vielen

Menschen unangenehm war, an die enormen Geschwindigkeiten erinnert zu werden, mit denen selbst ein träger *Cambria*-Frachter durchs All schoss, wenn erst einmal seine Haupttriebwerke arbeiteten.

Als er die rechte Hand um die Schubhebel für die vier Triebwerke legte, die zwischen den beiden Pilotensitzen angebracht waren, hielt Aleandro ihn auf. »Captain, darf ich? Ich habe noch nie den Hauptantrieb eines Schiffs gestartet.« Mit leuchtenden Augen sah er John an.

John erwiderte den Blick einen Moment lang verblüfft, dann zog er die Hand zurück und grinste schief. »Klar, warum nicht. Aber schön mit Gefühl zurückziehen – und nur bis auf halbe Kraft. Wir sollten sparsam mit unseren Texaferm-Resten umgehen, zumindest bis wir Fort Junction erreichen.«

»Verstanden, Cap.«

Die Schubhebel waren im Grunde nur Show. Genauso gut hätte man die Beschleunigung in den Bordrechner einprogrammieren und danach die Aktivieren-Taste betätigen können. Aber das hätte sich nicht halb so gut angefühlt.

Andächtig legte Aleandro die Linke auf die Hebel und zog sie langsam nach hinten. Ein leichtes Zittern lief durch den Schiffsrumpf, und ein dumpfes Grollen drang vom Heck an ihre Ohren, als die Reaktion im Texaferm-Konverter startete und gewaltige Energiemengen entfesselt wurden.

Zufrieden lehnte John sich in seinem Pilotensessel zurück und verschränkte die Arme hinter dem Kopf, während unter ihnen Briscoll außer Sicht verschwand. »Man kann über die Peko sagen, was man will, doch von Antriebstechnik haben die Burschen echt Ahnung.«

Aleandro lächelte bloß versonnen, als er die Hand von den Hebeln nahm.

Eine Minute genossen sie schweigend, wie die *Mary-Jane Wellington* auf flammenden Triebwerken hinaus in die unendliche, schwarze Leere zwischen den Sternen ritt. Dann nahm John die Arme wieder herunter und setzte sich auf. »Na schön, ich sollte mich wohl besser mal unseren Gästen widmen.«

Er überprüfte ein letztes Mal die Schiffsfunktionen, bevor er den Blick hob, wie er es unwillkürlich immer wieder tat, wenn er mit der Schiffs-KI sprach, weil die Lautsprecher, aus der Mary-Janes Stimme drang, in die Decke eingelassen waren. »Mary-Jane, übernimm das Steuer. Direkter Kurs auf das Blue-Junction-Transitfeld. Gib Bescheid, wenn wir dort eintreffen. Und wenn dir irgendetwas unterwegs auffällt, dann ... ach, du weißt ja, wie es läuft.«

»Natürlich, John«, antwortete sie, und ihm war beinahe, als schwänge ein Hauch von Belustigung in ihrer Stimme mit, was der vorherrschenden Meinung von Computerspezialisten zufolge nicht sein konnte, weil sie ja nur eine Ansammlung von Programmroutinen war – aber was wussten diese Eierköpfe schon vom wahren Leben?

John stand auf und sah zu Aleandro hinüber. »Kommst du mit?«

»Wenn es Ihnen nichts ausmacht, Captain, bleibe ich noch ein Weilchen im Cockpit und leiste Mary-Jane Gesellschaft.«

John verkniff sich die Anmerkung, dass Mary-Jane überall im ganzen Schiff zugleich existierte. »Wie du willst. Bis nachher.« Mit langen Schritten verließ er das Cockpit.

Wie erwartet fand er alle Gäste in der Messe vor. Die zierliche Mrs. Pennington, den stämmigen Mister de Vries, den grauhaarigen Frank Langdon, der vom Hut bis zur Stiefelsohle wie ein Veteran der Randwelten aussah, und den schmächtigen Whiskeyhändler Peabody hatte John bereits kennengelernt. Alle vier saßen um den großen Tisch in der Mitte des Raums, und vor ihnen dampften Blechtassen mit Kaffee, den Kelly, die in der kleinen Küche zu Gange war, offenbar frisch gebrüht hatte.

Neben ihr – und anscheinend auf ihre eigenen Tassen Kaffee wartend – standen ein Mann und eine Frau, die etwa in Johns Alter sein mussten und einander so ähnlich sahen, wie das bei zwei Menschen unterschiedlichen Geschlechts nur möglich war. Unterstrichen wurde diese Ähnlichkeit durch die Tatsache, dass die Frau eine burschikose Kurzhaarfrisur trug und Männerkleidung wie ihr Begleiter anhatte.

»Mister und Miss Cutter?«, begrüßte John sie, als er auf sie zutrat. »Wir hatten noch nicht das Vergnügen. Captain John Donovan.« Er streckte die Hand aus, und der Mann ergriff sie kraftlos.

»Captain. Jason Cutter. Es ist uns eine Freude, an Bord sein zu dürfen. Verzeihen Sie, dass wir erst so kurz vor dem Start erschienen sind. Unsere Angelegenheiten waren etwas schwieriger zu regeln, als wir es uns erhofft hatten.« Cutter schenkte ihm ein Lächeln, das makellos weiße Zähne zum Vorschein brachte. Er war ein gut aussehender, feingliedriger Mann, ein Denkertyp. Die Frauen mussten ihm zu Füßen liegen. Aber ihm haftete auch etwas Glattes an, so als sei seine Freundlichkeit eine wohl einstudierte Fassade.

Letzten Endes war es John egal. Die Geschwister waren zahlende Passagiere, er musste keine Brüderschaft mit ihnen trinken. »Es hat ja noch alles geklappt«, sagte er. »Und Kelly sagte mir, dass das Finanzielle auch bereits geregelt sei. Insofern: Herzlich willkommen an Bord.«

»Sie sind zu freundlich«, antwortete Cutter. »Darf ich Ihnen meine Zwillingsschwester vorstellen: Janelle.«

»Sehr erfreut.« John gab auch ihr die Hand.

»Die Freude ist ganz meinerseits, Captain.« Anders als ihr Bruder hatte sie einen erstaunlich festen Händedruck. John konnte sich des Gefühls nicht erwehren, dass sie es war, die in der Familie die Hosen anhatte.

Er nickte ihr noch einmal kurz zu, bevor er sich an den ganzen Raum wandte. »Ihnen anderen habe ich bereits die Hand geschüttelt«, begann er, »trotzdem möchte ich auch Sie noch einmal an Bord willkommen heißen. Wir sind jetzt gestartet, wie Sie unschwer bemerkt haben dürften, und befinden uns auf dem Weg zum Blue-Junction-Transitfeld, das wir voraussichtlich in zehn Stunden erreichen werden, also zum Abendessen. In Fort Junction werden wir noch einmal kurz haltmachen. Das ist die letzte Chance für Sie, auszusteigen, falls Ihnen die Sache doch zu heikel wird. Ein paar Leute sollen ja wegen diesem Geonoj ziemlich nervös sein. Ich gehöre nicht dazu.«

»Glauben Sie, wir werden diesem Peko-Konya begegnen?«, wollte Mrs. Pennington wissen. Von allen Anwesenden schien sie sich am unbehaglichsten zu fühlen, was womöglich damit zusammenhing, dass sie ganz offensichtlich hochschwanger war.

John sah die zierliche, dunkelhaarige Frau in dem schwarzen Kleid beruhigend an. »Um ehrlich zu sein, bezweifle ich das. Es gibt zwei Flugrouten durch den Oklahoma-Sektor, und Geonoj kann nur eine davon überwachen. Außerdem ist der Weltraum da draußen weiter und leerer, als sich die meisten Menschen, die den Großteil ihres Lebens auf einem Planeten verbracht haben, vorstellen können. Selbst wenn man im gleichen System unterwegs ist, kann man sich problemlos verpassen. Und sollte der Mistkerl wirklich auf unseren Sensoren auftauchen, wird er überrascht feststellen, dass die *Mary-Jane* ein verdammt schnelles Schiff ist, auch wenn sie auf den ersten Blick nicht so aussieht.«

»Sie können mit diesem Frachter Peko-Raptoren entkommen?« De Vries, der in seinem grauen Nadelstreifenanzug mit Weste und Krawatte wirklich wie ein Bankdirektor auf Reisen aussah, genau wie T. S. ihn beschrieben hatte, hob erstaunt die Augenbrauen.

»Noch ist mir niemand untergekommen, der uns eingeholt hätte, wenn wir auf volle Leistung gegangen sind«, knurrte John. Dass sie bislang insbesondere vor Patrouillenkreuzern der Kernwelten-Union das Weite gesucht hatten, ließ er unerwähnt – obschon allein dies eine bemerkenswerte Leistung für einen Frachter der *Cambria*-Klasse war.

»Das beruhigt mich«, sagte Mrs. Pennington leise. Sie strich sich über den runden Bauch, als wolle sie auch ihrem ungeborenen Kind Mut zusprechen.

John ließ seinen Blick über die Anwesenden schweifen. »Bevor ich Sie wieder in die Hände unserer guten Kelly übergebe, möchte ich ein paar Dinge klarstellen. In den Gästequartieren, den Korridoren und der Messe können Sie sich frei bewegen. Das Cockpit, der Maschinenbereich, die Quartiere der Besatzung und die Frachträume sind tabu – aber das dürfte wohl klar sein.«

»Wir müssen gelegentlich die Kryo-Einheit überprüfen, in der unser Vater liegt«, warf Jason Cutter ein.

»Okay, den Backbordfrachtraum können Sie betreten, wenn Sie möchten«, sagte John. »Auch um sich die Beine zu vertreten, wenn Ihnen danach ist. Aber lassen Sie die Finger von den Schleusen, den Krankontrollen und meinem Landgleiter. Überhaupt sollten sie keinerlei Instrumente und Kontrollen im Schiff anfassen. Wenn Ihnen irgendetwas seltsam vorkommt, melden Sie es Kelly, meinem Bordingenieur Pat Hobel, Aleandro oder mir. Keine Eigenmächtigkeiten.«

»Das versteht sich von selbst«, meldete sich de Vries zu Wort. Er klang ein wenig verschnupft, als gefiele es ihm nicht, wie John mit ihnen sprach.

»Fein. Ich erwähne das auch nur, weil bei einem Bekannten mal so ein Schlauberger ein gelb blinkendes Licht ausschalten wollte und dabei eine Rettungskapsel abgesprengt hat. Bis er es dem Captain gemeldet hat, waren sie schon zu weit weg, um kehrtzumachen und sie wieder einzusammeln.«

»Wir fassen nichts an, Captain Donovan«, sagte Mrs. Pennington. »Versprochen.«

John nickte. »Gut. Dann noch zwei Sätze zum Leben an Bord. Wir haben nur ein beschränktes Unterhaltungsprogramm zu bieten, wie Sie sich sicher vorstellen können. Es gibt eine kleine Vid-Sammlung, die sie von den Bildschirmen in ihren Quartieren abrufen können. Wenn Sie möchten, steht Ihnen auch der Pokertisch dort drüben zur Verfügung. Ansonsten rate ich Ihnen, ein gutes Buch zu lesen, bis wir Heaven's Gate in drei Tagen erreicht haben.«

Er deutete auf die Küchenzeile hinterm Tresen. »Wenn Sie Durst haben, machen Sie sich einen Kaffee oder holen Sie sich was aus der Kühleinheit hinterm Tresen. Wenn Sie etwas essen möchten, wenden Sie sich an Kelly. Tagsüber kann jeder essen, was ihm beliebt. Das Abendessen nehmen wir für gewöhnlich gemeinsam ein, einfach der Geselligkeit wegen. Wer dazu kein Bedürfnis verspürt, darf aber gerne in seiner Kabine bleiben.«

»Oh, ich denke, dass jeder von uns froh über ein bisschen Gesellschaft am Abend ist«, meinte Peabody aufgeräumt. »Oder irre ich?«

Die anderen schüttelten den Kopf.

»Wunderbar.« John rieb sich die Hände. »Damit dürfte ja alles geklärt sein. Oder habe ich etwas vergessen, Kelly?« Er drehte sich zu ihr um.

»Die Nasszellen«, meinte sie.

»Ach, richtig.« John wandte sich wieder ihren Passagieren zu. »Das hier ist kein Luxusliner. Unser Wasservorrat ist begrenzt. Bitte behalten Sie das im Kopf, wenn Sie die Nasszellen im Heck benutzen.« Er stieß sich vom Tresen ab. »So, das war es nun aber wirklich. Ich lasse Sie jetzt wieder allein. Ich habe noch ein paar Dinge zu erledigen. In etwa zehn Stunden erreichen wir das Transitfeld. Abendessen gibt es im Anschluss an den Sprung nach Blue Junction. Noch Fragen?«

Die Anwesenden sahen sich an. »Keine Fragen«, antwortete Langdon, der damit zum ersten Mal überhaupt das Wort ergriff.

»Gut«, sagte John. »Wir sehen uns später.«

»John?« Die sanfte Stimme von Mary-Jane erreichte ihn in seinem Quartier, wo er gerade damit beschäftigt war, seinen Revolver auf Schäden zu überprüfen. Nachdem er bei der Schießerei mit Benson und seinen Leuten die Spulen überladen hatte, hielt er das für angebracht.

»Was gibt es, Mary-Jane?«

»Wir erreichen jetzt die Grenze des Blue-Junction-Transitfeldes. Du wolltest darüber informiert werden.«

Er legte das Reinigungstuch beiseite und stand auf. »Danke. Ich komme.« Ohne Zeit zu verlieren, verließ er seine Kabine.

Auf dem Gang traf er Kelly und Mrs. Pennington. »John, haben wir das Transitfeld schon erreicht?«, fragte seine blonde Partnerin.

»Wir fliegen gerade ins Grenzgebiet ein«, antwortete er. »Ich bin auf dem Weg ins Cockpit.«

»Dürfen wir mitkommen und den Transit von dort aus miterleben?«

Verwundert runzelte John die Stirn. »Seit wann interessieren dich Transits?«

»Es geht um mich«, mischte sich die zierliche schwangere Frau an Kellys Seite ein. »Captain, Sie mögen es nicht glauben, aber ich bin auf Briscoll geboren und aufgewachsen.«

»Herzliches Beileid.« Die Worte rutschten John heraus, bevor er sie stoppen konnte. Er fing sich dafür einen finsteren Blick von Kelly ein. »Verzeihung«, fügte er mit einem verlegenen Räuspern hinzu. »Ich wollte nicht ...«

»Sie brauchen sich nicht zu entschuldigen, Captain«, unterbrach Mrs. Pennington ihn. »Ich weiß selbst, dass Briscoll eine raue Welt ist, auf der es leichter ist, zu sterben, als zu leben. Aber worauf ich eigentlich hinauswollte: Dies ist meine erste Reise über die Systemgrenzen hinaus. Ich habe noch nie ... nun ja ... einen Transit miterlebt.« Sie wirkte, als sei ihr das ein wenig unangenehm.

John winkte ab. »Sie brauchen sich keine Sorgen zu machen. Transits sind absolut ungefährlich. Einen Moment lang mag man sich ein wenig unwohl fühlen, aber das vergeht blitzschnell. Und auch für Ihr Kind besteht keine Gefahr, wenn es das ist, was Sie besorgt.«

Genau genommen war John sich in diesem letzten Punkt nicht ganz sicher. Er hatte noch nie eine hochschwangere Frau während eines Transits an Bord gehabt. Andererseits hatte er noch nie von irgendwelchen körperlichen Nachwirkungen eines erfolgreichen Transits gehört, die über eine zeitweilige Übelkeit hinausgingen. Gut, es gab diesen verschwindend geringen Prozentsatz *nicht* erfolgreicher Transits. Ungefähr zwei- oder dreimal im Jahr hörte man von einem Schiff, dass an einem anderen Ort als geplant aus dem

Transit kam, und alle paar Jahre verschwand ein Schiff auch völlig und ward nie wieder gesehen. Aber John hatte nicht vor, Mrs. Pennington mit solchen statistischen Ausreißern zu beunruhigen. Die Wahrscheinlichkeit war zweifellos auf ihrer Seite – ihm oder der *Mary-Jane* war in all den Jahren nie etwas passiert, und so würde es auch bleiben.

»Sie missverstehen mich, Captain Donovan«, antwortete die zierliche Frau. »Ich habe keine Angst. Schön, vielleicht ein bisschen, aber vor allem bin ich neugierig. Ich würde zu gerne sehen, wie sich der Transit vollzieht.«

John zögerte. Einerseits mochte er es nicht, wenn Passagiere sich im Cockpit herumtrieben. Andererseits konnte er den beiden Frauen vor sich schlecht diese eine Bitte abschlagen. »Na schön«, brummte er. »Erzählen Sie's nicht weiter, denn ich möchte nicht bei jedem Transit Leute hinter mir sitzen haben. Aber in Ihrem Fall mache ich mal eine Ausnahme. Kommen Sie mit.«

Auf Mrs. Penningtons Gesicht breitete sich ein Lächeln aus, das sie deutlich netter aussehen ließ, als wenn sie so ernst dreinschaute. »Vielen Dank, Captain.«

Er nickte nur und ging weiter in Richtung Cockpit. Die beiden Frauen folgten ihm.

Das Cockpit war im Augenblick verwaist. John hatte keine Ahnung, wohin Aleandro sich verzogen hatte. Vermutlich saß er in seiner Kabine und spielte mit seinen Elektronikgeräten herum. »Status, Mary-Jane?«, verlangte John zu wissen.

»Alle Systeme arbeiten normal. Wir befinden uns gegenwärtig eintausendvierhundert Kilometer innerhalb des Blue-Junction-Transitfelds. Das Abbremsmanöver wurde beendet. Unsere Geschwindigkeit beträgt gleichbleibend fünftausend Meter pro Sekunde.«

»In Ordnung.« John ließ sich auf dem Pilotensessel nieder. »Kelly, übernimm die Projektorsteuerung. Mrs. Pennington, setzten Sie sich dort auf den Platz am Ortungsgerät. Und schnallen Sie sich an, nur für den Fall.«

Während Kelly an seine Seite glitt, öffnete John den Kanal der Bordsprechanlage. »An alle, hier spricht Donovan. Wir haben das Blue-Junction-Transitfeld erreicht. Bitte setzen Sie sich irgendwo hin und halten Sie Ihre Kaffeetassen fest. Ich melde mich unmittelbar vor dem Transit noch einmal.«

Er schloss den Kanal wieder und wandte sich seinen Instrumenten zu. »Kelly, fahr unsere Fühler aus. Mal sehen, ob wir einen weißen Wurm aufspüren können.« Suchend warf er einen Blick durch die Cockpitscheibe hinaus ins All. Leer und von Tausenden winziger Lichtpunkte übersät lag es vor ihm. Noch war sonst nichts zu sehen.

»Einen *weißen Wurm?*«, drang die fragende Stimme Mrs. Penningtons an seine Ohren.

»Ein Frachtfliegerausdruck für ein Exo-Energiefilament«, erwiderte John. Er warf einen raschen Blick über die Schulter. »Sie wissen, wie das Prinzip der Transits funktioniert?«

»Um ehrlich zu sein, nein«, gestand die zierliche Frau.

John sah zu seiner Kopilotin hinüber. »Kelly? Dein Job.«

Kelly drehte sich auf ihrem Sitz um. »Stellen Sie sich das Universum als riesige Kugel vor, Mrs. Pennington«, erklärte sie freundlich. »Auf der Oberfläche der Kugel befinden sich all die Sterne und Planeten, wie wir sie kennen. Was sich in der Mitte dieser Kugel befindet, wissen wir nicht so genau. Fragen Sie zehn Wissenschaftler, und man erzählt Ihnen zehn verschiedene Theorien. Tatsache ist aber, dass von dieser Mitte eine Art Blitzgewitter aus unglaublich feinen Lichtfingern ausgeht, die über die Innenseite der Kugel tanzen. Können Sie sich das vorstellen?«

Die zierliche Frau nickte etwas zögernd. »Ich denke schon.«

»Diese Lichtfinger werden von der Masse und Energie der Sterne angezogen. Dabei zucken sie in unvorstellbarer Geschwindigkeit von Stern zu Stern, manchmal völlig willkürlich, manchmal erstaunlich regelmäßig von einem zum anderen und wieder zurück. Die Orte, an denen sie regelmäßig in Erscheinung treten, nennen wir Transitfelder. Meist befinden sich diese in Sonnennähe, wie auch hier im Yellowstone-System.«

»Und mit diesen Blitzen kann man reisen?«

»Genau«, sagte Kelly nickend. »Die Peko haben herausgefunden, wie man so einen Blitz – Wissenschaftler nennen ihn Exo-Energiefilament – mithilfe von Geräten an der Außenhülle eines Raumschiffs anzieht, wenn man in ein Transitfeld hineinfliegt.«

»Und wenn er einen erwischt«, warf John ein, »dann – *Bamm!* – packt er einen, verschlingt einen und spuckt einen nach einer Sekunde im nächsten System wieder aus. Ein irrer Trip.«

»Und was hat das mit Würmern zu tun?«, wollte Mrs. Pennington wissen.

John grinste. »Frachtflieger haben es nicht so mit *Energiefilamenten* oder *subdimensionalen Entladungen*. Wir stellen uns diese weißen, zuckenden Lichtfinger als einen Haufen hungriger Würmer vor, die denken, sie würden sich einen leckeren Happen schnappen, wenn sie auf die Lockrufe eines Raumschiffs reagieren.« Er zuckte mit den Schultern. »Tja, und dann merken sie, dass ein Raumschiff absolut ungenießbar ist und spucken es eben wieder aus.«

Kelly warf ihm einen bösen Blick zu.

»Was denn?«, wollte John wissen. »Sie hat mich gefragt.«

»Ich wünschte, ich hätte es nicht getan.« Mrs. Pennington verzog das Gesicht. »Das ist ja widerlich.«

»Ach, kommen Sie. Erzählen Sie mir nicht ...«

Er wurde vom Plärren eines Warnsignals unterbrochen. Auf seiner Instrumententafel blitzte ein orangefarbenes Blinklicht auf.

»Wir haben etwas«, rief Kelly, die sich sofort wieder ihrer Konsole zuwandte. »Die Strukturtaster empfangen eine Raumverzerrung. Entfernung eintausendsiebenhundert Kilometer, Peilung null-sieben-zwei Strich vier-drei.«

John warf einen Blick nach Steuerbord aus dem Cockpitfenster. Tatsächlich glaubte er, in der Leere schräg vor ihnen das Flackern reinweißer Energie zu sehen. Er zog das Schiff in eine Kurve, um darauf zuzuhalten. »Kelly, aktiviere die Masseprojektoren. Versuch's erst mal mit drei viertel Leistung. Vielleicht reicht es.«

»Verstanden.« Sie gab eine Reihe von Befehlen in ihre Konsole ein.

Mit einem Fingerschnippen öffnete er den Kanal der Bordsprechanlage. »Alle festhalten, Leute. Wir vollziehen gleich den Transit.«

Mrs. Pennington beugte sich nach vorn, als vor ihnen das weiße Flackern zunahm. »Das dort vorne, ist das ein ... Exo-Dings ...«

»Exo-Energiefilament, ja«, bestätigte John. »Unser Ritt nach Blue Junction.«

»Projektoren auf fünfundsiebzig Prozent«, meldete Kelly.

Das Flackern vor ihnen gewann an Intensität. Weiße Blitze zuckten durchs All. Es sah aus, als braue sich mitten in der Leere des Alls ein gewaltiges Unwetter zusammen.

»Und was machen Sie jetzt?«, wollte ihre Passagierin wissen.

»Wir erzeugen ein Massefeld um die *Mary-Jane Wellington*, um das Energiefilament zu uns zu locken«, erklärte John. »Oder anders ausgedrückt: Wir halten eine Metallstange hoch über unseren Kopf, während wir über ein freies Feld spazieren und sich ein Gewitter nähert.«

»Damit uns der Blitz trifft.«

»Damit uns der Blitz trifft.« John nickte. »Die Alternative hieße, etwa sechzig Jahre ...«

»Kontakt!«, schrie Kelly.

Im gleichen Moment riss unmittelbar vor ihnen das All auf. Ein gleißend helles, reinweißes Licht traf die *Mary-Jane Wellington*. Die Cockpitscheibe verdunkelte sich automatisch, trotzdem musste John geblendet die Augen abwenden. Ein Knistern und Prasseln erklang, als breche das Schiff durch morsches Geäst. Der Frachter erzitterte unter dem Ansturm der exotischen Energie. Dann plötzlich verspürte John ein Ziehen, und die Welt wurde weiß.

– 7 –

Mit einer unhörbaren Erschütterung riss der Weltraum über dem aufgedunsenen, blassblauen Zentralgestirn von Blue Junction auf, und eine strahlend weiße Energieentladung spuckte die *Mary-Jane Wellington* in den Normalraum zurück.

An Bord saß John im Sessel des Piloten und blinzelte die bunten Flecken weg, die vor seinen Augen tanzten. »Das war wieder ein Spaß«, brummte er. Kelly neben ihm schenkte ihm ein klägliches Lächeln.

»Statusbericht, Mary-Jane«, forderte er, während er die Angaben auf seiner Instrumententafel überprüfte.

»Alle Systeme arbeiten normal. Wir befinden uns gegenwärtig zehn Millionen Kilometer oberhalb des magnetischen Nordpols von Blue Junction. Unsere Geschwindigkeit beträgt gleichbleibend fünftausend Meter pro Sekunde.«

Im hinteren Teil des Cockpits vernahm er ein leises Stöhnen. Er drehte sich um und sah Mrs. Pennington an. Die zierliche Frau war blass um die Nase geworden. »Alles in Ordnung mit ihnen?«

Sie nickte tapfer. »Es geht schon, vielen Dank. Nur ein leichtes Unwohlsein.«

»Ja, das passiert. Sollte schnell wieder vorübergehen.«

Kelly erhob sich von ihrem Platz. »Kommen Sie, Emma. Ich begleite Sie zurück in die Messe. Jetzt können wir alle einen Happen vertragen, glaube ich.«

»Danke schön.«

Die beiden Frauen verließen das Cockpit, und John richtete den Blick wieder nach vorn. Aus irgendeinem Grund hatte das Exo-Energiefilament sie kopfüber ausgespuckt, sodass der gewaltige blaue Stern unter ihnen die obere Hälfte der Cockpitscheibe ausfüllte, die sich zur Sicherheit bereits verdunkelt hatte. Gewaltige Turbulenzen tobten auf der brennenden Oberfläche des thermonuklearen Hochofens, der nicht nur deutlich größer und heißer war als die gelbe Sonne Briscolls, sondern auch um ein Vielfaches heller strahlte.

Für die Raumfahrt wichtig war vor allem die enorme Masse des Sterns, die dafür sorgte, dass im Blue-Junction-System gleich sieben stabile Transitfelder existierten – ein Umstand, der dem System seinen Namen gegeben hatte. Die meisten dieser Felder lagen allerdings so nah an Blue Junction, dass man gut daran tat, sich möglichst schnell wieder auf den Weg zu machen, wenn man nicht riskieren wollte, dass sich das eigene Schiff gefährlich aufheizte.

»Mary-Jane, berechne mir einen Kurs nach Fort Junction, hohe Beschleunigung.«

»Gern, John«, erwiderte die KI. »Bei der gegenwärtigen Position von Fort Junction beträgt die Reisezeit etwa elf Stunden.«

»Klingt gut. Dann verbringen wir die Nacht unterwegs und sind morgen in aller Frühe vor Ort.« Er warf einen schnellen Blick auf den Kurs, den Mary-Jane angelegt hatte. Anschließend begab er sich in den hinteren Teil des Cockpits und setzte sich an die Technikkontrolle, um sich von der Funktionstüchtigkeit der *Mary-Jane Wellington* persönlich zu überzeugen. Die Schiffs-KI hatte ebenso wie er Zugriff auf alle Daten, und sie verrichtete ihre Arbeit gewissenhaft. Trotzdem fühlte John sich besser, wenn er sich persönlich davon überzeugte, dass es in Systemen wie den Andruckabsorbern oder der Reaktorabschirmung keine Unregelmäßigkeiten gab. Selbst scheinbar unbedeutende Fehler konnten im Weltraum katastrophale Folgen haben.

Abgesehen davon störte er Hobie und Kelly bloß beim Kochen, wenn er sich jetzt in die Messe begab. Der Gedanke an Bratkartoffeln mit Speck und ein gutes Stück Fleisch sorgte dafür, dass sein Magen vernehmlich knurrte. Er hatte sich vor ihrem Abflug von Briscoll nur ein kleines Frühstück gegönnt und zur Mittagszeit lediglich ein geschmacksarmes Schnellgericht zu sich genommen. Nun war er in Stimmung für ein gutes Abendessen. »Ich hoffe, Hobie und Kelly haben in Williamsport noch eingekauft«, murmelte er.

»Es wurden gestern Abend Vorräte an Bord genommen, John«, antwortete Mary-Jane ungefragt.

»Das wollte ich hören.« John schob den in einer Bodenschiene verlaufenden Stuhl der Technikkontrolle zurück und stand auf.

Er war gerade im Begriff, das Cockpit zu verlassen, als die Schiffs-KI ihn zurückhielt. »John? Du solltest Frachtraum 1 einen kurzen Besuch abstatten. Ich messe eine Unregelmäßigkeit in der Energieversorgung von Verteilerkasten 3.«

John runzelte die Stirn. In Frachtraum 1 – dem Backbordfrachtraum – waren die vierzehn Getränketanks mit Whiskey und die Kryo-Einheit untergebracht, in der Old Man Cutter schlief, bis sie ihn auf Heaven's Gate ablieferten. »Ich kümmere mich darum.«

Er verließ das Cockpit und verriegelte die Tür hinter sich. Über die kurze, steile Metalltreppe und durch die schmalen, schwach beleuchteten Gänge des Schiffs begab er sich zum Frachtraum. Dort erwartete ihn eine Überraschung – in Gestalt von Janelle Cutter, die sich an eben jenem Verteilerkasten am hinteren Ende des Raums zu schaffen machte, den Mary-Jane ihm gerade gemeldet hatte.

»He«, rief John. »Was machen Sie da? Finger weg.«

»Verzeihen Sie.« Die Frau mit den kurzen braunen Haaren zog ihre Hände zurück, machte aber keineswegs den Eindruck, als fühle sie sich dabei ertappt, heimlich in die Keksdose gegriffen zu haben. »Ich wollte nur überprüfen, ob die Kryo-Einheit unseres Vaters den Transit gut überstanden hat«, fuhr sie ruhig fort. »Dabei fiel mir auf, dass sich die Energieleitung hier am Verteilerkasten gelöst hat. Wie es aussieht, ist bei der Transiterschütterung die Halteklemme beschädigt worden.« Sie deutete auf den Verteilerkasten. »Vielleicht sollte Ihr Bordmechaniker die Buchse bei Gelegenheit austauschen.«

Stirnrunzelnd trat John näher und begutachtete den Schaden. Tatsächlich war die schwarze Plastikklemme an der Energiebuchse gebrochen, in der das Kabel steckte, das die einige Meter entfernt stehende Kryo-Einheit versorgte. »Hm«, brummte er, als er die Klemme hin und her bog, bis sie vollends abbrach und ihm in die Hand fiel. »Ich lasse das reparieren.«

»Sehr gut«, sagte Janelle. »Wie Sie sehen, war ich so frei, das Kabel einfach in eine andere Buchse zu stecken. Ich hoffe, das war in Ordnung. Die Kryo-Einheit ist sehr empfindlich. Es ist wichtig, dass eine möglichst lückenlose Energieversorgung gewährleistet ist.«

»Ja, schon klar«, brummte John. »Wird nicht wieder vorkommen.« Er schob sich das abgebrochene Plastikstück in die Hosentasche, wandte sich vom Verteilerkasten ab und trat auf den übermannsgroßen, sargähnlichen Kasten zu, der zwischen den glänzenden Whiskeytanks stand. Kontrolllämpchen leuchteten auf einem Bedienfeld in der Mitte der glatten weißgrauen Kryo-Einheit, und ein leises Summen ging von ihr aus. »Dann wollen wir doch mal sehen, wie es unserem Passagier geht«, sagte er und streckte die Hand aus, um am Bedienfeld der Einheit den Statusmonitor aufzurufen.

»Nicht!« Blitzschnell packte Janelle seine Schulter und zog ihn mit erstaunlicher Kraft zurück.

Überrascht riss John sich los. »He!« Er trat einen Schritt nach hinten und hob beschwichtigend die Arme. »Ganz ruhig, Lady.«

»Ich bitte erneut um Verzeihung.« Janelle senkte die Hände und faltete sie vor dem Bauch. »Die Einheit ist extrem empfindlich und der Gesundheitszustand meines Vaters kritisch. Ich möchte nicht, dass Sie an den Kontrollen herumspielen. Bitte verstehen Sie das, Captain Donovan.«

»Okay.« John nickte etwas linkisch. »Kein Problem. Ich wollte nur helfen, aber es ist Ihre Fracht. Ich transportiere Sie nur.«

»Ganz richtig.« Seine Gesprächspartnerin neigte bedächtig den Kopf. »Wir sorgen schon für unseren Vater, machen Sie sich deswegen keine Gedanken.«

»Also schön. Wollen Sie dann nicht seine Werte überprüfen?«

»Das habe ich bereits, als ich eintraf.«

John zuckte mit den Schultern. »In dem Fall schlage ich vor, dass wir in die Messe zurückgehen. Das Abendessen sollte demnächst fertig sein.«

Es gab, wie John wusste, genau zwei Orte im Universum, an denen sich Pat Hobel heimisch fühlte: im Maschinenraum und in der kleinen Bordküche der *Mary-Jane Wellington*. Wenn er seine Ruhe haben wollte, verschwand Hobie zwischen den Antriebsaggregaten und schraubte, einen kalten Zigarrenstumpen im Mundwinkel, daran herum. In geselliger

Stimmung dagegen liebte er nichts mehr, als sich hinter dem Tresen der gemütlichen Messe herumzutreiben, um aus den beschränkten Vorräten, die ein längerer Raumflug mit sich brachte, die bestmöglichen Gerichte zu zaubern. Er besaß Gewürze von etwa zehn verschiedenen Planeten, und sein »Chili Sonnenfackel« war unter jenen, die jemals mit der *Mary-Jane* geflogen waren, ebenso berühmt wie berüchtigt.

Am heutigen Abend musste Hobie nicht in die Trickkiste greifen, um über fehlende Zutaten oder den faden Geschmack haltbar gemachter Fertigrationen hinwegzutäuschen. Da sie eben erst von Briscoll losgeflogen waren, hatten sie mehr als genug frische Vorräte in der Kühleinheit am linken Ende der Kombüse – nicht zuletzt deshalb, weil gut zahlende Gäste an Bord waren.

Und so überraschte es John wenig, dass ihnen der Geruch von Bratkartoffeln und gut durchgebratenem Fleisch entgegenwehte, als sie durch die offen stehende Backbordluke der Messe traten. Mit einem Blick erfasste er, dass alle anderen bereits anwesend waren. Wie es aussah, unterhielt der gesprächige Peabody Langdon, de Vries und Jason Cutter mit Geschichten aus seinem Leben als Whiskeyvertreter, während Kelly und Mrs. Pennington den Tisch deckten. Hobie und Aleandro waren an der Küchenzeile beschäftigt.

»... und dann sagte ich« – Peabodys kleine Augen funkelten beim Erzählen – »›Wissen Sie was? Jetzt trinken wir erst mal einen, bevor der ganze Whiskey im Wüstensand versickert.‹ Tja, und das haben wir dann gemacht, bis wir stockbetrunken von den Rangern gefunden wurden.«

Der schmächtige Mann lachte meckernd, als habe er eine fantastische Pointe geboten, und Langdon und de Vries fielen mit ein. Cutter rang sich immerhin zu einem höflichen Schmunzeln durch. Als er John und seine Schwester gewahrte, hob er fragend die Augenbrauen. »Ist alles in Ordnung?«

»Ihr Vater ist wohlauf«, erwiderte John, bevor Janelle etwas sagen konnte. »Also so wohlauf, wie unter den gegebenen Umständen möglich.«

»Das beruhigt mich.«

»Ah, Captain.« De Vries nickte ihm zu. »Wie ich höre, haben wir den Transit gut hinter uns gebracht und befinden uns jetzt auf dem Weg nach Fort Junction.«

»So ist es.«

»Wann treffen wir dort ein?«

»Morgen Vormittag gegen acht Uhr Bordzeit. Natürlich könnten wir früher ankommen, wenn wir uns beeilen würden, aber ich schätze, niemand von Ihnen hat einen Termin dort, also was bringt es uns, wenn wir schon nachts um vier Uhr an der Station andocken?«

»Da ist was Wahres dran, Captain.«

»So, Platz da, jetzt wird gegessen!« Aleandro im Schlepptau, kam Hobie hinterm Tresen hervor, in den Händen eine große Pfanne mit Gebratenem. Er stellte sie in die Tischmitte und dann die zweite Pfanne, die Aleandro ihm reichte, daneben. Vom Kochen standen ihm Schweißperlen auf der Stirn, und seine rote Schirmmütze hing schief auf dem Kopf, aber er wirkte außerordentlich zufrieden mit sich. »Ha!«, machte er, nahm die Mütze ab, wischte sich damit über die Stirn und hängte sie an einen Vorsprung an der Stuhllehne, bevor er sich setzte. »Das sieht doch gut aus.«

»Fantastisch, Hobie«, bestätigte Kelly und klopfte dem Mechaniker auf die Schulter, »wie immer.« Dann nahm auch sie auf einem der freien Stühle Platz.

Die Übrigen rückten ebenfalls ihre Stühle heran oder ließen sich nieder, und die nächsten paar Minuten verbrachten sie überwiegend schweigend damit, sich das Essen schmecken zu lassen. John fiel auf, dass Peabody, obwohl er körperlich einem Grashalm im Wind glich, eine ordentliche Portion verdrückte, während die Cutter-Zwillinge sich mit beinahe asketischen Mengen an Fleisch, Kartoffeln und grünen Bohnen auf ihren Tellern begnügten.

Schließlich war es Hobie, der ein Gespräch begann. »Sagen Sie, Mister Peabody: An wen liefern Sie eigentlich fast viertausend Gallonen Whiskey? Gibt es auf Heaven's Gate nicht bloß Betbrüder und Betschwestern?« Er sah sich entschuldigend um, als ihm auffiel, dass um ihn eine ganze Reihe entschieden nicht religiös wirkende Menschen saßen, die zu diesem Planeten wollten. »Nichts für ungut.«

Der Whiskeyhändler gluckste. »Ich glaube, Sie sind nicht mehr ganz auf dem Laufenden, Mister Hobel. Wann waren Sie denn das letzte Mal auf Heaven's Gate?«

»Oh ...« Johns Bordmechaniker kratzte sich am Kopf. »Das muss mindestens fünfzehn Jahre her sein.«

»In dem Fall wundert mich Ihr Vorurteil gar nicht. Damals war Heaven's Gate noch – wie drücke ich es höflich aus? – deutlich weniger weltoffen. Das hat sich mittlerweile geändert. Man hat festgestellt, dass der Tourismus eine zuverlässige Einnahmequelle sein kann. Die Wunder des Blue-Sky-Nebula ziehen nicht nur Gläubige an, sondern auch Künstler, Wissenschaftler und Menschen, die sich selbst finden wollen.«

»Außerdem Prospektoren«, warf Emma Pennington ein. »Vor fünf Jahren wurde ein größeres Asteroidenfeld in den Ausläufern des Nebels gefunden. Seitdem befinden sich Geologen wie mein Mann im System und suchen für Abbaukonzerne vielversprechende Erzquellen.«

»Ihr Mann arbeitet für eins der Unionskonsortien?« In

Aleandros Stimme schwang mehr Abneigung mit, als einem zahlenden Gast gegenüber angemessen war.

»Aleandro«, ging John dazwischen, bevor der Junge noch mehr sagen konnte. »Das geht uns nichts an.«

Mrs. Pennington schenkte ihm ein klägliches Lächeln. »Schon in Ordnung, Captain. Mir ist bewusst, dass viele Leute in den Randwelten nicht sehr begeistert darüber sind, wie die großen Unternehmen aus dem Kern ihre Geschäfte hier draußen betreiben. Ich finde es auch nicht gut, aber ich liebe meinen Mann, und mein Mann liebt Steine. Und da er als Wissenschaftler kein Geld verdient, um eine Familie zu ernähren, arbeitet er nun eben für Union Galactic Mining. Er hat sich allerdings als Dozent an der Universität von Paradise Lakes beworben. Vielleicht wird er genommen. Ich würde ihm die Stelle so gönnen.« Emma Pennington lächelte erneut, und diesmal wirkte es deutlich wärmer.

»Paradise Lakes?«, meldete sich Frank Langdon zu Wort. »Dort in der Nähe liegt auch die Farm, die ich geerbt habe und auf der ich meinen Lebensabend zu verbringen gedenke. Kennen Sie die Gegend, Mrs. Pennington?«

Diese schüttelte den Kopf. »Wie ich Captain Donovan schon sagte, bin ich auf Briscoll geboren und bisher nie von dort weggekommen. Dies ist meine erste längere Raumreise.«

»Wir waren schon einmal dort«, warf Jason Cutter ein. »Es ist ein schöner Ort. Beschaulich. Uns war es dort, trotz des Aufschwungs, den Heaven's Gate in diesen Jahren erlebt, zu ruhig. Das eigentliche Leben findet in der Hauptkolonie Lordsburg statt, wo auch der Raumhafen liegt. Aber für Sie dürfte es genau der richtige Ort sein.« Er neigte den Kopf in Richtung des alten Frontiersman.

»Sie scheinen mich schon zum alten Eisen zu zählen, hm?« Langdon musterte Cutter abschätzend. »Aber ich an Ihrer

Stelle würde mich in Acht nehmen. Ich weiß noch immer, wie man einem Burschen, der grün hinter den Ohren ist, mit der Faust Manieren beibringt.«

John hob beschwichtigend die Hände, in denen er noch Messer und Gabel hielt. »Hey, hey, keine Prügeleien am Abendessentisch, verstanden? Das Leben ist aufregend genug. Wenigstens ein paar Minuten meines Tages möchte ich mich einfach entspannt zurücklehnen und mein Steak genießen können.«

Aus den Augenwinkeln sah er, wie Kelly belustigt schnaubte. Offenbar hing sie immer noch diesem Zwischenfall mit Benson in *Makos Taverne* nach.

»Ausnahmen bestätigen die Regel«, brummte John und warf ihr einen kurzen Seitenblick zu.

Cutter, auf dessen Miene die ganze Zeit ein dünnes Lächeln gelegen hatte, legte in einer um Verzeihung heischenden Geste die Hände zusammen. »Es tut mir leid, Mister Langdon. Es lag nicht in meiner Absicht, sie zu kränken. Ich ging davon aus, dass Sie das Landleben der Stadt vorziehen. Und rund um Paradise Lakes gibt es eine Menge Land.«

Der ältere Mann brummte etwas Unverständliches, aber er schien bereit, die Sache auf sich beruhen zu lassen.

John dagegen beschloss, die beiden Geschwister zukünftig etwas genauer im Auge zu behalten. Jeder andere Mann, der so ein Schöngeist war, wie Jason Cutter zu sein schien, wäre bei der Drohung, von Langdon eine Abreibung verpasst zu bekommen, zumindest bleich um die Nasenspitze geworden. Cutter dagegen hatte nicht einmal mit der Wimper gezuckt.

Bevor er den Gedanken weiterverfolgen konnte, mischte Hobie sich wieder in das Gespräch ein. »Das ist ja alles schön und gut, aber meine ursprüngliche Frage ist noch nicht beantwortet. Haben Sie wirklich Kunden für viertausend Gallonen Whiskey auf Heaven's Gate?«

Mit mildem Erstaunen hob Peabody die Augenbrauen. »Diese Frage scheint Sie wirklich zu beschäftigen. Gibt es einen speziellen Grund dafür?«

Hobie schob mit seiner Gabel ein paar verbliebene Bratkartoffeln auf seinem Teller hin und her. Er wirkte beinahe verlegen. »Nun ja, ich habe mich gefragt, ob es nicht möglich wäre, ein wenig davon für unsere ...«

In diesem Moment meldete sich Mary-Jane aus dem Deckenlautsprecher zu Wort. »John, es tut mir leid, dass ich dich beim Abendessen störe, aber du musst sofort ins Cockpit kommen.«

Alarmiert richtete John sich auf seinem Stuhl auf. Er wechselte einen raschen Blick mit Hobie und Kelly. »Was ist los, Mary-Jane?«

»Wir empfangen einen Notruf.«

– 8 –

John kam auf die Beine. »Einen Notruf? Was für einen Notruf?«

»Es handelt sich um eine automatisierte Übertragung, die von einer Rettungskapsel ausgeht«, erklärte Mary-Jane. »Der Inhalt besteht aus einem Signal zum Anpeilen der Kapsel und dem Standardcode für Raumnot.« Im Gegensatz zu John klang sie kein bisschen aufgeregt. Sie war im Kern ihres Wesens eben doch ein Computer.

»Ich bin auf dem Weg.«

»Ich komme mit«, sagte Hobie.

»Captain?«, meldete sich de Vries. Er wirkte ein wenig beunruhigt. »Könnte es eine Falle sein?«

»Falls Sie befürchten, hier von Geonoj überfallen zu werden: Vergessen Sie's«, erwiderte John abwinkend. »Blue Junction gehört zu den sichersten Systemen am Rand. Es gibt sieben Transitfelder rund um den Stern, entsprechend viele Reisende kommen hier durch. Das heißt, hier drehen mehr Patrouillenkreuzer der Unionsstreitkräfte die Runde als um irgendeine andere Sonne im Umkreis von fünfzig Lichtjahren. Abgesehen davon haben wir den Oklahoma-Sektor noch gar nicht erreicht. Die einzigen Peko, die Sie hier treffen, sind arme Teufel, die im Dockbereich von Fort Junction Texaferm-Blöcke installieren oder Frachträume nass durchwischen. Und jetzt entschuldigen Sie uns.«

Hobie im Schlepptau begab John sich zurück ins Cockpit und ließ sich in den Pilotensessel fallen. Der Mechaniker setzte sich im hinteren Teil des kleinen Raums vor die Bildschirme der Ortungsanlage.

»Wie sieht es aus, Hobie?«, fragte John über die Schulter.

Das Klacken umgelegter Schalter und das Klappern einer Tastatur waren zu hören. »Das Signal kommt aus Richtung null-neun-drei Strich Minus vier-vier«, meldete Hobie.

Also kam der Funkspruch ziemlich genau von rechts schräg unter ihnen, wo sich die Ekliptikebene des Systems befand. Die grundsätzliche Richtung stimmte zwar, aber wenn sie dem Notruf nachgingen, mussten sie trotzdem deutlich von ihrem gegenwärtigen Kurs abweichen. John legte den Kopf in den Nacken. »Mary-Jane, wie lange brauchen wir, um die Kapsel zu erreichen?«

»Bei unserer gegenwärtigen Geschwindigkeit und inklusive des nötigen Abbremsmanövers drei Stunden und vierzig Minuten«, antwortete die Schiffs-KI.

»Und der Flug nach Fort Junction verlängert sich von dort aus natürlich auch«, warf Hobie ein.

John rief die Daten der Ortungsanlage ab und betrachtete sie auf der Anzeige an seiner Pilotenkonsole. »Selbst wenn die Rettung halbwegs glatt verläuft und wir die Kapsel problemlos an eine unserer Schleusen andocken können, verlieren wir bei der Sache sechs bis sieben Stunden. Das gefällt mir gar nicht.« Er dachte an die tickende Goldimitat-Taschenuhr, die unerbittlich die Stunden herunterzählte, bis Martells Geduld endgültig erschöpft war.

»Wir könnten noch etwas beschleunigen«, schlug Hobie vor. »Lass es mich durchrechnen, doch das sollte unseren Zeitverlust wenigstens halbieren.«

»Aber es verbraucht mehr von unseren Texaferm-Beständen.«

»Das ja.«

»Die nicht mehr üppig sind.«

»Wir wollen uns auf Fort Junction doch ohnehin einen neuen Block installieren lassen.«

»Trotzdem ist jedes Prozent Lichtgeschwindigkeit mehr ein teurer Spaß.« John verzog das Gesicht und fuhr sich mit den Händen durchs Haar. »Es ist nicht zufällig noch ein anderes Schiff in der Gegend? Eigentlich bin ich nicht scharf auf eine Bergungsoperation, während wir Gäste an Bord haben.« Er drehte sich zu Hobie um und sah ihn fragend an.

Der gab einige Befehle in seine Instrumententafel ein, bevor er den Kopf schüttelte. »Tut mir leid, John. Sieht nicht gut aus. Wir sind im Moment das einzige Schiff in Reichweite.«

»Verdammt.« Unwillig drehte John sich wieder um und blickte hinaus ins All.

»He, John.« Hinter ihm stand Hobie auf und durchquerte das kleine Cockpit. Er stützte die Arme auf die Lehne des Kopilotensitzes und beugte sich vor.

John sah zu ihm auf. »Hm?«

»Ich weiß, dass du darüber nachdenkst, die Kapsel dort draußen dem nächsten Schiff zu überlassen. Es wäre sicher bequemer so. Zumal wir nicht einmal wissen, ob dort drin überhaupt noch jemand am Leben ist oder ob das Signal uns zu einem fliegenden Sarg ruft.«

»Etwas in der Art ging mir durch den Kopf.«

Hobie machte eine ernste Miene. »Das können wir nicht machen, John. Es mag ja eine Menge Gesetze geben, um die wir uns wenig scheren. Aber ein Gesetz ist unantastbar: Wenn im Weltraum jemand um Hilfe ruft, musst du ihm helfen. Denn im All zu sterben ist grausamer als jede Kugel, die dir jemand auf einer staubigen Hauptstraße oder in einer einsamen Felsenschlucht verpasst.«

Einen Moment lang blickte John seinen ältesten Freund

gedankenvoll an. Dann nickte er. »Schätze, du hast recht.« Er straffte sich und hob die Stimme. »Mary-Jane, wir nehmen einen Kurswechsel vor. Berechne die optimale Geschwindigkeit, um möglichst wenig Zeit und Energie zu verlieren.«

»Gern, John.«

Hobie schlug auf die abgewetzte Lederrückenlehne des Kopilotensitzes. »Ich gehe in den Maschinenraum. Vielleicht kann ich noch an zwei oder drei Stellrädern drehen, um den Texaferm-Verbrauch zu verringern.«

»Mach das«, sagte John. Er wandte sich der Steuerkonsole zu und gab den neuen Flugvektor ein. Während die *Mary-Jane Wellington* in eine weite Schleife ging, lehnte er sich in dem Sessel zurück. »Hoffen wir, dass es sich lohnt«, murmelte er zu sich selbst.

»Sieht ziemlich tot aus«, befand Kelly, als sie etwa drei Stunden später durch die Cockpitscheibe auf das tonnenförmige Objekt blickten, das im Schein der blauen Sonne vor ihnen in der Leere des Alls hing. Hobie hatte dem Antrieb der *Mary-Jane* gut zugeredet, sodass sie immerhin knapp ein Viertel der Reisezeit eingespart hatten. Die Borduhren zeigten kurz vor elf an – normalerweise eine Zeit, zu der viele Passagiere sich bereits in ihre Kabinen zurückgezogen hätten. Doch an diesem Abend waren bis auf Mrs. Pennington, die sich erschöpft von der Schwangerschaft hingelegt hatte, noch alle auf den Beinen. Während ihre Gäste sich in der Messe aufhielten, war Johns Mannschaft im Cockpit zusammengekommen.

»Was hast du erwartet?«, fragte John seine blonde Partnerin, die neben ihm auf dem Kopilotensitz Platz genommen hatte. »Konfetti und eine Blaskapelle zur Begrüßung?«

»Das nicht, aber wenigstens die Positionslichter.«

»Vielleicht ist die Elektronik von der Strahlung beschädigt worden«, warf Hobie von der Ortungsanlage her ein. »Die Kapsel schwebt ziemlich nah an der Sonne, und ihre Abschirmung ist nicht halb so gut wie unsere.«

»Oder sie hängt schon seit Tagen hier draußen und die Batterie geht langsam zur Neige«, bemerkte Aleandro, der leicht vornübergebeugt zwischen John und Kelly stand und nach draußen spähte.

»Wie auch immer«, brummte John. »Holen wir das Ding an Bord, damit wir weiterfliegen können.«

Hobie, auf dessen Anzeigen ein Bild der Kapsel zu sehen war, das von den hochauflösenden Kameras am Bug des Schiffs stammte, und der sie daher besser sehen konnte als die drei anderen mit bloßen Augen, gab einige Befehle in seine Konsole ein. »Wir haben Glück«, verkündete er. »Die Kapsel dreht sich zwar um die eigene Längsachse, aber ich messe praktisch keine Taumelbewegung. Wenn wir uns mit der *Mary-Jane* von hinten nähern und die Rotationsgeschwindigkeit anpassen, sollten wir die Kapsel mit dem Greifer an der Steuerbordschleuse so weit stabilisieren können, dass wir sie andocken können.«

»In Ordnung«, sagte John. »Versuchen wir es.« Er streifte seine Fliegerhandschuhe über, die vor ihm auf der Instrumententafel lagen. Anschließend aktivierte er die Manövrierdüsen und schob den Frachter auf ihr Ziel zu. Sie hatten ihre Geschwindigkeit bereits an die der Kapsel angepasst, sodass sie gegenwärtig mit kaum tausend Metern pro Sekunde durch die Unendlichkeit schlichen. Relativ zueinander standen sie beinahe still.

»Was wäre eigentlich, wenn die Kapsel taumelnd *würde?*«, wollte Aleandro wissen. »Dann wäre doch ein Andocken unmöglich, oder?«

»Da hast du recht, mein Junge«, erwiderte Hobie. »Das würde die Angelegenheit, die armen Teufel dort draußen an Bord zu holen, deutlich kniffliger machen. In diesem Fall müssten wir das Mittelschott des Steuerbordfrachtraums schließen und den vorderen Bereich entlüften, um die Kapsel durch die obere Ladeluke reinzuholen.«

»Einzufangen wäre wohl der bessere Begriff«, warf John finster ein.

Aleandro hob die Augenbrauen. »Und das funktioniert?«

»Mehr oder weniger.«

Hobie hinter ihm lachte leise. »John und ich haben einmal versucht, einen frei im All driftenden Frachtcontainer durch die offene Ladeluke direkt in den Frachtraum schweben zu lassen. Er stammte von einem Transporter, den wohl die Peko zerstört hatten. Tja, nur leider hat auch eine *schwerelose* riesige Metallkiste die Masse einer riesigen Metallkiste. Wir haben uns ein paar ganz schöne Dellen im Boden und an den Wänden eingehandelt, bevor der Container sicher an Bord war.«

»Und hat es sich gelohnt?«, warf John ein und schüttelte gleich zur Antwort den Kopf. »Kein bisschen. Der Container war voll mit rosa Plüschtieren.« Er erinnerte sich noch lebhaft an seine Begeisterung, als sie die Kartons im Inneren der Frachtkiste geöffnet hatten. Eines der Tiere, ein Einhorn, hatte er behalten – als Warnung, zukünftig genauer hinzuschauen, bevor er sich die Mühe einer Bergungsoperation machte. Es saß im Regal seines Quartiers.

Sein alter Freund gluckste erneut. »Immerhin haben wir aus der Sache gelernt. Mittlerweile sind wir auf solche Bergungsoperationen besser vorbereitet. Ich weiß nicht, ob ihr sie schon mal bemerkt habt, aber wir haben überall im Steuerbordfrachtraum auf halber Höhe Sicherungshaken in die

Wände geschraubt. Daran kann man Netze aus starkem Drahtseil befestigen, die ganz hinten in Kisten lagern. Damit sollte sich die Wucht eines taumelnden Objekts abfangen lassen.«

»Sollte?«, hakte Aleandro nach.

»Wir haben die Dinger noch nie getestet«, erwiderte John. Und er hatte es auch gar nicht eilig damit, dies zu tun.

Der Junge richtete sich etwas auf und stützte sich auf die Rückenlehne von Kellys Sitzplatz. »Ich habe mal gelesen, dass es gar nicht so schwer ist, driftende Fracht einzuholen, wenn man mit Raumanzügen rausgeht und ferngesteuerte Lagedüsenpacks daran anbringt, um sie zu stabilisieren.«

»Stimmt, das wäre wirklich einfacher«, gab John zu. »Allerdings lohnt sich der Kauf von solchen Düsenpacks nur, wenn man professionell im Bergungsgeschäft unterwegs ist. Ein Netz aus Stahlseilen ist jedenfalls billiger.«

Während sich die *Mary-Jane Wellington* langsam der Kapsel näherte, warf John seiner Partnerin einen raschen Seitenblick zu. »Kelly, behalt für mich die Entfernungsangaben und die Geschwindigkeit im Blick. Und leg mir die Ansicht der Steuerbordschleusenkamera auf den Bildschirm. Hobie, du kontrollierst weiter die Kapsel und weist mich ein.«

»Geht klar, John«, bestätigte dieser von hinten, und auch Kelly nickte.

Die Kapsel verschwand aus ihrem Blickfeld, als John den Frachter um neunzig Grad nach Backbord drehte und hinter sie setzte. Stattdessen tauchte die metallisch glänzende, vielleicht viereinhalb Meter lange und drei Meter durchmessende Tonne auf dem kleinen Bildschirm neben seinem Steuer auf. Vorsichtig manövrierte er die *Mary-Jane* in Position, bis die Andockluke der Kapsel genau im Zentrum des Bildes lag. In Augenblicken wie diesen kam es vor, dass er sich – für einen ganz kurzen Moment – ein moderneres Schiff wünschte, das Cockpitscheiben besaß, auf die man großformatig Daten und Bilder legen konnte. Damit wäre das folgende Manöver deutlich einfacher gewesen.

»Entfernung vierhundert Meter«, meldete Kelly, »relative Geschwindigkeit zwei Meter pro Sekunde.«

»Jetzt ganz vorsichtig.« John betätigte die Steuerbordmanövrierdüsen und verringerte die Geschwindigkeit noch ein wenig. Dann versetzte er die *Mary-Jane* in eine sanfte Drehbewegung. Vor dem Cockpitfenster begannen die Sterne ihre Kreise zu ziehen, als wäre das Universum ein schwarzes Karussell voll leuchtender Punkte, das sich um eine Achse drehte, die von der Rettungskapsel und ihrem Schiff gebildet wurde. Zu spüren war von der Bewegung dank der Trägheitsdämpfer nichts, was den Anblick noch irritierender machte. Jemandem wie Mrs. Pennington, der den Großteil seiner Zeit auf Planeten verbrachte, mochte davon schlecht werden, John allerdings war an wirbelnde Sterne gewöhnt.

»Sehr gut«, sagte Hobie. »Noch ein klein wenig mehr Schub. Perfekt.«

»Entfernung dreihundert Meter«, fügte Kelly hinzu, »relative Geschwindigkeit eins Komma zwei Meter pro Sekunde.«

Unter der Einweisung seiner beiden Partner brachte John die *Mary-Jane* immer näher an die Kapsel heran. »Okay, Kelly, den Rest schaffen Hobie und ich allein. Geh mit Aleandro rüber zur Steuerbordschleuse und seht zu, dass die Verriegelung funktioniert und hält. Öffnet aber auf keinen Fall die Schleuse, bevor wir bei euch sind.«

»Verstanden.« Sie stand auf und verschwand mit Aleandro aus dem Cockpit.

Im Wechsel auf den Bildschirm, der die näher kommende Kapsel zeigte, den Entfernungsmesser und die Geschwindigkeitsanzeige schauend, setzte John ihre Annäherung fort. »Noch fünfzig Meter. Drehung und Anflugvektor?«

»Wie aus dem Lehrbuch«, erwiderte Hobie. »Aber, hm ...« Er hielt kurz inne, und das Klappern der Tastatur an der Ortungsanlage war zu hören. »Die Kapsel taumelt doch zu stark, um direkt andocken zu können. Sie könnte am Dockkragen abprallen. Wir müssen sie vorher noch etwas stabilisieren.«

»Also dann der Greifer.«

»Sieht so aus.«

John öffnete den Kanal der Bordsprechanlage. »Kelly, wir müssen die Kapsel mit dem Greifer reinholen. Kriegst du das hin?«

Es knisterte kurz, dann drang ihre Stimme aus dem Lautsprecher. »Sollte auch nicht schwieriger sein als eine Operation am offenen Herzen.«

»Ich dachte, du hast dein Medizinstudium abgebrochen?«

»Keine Sorge, John. Flieg du uns auf zehn Meter heran, und Aleandro und ich bringen das Baby nach Hause.«

»In Ordnung. Wird schon schiefgehen.« Er schloss den Kanal wieder.

Als sie noch ein gutes Dutzend Meter von der Kapsel entfernt waren, die mittlerweile fast den gesamten Sichtbereich der Steuerbordschleusenkamera ausfüllte, sah John, wie sich der metallische Arm des Dockgreifers auf dem kleinen Monitor ins Bild schob. Der erste Versuch, den um die Luke der Kapsel verlaufenden Haltering zu erwischen, scheiterte, doch beim zweiten bekam Kelly das graue Metallrohr zu packen.

Ein winziger Ruck lief durch die *Mary-Jane Wellington*, als der Frachter die Taumelbewegung der Kapsel stoppte. John gab leichten Schub auf die Manövrierdüsen, und wenige Sekunden später verkündete ein zufriedenstellendes Rumpeln, dass sie die Andockprozedur erfolgreich beendet hatten.

Behutsam sorgte John dafür, dass die Sterne vor dem Cockpitfenster wieder zur Ruhe kamen. »Mary-Jane, Zustand der Kapsel?«

»Es ist mir leider nicht möglich, eine Verbindung zum Computer der Rettungskapsel herzustellen«, antwortete die KI, die sich im Hintergrund gehalten hatte, während die menschliche Besatzung der *Mary-Jane Wellington* ihre Arbeit machte.

»Also gut, schauen wir einfach nach, was wir uns da geangelt haben.« John stand auf. »Hobie, bring uns wieder auf Kurs nach Fort Junction. Kelly, Aleandro und ich regeln das alleine da unten.«

»Kein Problem.« Der Mechaniker rückte seine rote Mütze zurecht und schob sich an John vorbei. »Und wenn die Tür klemmt, ruft mich einfach.«

John nickte und verließ das Cockpit, um sich zur Steuerbordschleuse zu begeben. Als er an der offenen Tür zur Messe vorbeikam, sah er ihre Gäste um den Tisch sitzen. Alle Augen richteten sich auf ihn. »Und?«, fragte de Vries stellvertretend für die anderen.

»Wir sind genauso gespannt wie Sie«, erwiderte John.

An der Luftschleuse erwarteten ihn bereits Kelly und Aleandro. Der junge Computerspezialist stand an der Schleusenkontrolle. »Die Lebenserhaltung scheint noch zu funktionieren, aber der Bordrechner ist Schrott«, verkündete er. »Und eine Sprechverbindung ins Innere konnte ich auch nicht herstellen.«

John lugte durch das kleine Fenster in der Innenschleusentür. Die äußere Luke war nach wie vor fest verschlossen, wie es sein sollte. »Dann schauen wir mal.« Er hieb auf die Öffnen-Taste, und die Tür schob sich mit einem Zischen gehorsam in die Wand. John zog seine Waffe.

»Erwartest du Ärger?«, wollte Kelly wissen.

»Immer, du kennst mich doch. Ihr bleibt an der Tür.« Mit zwei Schritten durchquerte er die Schleuse und riskierte einen erneuten Blick, diesmal durch das Fenster der Außenluke. Außer dem matten Grau der Kapselhülle und dem halb abgeblätterten Überrest einer Kennung war nichts zu sehen. Mithilfe des Statusmonitors rechts neben der Schleusentür prüfte John ein letztes Mal die Versiegelung zwischen der *Mary-Jane* und der Rettungskapsel. Alle Werte standen auf Grün.

Er öffnete auch diese Tür. Mit einem leichten Windzug füllte sich der Dockkragen mit Luft aus der Schleuse. Gleichzeitig spürte John einen warmen Hauch, von der aufgeheizten Metallhülle der Kapsel ausgehend.

»Deep Space Ressource Extractions Corporation«, las John den gelben Schriftzug auf der Kapseltür vor. »Stammt von einem Prospektorenschiff oder einem Asteroidenverarbeitungsraumer.« Er fragte sich, wo der Rest des Schiffs geblieben war. Für gewöhnlich besaßen selbst kleinere Raumfahrzeuge zwei bis drei Rettungskapseln. Schwebten irgendwo in der Umgebung noch weitere Kapseln, bei denen womöglich so viel Schaden angerichtet worden war, dass sich auch das Notsignal verabschiedet hatte?

John schob den Gedanken beiseite. Erstens handelte es sich um reine Spekulation, und zweitens hatten sie weder die Zeit noch die Möglichkeiten, um nach Überlebenden zu suchen, die schweigend durch die Leere drifteten.

Er öffnete eine Klappe neben der Ausstiegsluke der Kapsel und drückte den großen roten Knopf darunter. Nichts geschah. »Na prächtig. Kelly, komm mal her und nimm meinen

Revolver. Der Lukenmechanismus ist auch gegrillt worden. Ich muss sie manuell öffnen.«

Seine Partnerin gesellte sich zu ihm, und er hielt ihr die Waffe mit dem Griff hin. »Denk dran: Wenn mich irgendwas anzufallen versucht, erst schießen, danach Fragen stellen.«

»Keine Sorge«, sagte Kelly und nahm den Santhe-CG entgegen. »Dein hübscher Hintern ist sicher bei mir.«

Aleandro grinste.

Mit einem Brummen wandte John sich ab. Er legte die vier Sicherungshebel um, die auch von innen abgesprengt werden konnten, wenn niemand da war, um die Kapsel von außen zu öffnen. Dabei war er froh, seine Pilotenhandschuhe zu tragen. Durch das dünne Leder konnte er die Hitze des blauen Sterns spüren, die sich in dem Metall festgesetzt hatte.

Er packte den runden Griff in der Mitte der Luke und zog daran. Mit einem leicht protestierenden Quietschen schwang sie seitlich auf. Aus dem Inneren schlug ihm ein Schwall warmer, abgestandener Luft entgegen. Bis auf das sanfte Glimmen einiger Lämpchen auf einer Instrumententafel herrschte Dunkelheit in der Kapsel.

»Hallo?«, fragte John. »Jemand zuhause?«

Er bekam keine Antwort, und ihm ging der Gedanke durch den Kopf, dass sie eine Tonne voll Toter geborgen haben könnten.

John warf einen kurzen Blick über die Schulter und bedeutete Aleandro mit einem Fingerschnippen, ihm eine der Lampen zu reichen, die mit Klettband an den Ärmeln der Raumanzüge befestigt waren, die an der Korridorwand gegenüber der Schleuse hingen.

Schnell löste der junge Computerspezialist eine und gab sie an John weiter.

Als John den hellen Strahl ins Innere der Rettungskapsel

richtete, regte sich etwas dort drin. Eine Notdecke im hinteren Teil der Kapsel raschelte. Darunter tauchte ein bärtiges Gesicht auf. Mit wässrigen Augen blinzelte der Mann ins Licht der Handlampe.

»Hallo, Kumpel.« John senkte die Lampe ein wenig. »Willkommen auf der *Mary-Jane Wellington*.«

»Der … was?« Die Stimme des Mannes klang rau. Unglauben schwang darin mit.

»Der *Mary-Jane Wellington*. *Cambria*-Klasse-Frachter. Wir haben Ihren Notruf aufgefangen und Sie aus dem All gefischt. Ich bin Captain John Donovan, und das sind meine Leute, Kelly und Aleandro.« Er deutete mit dem Daumen über die Schulter.

»Ich … ich bin gerettet?« Mühsam rappelte sich der Mann auf und streifte die Decke ab, unter der er offenbar geschlafen hatte.

»Sieht so aus.«

»Dem Himmel sei Dank! Ich dachte schon, ich würde hier draußen krepieren.« Der Mann trat auf die Luke zu, bückte sich und kletterte ins Freie. »Hawkins, mein Name«, sagte er und streckte John eine kräftige Hand hin. »Ich danke Ihnen für meine Rettung, Captain.«

John nickte und ergriff die Hand mit der freien Rechten. Dabei musterte er den Neuankömmling. Er hatte struppiges graubraunes Haar und trug den olivgrünen Overall eines einfachen Technikers. Am Ärmel prangte ein Aufnäher mit dem Symbol der Deep Space Ressource Extractions Corporation. Und noch etwas fiel John ins Auge. Der Anzug des Fremden wies dunkle Flecken auf – Flecken, die wie getrocknetes Blut aussahen.

– 9 –

Sie saßen zusammen in der Messe, und Hawkins schlang die Reste ihres Abendessens mit der Leidenschaft eines Mannes herunter, der seit Tagen nur von Notrationen gelebt hatte. Die Cutters und de Vries hatten sich an den Spieltisch zurückgezogen, und Hobie stand hinter seinem Küchentresen, sodass nur John, Kelly, Aleandro, der alternde Frontiersman Langdon und der Whiskeyhändler Peabody mit Hawkins am Tisch saßen.

Eine Weile sahen alle Anwesenden Hawkins schweigend beim Essen zu. Schließlich ergriff John das Wort. »Dann erzählen Sie mal Ihre Geschichte, Mister Hawkins. Wie hat es Sie in diese Rettungskapsel verschlagen?«

Hawkins schluckte den letzten Bissen herunter und wischte sich mit dem Handrücken über den Mund. »Es war ein Unfall, eine ziemlich üble Sache, um genau zu sein. Ich befand mich an Bord eines Frachters von DeSREC.«

»DeSREC?«, hakte de Vries nach.

»Deep Space Ressource Extractions Corporation.« Hawkins drehte sich etwas und tippte mit dem Finger auf den Aufnäher an seinem Overall. »Wir waren auf dem Weg ins Wayland-System. Es gibt einen ertragreichen Asteroidengürtel zwischen dem vierten und fünften Planeten, und DeSREC unterhält dort einen Abbaubetrieb. Tja, leider hat uns der Antrieb unseres Schiffs einen Strich durch die Rechnung gemacht.«

»Es kam zu einer Fehlfunktion?«, fragte Hobie.

Hawkins stieß ein freudlos bellendes Lachen aus. »Ja, so kann man es auch nennen. Das verdammte Ding ist uns direkt im Anschluss an den Transit nach Blue Junction um die Ohren geflogen! Hätte ich gewusst, auf was für einem Seelenverkäufer ich anheuere, wäre ich nie an Bord gegangen.«

John lehnte sich auf seinem Stuhl zurück und verschränkte die Arme. »Sie waren neu in der Mannschaft?«

»Ich kam als Koch auf den Frachter«, bestätigte Hawkins nickend. »Wünschte, ich wäre nicht dem Ruf des Alls gefolgt und stattdessen in meinem Imbiss auf Briscoll geblieben.«

»Wir kommen auch von Briscoll«, warf Aleandro ein.

Ihr Gast zuckte mit den Schultern. »Die Galaxis ist klein.«

»Erzählen Sie weiter«, forderte John ihn auf.

»Viel gibt es nicht mehr zu sagen. Das Schiff geriet außer Kontrolle. Die Hälfte der Besatzung war schon direkt nach der Antriebsexplosion tot. Ein paar weitere starben vermutlich im Feuer, das an Bord ausbrach. Der Captain gab Evakuierungsalarm. Ich bin losgerannt und habe mir die nächstbeste Rettungskapsel gesucht. Ich wollte noch auf andere warten, aber im Korridor hinter mir kamen die Flammen näher. Also habe ich mich rausgeschossen. Durch das Seitenfenster sah ich, wie das Schiff direkt auf die Sonne zudriftete. Ob weitere Kapseln ausgestoßen wurden, weiß ich nicht. Irgendwie hat die Sonne die Elektronik gestört, nehme ich an.«

»Man sollte wohl besser keinen Schiffbruch in einem Transitfeld erleiden«, sagte John.

»Nein, Sir, das sollte man wirklich besser nicht«, pflichtete Hawkins ihm bei. Er griff nach seinem Becher und nahm einen großen Schluck. »Viel mehr gibt es nicht zu berichten. Ich habe getan, was ich konnte, um die Kapsel auf einen Kurs von der Sonne weg zu steuern, dann das Notsignal aktiviert und gebetet. Wie es aussieht, nicht umsonst.«

»Was ist mit dem Blut auf Ihrem Overall?«, wollte Kelly wissen. Sie deutete auf die dunklen Flecken.

»Oh, das stammt von Corelli, dem ersten Offizier.« Hawkins schnitt eine Grimasse und strich über die Spuren auf der Kleidung. »Ich traf ihn auf meiner Flucht und wollte ihm helfen. Aber er war zu schwer verletzt. Blutete wie ein Schwein. Und sein Bein war eingeklemmt. Ich konnte nichts für ihn tun.«

»Ihre Trauer hält sich ja merklich in Grenzen«, bemerkte John.

Hawkins zuckte wieder mit den Schultern. »Ich kannte Corelli kaum, ebenso wenig wie die anderen. Wir waren ja eben erst losgeflogen. Abgesehen davon haben mir die Tage in dieser verdammten Kapsel jedes Gefühl von Trauer ausgetrieben. Diese verdammten Scheißkerle hätten ihr Schiff besser in Schuss halten sollen. Dann wäre nichts von alldem passiert.«

John nickte. »Da haben Sie vermutlich recht.« Er stand auf. »Sie können heute Nacht das Zimmer mit Langdon teilen. Morgen früh erreichen wir Fort Junction. Dort setzen wir Sie ab. Von da aus sollten Sie ohne Probleme eine Passage zurück nach Briscoll finden.«

»Danke, Captain, das weiß ich zu schätzen.« Hawkins erhob sich, genauso wie Langdon und die anderen. »Darf ich fragen, wohin für Sie die Reise geht?«

»Wir fliegen nach Heaven's Gate.«

Johns Gegenüber zog die Augenbrauen hoch. »Sie wollen durch den Oklahoma-Sektor? Ich weiß nicht, ob ich das tollkühn oder wahnsinnig nennen soll. Da wimmelt es doch von mordlustigen Peko.«

»Mit denen werden wir schon fertig«, erwiderte John. »Aber darüber machen wir uns morgen Gedanken. Erst mal hauen wir uns alle aufs Ohr. Gute Nacht, Mister Hawkins.«

»Gute Nacht, Captain.« Gemeinsam mit Langdon verließ Hawkins die Messe.

Auch die Übrigen verabschiedeten sich und verschwanden durch die zwei Ausgänge an Backbord und Steuerbord. Peabody gähnte herzhaft beim Hinausgehen. De Vries warf Hawkins einen argwöhnischen Blick hinterher.

Schließlich waren nur noch Hobie und John anwesend.

»Was hältst du von der Sache?«, fragte John seinen alten Freund.

Hobie schob die Mütze in den Nacken und kratzte sich am Kopf. »Könnte alles so passiert sein. Aber man muss schon verdammt nachlässig mit seinem Schiff umgehen, um eine derartige Katastrophe heraufzubeschwören. Die meisten Leute, die ich kenne, haben zu viel Respekt vor den Gefahren des Weltraums, um nicht gut auf ihre Ausrüstung aufzupassen. Andererseits bin ich auch noch nie mit Konzernleuten geflogen. Wer weiß, was das für Schießbudenfiguren sind. Glaubst du, dass Hawkins lügt?«

»Keine Ahnung. Halt trotzdem die Augen offen, Hobie. Gäste, die einfach so uneingeladen auf einer Party auftauchen, machen mich immer etwas nervös.« John schenkte seinem Mechaniker ein schiefes Lächeln.

Der zog die Mütze wieder nach vorn und nickte. »Versteht sich von selbst, John.«

Mit zwei Stunden Verspätung erreichten sie am nächsten Morgen um zehn Uhr Bordzeit Fort Junction. Die Station befand sich auf einem winzigen, öden Felsmond von kaum mehr als zwanzig Kilometern Durchmesser, der in engem Orbit einen orangefarbenen Gasriesen umkreiste. Genau genommen lag die Station nicht auf der graubraunen Mondoberfläche, sondern man hatte sie – der starken Strahlung des blauen Zentralgestirns wegen – *in* den Mond gebaut, der von zahllosen Schächten und Hallen durchzogen war.

Zwei Dutzend metallene Andockarme ragten wie die Stacheln eines Seeigels zweihundert Meter hoch ins All. Von ihnen, einer Hand voll Sensoranlagen auf der Mondoberfläche und einem gewaltigen irisförmigen Hangartor in Äquatornähe abgesehen, war von Fort Junction nichts zu sehen. Wären nicht schon von ferne die rund um den Mond schwebenden, angedockten Schiffe ins Auge gefallen, hätte man die Station leicht übersehen können – zumindest war das bei Johns letztem Besuch auf Fort Junction vor einem halben Jahr noch so gewesen.

»Hat Fort Junction einen neuen Besitzer?«, fragte er, während er ungläubig aus dem Cockpitfenster auf die gewaltige Leuchtreklame starrte, die sich, rot und blau blinkend, über dem Nordpol des kleinen Mondes drehte.

»Es sieht beinahe so aus«, erwiderte Kelly, die mit nicht minder verblüffter Miene neben ihm saß. »Was für ein geschmackloses Ding.«

»Na, wenigstens wird jetzt garantiert niemand mehr versehentlich vorbeifliegen.« Er legte einen Schalter um und öffnete den Funkkanal. »*Mary-Jane Wellington* an Fort-Junction-Dockkontrolle. Erbitten Freigabe zum Andocken.«

»Fort-Junction-Dockkontrolle an anfliegende *Mary-Jane Wellington*«, meldete sich eine schneidige Männerstimme. »Bitte nennen Sie den Anlass Ihres Besuchs.«

Hinter dem Horizont des Mondes tauchte der schnittige graue Leib einer Fregatte des Unionsmilitärs auf. Es war Zufall, dass das Schiff ausgerechnet in diesem Augenblick in Sicht kam. Dennoch wirkte es wie eine stumme Drohung, bloß keinen Ärger zu machen.

John beugte sich vor und aktivierte den Kanal. »Wir befinden uns auf einem Passagierflug nach Heaven's Gate und wollen einen neuen Texaferm-Block installieren.«

Der Mann am anderen Ende der Leitung schwieg einen Moment. »Ihnen ist bewusst, dass für den Oklahoma-Sektor eine Reisewarnung ausgegeben wurde, *Mary-Jane Wellington?*«

»Ist uns bewusst. Aber unsere Passagiere müssen unbedingt nach Heaven's Gate. Wir gehen das Risiko ein.«

»Verstanden. Sie haben Andockerlaubnis an Pylon siebzehn. Peilsignal und Navigationslichter sind aktiviert. Bitte halten Sie sich an den angegebenen Anflugvektor, um Kollisionen zu vermeiden, und überschreiten Sie nicht die Standard-Geschwindigkeit für Dockbereiche.«

»In Ordnung. *Mary-Jane Wellington* Ende.« John warf Kelly einen Seitenblick zu. »Für wie dumm hält der mich?«

Sie lächelte zur Antwort. »Ich schätze, diesen Spruch lassen seine Vorgesetzten ihn jedes Mal aufsagen.«

Sie bremsten das Schiff ab, bis es beinahe bewegungslos über dem kleinen Mond hing. Dann manövrierten sie den Frachter mit einigen gezielten Düsenstößen in seine Parkposition an der Spitze eines der Metallarme, die aus der Mondoberfläche herausragten. Sie drehten sich so, dass die angedockte Rettungskapsel von dem Pylon wegzeigte. »*Mary-Jane Wellington* an Fort-Junction-Dockkontrolle«, meldete John sich erneut bei dem schneidigen Stationsfunker. »Befinden uns jetzt in Position über Pylon siebzehn. Erwarten Verankerung.«

»Verankerung erfolgt. Bitte warten Sie, *Mary-Jane Wellington.*« Zwei Arme schwenkten herum und nahmen das Schiff in den Schwitzkasten. Danach schob sich ein flexibler Zugangstunnel auf ihre Backbordschleuse zu. Mit einem dumpfen Schlag und einem Surren machte er an der Außenhülle fest.

»Verankerung beendet. Gangway versiegelt und unter Druck. Andockprozedur abgeschlossen«, meldete der Funker in kühlem Tonfall, der sich auch kaum änderte, als er pflichtschuldig »Willkommen auf Fort Junction« hinzufügte.

»Vielen Dank. Schöner Schriftzug übrigens. So dezent.«

John hätte es nicht für möglich gehalten, aber die Temperatur in der Stimme seines Gegenübers fiel noch um ein paar weitere Grad. »Wie Sie meinen, Sir. Fort-Junction-Dockkontrolle Ende.« Der Kanal wurde geschlossen.

»Immer wieder reizend, sich mit Unionsmilitärs zu unterhalten.« John schaltete die Systeme auf Stand-by und erhob sich. »Dann wollen wir unseren Freunden mal einen Besuch abstatten.«

Einige Minuten später öffnete sich die Backbordschleuse, und John verließ mit Kelly, Aleandro und einigen ihrer Passagiere das Schiff. Mrs. Pennington hatte sich entschlossen, an Bord zurückzubleiben, um sich auszuruhen. Auch de Vries zeigte sich unwillig, Fort Junction zu betreten. Hawkins schlief in Langdons Kabine den Schlaf des vollkommen Erschöpften. Hobie schließlich blieb zurück, damit das Schiff nicht unbewacht war. Außerdem wollte er die Installation des neuen Texaferm-Blocks und die Abkopplung der aufgelesenen Rettungskapsel durch die hiesigen Reparaturmannschaften überwachen.

»Es gibt in Sektor Blau auf Ebene eins eine Bar, die einen tollen Blick auf den Gasriesen bietet«, sagte John, nachdem er dem freundlichen Dockinspektor die erforderliche Liegegebühr bezahlt hatte. »Sie heißt *Blue Star Lounge*. Ich schlage vor, dass wir uns in zwei Stunden alle dort treffen und etwas zu Mittag essen. Danach sollten wir startklar sein für die nächste Etappe.«

Nachdem die Übrigen den Treffpunkt bestätigt hatten,

begab sich John in den Werftsektor der Station und bestellte beim Werftleiter einen neuen Texaferm-Block, ohne den die *Mary-Jane Wellington* nicht annähernd zu den Beschleunigungswerten imstande gewesen wäre, die sie erreichte. Es überraschte John nicht, im Werftsektor einer ganzen Reihe grünhäutiger Peko über den Weg zu laufen. Die Fremdwesen, die den Menschen die interstellare Raumfahrt gebracht hatten, kannten sich auch Jahrzehnte später noch deutlich besser mit Antrieben, Strukturtastern und Masseprojektoren aus als jeder menschliche Ingenieur.

Als er den Pflichtteil ihres Zwischenstopps erledigt hatte, schlenderte John ein wenig durch die Korridore von Fort Junction. Anders als so viele kleinere Stationen an der Peripherie, die in Familienhand waren oder einem kleineren Konsortium gehörten, wurden Raumforts wie das im Blue-Junction-System von der Kernwelten-Union betrieben. Sie dienten nicht nur als Stützpunkte für das Unionsmilitär, das hier draußen für Recht und Ordnung sorgte, sondern auch als konstante Erinnerung an die Randplaneten, dass ohne die Union, die Werften unterhielt, mit ihren Großfrachtern Kolonien belieferte und deren Schürffabriken neue Rohstoffquellen erschlossen, an der Grenze des erforschten Raums kaum ein halbwegs ordentliches Leben möglich wäre.

In Wahrheit stimmte das nicht ganz. Die Bewohner der Randplaneten waren erfinderisch, und viele Privatunternehmer hatten ein relativ dichtes Versorgungsnetzwerk gesponnen. Doch die offizielle Propaganda hielt sich hartnäckig.

John überlegte, ob er die Gelegenheit nutzen und zu einer der ansässigen Bankfilialen gehen sollte, um seine Schulden bei Darius Martell zu begleichen. Doch er entschied sich dagegen. Es gab in dem Raumfort nur Unionsbanken und eine Geldsendung an einen Mann wie Martell mochte von den

Behörden abgefangen werden. Das Risiko wollte John nicht eingehen.

Stattdessen begab sich John, und das, obwohl er für gewöhnlich einen weiten Bogen um Uniformen schlug, zur Raumsicherheit der Station. In einem beengten Büro saß ein mürrischer Mann im Marineblau der Unionsstreitkräfte hinter einem überfüllten Schreibtisch. Im Gegensatz zu seinem Kollegen bei der Andockkontrolle, der vermutlich in makellos gebügelter Uniform am Arbeitsplatz saß, wirkte der grauhaarige Veteran mit dem deutlichen Bauchansatz, der auf diesem Stuhl vermutlich seine letzten paar Dienstjahre absaß, nicht so, als lege er übermäßig Wert auf Etikette und Protokolle. Seine Uniformjacke hing über der Lehne seines Schreibtischstuhls, und die Ärmel seines Hemds hatte er locker hochgekrempelt. In einem Glas neben der Tastatur seines Rechners schimmerte eine goldbraune Flüssigkeit, die mit Sicherheit keine Saftschorle war.

»Guten Tag, Sir«, begrüßte er John. »Was kann ich für Sie tun?«

»Ich bin auf dem Weg nach Heaven's Gate«, erwiderte John. »Ein dringender Passagiertransport. Ich weiß, dass der Flug durch den Oklahoma-Sektor im Augenblick etwas heikel ist. Daher bin ich gekommen, um zu erfahren, ob es aktuelle Nachrichten darüber gibt, wo sich Geonoj und seine Anhänger herumtreiben.« Mary-Janes Persönlichkeitsanalyse des Konya hatte leider keine schlüssigen Ergebnisse erbracht, wo sich der Peko-Anführer aufhielt. »Unberechenbar«, hatte das Ergebnis der Schiffs-KI gelautet.

»Dringender Passagiertransport, hm?« Sein Gegenüber musterte ihn argwöhnisch.

»Eine schwangere Frau, ein schwerkranker Mann … solche Leute eben.«

»Klingt ja dramatisch.«

»Vor allem ist es profitabel – und ich brauche die Dollar dringend. Also wären Sie jetzt so freundlich ...« John machte eine Geste in Richtung des Computers, in dem er die fraglichen Informationen vermutete.

»Natürlich.« Der Mann nahm einen Schluck aus seinem Glas und gab danach mit zwei Fingern einige Befehle in seinen Rechner ein. Die Ergebnisse schienen nicht seinem Wunsch zu entsprechen, denn er verzog unwillig die Miene.

»Tja, tut mir leid. Der Bursche gibt sich absolut ...«

»Lassen Sie mich raten: unberechenbar?«

Ein Hauch von Irritation huschte über die Züge des Mannes, dann nickte er. »Ganz richtig. Vor fünf Tagen erreichte uns ein Notruf aus dem Iverson-System von einem Kurierschiff. Vor vier Tagen sichtete ein Prospektor Peko-Raptoren am Rand des Blue Sky Nebula. Aber wir haben auch den Kontakt mit einem Patrouillenschiff im Safford-System verloren.« Er blickte auf und zuckte mit den runden Schultern. »Ich habe keine Ahnung, was ich Ihnen sagen soll. Geonoj ist wie ein Geist. Er kann überall auftauchen.«

»Ich hatte so etwas befürchtet.« John verschränkte die Arme vor der Brust und rieb sich mit der Rechten nachdenklich übers Kinn. »Da muss ich wohl auf mein Glück vertrauen, um diese Leute sicher nach Heaven's Gate zu bringen.«

Der Mann lehnte sich auf seinem Stuhl zurück. »Sie fragen sich, ob Sie die Route über Wayland und Safford oder Russell Station und Iverson nehmen sollen?«

John nickte.

»Wenn Sie meinen Rat wollen: Fliegen Sie Russell Station/Iverson.«

»Wieso das?«

»Weil bei Russell Station im Augenblick das 24. Raumkavalleriegeschwader stationiert ist. Die wurden dorthin versetzt, um das System und vor allem die Station zu sichern. Geonoj und seine Leute haben sich bislang von Planeten ferngehalten, aber eine einsam in einem unbewohnten System liegende Station könnte sie dazu verführen, einen Angriff zu wagen. Um das zu verhindern, sitzt die Raumkavallerie dort.«

»Und das hilft mir, weil …?«, hakte John nach.

Der Mann zuckte mit den Achseln. »Das Geschwader besteht aus zwei Patrouillenbooten und einem Träger für zehn Intersystem-Jäger. Vielleicht können Sie den Kommandanten überreden, Ihnen ein Patrouillenschiff als Eskorte bis nach Heaven's Gate mitzugeben.«

John musste an die Unmengen an Whiskey in seinem Frachtraum denken. Damit konnte er eventuell in Verhandlungen eintreten. Er nickte langsam. »Das wäre vielleicht eine Möglichkeit. Danke für den Tipp.«

»Alles zum Schutz der Bürger unserer feinen Union.« Der Veteran nahm sein Glas und prostete John zu, bevor er es mit einem kräftigen Schluck lehrte.

»Auf die Union«, brummte John und deutete mit zwei Fingern an der Schläfe einen lässigen Salut an. Er wandte sich ab und ging zur Tür zurück. Zischend glitt sie zur Seite.

»Was wird es denn?«, wollte der Sicherheitsmann hinter ihm wissen.

»Hm?« Fragend drehte John sich auf der Schwelle um.

»Die schwangere Frau, von der Sie sprachen. Kriegt sie einen Jungen oder ein Mädchen?«

Verblüfft starrte John den Veteranen an. »Ich gestehe, ich habe keine Ahnung«, erwiderte er. »Ich habe sie nicht gefragt.«

– 10 –

Eine Stunde später traf sich John mit Kelly, Peabody, Langdon und den Cutters in der *Blue Star Lounge*. Aleandro ließ sich entschuldigen. Er war, wie Kelly mitteilte, zum Schiff zurückgekehrt, um bei der Kalibrierung des Texaferm-Blocks durch die Peko-Techniker zuzuschauen.

Während sie sich im Schein des orangefarbenen Gasriesen ein paar Drinks und einen Imbiss schmecken ließen, erzählte Peabody, der sich offenkundig gern reden hörte, von seinen Handelsreisen in die Kernwelten und zu den Randplaneten. Kelly gab ein paar Studiengeschichten zum Besten. Und Langdon ließ sich zu einer Anekdote hinreißen, in der vierzig Rinder und ein Frachter mit beschädigter Luftumwälzanlage die Hauptrollen spielten. Die Cutters gaben sich höflich und wortkarg, aber daran hatten sich die anderen mittlerweile gewöhnt.

Auf dem Rückweg zur *Mary-Jane Wellington* nahm Peabody John beiseite. »Captain, eine Kleinigkeit gibt es da noch, die ich mit Ihnen besprechen möchte.«

»Was haben Sie auf dem Herzen, Mister Peabody?«

»Es ist mir ausgesprochen unangenehm, das anzumerken, aber mir ist aufgefallen, dass Ihr Techniker, Mister Hobel, sich sehr für meine Fracht interessiert.«

»Wie kommen Sie darauf?«

»Nun zum einen sprach er mich gestern während des Abendessens darauf an. Kurz vor dem Zubettgehen, ich wollte noch einen letzten Blick auf meine Schätzchen werfen, erwischte ich ihn dabei, sich die Frachtdeklaration auf einem der Tanks genau durchzulesen.« Peabody hob abwehrend eine Hand. »Ich möchte Mister Hobel nichts unterstellen, doch mir scheint, als wäre er dem Alkohol stärker zugetan, als gut für ihn ist.«

Es stimmte durchaus, dass Hobie ganz gern einen guten Schluck am Abend trank. Das hatte John nie gestört. Wenn es darauf ankam, war er nüchtern und ein Mann, auf den man sich verlassen konnte. Außerdem war er eine ehrliche Haut. Er mochte noch so sehr um Peabodys Whiskey-Bestände herumstreichen, dass er sich daran gütlich tun könnte, wie der Händler anscheinend befürchtete, glaubte John nicht. »Machen Sie sich keine Sorgen, Mister Peabody. Ihrer Fracht wird nichts geschehen. Das verspreche ich.«

Peabody nickte zufrieden. »Gut. Ihr Wort genügt mir. Ich danke Ihnen, Captain.«

Mit dem Aufzug fuhren sie den Zugangstunnel hinauf zur *Mary-Jane*. Oben angekommen, begegneten ihnen die Peko, die an Bord des Frachters gearbeitet hatten. Sie warfen John und den anderen kurze Blicke zu, grüßten aber nicht, als sie an ihnen vorbei in den Lift stiegen und nach unten fuhren.

»Eigenbrötlerisches Volk«, murmelte Peabody neben John kopfschüttelnd.

An der Schleuse erwartete sie bereits Hobie.

»Sind wir startklar?«, fragte John ihn.

»So gut wie neu«, erwiderte sein Mechaniker. »Der Texaferm-Block ist installiert, die Rettungskapsel abgenommen, und ich habe zusätzlich eine Systemdiagnose durchlaufen lassen, um herauszufinden, ob wir was abbekommen haben, weil wir uns so lange in Sonnennähe aufgehalten haben. Aber alles sieht gut aus.«

»Sehr gut.« John trat an Hobie vorbei durch die offen stehende Schleuse. »Was ist mit Hawkins?«

Sein alter Freund hob die buschigen Augenbrauen. »Hawkins? Ist der nicht bei euch? Er erwachte, kurz nachdem ihr verschwunden wart, und meinte, er wolle sich nur kurz frisch machen und dann nach euch suchen. Ich habe ihn seitdem nicht mehr gesehen. Aber ich war auch im Maschinenraum beschäftigt. Vielleicht weiß Aleandro mehr.«

Der junge Computerspezialist hockte in der Messe und tippte auf seinem Padd herum. Mrs. Pennington saß neben ihm vor einer dampfenden Tasse Tee.

Als John ihn auf ihren Gast ansprach, zuckte auch er nur mit den Achseln. »Tut mir leid, Cap. Ich habe keine Ahnung. Ich war den größten Teil der Zeit im Cockpit und habe an der Technikkontrolle die Kalibrierung des Texaferm-Blocks verfolgt.«

John wandte sich an die schwangere Frau. »Hat er sich von Ihnen verabschiedet?«

Sie schüttelte den Kopf. »Nein, Captain Donovan. Ich habe diesen Hawkins überhaupt nicht kennengelernt. Wie Sie sich vielleicht erinnern, habe ich gestern Nacht, als Sie ihn an Bord geholt haben, schon geschlafen. Und heute Morgen beim Frühstück schlief er ja noch.«

»Sehr seltsam.« Stirnrunzelnd sah John zu Kelly hinüber, die hinter ihm die Messe betrat.

»Was ist seltsam?«

»Wir scheinen unseren Gast verloren zu haben. Nicht, dass ich ihn vermissen würde, aber ein wenig undankbar ist das schon, ohne ein Wort des Abschieds zu verschwinden. Nun ja, andererseits wollten wir ihn ohnehin auf Fort Junction absetzen, und wenn er von selbst verschwindet, umso besser.« Er ließ seinen Blick über die Anwesenden schweifen. »Vergessen wir ihn also und machen uns auf den Weg. Der Oklahoma-Sektor wartet auf uns.«

Kurze Zeit später befand er sich im Cockpit und bereitete das Schiff zum Abflug vor. »*Mary-Jane Wellington* an Fort-Junction-Dockkontrolle, erbitten Freigabe zum Start von Pylon siebzehn.«

»Fort Junction Dockkontrolle.« Diesmal war es eine Frau, die mit ihm sprach, aber auch sie klang so, als würde sie beim Hinsetzen darauf achten, dass ihre Uniform keine unnötigen Falten warf. »Abdocken wird eingeleitet.«

John pfiff leise vor sich hin, während er darauf wartete, dass das Rumpeln an Backbord aufhörte. Es gab einen kleinen Ruck, als die Verankerung sich vom Rumpf löste und dem Frachter dabei einen Schubs versetzte, damit er von dem silbernen Turm fortdriftete, der ihn zuvor mit der Station verbunden hatte.

»Fort-Junction-Dockkontrolle. Gangway eingezogen und Verankerung gelöst. Sie haben Freigabe zum Start. Manövrierdüsen bis Distanz eintausend.«

»Ja, ja, schon klar«, brummte John leise.

»Bitte wiederholen Sie Ihren letzten Satz«, erklang es prompt aus dem Lautsprecher.

»Ich sagte: Verstanden«, erwiderte er laut und mit übertriebener Freundlichkeit. »Vielen Dank und Ihnen noch einen schönen Tag.«

»Guten Flug. Fort Junction Ende.« Der Sarkasmus schien an seiner Gesprächspartnerin abzuprallen wie Projektile am gepanzerten Rumpf eines Unionsschlachtschiffs.

Er wandte sich vom Funkgerät ab und konzentrierte sich darauf, den Frachter an den übrigen angedockten Schiffen vorbeizulenken. Sie hatten den vorgeschriebenen Sicherheitsabstand gerade erreicht, und John wollte das Haupttriebwerk zünden, um Kurs auf das Brycefield-Transitfeld zu nahmen, das sie nach Russell Station bringen würde, als das Signal für einen eingehenden Funkruf auf seiner Instrumententafel erneut aufblitzte.

»Was habe ich jetzt wieder falsch gemacht?«, murrte John. Er öffnete den Komm-Kanal. »Hier *Mary-Jane Wellington*, was gibt es noch?«

»Hier ist Blue-Junction-Systempatrouille 3, spreche ich mit dem Captain des Schiffes?«

Erstaunt hob John die Brauen und schaltete den Kanal stumm. Sein Blick huschte zur Sensoranzeige. Tatsächlich näherte sich von achtern eines der Patrouillenboote des Unionsmilitärs. Er aktivierte den Bordfunk. »Hobie, komm mal ins Cockpit.« Es schadete nie, einen zweiten Mann an den Systemen zu haben, sollte die Situation hektischer werden.

Danach aktivierte er den Kanal nach draußen wieder. »Ja, hier spricht Captain Donovan. Was kann ich für Sie tun?«

Eine zweite Stimme meldete sich, sonor und befehlsgewohnt. »Hier ist Captain Le Clerk. Captain, Ihr Schiff hat doch eine Rettungskapsel mit zur Station gebracht.«

»Richtig, wir haben einen Schiffbrüchigen in Sonnennähe aufgelesen.«

»Wie hieß dieser Mann?«

»Er nannte sich Hawkins. Um was geht es?« Aus den Augenwinkeln sah John Hobie hereinkommen. Die Miene des Mechanikers war besorgt.

»Was ist los, John?«, fragte er leise.

John bedeutete ihm, still zu sein und sich auf den Platz des Kopiloten zu setzen.

»Wir haben eine Warnung von den Space Marshalls erhalten, dass sich ein gefährlicher Krimineller im Sektor herumtreibt. Sein Name ist Darrell Metzger, auch genannt: der Menschenfresser.«

»Klingt ja sympathisch.«

»Sie sollten darüber keine Scherze machen, Captain. Der Mann soll bereits drei Schiffsbesatzungen massakriert und danach teilweise aufgegessen haben. Zuletzt wurde er auf Yuma im Coronado-System gesehen. Er hat sich dort am Raumhafen herumgetrieben. Kurz darauf wurde ein Erzfrachter als verschollen gemeldet, der von dort gestartet ist. Er war auf dem Weg ins Blue-Junction-System. Wir befürchten daher, dass der Gesuchte sich in der Gegend herumtreibt.«

John wechselte einen besorgten Blick mit Hobie. »Wenn Sie glauben, dass unser Schiffbrüchiger Hawkins dieser Metzger ist, kommen Sie zu spät. Er hat die *Mary-Jane* bei Fort Junction verlassen.«

»Sind Sie sicher? Ansonsten kommen wir gerne an Bord und helfen Ihnen, das Schiff zu durchsuchen.«

John verzog das Gesicht. Auf einen Besuch einer Unionspatrouille konnte er gut verzichten. Er hatte weder Zeit dafür noch Lust darauf, dass irgendwelche Soldaten seine Sachen durchwühlten. »Schauen Sie aus dem Cockpitfenster, Captain. Ein *Cambria*-Klasse-Frachter ist keine Erzfabrik. Wir haben vier Mann Besatzung und sechs Passagiere an Bord. Irgendjemand hätte Hawkins gesehen, wenn er beim Abflug noch an Bord gewesen wäre.«

Eine Weile herrschte Schweigen am anderen Ende der Leitung. Womöglich überlegte der Captain des Patrouillenbootes, ob er John zwingen sollte, einer Inspektion zuzustimmen.

John beschloss, ihm noch einen kleinen Anreiz zu geben, davon Abstand zu nehmen. »Hören Sie, Captain, wir können auf uns selbst aufpassen. Außerdem haben wir es eilig. Wir müssen dringend rüber in den Oklahoma-Sektor. Unser nächstes Ziel ist Russell Station. Dort sind Kollegen von Ihnen stationiert. Wenn wir Hawkins doch in einem Kleiderspind finden sollten, übergeben wir ihn an die, einverstanden? Aber ich an Ihrer Stelle würde lieber die anderen Schiffe überprüfen, die sich in nächster Zeit von Fort Junction auf den Weg machen.«

Das Schweigen dauerte noch etwas länger. »In Ordnung«, gab Le Clerk schließlich nach. »Wir haben Sie gewarnt. Damit ist unser Job erledigt. Guten Flug, *Mary-Jane Wellington*, und passen Sie auf sich auf.«

»Danke.« John schloss den Komm-Kanal. »Die haben wir ja gerade noch mal abgewimmelt«, meinte er an Hobie gewandt, während er das Schiff auf direkten Kurs zum Brycefield-Transitfeld lenkte.

Sein alter Freund nickte. »Aber die Sache gefällt mir nicht«, erwiderte er. »Dieser Hawkins war ein seltsamer Kerl. Ich könnte mir gut vorstellen, dass der auch irgendwelche Leute umbringt und danach auffrisst. Erinnerst du dich noch? Er hatte Blut an seinem Overall. Hat behauptet, er habe einen verletzten Kameraden retten wollen. Aber wer weiß, ob das wahr ist? Und es würde auch erklären, warum er sich einfach so davongestohlen hat. Vermutlich hatte er es verdammt eilig, heimlich zum nächsten Schiff zu gelangen.«

»Womit einmal mehr bewiesen wäre, dass sich gute Taten nicht auszahlen«, brummte John. Er hob die Stimme. »Mary-Jane?«

»Ja, John«, meldete sich die Schiffs-KI.

»Übernimm das Steuer. Pass die Geschwindigkeit an, sodass wir gegen zehn Uhr den Transit durchführen können. Über Nacht fliegen wir dann nach Russell Station.«

»Ist das ratsam, John?«, warf Hobie ein. »Wenn wir erst im Oklohoma-Sektor sind, müssen wir verdammt wachsam sein. Mitten in der Nacht dort einzutreffen, mag nicht der beste Plan sein.«

»Wir stehen hier etwas unter Zeitdruck, erinnerst du dich? Darius Martell will sein Geld sehen. Ich will nicht weitere sieben oder acht Stunden vergeuden.« Er dachte an die Goldimitat-Uhr, die in der Manteltasche in seiner Kabine steckte.

»Wie viel Zeit haben wir denn noch? Wenn ich mich nicht verrechne, müssten es noch mehr als hundertfünfzig Stunden sein. Bis Heaven's Gate brauchen wir nicht annähernd hundert. Und dort kontaktieren wir Martell und arrangieren einen Geldtransfer.« Hobie legte John eine schwielige Hand auf die Schulter. »Lass uns nichts überstürzen, John. Wir wissen nicht, was auf uns wartet, wenn wir erst im Oklahoma-Sektor sind. Womöglich haben wir den Schlaf, den wir heute noch bekommen könnten, bitter nötig.«

John seufzte. »Na gut, vielleicht hast du recht. Mary-Jane, Korrektur. Bring uns bis sechs Uhr morgen früh zum Brycefield-Transitfeld. Das sollte uns allen eine ruhige Nacht verschaffen.«

»Gern, John.«

Er stand auf. »Okay, genug geredet. Hobie, ich möchte, dass du dir Aleandro schnappst und dass ihr unter dem Vorwand routinemäßiger Wartungsarbeiten den hinteren Teil des Schiffs umkrempelt. Ich glaube zwar wirklich nicht, dass Hawkins sich hier irgendwo versteckt hat, aber wenn er wirklich dieser Menschenfresser ist, muss er so krank im Kopf sein, dass wir mit allem rechnen sollten. Kelly und ich nehmen uns derweil die Frachträume vor. Wir halten über Komm-Geräte Kontakt. Ich will nicht den Bordfunk verwenden.«

»Unsere Passagiere sollen nichts mitbekommen«, begriff sein Freund.

John nickte. »Nicht, wenn ich es vermeiden kann. Um Langdon oder diese Cutters mache ich mir zwar keine Sorgen, aber ich will Pennington, de Vries und Peabody nicht ängstigen. Hilft ja nichts, die Pferde scheu zu machen. Nachher glaubt noch jemand von denen, eine Waffe aus dem Koffer holen und auf Gespenster schießen zu müssen.« Er deutete mit zwei Fingern auf seine Augen. »*Wir* sind wachsam. Das sollte genügen.«

»Du hast recht, John.« Ächzend hievte Hobie sich aus dem Kopilotensessel. Er stapfte an John vorbei und kratzte sich dabei am Kopf. »Dass immer uns so etwas passieren muss.«

»Keine Sorge. Sollten wir den Burschen wirklich finden, setzen wir ihn dort ab, wo wir ihn aufgelesen haben – bloß diesmal ohne Rettungskapsel.«

Während Hobie in Richtung Messe verschwand, begab sich John zu seiner Kabine, die am unteren Ende der Cockpittreppe auf der rechten Gangseite lag. Der Raum war vergleichsweise klein, wie alle Kabinen an Bord der *Mary-Jane*, was ein Grund dafür war, dass sie alle die meiste Zeit in der Messe verbrachten. An der linken Seite befand sich eine halb in die Wand eingelassene Koje, gegenüber ein Spind und ein Waschbecken. Am Kopfende des Raums ragte ein Schreibpult aus der Wand, vor dem ein Stuhl stand, über dessen Lehne ein achtlos hingeworfenes Handtuch hing.

Auch sonst wirkte der kleine Raum nicht besonders aufgeräumt. Die Laken und die braune Wolldecke auf der Koje waren zerwühlt, ungewaschene Kleidung, zwei Padds und ein Metallbecher lagen auf dem Boden verteilt, und auf dem Schreibtisch hatte John sein Waffenreinigungswerkzeug ausgebreitet. »Männerchaos« nannte Kelly diesen Zustand. »Behaglich« nannte John ihn.

Das war nicht zuletzt den zwei eigenwilligsten Einrichtungsgegenständen geschuldet, die sich in der Kabine fanden. Beide hatte John sozusagen von Captain Sturges geerbt. Der erste war ein altes, etwas abgewetztes Braunbärenfell, das links neben dem Schreibtisch an der Wand hing. Ob Sturges das Tier selbst geschossen hatte, wusste John nicht. Aber er nahm es an, ansonsten hätte es nicht viel Anlass gegeben, das Fell aufzuhängen, denn schön war es nicht. Beim zweiten handelte es sich um einen hölzernen Schaukelstuhl, der direkt unter dem Fell in der linken hinteren Raumecke stand. Er nahm absurd viel Platz in der engen Kabine weg, und John saß nicht einmal darin, sondern verwendete ihn bloß als Ablagefläche. Trotzdem hatte er sich weder von dem einen noch von dem anderen bisher trennen können. Es waren nicht unbedingt nostalgische Gründe, die ihn davon abhielten. Das Fell und der Stuhl gefielen ihm einfach in ihrer völligen Deplatziertheit, wann immer er sie anschaute.

Im Moment war er allerdings zu sehr mit der Warnung dieses Captain Le Clerk beschäftigt, um beidem mehr als nur flüchtige Beachtung zu schenken. Er nahm den Waffengürtel, den er zum Besuch auf Fort Junction ausgezogen hatte, vom Haken an der Wand neben der Tür und schnallte ihn sich wieder um. Mit einem raschen Blick überzeugte er sich davon, dass der Santhe-CG geladen und gesichert war.

Als er wieder auf den Gang trat, stand plötzlich Frank Langdon vor ihm. Der alte Frontiersman hakte die Daumen in den Gürtel und sah John prüfend an. »Alles in Ordnung, Captain?«

»Klar, wieso fragen Sie?«

»Weil Ihr Mechaniker ziemlich nervös wirkt, seit er von dem Gespräch mit Ihnen im Cockpit zurückgekehrt ist.«

John verzog die Mundwinkel. Er hatte so etwas befürchtet.

Hobie war ein Prachtkerl, aber zum Pokerspielen oder für Bluffs war er einfach nicht zu gebrauchen.

»Keine Sorge.« Langdon hob abwehrend die Rechte. »Er ist nicht so nervös, dass unsere schwangere Mrs. Pennington oder der redselige Mister Peabody es bemerken würden, aber ich habe ein Auge für solche Dinge, wissen Sie?«

»Ansonsten wären Sie vermutlich nicht so alt geworden.«

»Sie sagen es. Also, was ist los?«

»Wir wurden von der Raumsicherheit gewarnt, dass sich ein Psychopath im Sektor herumtreibt. Dieser Bursche und unser guter Mister Hawkins könnten ein und dieselbe Person sein. Um also ganz sicher zu gehen, dass wir ihn bei Fort Junction losgeworden sind, drehen meine Leute und ich eine Runde durchs Schiff. Es reicht, wenn uns Geonoj dort draußen Schwierigkeiten bereitet, wenn Sie verstehen, was ich meine.«

»Verstehe.« Langdon nickte. »Dann gehe ich wohl mal besser und werfe einen Blick unter mein Bett.«

»Machen Sie das. Aber tun Sie mir den Gefallen und sagen Sie den anderen nichts. Niemand hat Hawkins mehr gesehen, seit wir angelegt haben. Er wird nicht mehr an Bord sein. Kein Grund also, Unruhe zu verbreiten. Es wird noch spannend genug, wenn wir erst den nächsten Transit hinter uns haben.«

»In Ordnung, ich halte mich zurück«, versprach der alte Frontiersman. »Und ich werde einen besonderen Blick auf Mrs. Pennington haben. Wenn sich ein Psychopath ein Opfer sucht, dann sie.«

»Ich danke Ihnen. Ach, sagen Sie, haben Sie Kelly gesehen? Ist sie in der Messe bei den anderen?«

Langdon schüttelte den Kopf. »Sie war kurz da, wollte

dann aber in ihr Quartier gehen. Warum, hat sie nicht gesagt.«

»Dann schaue ich dort mal nach.« Sie trennten sich, und John ging weiter bis zu Kellys Kabine, die etwas den Korridor hinunter und um die Ecke lag. Er klopfte an die Luke, die Kelly mit seiner Erlaubnis in sattem Grasgrün angestrichen hatte, »um etwas Farbe auf diesen rostigen Kahn zu bringen«, wie sie es scherzhaft ausgedrückt hatte. »Kelly? Hier ist John. Kann ich reinkommen?«

Die Tür öffnete sich, und Kelly blickte ihm entgegen. Sie hatte die Haare zusammengebunden, trug ein graues Tanktop sowie eine dazu passende schwarze Jogginghose und wirkte merklich erhitzt.

John hob die Brauen. »Trainierst du etwa schon wieder?«

»Drei Mal pro Woche. Du kennst doch mein Programm.«

»Machst du das nicht normalerweise im Frachtraum?«

Kelly blies sich eine Strähne blonden Haars aus dem Gesicht, die sich gelöst hatte. »Ja, das hätte de Vries vermutlich gerne.«

»Gibt's Probleme?«, fragte John.

»Sagen wir es so: Er ist ein Mann in einem gewissen Alter, der sehr von sich eingenommen ist.« Sie winkte ab. »Ist nicht der Rede wert. Aber ich mache meine Übungen trotzdem in den nächsten paar Tagen lieber hier drinnen.«

John zuckte mit den Achseln. »Wie du meinst. Doch jetzt zieh dich um und schnapp dir deinen Revolver. Wir haben was zu tun.«

»Willst du jemanden erschießen?« Seine Partnerin sah ihn erstaunt an.

»Kommt drauf an, wen wir finden, wenn wir die Frachträume durchsuchen.« Er machte eine scheuchende Handbewegung. »Ich erkläre dir alles gleich.«

»In Ordnung«, sagte Kelly. »Gib mir eine Minute.« Sie schloss die Luke wieder.

Kurz darauf standen sie im Backbordfrachtraum zwischen Peabodys Whiskeytanks und der Kühleinheit mit dem Vater der Cutter-Zwillinge. John hatte die Luke zum Schiff geschlossen und seine Waffe gezogen.

»Würdest du mich jetzt mal aufklären, was hier läuft?«, verlangte Kelly.

Er sagte es ihr.

Entgeistert sah sie ihn an. »Du glaubst, dass Hawkins dieser Menschenfresser ist?«

»Ich glaube gar nichts«, entgegnete John, »aber sollte er sich hier irgendwo verstecken, spräche das nicht unbedingt für ihn.« Langsam begann er, die Tanks abzugehen, schaute darunter und überprüfte die Siegel. Manchmal kamen blinde Passagiere auf die Idee, sich in den absurdesten Frachtbehältnissen zu verstecken. Alles schien in Ordnung zu sein.

»Wo bitte sollte er sich hier verstecken?« Kelly sah sich im weitgehend leeren Frachtraum um.

»In jeder verdammten Kiste oder im Kofferraum des Landgleiters«, antwortete John grimmig. »Sei kreativ. Wo würdest du dich verstecken, wenn du ein gesuchter Wahnsinniger wärst?«

»In der Luftschleuse, in einer unserer Rettungskapseln, in Hobies Spind ...«

»Okay, *das* wäre wirklich Wahnsinn!« John ging zu dem Landgleiter hinüber, die Waffe nicht gehoben, aber bereit. Auch hieran hatte sich niemand zu schaffen gemacht.

»Meine Güte«, entfuhr es Kelly hinter ihm.

Er drehte sich um und sah, dass sie sich über die Anzeigen

der Kryo-Einheit beugte, in der sie den Vater der Cutter-Zwillinge transportierten.

»Was ist?«

Sie warf ihm einen Blick über die Schulter zu. »Ich dachte, ich überprüfe mal, ob es sich jemand hier drin gemütlich gemacht hat, der nicht dort hineingehört. Das ist nicht der Fall. Die Einheit ist nach wie vor versiegelt und läuft normal.«

»Und wo ist dann das Problem?«

»Kein Problem. Ich war nur überrascht. Der Vater der Cutters ist ein echter Riese. Die Biowerte zeigen eine Person von fast zwei Metern und hundertfünfzig Kilogramm. Der Bursche wiegt mehr als doppelt so viel wie ich.«

John trat zu ihr und runzelte die Stirn. »Scheint ein guter Esser zu sein. Seinen Kindern hat er diese Leidenschaft jedenfalls nicht vererbt. Was sagen die Werte denn sonst so?« Er erinnerte sich daran, dass Janelle überhaupt nicht begeistert über sein Interesse an der Kryo-Einheit gewesen war. Vielleicht hatten sie jetzt eine Gelegenheit, herauszufinden, warum.

Doch bevor Kelly weitere Befehle in die kleine Kontrollkonsole eingeben konnte, zirpte Johns Komm-Gerät. Er zog es vom Gürtel. »Ja?«

»John, hier ist Hobie«, meldete sich sein Freund. »Wir haben gerade eine etwas eigenartige Entdeckung gemacht.«

»Schieß los.«

»An der Steuerbordschleuse, wo die Rettungskapsel festgemacht war, fehlt ein Raumanzug. Ihr habt ihn nicht genommen, oder?«

John sah Kelly an. Die schüttelte den Kopf. »Nein, und ich bezweifle, dass es einer unserer Passagiere war. Das heißt, es bleibt nur Hawkins als Verdächtiger.«

»Aber warum sollte der einen Raumanzug klauen, John?«,

fragte Hobie. »Meinst du, er wollte sich damit von außen an ein anderes Schiff anschleichen?«

»Das, oder …« Kelly hob vielsagend den Blick zur Decke des Frachtraums.

»Was? Das soll wohl ein Witz sein.«

»John?«, fragte Hobie über Funk.

»Kelly glaubt, Hawkins könnte sich außen am Schiff versteckt haben. Aber das kann nicht sein. Wenn wir springen, während er da draußen klebt, ist er so gut wie tot. Das muss er doch wissen. Insofern wäre es vollkommener Irrsinn, sich draußen …« Er brach ab und starrte Kelly an. »Oh, nein. Oh, nein, das werde ich jetzt nicht tun!«

»Verdammter Mist, ich hasse diesen Kerl.« Wütend stapfte John, nur durch seinen unbequemen, heißen Raumanzug und eine Sicherungsleine vor der eisigen, todbringenden Unendlichkeit des Weltraums geschützt, über die Unterseite des Backbordfrachtraums. Seit zwei Stunden waren Kelly und er nun schon hier draußen. Und wofür?

»Hast du ihn gefunden?«, drang Hobies Stimme aus dem Helmfunkgerät.

»Natürlich nicht. Wie ich schon sagte: Man müsste vollkommen verrückt sein, um außen an ein Schiff geklammert einen Transit mitzumachen.«

Wie es aussah, war Hawkins tatsächlich fort, bei Fort Junction still und heimlich von Bord gegangen. Ein wenig beruhigte John diese Erkenntnis, doch ein Rest nagender Unsicherheit blieb. »Großartig«, murmelte er zu sich selbst. »Den Passagieren wolltest du keine Angst einjagen. Und jetzt bist du selbst so nervös, dass du heute Nacht mit Knarre unter dem Kopfkissen schlafen wirst.«

Nicht, dass er das nicht ohnehin immer tat. Doch diesmal würde er sie vielleicht entsichern. Im Kampf gegen einen Messer schwingenden Psychopathen mochte jede Sekunde zählen. So viel zu seinem Plan einer ruhigen Nacht …

– 11 –

»Sie und ihre Leute haben heute ziemlich viel an Ihrem Schiff herumgeschraubt, Captain«, bemerkte de Vries, als sie nach dem Abendessen alle gemeinsam noch auf ein Glas Bier in der Messe saßen. »Müssen wir uns Sorgen machen?«

»Nein, Mister de Vries«, erwiderte John. »Alles reine Routine. Die Flüge zwischen Planet und Transitfeld können recht langweilig sein. Deswegen legen die meisten Schiffsbesatzungen ihre Wartungsarbeiten in diese Zeiträume. Denn warum sollte man kostbare Stunden darauf verschwenden, während man festen Boden unter den Füßen hat?«

»Hm, so habe ich das noch gar nicht betrachtet. Das ergibt wohl Sinn.«

Peabody kicherte. »Ich bin mal mit einem Frachter durchs Lindberg-System geflogen. Die Mannschaft hat versucht, die Steuerelektronik der Umweltkontrollen zu reparieren. Ich weiß nicht mehr, ob ein Sonnenwind oder eine Schießerei der Grund dafür war, dass sie nicht mehr funktionierte, aber jedenfalls funktionierte sie nicht und es war kalt wie in einer Eiswüste in dem Ding. Wir hatten alle zwei bis drei Lagen Kleidung übereinander an, denn natürlich hatte niemand der Passagiere dicke Sachen dabei. Doch dann …« Er gluckste erneut, allein die Erinnerung schien ihn königlich zu amüsieren. »… dann haben diese Unglücksraben irgendwas falsch verkabelt oder programmiert, und auf einmal herrschte eine tropische Hitze an Bord, die man nicht herunterregeln konnte. Da wir das Transitfeld beinahe erreicht hatten, hätte es nichts gebracht, umzukehren, also sind wir weitergeflogen. Aber ich schwöre Ihnen: Den ganzen Flug bis zu unserem Ziel Bénodet haben alle in Unterwäsche verbracht.«

Hobie, Langdon und de Vries lachten. Emma Pennington machte ein entsetztes Gesicht. »Auch die Damen?«

»Oh, ja, Ma'am, auch diese«, bestätigte Peabody ernst. »Allerdings haben die sich in die Messe zurückgezogen, und es herrschte striktes Zugangsverbot für Männer. Die einzige Frau, die trotzdem im Schiff herumspaziert ist, war die Ingenieurin, eine wahrlich bemerkenswerte Dame, aber ruppiger als ein Sergeant der Raumtruppen. Schon am ersten Abend hat sie einem Kerl Manieren beigebracht, der sie beim Glücksspiel übervorteilen wollte.«

»Wie unangebracht«, meinte Mrs. Pennington.

»Das Glücksspiel oder der Fausthieb?«, fragte Peabody.

»Beides.« Die schwangere Frau rümpfte die hübsche Nase.

Langdon lachte erneut. »Also ich für meinen Teil hätte diese Dame gerne kennengelernt.«

»Ich bezweifle, dass sie Lust gehabt hätte, mit Ihnen auf eine Farm zu ziehen«, warf John ein. »Leute wie wir fühlen sich nur im Raum zuhause.«

Der grauhaarige Frontiersman zwinkerte ihm zu. »Kommen Sie erst mal in mein Alter, Captain. Dann denken sie darüber womöglich auch anders. Irgendwann erfreut man sich tatsächlich daran, Erde unter den Stiefeln zu haben und ein paar grüne Wiesen zu sehen, wenn man aus dem Fenster schaut, statt immer nur die Schwärze des Alls. Morgens mit dem Gleiter, oder besser noch: dem Pferd hinaus zu den Weiden. Und abends auf der Veranda vor dem Haus mit einer guten Zigarre den Sonnenuntergang genießen.«

Kelly seufzte. »Klingt himmlisch.« Sie warf John einen

neckenden Blick zu. »John, versprich mir, dass wir irgendwann, wenn die *Mary-Jane* endgültig auseinanderfällt, auch eine Farm haben werden.«

»Wenn die *Mary-Jane* auseinanderfällt?«, empörte er sich gespielt. »Davon will ich nichts hören, verstanden? Das Schiff und ich, wir kreuzen hier draußen, bis mir das Steuer aus den toten Händen gleitet.« Er hob die Stimme. »Nicht wahr, Mary-Jane?«

»Ich werde immer für dich da sein, John«, erklang die Stimme aus dem Lautsprecher an der Decke der Messe. »Das weißt du.«

»So ist es«, brummte er und hob sein Glas.

»Irgendwie ist so eine KI ja unheimlich«, meinte de Vries. »Ich kann mir einfach nicht vorstellen, was in ihren Schaltkreisen vorgeht. Sagt der Computer nur, was wir hören wollen, weil es ihm einprogrammiert wurde? Oder empfindet er wirklich?«

»Diese Fragen müssen Sie schlaueren Köpfen als mir stellen«, gab John zurück. »Ich halte es mit Mary-Jane so wie mit jeder anderen Frau auch: Ich nehme sie, wie sie ist, und lasse ihr ihre Geheimnisse.«

»Aber fürchten Sie niemals, dass der Computer sich gegen Sie stellen könnte, weil er anderer Meinung ist als Sie? Angenommen, Sie bringen das Schiff in Gefahr. Könnte es sein, dass die KI sich einfach weigert, Ihre Befehle auszuführen, um sich selbst zu schützen? Immerhin ist sie das Schiff und hat die absolute Kontrolle darüber.«

John trank einen Schluck und stellte dann sein Glas auf die Tischplatte zurück. »Zum Ersten gibt es hier an Bord gar nicht so viel zu kontrollieren. Ein *Cambria*-Klasse-Frachter ist keine Luxusyacht. Mary-Jane kann vielleicht einen Kurs berechnen und die Triebwerke ansteuern. Sie kann die

Atmosphäre kontrollieren und anpassen. Und sie kann mithilfe der Außensensoren den Raum um uns überwachen.«

»Das ist doch schon ziemlich viel.«

»Möglich. Aber sie kann keine Hebel umlegen, wenn Sie verstehen, was ich meine. Wenn Hobie den Antrieb manuell abschaltet, bleibt er aus. Wenn wir die KI-Einheit abkoppeln, hat sie auf nichts mehr Zugriff. Und wenn wir ihr den Stecker rausziehen wollten, könnte sie nichts dagegen tun.« Er schüttelte den Kopf. »Aber auf den Gedanken käme ich nie. Denn zweitens hat mich Mary-Jane noch nie enttäuscht und noch nie hintergangen. Sie macht keine leeren Versprechungen, und sie schmeichelt mir nicht, weil sie sich davon einen Vorteil erhofft. Sie ist kein bisschen weniger treu und vertrauenswürdig als der Rest meiner Mannschaft, so viel ist klar.« John merkte, dass er die Stimme gehoben und sich aufgerichtet hatte, und er sackte wieder auf seinem Stuhl zusammen. »Nichts für ungut«, knurrte er.

De Vries hob abwehrend die Hände. »Ihr Schiff, Ihre Regeln.«

»Stimmt.« John sah auf die Uhr an der Wand neben dem Küchentresen. »Und ich denke, wir sollten jetzt alle schlafen gehen. Es ist nach zehn. Morgen müssen wir früh aufstehen. Um sechs Uhr springen wir ins Brycefield-System.«

Alle standen auf und wünschten sich eine gute Nacht. »Ich bin noch mal im Maschinenraum und überprüfe die Einstellungen«, sagte Hobie zu John beim Hinausgehen.

»In Ordnung. Wenn etwas nicht stimmt, melde dich bei mir. Ich bin im Cockpit.«

»Ich dachte, du wolltest schlafen gehen.«

»Du prüfst deine Maschinen, ich meine Navigation. Erst dann können wir beide ruhig schlafen.«

Hobie grinste. »Wir verstehen uns, John.«

John erklomm die kurze Treppe hinauf zum Cockpit und öffnete die Luke. Hinter sich zog er sie wieder zu, bevor er sich zu seinem Pilotensitz begab. Er ließ sich hineinfallen und entsperrte die Lehne, um sich nach hinten sinken lassen zu können. Halb im Liegen streckte er die Beine unter dem Armaturenbrett aus, verschränkte die Arme hinter dem Kopf und richtete den Blick aus dem Cockpitfenster auf das Sternenmeer, das sich jenseits davon erstreckte. Direkt voraus konnte er das blau glühende Auge von Blue Junction sehen, im Augenblick kaum mehr als faustgroß, aber langsam anwachsend.

Er seufzte und schloss die Augen. »Mary-Jane?«

»Ja, John?«, erklang die körperlose Stimme der KI über ihm.

Er sprach nicht gleich weiter. Eigentlich wusste er gar nicht, was er sagen sollte. Er hatte nur hören wollen, dass sie bei ihm war, wie immer. »Ach, nichts.«

Es war eine eigenartige Beziehung, die ihn mit dieser KI verband. Er liebte dieses Schiff, es war das einzige Zuhause, das er kannte. Und irgendwie färbte diese Liebe auch auf die gleichnamige künstliche Wesenheit ab, die in dem surrenden Kasten im hinteren Teil des Cockpits lebte, seit John das erste Mal seinen Fuß auf den *Cambria*-Klasse-Frachter gesetzt hatte. Natürlich ging diese Liebe nicht so weit, dass ein körperliches Verlangen daraus erwachsen wäre. Zwar hatte Mary-Jane Hobie zufolge einst über einen ansehnlichen holografischen Avatar verfügt, den man in der Messe hatte aufrufen können, aber der kostbare Holoprojektor war schon seit Ewigkeiten kaputt, und einen neuen zu kaufen, war John nie in den Sinn gekommen.

Daher hatte er keine Ahnung, wie Captain Sturges Mary-Jane gesehen hatte – oder wie sie sich selbst sah. Für ihn war sie nur diese warme, ruhige Stimme einer unverbrüchlich treuen Freundin, die er länger kannte als alle anderen an Bord, Hobie ausgenommen. Als diese Freundin, diese Vertraute, mit der er über alles reden konnte, schätzte John sie. Und vielleicht noch etwas mehr.

»Was geht dir durch den Kopf, John?«, fragte Mary-Jane. Es war erstaunlich, wie empathisch sie sein konnte, bedachte man, dass sie über keine Sensoren an Bord verfügte, die ihr Rückschlüsse auf seinen Zustand erlaubt hätten. Jedoch lag die Frage vermutlich nahe, wenn er nachts allein im Cockpit saß, ohne die Kontrollen des Schiffs zu bedienen. Dass er sich gelegentlich hierher zurückzog, um für sich zu sein, wusste jeder an Bord.

»Ich denke darüber nach, dass ich die Stille hier und deine Gesellschaft genieße«, sagte er.

Er erhielt darauf keine Antwort und öffnete die Augen. »Bist du noch online?«

»Ja, John, ich bin noch da«, erwiderte Mary-Jane.

»Habe ich dich mit diesem Geständnis überrumpelt?«

»Nein, ich wollte bloß die Stille nicht stören, die du genießt.«

»Ah.« Er grinste.

»Ich genieße deine Gesellschaft auch«, gestand Mary-Jane nach kurzem Zögern, das für einen Computer eine halbe Ewigkeit sein musste.

»Das freut mich.«

Es knackte kurz im Lautsprecher, und Hobies Stimme drang daraus hervor. »John, bist du noch da?«

Er beugte sich vor und aktivierte die Sprechen-Taste. »Ja, Hobie.«

»Ich bin hier hinten jetzt fertig und melde mich ab. Die Koje ruft. Wir sehen uns morgen früh.«

»Gute Nacht, Hobie.«

»Nacht, John.« Mit einem Knacken war die Leitung tot.

Er richtete den Blick wieder aus dem Fenster. Blue Junction war in den vergangenen Minuten nicht nennenswert größer geworden. Der langsame Flug des Schiffs würde den Stern erst im Laufe der nächsten Stunden anschwellen lassen. Dort vor ihnen lagen die sieben Transitfelder des Systems. Eines von ihnen würde sie in den Oklahoma-Sektor bringen.

»Glaubst du, ich habe einen Fehler gemacht?«

»Wie meinst du das, John?«, fragte Mary-Jane, die erkannte, dass er nur sie angesprochen haben konnte.

»Indem ich diesen Flug durch den Oklahoma-Sektor arrangiert habe. Wir riskieren dabei einiges. Sich mit Unionsmilitärs anzulegen ist eine Sache. Selbst mit Verbrechern wie Martell kann man irgendwie reden, wenn sie wütend auf einen sind. Aber dieser Peko Geonoj ... Ich würde es Kelly oder Hobie oder auch den anderen gegenüber nie zugeben, aber der bereitet mir Magenschmerzen. Der Bursche ist ein Killer, und ein launenhafter dazu.«

»Wenn es dich beruhigt, John, rechne ich dir die Wahrscheinlichkeit aus, dass wir während unseres Fluges auf ihn oder andere Peko treffen. Im Oklahoma-Sektor gibt es vier Systeme mit Kolonien und neun unbewohnte, die über stabile Transitfelder verfügen. Von den neun werden drei für den interstellaren Flugverkehr genutzt, und in zwei weiteren befinden sich ständige Präsenzen von Minenkonzernen. Also besteht bei jedem Sprung in ein neues System bereits die Chance eins zu acht, dass Geonoj sich zu diesem Zeitpunkt in einem anderen System aufhält.«

»Er könnte seine Krieger aufgeteilt haben«, warf John ein.

»Das könnte er«, pflichtete Mary-Jane ihm bei. »Den bisherigen Berichten zufolge, die in den Nachrichtennetzen zu finden sind, verfügt er über mindestens zwei größere Schiffe und eine nicht bekannte Anzahl an Raptoren, die allerdings nicht transittauglich sind. Also gehen wir von einer Eins-zu-vier-Wahrscheinlichkeit aus. Nehmen wir dann die Größe des Raums zwischen Sonne und Russell Station als naheliegendes Operationsfeld im Brycefield-System und setzen sie in Relation zur durchschnittlichen Sensorreichweite eines Peko-Mutterschiffs, dann ...«

»Mary-Jane!«, unterbrach John die KI.

»Ja, John.«

»Bemüh dich nicht. Ich habe noch nie viel auf Wahrscheinlichkeiten gegeben. Denn was immer du ausrechnen magst, es wird uns nicht davor bewahren, in Schwierigkeiten zu geraten. Oder glaubst du ernsthaft, dass wir einfach so nach Heaven's Gate fliegen, dort den Rest unseres Lohns einstreichen, Martell auszahlen und danach glücklich in den Sonnenuntergang reiten?«

»Ich bin mir ziemlich sicher, dass ich nicht in den Sonnenuntergang reiten werde«, erwiderte Mary-Jane.

»Du weißt, was ich meine.«

»Natürlich. Aber lass mich mit einer Gegenfrage antworten: Was lässt dich glauben, dass etwas schiefgehen wird?«

»Erfahrung.« Er hob den Blick und starrte in Richtung Cockpitdecke. »Greif auf deine Speicherbänke zu und ruf dir die Dateien der vergangenen Jahre auf. Wann war das letzte Mal, dass ein Job mal so richtig glatt über die Bühne ging.«

»Gib mir einen Moment Zeit, um darüber nachzudenken, John.«

»Klar, kein Problem.«

Eine Weile saß John schweigend in seinem Pilotensitz. Er wünschte sich einen Drink, nur einen einzigen Whiskey.

Allerdings hätte er dafür in die Messe gehen müssen, um sich an Hobies Vorrat unter dem Tresen der kleinen Kombüse zu bedienen. Falls dort überhaupt eine Flasche stand. Manchmal nahm sein alter Freund sie mit in sein Quartier, um sich noch einen Schlummertrunk in den eigenen vier Wänden zu gönnen. »Apropos Schlummertrunk«, murmelte er. »Ich sollte mich wirklich aufs Ohr hauen.«

Er gab sich einen Ruck und stand auf. »Vergiss die Sache, Mary-Jane. Ich lege mich in die Koje.«

»In Ordnung, John. Gute Nacht.«

»Danke. Dir auch – was immer du treibst.«

»Ich werde ein paar Programmroutinen optimieren.«

»Viel Spaß dabei.« Er verließ das Cockpit und wandte sich seinem Quartier zu. Als er vor der Luke zu seinem Raum stand, hielt er inne. So ein kleiner Schluck Whiskey, um den Magen zu beruhigen, wirkte nach wie vor ziemlich verlockend.

Nach kurzem Zögern ging er weiter, bog um die Ecke des Korridors und schlenderte auf die Steuerbordluke der Messe zu. Überrascht musste er feststellen, dass sie nur angelehnt war und ein dünner Strahl Licht auf den abgedunkelten Gang fiel.

Eher neugierig als alarmiert schob er die Tür weiter auf. Seine Augenbrauen hoben sich. »Kelly?«

»Oh, hallo, John.« Im gelben Schein des Leuchtpaneels an der Kombüsenwand saß sie am Kopfende des großen Holztischs und hatte eine Tasse mit einem dampfenden Getränk vor sich stehen, Tee, wie John annahm. Da sie bloß eine rotgrau karierte Hose aus weichem Stoff sowie ein weites graues Oberteil trug und ihr blondes Haar etwas zerzaust wirkte, musste sie bereits in ihrer Koje gelegen haben, bevor sie sich entschieden hatte, wieder aufzustehen und hierherzukommen. »Kannst du auch nicht schlafen?«

»Ich hatte noch im Cockpit zu tun.« Er deutete über die Schulter. »Aber ich bin auf dem Weg in meine Kabine. Ich wollte nur noch einen kleinen Schluck vor dem Einschlafen nehmen.«

»Geht mir genauso«, antwortete Kelly und hob ihre Tasse.

Mit einem Nicken zog John die Tür hinter sich wieder zu. Er durchquerte die Messe und trat hinter den Tresen, wo er in die Hocke ging und zu seiner Freude tatsächlich eine halbvolle Flasche Whiskey fand. Es war eine gute Marke aus einer Destille auf Arlington. In solchen Dingen war Hobie ein Genussmensch.

Er goss sich ein Viertelglas ein, stellte die Flasche an ihren Platz zurück und setzte sich auf einen Stuhl neben Kelly. »Ist es Geonoj oder Hawkins, der dich wach hält?«, fragte er, während er die goldbraune Flüssigkeit in seinem Glas schwenkte.

»Vermutlich beide«, erwiderte Kelly, hob die Tasse zum Mund und nippte daran. Dem Duft nach zu urteilen, hatte sie sich Kräutertee aufgebrüht.

»Du brauchst dir keine Gedanken zu machen. Mary-Jane hat mir eben wortreich vorgerechnet, wie unwahrscheinlich es ist, überhaupt auf einen Peko zwischen hier und Heaven's Gate zu stoßen. Großer Weltraum, kleines Schiff – du weißt schon.« John schenkte ihr ein aufmunterndes Grinsen. »Und Hawkins, sofern er überhaupt dieser Irre Metzger war, vor dem uns die Blauröcke gewarnt haben, schleicht jetzt ganz sicher durch die Gänge von Fort Junction. Wenn die Raumsicherheit ihn nicht schon erwischt hat. Es gibt also nichts, was uns Sorgen bereiten sollte.«

Kellys Mundwinkel verzogen sich zu einem sarkastischen Lächeln. »Na dann: Cheers.« Sie hob ihre Tasse.

»Cheers.« John leerte sein Whiskeyglas mit einem Zug. Die

Flüssigkeit brannte sich seine Kehle hinunter in Richtung Magen und löste den Knoten, der sich dort befand. »Hast du dein Schießeisen griffbereit?«, fragte er Kelly.

Sie griff mit der Linken unter den Tisch und zog ihre silberne Star Eagle Automatik hervor. Die großkalibrige Waffe glänzte im Schein der Kombüsenbeleuchtung.

»Autsch, übertreib es nicht. Der Ladyfriend hätte auch gereicht.«

»Ich fühl mich so besser.«

»Verständlich. Aber regle wenigstens die Feuerkraft auf fünfundsiebzig Prozent runter. Und schieß nicht direkt von innen gegen die Außenhülle.«

Sie legte die Pistole neben ihre Tasse auf den Tisch. »John, entspann dich. Du warst mir ein guter Lehrer, was den Umgang mit Waffen angeht.«

»Scheint so. Vor allem Lektion eins, ›Viel hilft viel‹, scheinst du noch gut in Erinnerung zu haben.«

»Sie schien wichtig zu sein. Sonst hättest du sie nicht direkt an den Anfang deiner Unterweisungen gestellt.«

Er lächelte. »Wo du recht hast, hast du recht.« Gleich darauf wurde er wieder ernst. »Wirklich alles in Ordnung? Du kannst bei mir übernachten, wenn du willst.«

»Das hättest du wohl gerne«, erwiderte Kelly und zwinkerte ihm dabei zu.

»He, ich schlafe natürlich im Schaukelstuhl.«

Kelly schüttelte den Kopf. »Ist schon gut, John. Danke für das Angebot, aber ich bin ein großes Mädchen. Ich brauche niemanden, der mich vor Gespenstern beschützt.«

»Wie du willst«, gab er achselzuckend zurück. »Mein Angebot steht.«

Sie tätschelte schmunzelnd seinen Arm. »Vielleicht ein anderes Mal, Großer.«

»Na schön. Wir sehen uns morgen früh.«

»Das tun wir.«

Kurz darauf lag John im Dunkeln in seiner Koje, den Santhe-CG griffbereit neben sich, und suchte eine bequeme Einschlafposition. Der Whiskey hatte tatsächlich geholfen, die Spannung aus seinen Eingeweiden zu nehmen, und bleierne Müdigkeit überkam ihn. Er wollte gerade die Augen schließen, als ihm das kleine blinkende gelbe Lämpchen an der kleinen Komm-Tafel neben seiner Koje auffiel. »Schläft denn hier keiner an Bord in dieser Nacht?«, brummte er unwillig, richtete sich halb auf und drückte die Taste. »Hm?«

»Ich bin es, John.«

»Mary-Jane. Was gibt es denn noch?«

»Ich hoffe, ich habe dich nicht geweckt. Ich habe bis gerade eben noch den Energiefluss deiner Deckenlampe registriert, daher nahm ich an, dass ich mich noch bei dir melden könnte.«

»Schon gut, was ist los?«

»Ich dachte mir, es würde dich freuen zu hören, dass ich die Antwort auf deine Frage von vorhin gefunden habe.«

»Frage?«

»Wann wir das letzte Mal einen Auftrag ohne Zwischenfälle und zu aller Zufriedenheit beendet haben. Du sagtest zwar, ich solle es vergessen, aber ich hatte die Suche in meinen Archivdateien ohnehin beinahe abgeschlossen, daher habe ich sie noch beendet.«

Er unterdrückte ein Seufzen. Manchmal war die Schiffs-KI eine echte Pedantin. »Und?«

»Vor zwei Jahren, vier Monaten und elf Tagen. Es war der Monroe-Job.«

»Danke, Mary-Jane. Und jetzt: Gute Nacht.«

»Gute Nacht, John.«

Er schaltete die Komm-Tafel ab und ließ sich aufs Kissen zurücksinken. Unwillkürlich breitete sich ein Lächeln auf seinen Lippen aus. Der Monroe-Job … Der war wirklich gut gelaufen. *Das waren noch Tage*, dachte er, als er langsam in den Schlaf hinüberglitt.

– 12 –

»Und, Transit«, sagte John.

Eine halbe Sekunde später traf sie das Exo-Energiefilament, und die *Mary-Jane Wellington* wurde einmal mehr in gleißend helles Licht getaucht. Das Schiff erbebte, John spürte das vertraute Ziehen und seine Sinne versanken in einer Welt aus Weiß.

Wie jedes Mal hätte er nachher nicht mehr zu sagen vermocht, ob der Transit eine Ewigkeit oder bloß Sekunden gedauert hatte. Erst der Blick auf die Borduhr, die sechs Uhr dreißig anzeigte, bestätigte ihm, dass praktisch keine Zeit verstrichen war, während der Weiße Wurm sie aus dem Normalraum gerissen und mit unvorstellbarer Geschwindigkeit vom Blue-Junction-System ins Brycefield-System geschleudert hatte.

Bunte Flecken tanzten vor Johns Augen, als er wieder zu sich kam. Er blinzelte ein paar Mal und wandte sich den Instrumenten zu. »Dann wollen wir mal sehen, ob wir sind, wo wir sein sollten. Statusbericht, Mary-Jane.«

Die KI meldete sich ohne Verzögerung. »Alle Systeme arbeiten normal. Wir befinden uns gegenwärtig sechshundertneunundachtzig Millionen Kilometer von der Sonne entfernt und eine Millionen Kilometer oberhalb der Ekliptikebene. Unsere Geschwindigkeit beträgt gleichbleibend viertausendfünfhundert Meter pro Sekunde.«

John rieb sich die Augen und runzelte die Stirn. Er glaubte, sich verhört zu haben. »Wie bitte? Was sagst du da? Sechshundert Millionen Kilometer von der Sonne entfernt?«

»Sechshundertneunundachtzig Millionen«, verbesserte Mary-Jane ihn. »Der Wert ist bereits gerundet.«

Er verzog das Gesicht. »Verdammt. Ich hasse es, wenn das passiert.«

»Was ist denn passiert?«, wollte Aleandro von hinten wissen. »Das habe ich ja noch nie erlebt. Eine Abweichung von bis zu fünfzig Millionen Kilometer, okay. Aber fast siebenhundert Millionen?«

»Es liegt am System«, brummte John. »Es hat ein unruhiges Transitfeld. Nicht instabil genug, um Reisen unmöglich zu machen, aber eben nicht so verlässlich wie andere Systeme. Die Chance steht etwa eins zu neun, dass man hier draußen landet.«

»Wie kommt das, Captain?«

Statt einer Antwort drückte John das Steuer der *Mary-Jane Wellington* nach vorn, und unter ihnen tauchte ein gewaltiger, orangebrauner Himmelskörper auf.

»Das Brycefield-System hat eine sehr kleine Sonne«, erklärte Hobie an Johns Stelle. »Außerdem gehört zu seinen Planeten dieser extrem große Gasriese, Glauron. Ich bin kein Eierkopf, der viel Ahnung von Sternen hat, aber irgendwie hat das zur Folge, dass es zwei nebeneinander existierende Transitfelder gibt, an denen man rauskommen kann.«

»Eigentlich gibt es vier«, verbesserte John ihn. »Zwei an der Sonne und zwei hier. Das eine verbindet Brycefield mit Blue Junction, das andere mit Iverson.«

»Dann ist es doch gar nicht so schlimm, dass wir hier gelandet sind«, meinte Aleandro. »Wir fliegen einfach von hier aus weiter.«

»Eins zu neun, schon vergessen?« John warf einen Blick über die Schulter. »Die Wahrscheinlichkeit, oberhalb von Glauron einen Weißen Wurm anzulocken, ist viel geringer als in Sonnennähe. Wir könnten einen ganzen Tag oder länger Kreise drehen, bevor einer anbeißt. Vielleicht müssten wir sogar die Masseprojektoren überladen, um überhaupt eine Reaktion zu bekommen.«

»Oh.« Der junge Computerspezialist, der vor den Sensoren saß, ließ die Schultern hängen. »Das heißt, wir müssen den ganzen Weg bis zur Sonne fliegen?«

»Sieht so aus. Mary-Jane, Anflugvektor zur Sonne berechnen.«

»Gern, John«, sagte die KI.

»Einen Vorteil hat das Ganze.« Hobie grinste.

»Tatsächlich?«, fragte John.

»Wir sparen uns die hundertvierzig Millionen Kilometer vom Zentralgestirn bis nach Russell Station.«

»Nur, wenn die Station sich nicht gerade auf der anderen Seite der Sonne befindet.«

»Hm, richtig. Ich prüfe das.«

»Tu das.« John drehte sich wieder zu Aleandro um. »Du könntest dich auch nützlich machen. Überprüf die Umgebung auf verdächtige Energiesignaturen. Wenn Geonoj und seine Jäger dort draußen lauern, will ich es wissen, bevor die wissen, dass wir hier sind.«

»Geht klar, Cap.« Aleandro drehte seinen Stuhl und machte sich an die Arbeit.

Einen Moment lang arbeiteten die Männer schweigend. Dann meldete sich die Schiffs-KI: »Anflugvektor ermittelt. Ausrichtung null-vier-neun Strich Minus eins-eins.«

»Danke, Mary-Jane.« John drehte den Frachter, bis er in der Ferne vor sich das stecknadelgroße Zentralgestirn des Brycefield-Systems fand, das sich nur dadurch von den übrigen Sternen unterschied, dass es ein klein wenig heller strahlte.

»Wir haben Glück«, meldete sich Hobie wieder zu Wort. »Russell Station befindet sich auf unserer Seite der Sonne. Wir kommen also dort praktisch vorbei, wenn wir zum Transitfeld fliegen.«

»Wenigstens etwas.«

»Sag mal« – Hobie kratzte sich hinterm Ohr – »sollten wir Russell Station nicht einen Funkspruch senden? Oder uns zumindest bei dem Transitfeldposten melden? Vielleicht schicken die uns eine Eskorte.«

John schüttelte den Kopf. »Wir sollten lieber nicht auf uns aufmerksam machen. Wenn die wollen, werden sie sich schon bei uns melden. Ansonsten sollten wir Funkstille halten. Der Weg bis Russell Station ist noch weit, und ich möchte nicht, dass irgendwelche Peko, die sich in der Gegend verstecken, auf uns aufmerksam werden.«

»Ja, stimmt, ist sicher besser so.«

»Empfängst du denn irgendwelchen Funkverkehr?«

»Einen Moment, John. Ich überprüfe das.« Hobie setzte ein drahtloses Kopfhörerset auf und begann, Regler an seiner Instrumententafel zu verändern.

»Mary-Jane, geschätzte Flugdauer nach Russell Station bei halbem Schub Beschleunigung bis drei Prozent c?«

»Zwanzig Stunden und vierzig Minuten«, erwiderte die KI ohne nennenswerte Verzögerung.

John fluchte leise. Das war deutlich länger als geplant. »Und wenn wir auf sechseinhalb Prozent bei drei viertel Schub gehen?«

»Fünfzehn Stunden.«

Er entließ geräuschvoll den angehaltenen Atem. »Na schön, alles darüber kostet uns ein Vermögen. Mary-Jane, drei viertel Schub auf sechseinhalb Prozent c.«

»Verstanden, John.«

Der Frachter erbebte leicht, als die starken Triebwerke zum Leben erwachten und das Schiff mit einer Macht beschleunigten, die ohne Trägheitsdämpfer binnen Sekunden tödlich gewesen wäre.

»Captain!«, rief Aleandro in diesem Augenblick. »Ich habe etwas auf den Aktivsensoren.«

Alarmiert drehte John sich zu ihm um. »Peko-Jäger?«

»Nein, kein messbarer Energieausstoß. Aber da ist eine größere Masse Metall im Weltraum vor uns. In der Nähe des dritten Mondes dieses Gasriesen.«

»Leg mir das mal auf meine Konsole«, forderte John und Aleandro gab einen entsprechenden Befehl ein.

Argwöhnisch kniff John die Augen zusammen, als er die Echowerte der Aktivsensoren betrachtete. »Was hältst du davon, Hobie? Ist das ein Schiff?«

Sein Mechaniker beugte sich zum ihm herüber und schob die Mütze in den Nacken. »Hm. Auf jeden Fall ist es künstlich. Aber bei der Größe … Könnte eine mobile Gasmine sein. Bauen die im Brycefield-System nicht irgendwelche seltenen Gase ab?«

»Stimmt. Sie könnte auf dem Weg zu ihrem Einsatzort im Orbit von Glauron sein.«

»Aber das Ding bewegt sich kaum. Zumindest kommt es nicht näher. Schau dir die Werte an. So, wie es aussieht, schwebt es sich in einem hohen Orbit um diesen Mond.«

»Eine Parkposition?«

»Warum sollten die ausgerechnet im Orbit eines toten Mondes parken? Einen Brocken wie dieses Ding aus dem Schwerefeld eines Himmelskörpers zu lösen, und selbst wenn er so klein ist wie dieser Mond, kostet eine Menge Energie. Kein Kommandant eines ordentlich geführten Unionskonzernschiffs würde sich so eine Verschwendung leisten.

Außerdem fangen wir weder Funkverkehr auf noch Energiewerte.« Nachdenklich fuhr sich John übers Kinn, und beiläufig fiel ihm auf, dass es sich aufgrund wild sprießender Bartstoppeln rau wie Sandpapier anfühlte. Er hatte sich seit ihrem Abflug von Briscoll nicht mehr rasiert, und es wurde dringend nötig.

»Meinst du, wir sollten uns das anschauen?«, fragte Hobie, der Johns Zögern bemerkt hatte.

»Ich weiß es nicht. Mein Verstand sagt, dass wir klug beraten sind, einfach weiterzufliegen und die Sache nicht weiter zu beachten. Aber angenommen, das dort oben ist ein Wrack ... Verdammt, Hobie, weißt du, was wir dort alles finden könnten?«

»Ja, ich kann's mir lebhaft vorstellen. Peko-Jäger beispielsweise.«

»Ach, vergiss die blöden Peko. Hörst du irgendwo Funkverkehr auf den gängigen Peko-Frequenzen?«

Hobie gab einen entsprechenden Suchbefehl in seine Konsole ein. »Nein. Im Moment hört man da draußen nur galaktisches Rauschen.«

»Und du, Aleandro?«, wandte John sich an den jungen Computerspezialisten. »Siehst du was auf den Fernsensoren, aktiv oder passiv?«

»Diesen komischen Brocken beim dritten Mond, Cap. Sonst nichts.«

»Mary-Jane, irgendwelche Warnsignale deinerseits?«

»Negativ, John.«

»Na seht ihr. Da draußen ist absolut niemand außer uns und diesem Schiff, das offenbar von seiner Mannschaft aufgegeben wurde.«

»Oder die Mannschaft ist tot«, entgegnete Hobie.

»Ändert nichts daran, dass wir es in dem Fall mit einem

erstklassigen Wrack zu tun hätten, das noch niemand abgeschleppt hat. Wir haben einen praktisch leeren Steuerbordfrachtraum. In nur zwei Stunden könnten wir einiges bergen, das diese Tour für uns zumindest etwas einträglich machen könnte. Im Augenblick fliegen wir doch bloß, um unsere Schulden bei Martell zu begleichen. So eine kleine Bergungsoperation ist genau das, was uns bislang fehlte.«

»Hast du nicht gestern noch Bedenken gehabt, wir würden durch einen langsamen Flug zum Brycefield-Transitpunkt zu viel Zeit verlieren?«

»Und hast *du* mir nicht gestern vorgerechnet, wie gut wir im Plan liegen?«

»Ach, mach doch, was du willst.« Hobie winkte ab.

»Stehst du jetzt in dieser Sache hinter mir oder nicht?«

Sein alter Freund schwieg einen Moment, dann seufzte er. »Ich bin der Letzte, der nicht für ein paar Dollar mehr bereit ist, ein gewisses Risiko einzugehen. Aber wir haben Passagiere an Bord, John, darunter eine schwangere Frau.«

»Denen verkaufen wir das als weitere Rettungsmission«, sagte John. »Kein Problem. Das begreifen die gar nicht, bis wir den Job halb erledigt haben. Na, komm schon.« Er knuffte Hobie in die Seite. »Denk nur, was in diesem Brocken allein an Ersatzteilen herumliegen muss. Und wenn wir ein paar Helium-3-Fässer finden, kaufen wir Peabody einen seiner Whiskey-Tanks ab. Na, was meinst du?«

Der Gedanke an den guten Bénodet-Whiskey, der sich gegenwärtig außerhalb seines Zugriffs im Backbordfrachtraum befand, schien Hobie zu überzeugen. »Also gut, John. Wir können ja einen Blick riskieren. Aber beim ersten Anzeichen von Ärger sind wir weg.«

»Versteht sich von selbst. Ich will doch auch lebend auf Heaven's Gate ankommen.«

John drehte sich auf seinem Sessel um. »Aleandro?«

»Ich bin dabei, Cap«, erwiderte dieser nickend. »War noch nie auf einem echten Wrack, vor allem nicht so einem Brocken.«

»Was ist mit Kelly?«, warf Hobie ein. »Die wird das nie gutheißen.«

»Natürlich wird sie es gutheißen.« John grinste breit. »Es ist schließlich eine Rettungsmission.«

»Eine Rettungsmission?« Skeptisch ließ Kelly den Blick von einem zum anderen gleiten.

»Wir hoffen selbstverständlich, Überlebende zu finden«, gab John arglos zurück. »Auch wenn unsere Hoffnungen zugegebenermaßen gering sind. Das Ding ist bislang stumm geblieben.«

Sie blickte aus dem Cockpitfenster hinaus in die Schwärze. Der kleine Mond war bereits als erbsengroßer heller Fleck im reflektierten Licht des Gasriesen zu erkennen, das in der Finsternis schwebende Wrack noch nicht. »Ich nehme an, ihr habt die Umgebung vorher eingehend auf Peko überprüft.«

»Sehen wir aus, als wären wir scharf darauf, unser Leben wegzuwerfen?«

Kelly nickte und stemmte die Hände in die Hüften. »Na gut. Dann bringen wir es hinter uns. Aber schnell. Ich ziehe meinen Raumanzug an.«

Verblüfft blinzelnd blickte John sie an.

»Was ist?«, fragte Kelly.

»Ich gestehe, dass ich mit mehr Widerstand von dir gerechnet habe.«

»Weißt du, John, ich kenne dich mittlerweile gut genug, um zu wissen, wann es Zeitverschwendung ist, zu streiten. Und so wie ihr drei mich anschaut, habt ihr die Entscheidung ohnehin bereits unter euch ausgemacht. Also spare ich mir die Mühe und behalte meine Einwände für mich.« Sie drehte sich um und marschierte zum Ausgang des Cockpits. »Was mich nicht aufhalten wird, ›Ich habe es dir doch gesagt‹ zu sagen, wenn etwas schiefgeht«, ließ sie ihn über die Schulter hinweg wissen.

»Das ist in Ordnung«, rief John ihr nach. Er richtete seine Aufmerksamkeit wieder auf ihr Ziel. »Mary-Jane, berechne einen Kurs, der uns in den gleichen Orbit wie das Wrack bringt. Wenn möglich docken wir an. Ansonsten setzen wir mit Sicherheitsleinen über.«

»Verstanden, John«, bestätigte die KI.

Hobie stand auf. »Ich bereite das Werkzeug vor, das ihr vermutlich brauchen werdet.«

»Mach das«, sagte John, ohne den Blick von den Sternen jenseits der Cockpitscheibe abzuwenden. »Aleandro, du bleibst aber hier. Jemand muss die Fernsensoren überwachen.«

»Meine Augen sind wie gebannt auf die Anzeigen gerichtet, Cap.«

Der Flug zu dem kleinen weißbraunen Mond, der direkt vor ihnen den gewaltigen Gasriesen Glauron umkreiste, dauerte eine knappe Stunde. In der Zeit bereiteten Hobie und Kelly ihre Außenmission vor, John und Aleandro behielten die Umgebung im Auge. Nichts regte sich. Glauron-5, der in ihren Karten keinen eigenen Namen hatte, wurde unterdessen immer größer, von einem Punkt zu einer Scheibe und schließlich zu einem weißbraunen, vernarbten Etwas, das an eine Kartoffel erinnerte, deren eines Ende auf den Gasriesen gerichtet war. Die enormen Gezeitenkräfte des Giganten hatten seinen winzigen Begleiter im Laufe der Jahrmillionen merklich strapaziert.

John kniff die Augen zusammen, suchte die Umgebung des Mondes ab. »Da!«, entfuhr es ihm, als er ein metallisches Funkeln entdeckte. »Ich habe es.« Er aktivierte die Bordsprechanlage. »Hobie, Kelly, kommt mal rauf. Wir sind fast da. Wir ...«

Der Rest des Satzes blieb ihm im Hals stecken. Er ließ die Sprechtaste los und beugte sich vor, um genauer erkennen zu können, was da vor ihm in Sicht kam. »Oh, verflucht«, murmelte er.

Hinter ihm öffnete sich geräuschvoll die Cockpittür. »Und?«, fragte Hobie, als er und Kelly eintraten. »Wie sieht es nun ...« Auch ihn traf der Anblick so überraschend, dass er seinen Satz nicht beendete. »Heilige Mutter Gottes«, keuchte er. »Was ist mit dem Schiff passiert?«

Es handelte sich um einen automatisierten Fabrikraumer, wie es sie in zahlreichen abgelegenen Systemen des Rands gab. Die etwa fünfhundert Meter im Quadrat messenden Plattformen kamen mit einer minimalen Besatzung aus, während sie wahlweise eingefangene Meteoriten zerkleinerten und verarbeiteten oder in den oberen Atmosphärenschichten von Gasriesen seltene chemische Verbindungen sammelten.

Dieses Schiff würde ganz sicher nichts mehr sammeln. Es war nicht bloß beschädigt und dann aufgegeben worden, die Plattform sah vielmehr aus, als sei sie in einen Meteoritenschauer geraten und dabei mit ein paar richtig großen Brocken zusammengestoßen. Sie war in mehrere große Teile zerbrochen, die ihrerseits klaffende Risse und Krater aufwiesen. Die Förderausläufer waren abgeknickt wie Grashalme, und die Aufbauten lagen in Trümmern. Eine Wolke aus Metallsplittern und gefrorenen Gasen umschwebte das Wrack und glitzerte im Schein des Gasriesen, der das All zu ihrer Linken ausfüllte.

»Die armen Schweine«, sagte Hobie leise, als er seine Stimme wiedergefunden hatte. »Wenn die nicht rechtzeitig mit Fluchtkapseln von Bord gegangen sind, hat das keiner überlebt.«

»War das Geonoj?«, fragte Aleandro, und in seiner Stimme schwang mühsam beherrschte Furcht mit.

»Wenn er es war, hat er dieses Schiff nicht bloß mit ein paar Raptoren angegriffen«, erwiderte John düster. »Um so viel Schaden anzurichten, muss eines ihrer Mutterschiffe im Spiel gewesen sein, das gezielt die Treibstoffvorräte und die tieferen Gaslager der Plattform zur Explosion gebracht hat. Ein Raptor wäre dazu nicht imstande, außer vielleicht, er hätte den Fabrikraumer gerammt.«

»Was machen wir jetzt?«, fragte Hobie. »Meinst du, es hat überhaupt einen Sinn, auszusteigen und sich die Sache näher anzuschauen?« Er warf John einen Seitenblick zu.

Der schüttelte fassungslos den Kopf. »Ich weiß es nicht. Ich denke ...«

Ein Warnsignal auf der Instrumentenkonsole unterbrach ihn. »John«, meldete sich Mary-Jane. »Wir haben Gesellschaft.«

Ein Adrenalinschub jagte durch seinen Köper, und er richtete sich kerzengerade in seinem Pilotensitz auf. Kelly, Hobie und Aleandro verteilten sich auf die verschiedenen Stationen des Cockpits, ohne dass er den Befehl dazu hätte geben müssen. »Was ist los, Mary-Jane?«

»Die Nahbereichssensoren empfangen drei Energiespitzen hinter dem Trümmerfeld.«

»Peko!«, rief Aleandro von der Ortungsanlage aus. »Das sind drei Raptoren. Die haben uns aufgelauert.«

»Verdammter Mist«, knurrte John. »Das war eine Falle. Denen reicht es wohl nicht, *ein* Schiff auf dem Gewissen zu haben. Die Helfer wollen sie sich auch schnappen. Aber nicht mit uns.« Er hob die Hand über den Kopf und legte ein paar Schalter um. Dann packte er das Steuer mit beiden Händen und zog es herum.

»Was hast du vor, John?«, wollte Kelly wissen. »Du willst doch nicht kämpfen?«

»Mit diesem Schiff gegen drei Peko-Raptoren?« John lachte freudlos auf. »Ich bin doch nicht irre. Womit sollte ich die vom Himmel holen? Soll ich mich im Raumanzug aufs Dach stellen und mit meinem Revolver auf sie schießen?« Er schüttelte den Kopf. »Oh, nein, wir haben in diesem Spiel nur zwei Trümpfe: Schnelligkeit und eine dicke Haut. Und die gedenke ich auszuspielen. Hobie, gib volle Beschleunigung auf die Triebwerke. Wir verschwinden von hier.«

– 13 –

Mit brüllenden Triebwerken – und doch für den Betrachter völlig lautlos – raste der klobige *Cambria*-Klasse-Frachter durchs All. Hinter ihm schossen drei metallisch blau schimmernde Jagdmaschinen heran. Flach und praktisch nur aus Flügeln bestehend, erinnerten sie an die Blätter eines exotischen Baums, der auf vielen Welten der Peko wuchs. Auf die Seitenflächen der Raptoren hatte jemand mit roter Farbe krude Symbole gezeichnet. Eigentlich war Blau die Farbe der Peko für Gefahr – entsprechend der ihres Blutes –, aber sie hatten rasch gelernt, dass die Menschen vor Rot mehr Angst hatten. Entsprechend ließ die Bedeutung der Bemalung keine Fragen offen: Die Peko waren auf dem Kriegspfad.

Das wussten auch John und seine Leute, die angespannt im Cockpit der *Mary-Jane Wellington* saßen und ihr Bestes gaben, damit die Grünhäute sie nicht erwischten.

»Entfernung?«, fragte John.

»Fünfhundert Kilometer«, meldete Aleandro an der Ortungsanlage. »Aber sie schließen auf. Wenn die so weitermachen, haben sie uns in ein paar Minuten eingeholt.«

»Verdammt.« John hieb auf seine Instrumentenkonsole. »Hobie, kannst du noch ein bisschen Extraschub aus dem Antrieb rauskitzeln?«

»Wir fliegen bereits mit Vollschub, John«, warnte sein Mechaniker, der ebenfalls im rückwärtigen Teil des Cockpits an der Technikkontrolle saß. »Ich kann versuchen, die Maschinen über die rote Linie zu treiben. Die Rahmenstruktur der *Mary-Jane* ist robust. Doch das wird unseren Texaferm-Block schmelzen lassen wie Eis in der Wüste. Wir brauchen dann ja auch Zusatzenergie für die Trägheitsdämpfer.«

»Das ist mir klar«, entgegnete John mit einem Blick über die Schulter. »Aber diese Burschen wollen uns keinen Strafzettel wegen illegalen Bergens aufbrummen. Wenn die uns einholen, bevor wir uns verstecken können, sind wir dran. Dann hilft uns die beste Energiereserve nichts mehr.«

»Auch wieder wahr.« Hobie kam auf die Beine. »Ich gehe in den Maschinenraum und sehe, was ich tun kann.«

»Wo willst du dich denn eigentlich hier verstecken?«, fragte Kelly, die im Kopilotensitz Platz genommen hatte. »Wir können auf keinem der Monde landen. Dazu sind die Raptoren uns zu dicht auf den Fersen. Sie würden sehen, wo wir runtergehen, und wir säßen dort in der Falle.«

»Da stimme ich dir zu. Deshalb versuchen wir unser Glück mit dem Gasriesen selbst.«

»Du willst in seine Atmosphäre eintauchen?« Kellys Augen weiteten sich.

John nickte. »Das ist unsere einzige Chance. Die Peko-Raptoren sind schneller als wir und wendiger. Außerdem haben sie Waffen und wir nicht. Unser einziger Vorteil ist, dass wir stabiler sind und für eine *Cambria*-Klasse über ziemlich starke Antriebe verfügen. Das heißt, wir werden so tief in die Atmosphäre von Glauron hineinfliegen, bis sie uns nicht mehr folgen können. Und dann sitzen wir es aus.«

»Bis was passiert?«

»Bis die 24. Raumkavallerie von Russell Station hier aufkreuzt und uns den Arsch rettet. Kelly, schick einen Notruf raus. Ich denke, jetzt können wir die Funkstille brechen. Die Peko wissen ohnehin, wo wir sind.«

»Bin dabei.« Sie machte sich am Funkgerät zu schaffen.

»Ich wünschte mir bloß, die würden unser Notsignal nicht erst in einer halben Stunde empfangen.«

»Beschwer dich bei unseren Peko-Freunden. Wenn jemand überlichtschnellen Funk hätte erfinden können, dann die.«

Kelly schnaubte nur. Sie strich sich eine blonde Haarsträhne aus dem Gesicht und begann zu sprechen: »Russel Station, hier spricht der *Cambria*-Klasse-Frachter *Mary-Jane Wellington* im Orbit von Glauron. Wir werden angegriffen, ich wiederhole, wir werden angegriffen. Drei Peko-Raptoren sind uns auf den Fersen. Bitte schicken Sie uns eine Jagdpatrouille. Ich wiederhole ...«

John wandte sich an Aleandro. »Junge, tu mir einen Gefallen und ruf unsere Gäste in der Messe zusammen. Erklär ihnen die Lage, aber sag ihnen, sie sollen sich nicht zu viele Sorgen machen. Die Kavallerie ist informiert, und wir haben einen guten Vorsprung vor den Peko.«

Er warf einen Blick auf die Anzeigen. Die Raptoren waren etwa vierhundert Kilometer hinter ihnen. Noch immer holten sie stetig auf, aber ein leichter Druck auf der Brust verriet John, dass Hobie bereits damit beschäftigt war, ihre eigene Geschwindigkeit zu erhöhen.

Trotzdem würde es knapp werden. Bis sie die äußeren Schichten der Atmosphäre von Glauron erreichten, würde noch eine gute Viertelstunde vergehen. Trotz aller außerirdischen Technik waren Entfernungen im All immer noch eine echte Herausforderung für jeden Sternenreisenden.

»Was mache ich, wenn die mit Ihnen sprechen wollen, Cap?«, fragte Aleandro unsicher.

»Du sagst ihnen, dass ich gerade damit beschäftigt bin, unsere Haut zu retten.« John wusste, dass der Junge nicht gern vor Publikum trat, aber im Moment brauchte er Kelly, die sonst für die Passagierbetreuung zuständig war, neben sich. Sie kannte die *Mary-Jane* und ihre Eigenheiten besser als Aleandro. »Ich komme in die Messe, wenn wir sicher in den tieferen Atmosphärenschichten angekommen sind. Ach so, das könnte ein bisschen holprig werden, wenn wir uns da reinwagen. Aber die sollen keine Angst haben. Die *Mary-Jane* ist eine robuste Lady. Alles klar?«

»Alles klar.« Eilig verschwand Aleandro aus dem Cockpit.

Neben John ließ Kelly ein freudloses Lachen hören. »Mit ihm möchte ich jetzt nicht tauschen. Mister de Vries und Emma Pennington werden ausflippen.«

»Sie wussten, dass es riskant ist, durch den Oklahoma-Sektor zu fliegen.«

»Sie wussten nicht, dass du vorhast, ein Wrack auszuschlachten und dabei in eine Falle zu laufen. Vielleicht sollte ich an dieser Stelle erwähnen, dass …«

»… du mir gesagt hast, es wäre eine schlechte Idee. Ich weiß. Und glaub mir: Wenn ich aus der Geschichte rauskäme, indem ich mich auf den Marktplatz von Lordsburg stelle und von einer Apfelkiste aus meinen Fehler eingestehe, ich würde es tun. Aber jetzt müssen wir nach vorne sehen, um zu überleben.«

Kelly tat es. »Schöner Ausblick. Ein fast eine Million Kilometer durchmessender Gasriese, in dessen oberen Atmosphärenschichten der schlimmste Sturm weht, den man sich vorstellen kann, und in dessen tieferen Regionen bereits erste Kernfusionsprozesse einsetzen. Ein wirklich lauschiges Plätzchen hast du dir da als Versteck ausgesucht.«

»Wir können auch gerne versuchen, Russell Station zu erreichen«, gab John gereizt zurück. »Bis dahin sind es ja nur ungefähr zwölf Stunden. Aber vielleicht sind wir ja schneller dort, wenn du aussteigst und schiebst.«

»Vielleicht sollte ich aussteigen. Ich habe gehört, dass Peko zu Frauen ganz reizend sind – während sie Männern die Kehle durchschneiden.«

»Und ich habe gehört, dass ihre Krieger Menschenfrauen gerne als Trophäen mit nach Hause bringen, um sie bei der Siegesfeier einmal durchzureichen. Das gilt besonders für *blonde* Menschenfrauen.«

Sie sahen einander an.

»Geht es dir jetzt besser?«, fragte John.

»Ein bisschen«, meinte Kelly. »Und dir?«

»Geht so. Es hat mehr Wirkung während hektischer Schusswechsel. Das hier dauert einfach zu lange.«

Kelly sah auf ihre Anzeigen. »Noch vierzehn Minuten.«

»Und wo sind die Peko-Raptoren?«

»Auf dreihundert Kilometer.«

»Verdammt, das wird knapp.« Die Bordsprechanlage blinkte. Es war Hobie aus dem Maschinenraum. »Was gibt's?«, fragte John, nachdem er den Kanal geöffnet hatte.

»John, wir müssen langsam die Schubumkehr einleiten«, warnte ihn sein Freund, »sonst schlagen wir in die Glauron-Atmosphäre ein wie eine Kanonenkugel in einen Porzellanladen – nur mit dem Unterschied, dass es sich anfühlen wird, als wären wir aus Porzellan und die Atmosphäre aus Eisen.«

»Ich weiß, ich weiß. Aber diese elenden Peko bremsen auch nicht ab!«

»Die werden auch nicht vorhaben, in die Atmosphäre einzutauchen«, warf Kelly ein. »Die Raptoren sind viel zu aerodynamisch dafür. Bei dem Sturm, der dort weht, würden sie komplett die Kontrolle verlieren.«

»So sehe ich das auch«, pflichtete Hobie ihr bei. »Die wollen uns vorher einholen. Und wenn das nicht klappt, drehen sie ab und ziehen über der Atmosphäre an Glauron vorbei.«

»Es hilft uns leider nicht weiter, zu wissen, wie gut *die* es haben«, versetzte John. »Was machen *wir*, um unseren Vorsprung zu erhalten und uns dennoch in der Atmosphäre verstecken zu können?«

»Die einzige Chance, die ich sehe, wäre ein Eintritt mit einem extrem flachen Winkel«, schlug Hobie vor. »Wir könnten versuchen, über Reibung unsere hohe Geschwindigkeit zu reduzieren. Danach wird die *Mary-Jane* einen neuen Anstrich brauchen, und wahrscheinlich ist die Sensorphalanx hinüber, aber das könnte klappen. Trotzdem würde ich dringend raten, vorher abzubremsen. Wenn wir mit voller Kraft in die Atmosphäre eintreten, werden wir davon in Stücke gerissen.«

John nickte grimmig. »Okay, Mary-Jane, jetzt bist du gefragt.«

»Wie kann ich helfen, John?« Die Stimme der KI klang enervierend sanft und ruhig.

»Mit was sind Peko-Raptoren normalerweise bewaffnet?«

»Die meisten Waffensysteme stammen aus erbeuteten oder auf dem Schwarzmarkt gehandelten Militäraltbeständen. Es wurden sowohl Angriffe mit *Skyfighter*-Schiff-zu-Schiff-Raketen, Niederenergie-Massetreibern und Impulslasern der Klasse 3 gemeldet.«

»Großartig«, brummte John.

»Großartig?«, wiederholte Kelly. »Ist das jetzt Sarkasmus?«

»Ist es nicht. Das ist mein voller Ernst. Denn mit den Waffen müssen die mindestens bis auf fünfzig Kilometer rankommen, bevor sie uns erwischen können.« Er gestattete sich ein schiefes Grinsen. »Das ist das Gute an den Peko. Sie bauen die tollsten Schiffe, aber bis sie die Menschen kennengelernt haben, hatten sie mit Waffentechnologie nichts am Hut. Und auf den Reservatswelten fehlt es ihnen an Produktionsstätten, weswegen sie uns waffentechnisch nie überlegen sein werden.«

»*Uns* sind sie waffentechnisch sehr wohl überlegen«, rief ihm Kelly in Erinnerung.

»Deshalb werden wir alles in unserer Macht Stehende tun, um nicht von denen erwischt zu werden.« In Momenten wie diesen wünschte John sich wirklich, er wäre in der Vergangenheit das Risiko eingegangen, trotz Unionsverbot verborgene Waffen in die *Mary-Jane* einzubauen. *Wenn wir hier lebend rauskommen und ich Martell ausbezahlt habe, sollte ich diesbezüglich vielleicht mal mit ihm sprechen*, dachte er. Wenigstens hatten sie ein paar behelfsmäßige Defensivmaßnahmen in petto.

»Mary-Jane«, wandte er sich wieder an die KI, »du übernimmst die Schubkontrolle. Ich will, dass du berechnest, wann wir spätestens abbremsen müssen, um einerseits möglichst kurz in Waffenreichweite der Peko-Jäger zu sein und andererseits so langsam wie machbar in die Atmosphäre von Glauron einzutreten.«

»Verstanden, John. Ich übernehme die Schubkontrolle. Soll ich auch die Flugsteuerung übernehmen, um den perfekten Eintrittsvektor anzulegen?«

»Nein, das Steuer behalte ich. Aber gib mir deine Berechnungen auf den Monitor.«

»Wie du möchtest, aber ich empfehle dringend, mir das Fliegen zu überlassen. Ein Atmosphäreneintritt mit Hochgeschwindigkeit ist kein einfaches Manöver. Außerdem erreichen die Winde in der oberen Atmosphäre bis zu fünfhundert Stundenkilometer.«

»Tut mir leid, Süße. Ich bin der Captain. Ich behalte das Ruder in der Hand.«

»Du bist manchmal so ein Sturkopf, John«, warf Kelly mit leisem Vorwurf in der Stimme ein.

»Verdammt richtig.« Er erwiderte den Blick grimmig. »Soll ich mich etwa zurücklehnen und eine Zigarette rauchen, während wir um unser Überleben kämpfen? Niemals. Außerdem bin ich als Pilot mindestens so gut wie jeder Computer. Nichts für ungut, Mary-Jane.«

»Es ist deine Entscheidung, John«, antwortete die KI ungerührt. »Ich leite das Bremsmanöver ein. Voraussichtlicher Atmosphäreneintritt in acht Minuten.« Ein leichter Ruck ging durch das Schiff, als die Fronttriebwerke unter den Frachträumen brüllend zum Leben erwachten und vollen Gegenschub lieferten.

John nickte. »Sehr gut. Ich ...«

Er wurde von einem heftigen Hämmern an der Cockpitluke unterbrochen. Irritiert drehte John sich um und sah, wie sich gleich darauf die Tür öffnete. Im Türrahmen stand de Vries, die Fäuste geballt und die Miene erzürnt. »Was muss ich da von Ihrem Lakaien hören?«, beschwerte er sich ohne Umschweife. »Wir sind in einen Kampf gegen Peko verwickelt?«

»Es tut mir leid, Cap«, rief Aleandro, der hinter dem beleibten Geschäftsmann auf der Treppe stand. »Ich konnte ihn nicht davon abbringen. Langdon wollte ihn noch aufhalten, aber dann ist die Pennington ohnmächtig geworden und er musste sie auf ihr Quartier bringen und ...«

»Schon gut, Aleandro«, schnitt John ihm das Wort ab. Er warf seiner Kopilotin einen kurzen Blick zu. »Kelly, übernimm mal das Steuer.« Er erhob sich von seinem Platz und baute sich vor de Vries auf. »So, und Sie beruhigen sich jetzt sofort und machen nicht so einen Aufstand.«

De Vries schnaubte beleidigt. »Na hören Sie mal, Sie ...«

»Nein, *Sie* hören, und zwar mir zu. Ich habe gerade wirklich Wichtigeres zu tun, als mich mit Ihnen zu streiten. Es stimmt, wir werden von drei Peko-Raptoren verfolgt, aber wir haben die Lage unter Kontrolle. Wir haben um Hilfe gerufen und werden uns jetzt in der Atmosphäre dieses Gasriesen verstecken, bis sie eintrifft. Dort hinein können uns die Peko mit ihren Jägern nicht folgen. So, und jetzt fordere ich Sie höflich auf, aus diesem Cockpit zu verschwinden, damit wir unsere Arbeit machen können. Sobald wir die Burschen abgeschüttelt haben, komme ich in die Messe und kläre Sie über den Stand der Dinge auf – wie mein *Computerspezialist* Ihnen sicher schon gesagt hat.«

Einen Moment lang sah es so aus, als wolle de Vries noch etwas einwenden, aber John blickte ihn so finster an, dass er es sich anders überlegte. »Darüber sprechen wir noch«, murmelte er, als er sich von der Türschwelle abwandte, um wieder die Treppe hinunterzusteigen. »Ich habe nicht teures Geld bezahlt, um von irgendwelchen Grünhäuten massakriert zu werden.«

»Da sind wir schon zwei, die mit heiler Haut aus der Sache rauskommen wollen«, rief John ihm nach. Er wandte sich an Aleandro. »Sorg dafür, dass er in die Messe zurückkehrt.«

»Verstanden, Cap«, erwiderte der junge Computerspezialist.

»Und sag Langdon, dass er Mrs. Pennington auch wieder dorthin bringen soll. Sag ihm, dass die Messe der sicherste Ort des Schiffs ist, weil sie ganz im Inneren liegt und über eigene Luken verfügt. Also selbst wenn wir getroffen werden und Atmosphäre verlieren sollten, besteht dort keine Gefahr.«

»John, fünf Minuten«, warnte Kelly.

Ohne ein weiteres Wort drehte er sich um und setzte sich

wieder auf den Pilotensitz. »Wie weit sind die Peko-Raptoren noch entfernt?«

»Hundertzehn Kilometer, und sie kommen jetzt rasch näher. Wir haben höchstens noch eine Minute, bevor es kracht.«

John verzog das Gesicht. »Das werden lange vier Minuten ... Kelly, mach die Täuschkörper und Splitterbomben bereit.«

Er legte einen Schalter um und öffnete einen Kanal zum Maschinenraum. »Hobie?«

»Ich bin hier, John.«

»Die Kerle sitzen uns gleich im Nacken. Auf mein Kommando schaltest du die Heckdüsen auf Manövrierschub und stellst sie auf schmutzige Verbrennung. Mal sehen, was deren Zielsensoren zu Wolken aus heißen Abgasen sagen.«

»Das wird der Antrieb nicht gutheißen.«

»Ich weiß, aber einen direkten Raketentreffer wird er noch weniger mögen.«

»Ich halte mich bereit.«

»Fünfzig Kilometer Abstand!«, rief Kelly. »Sie nehmen uns ins Ziel!«

Beinahe gleichzeitig flammten rote Warnsignale auf seiner Konsole auf.

John hieb auf den Knopf der Bordsprechanlage. »Alle festhalten. Jetzt wird es holprig.«

»Raptor eins und zwei feuern Impulslaser ab.«

Es knallte zweimal, als die Waffen der Peko den hinteren Teil des Frachters trafen.

»Hobie, umschalten!«, schrie John. »Lass es qualmen!« Er riss das Steuer herum und versetzte die *Mary-Jane Wellington* dadurch in eine Rollbewegung um die Längsachse. Zielsuchende Raketen konnten sie damit nicht abschütteln, aber es erschwerte ihren Verfolgern, sie mit den Lasern oder

Masseprojektilen zu erwischen. »Kelly, gib mir die Heckkamera.«

»Auf deinem Monitor«, bestätigte sie.

Mit einem raschen Blick verschaffte er sich eine Übersicht der Lage hinter ihnen. Schwarzgrauer Qualm quoll aus den auf schwacher Leistung laufenden Triebwerken und nahm nicht nur ihm jede Sicht auf die blau glänzenden Peko-Jäger, sondern verbarg auch die *Mary-Jane* vor ihren Feinden – zumindest optisch und auf den Wärmesensoren. Rubinrote Strahlen schnitten durch den Qualm und verfehlten das Schiff nur um Haaresbreite.

Das würde nicht lange gut gehen. Je näher die Peko kamen, desto leichter würde es ihnen fallen, den klobigen Frachter zu treffen. Und desto mehr Schaden würden sie anrichten. »Okay, dann wollen wir ihnen mal den Spaß an dieser Verfolgung nehmen«, knurrte John. »Raus mit Splitterbombe eins.«

Neben ihm betätigte Kelly eine Taste, und aus einer als Müllschacht getarnten Klappe fiel eine Tonne, die für gewöhnlich Gleitertreibstoff enthielt. Kaum dass sie im Freien war, zündete Kelly per Funk die von Hobie gebastelte Konstruktion, und eine winzige, gerichtete Explosion sorgte für Gegenschub, der die Tonne zurückfallen ließ.

Zwei Sekunden später ereignete sich eine deutlich größere Explosion, die Tonne platzte nach hinten auf, und eine Wolke aus Metallschrott – Nietenbolzen, alte Rohrstücke, alles, was bei Reparaturarbeiten angefallen war – breitete sich fächerförmig im All hinter der *Mary-Jane* aus. Unionsmilitärkreuzer ließen sich auf diese Weise nicht ausschalten, dafür war ihr Rumpf zu massiv. Aber ein Raumjäger, der ungebremst in eine solche Wolke hineingeriet, war unvermeidlich Geschichte.

Wie der Führungsraptor der Peko wenige Sekunden später bewies. John sah den Zusammenstoß zwischen Jäger und Trümmerwolke zwar nicht direkt, weil der Qualm die Sicht behinderte, aber die Explosion sprach Bände.

Kelly stieß einen Jubelschrei aus und riss die Arme in die Luft. »Einer weniger.«

»Nicht übermütig werden«, meinte John, der den Blick kurz nach vorn richtete und dann wieder auf die Anzeige der Heckkamera. »Zwei sind noch da draußen. Und die genügen vollauf, um uns den Garaus zu machen.«

Wie um seine Worte zu unterstreichen, krachte es erneut im Heck, als ein ins Blaue abgefeuerter Laserstrahl sie traf. Auf Johns Instrumententafel ging ein Warnlicht an. »Verdammt, da hat einer einen Glückstreffer direkt in Triebwerk drei gelandet. Wie gut, dass wir nicht vorhaben, ihnen davonzufliegen. Das können wir jetzt vergessen.«

»Die übrigen beiden Raptoren ziehen nach oben«, meldete Kelly. »Sie wollen über die Abgaswolke, um freie Sicht auf uns zu haben.«

»Na, das wollen wir aber nicht. Wenn die schwenkbare Laser haben, wäre das wie Tontaubenschießen.« John drückte das Steuer nach vorn und ließ die *Mary-Jane* absinken, um ihren Verfolgern wieder das Heck zuzuwenden.

»Sie feuern Raketen ab. Zwei näher kommend!«, warnte Kelly, während gleichzeitig über ihren Köpfen ein Alarm zu schrillen begann.

»Täuschkörper auswerfen!«, schrie John.

»John, du musst jetzt den Anflugvektor des Schiffs anpassen«, meldete sich Mary-Jane. »Du musst genau meinem berechneten Kurs folgen, sonst werden wir schwere Schäden erleiden.« Das Bild der Heckkamera verschwand und wurde durch eine Vektorroute ersetzt. In flachem Winkel schmiegte sie sich an die obere Atmosphäre Glaurons an, der mittlerweile die ganze Sicht beherrschte.

Fluchend zog er das Steuer herum, ließ den Frachter um die eigene Achse rotieren und hob die Nase des Schiffs, sodass aus einem orangebraunen Wirbeln vor ihrem Cockpitfenster ein gewaltiger, annähernd flacher Horizont wurde, hinter dem sich die schwarze Unendlichkeit des Alls erstreckte. Das Schiff fing leicht an zu zittern, und ein Feuerschweif aus supererhitztem Plasma bildete sich um die nach vorn ragenden Frachträume, als die *Mary-Jane* mit hoher Geschwindigkeit in die obere Atmosphäre eindrang.

»Wo sind die Raketen, Kelly?«, fragte John.

»Eine ist auf den Täuschkörper reingefallen und explodiert. Die andere ist hinter uns her. Wenn wir jetzt weiter abbremsen, erwischt sie uns. Abstand nur noch fünf Kilometer.«

John verzog das Gesicht. »Warte, bis sie auf drei Kilometer ran ist. Dann wirf die zweite Splitterbombe ab. Wenn wir der Rakete den Schrott direkt in die Flugbahn schleudern, geht sie vielleicht hoch.« Damit hatten sie ihr Pulver beinahe verschossen. Zwei Täuschkörper besaßen sie noch, aber anders als die behelfsmäßigen Raumminen waren diese teuer bezahlte Schmuggelware und John wollte nicht mehr von ihnen opfern als unbedingt nötig.

»Bombe ausgeworfen«, meldete Kelly. »Zündet.«

Es gab einen Schlag, und die *Mary-Jane Wellington* erbebte unter der nahen Explosion.

»Ja!«, entfuhr es Johns Kopilotin. »Wir haben sie erwischt.«

»Und was treiben unsere Freunde?« John zuckte zusammen, als ein heftiger Schlag den Rumpf erbeben ließ. Aber diesmal schien es kein Waffentreffer zu sein, sondern eine Sturmböe.

»Ich …« Kelly gab mehrere Befehle in ihre Konsole ein, stand dann rasch auf und eilte zur Ortungsstation. »Ich kann sie nicht mehr ausmachen. Unser feuriger Eintritt stört die Sensoren.«

»Hoffen wir, dass es denen genauso geht«, presste John hervor. Wieder bockte und bebte der Frachter, und er musste all sein Können als Pilot aufbieten, um ihn in dem engen Anflugkorridor zu halten, den Mary-Jane für ihn errechnet hatte.

Doch ein rascher Blick auf den Geschwindigkeitsmesser verriet ihm, dass ihr Teufelsmanöver Wirkung zeigte. Sie wurden rasch langsamer, flogen kaum noch mit zehntausend Metern pro Sekunde. Und der orangefarbene Dunst der oberen Atmosphäre von Glauron wurde um sie herum immer dichter.

»In Ordnung, suchen wir uns ein gutes Versteck«, murmelte John. Dabei hoffte er, nicht ein Übel gegen ein womöglich schlimmeres eingetauscht zu haben.

– 14 –

Ein Blitz, dick wie der Oberschenkel eines Mannes, schlug in das Dach des Steuerbordfrachtraums ein. Sein Krachen brachte die Hülle der *Mary-Jane Wellington* zum Beben. Gleichzeitig umtoste ein Sturmwind den Frachter, der das Schiff umherwarf wie ein aufgewühltes Meer ein kleines Holzboot.

»Wir müssen aus diesem Unwetter raus!«, schrie Hobie gegen den Lärm der Elemente an, der mühelos durch die Metallhaut des Rumpfs drang. »Sonst werden unsere Sensoren geröstet.«

»Ich versuche es ja«, erwiderte John angespannt. »Aber ohne eine Ahnung, wo die Grenzen dieses Sturms liegen, ist es schwierig. Unsere Navigationsinstrumente spielen verrückt.«

»Die sind ja auch für den Einsatz im Weltraum gemacht. Unwetter dieser Stärke waren vom Hersteller sicher nicht als normale Betriebsumgebung vorgesehen.«

»Eine Frechheit, nicht wahr? Aber so bleibt mir wohl nur, auf Sicht zu fliegen. Und wie es sich damit verhält, siehst du ja selbst.«

Die orangefarbene Wolkenschicht war so dicht, dass man nur wenige hundert Meter weit sehen konnte. Bei ihrer gegenwärtigen Geschwindigkeit von etwa zweihundert Metern pro Sekunde war das verdammt wenig.

Wieder erwischte eine heftige Böe die Flanke des klobigen Raumfahrzeugs und drückte es gute zehn Meter in die Tiefe. Johns Magen hob sich einen kurzen Moment, als die Trägheitsdämpfer darum rangen, die unvermittelten Richtungswechsel zu kompensieren.

»Versuch es mal auf Kurs null-fünf-acht«, meinte Kelly aus dem Heck des Cockpits, wo sie vor der Ortungsanlage saß. »Dort scheinen die Wolken nicht so dicht zu sein.«

Ein weiterer Blitz schlug in unmittelbarer Nähe des Cockpits in den Frachter ein. Es knallte ohrenbetäubend laut, und das Licht auf allen Konsolen flackerte. Kelly und Hobie schrien überrascht auf.

»Verdammter Dreck, jetzt reicht es mir«, knurrte John und zog die Schubregler nach hinten.

»Was machst du denn, John?«, entfuhr es Hobie. »Du fliegst zu schnell!«

»Ich will sofort aus dieser Suppe raus. Ist doch egal, wie schnell wir fliegen. Hier kann man ja gegen nichts stoßen.«

»Du vergisst die Peko! Die können uns orten, wenn wir so viel Schub auf die Triebwerke geben.«

»Ach, die sind längst weitergeflogen«, meinte John kopfschüttelnd. »Wir kriechen jetzt seit fast einer halben Stunde durch die tieferen Atmosphärenschichten von Glauron und haben nichts mehr von ihnen gehört oder gesehen. Aber wenn wir nicht aufpassen, führt dieser Gasriese zu Ende, was die Grünhäute begonnen haben.«

Wieder wurde das Schiff durchgeschüttelt, als es mit brüllenden Triebwerken durch starke Fallwinde pflügte. Eine Sekunde später wurde es heller vor ihnen, die Sicht besserte sich, und der Sturm ließ nach. Über und unter ihnen zogen dichte orangefarbene Schleier dahin. Sie selbst befanden sich in einem Streifen der Atmosphäre, in dem nur ein feiner gelber Dunst in der Luft hing. »Seht ihr?« John grinste triumphierend. »Geht doch. Hobie, übernimm das Schiff und halte uns in dieser Region.«

»Und was machst du?«, fragte sein Freund, als John sich aus dem Pilotensitz schälte.

»Ich gehe nach hinten und glätte die Wogen in der Messe.«

Als John die geschlossene Luke zur Messe öffnete und den Raum dahinter betrat, schlug ihm dumpfes Schweigen entgegen. Auf der Bank des Pokertischs lag Emma Pennington mehr als dass sie saß und atmete bemüht tief ein und aus. Neben ihr saß Frank Langdon und hielt ihre Hand. Um den Esstisch hatten sich de Vries, die Cutters, Aleandro und Peabody verteilt. Der Letzte hielt einen Eimer auf dem Schoß und war merklich fahl im Gesicht.

»Wir können aufatmen«, verkündete John mit einem zuversichtlichen Blick in die Runde. »Die beiden Peko-Raptoren, die uns verfolgt haben, sind fort. Sie haben die Jagd auf uns aufgegeben. Wir sind ihnen, nicht zuletzt dank meiner herausragenden Flugkünste, entkommen.« Grinsend ließ er sich auf einem der freien Plätze am Esstisch nieder.

»Captain, wird so etwas wieder passieren?«, fragte Mrs. Pennington leise von ihrem Platz in der Ecke aus.

John kratzte sich an der unrasierten Wange. »Tja, ganz auszuschließen ist es nicht. Immerhin befinden wir uns jetzt im Oklahoma-Sektor, und jeder von Ihnen weiß, was das bedeutet. Natürlich werden meine Leute und ich weiterhin dafür sorgen, dass uns die Peko nicht näher kommen, als es bis jetzt der Fall gewesen ist. Dafür bezahlen Sie uns schließlich. Also machen Sie sich keine Gedanken. Wir sind schon mit ganz anderen Schwierigkeiten fertig geworden.«

»Wo befinden wir uns jetzt?«, wollte Jason Cutter wissen. »Dem Lärm nach zu urteilen, halten wir uns in einer Planetenatmosphäre auf.«

»Das ist richtig. Wir verbergen uns im Augenblick in der Atmosphäre des Gasriesen Glauron. Dort werden wir noch eine Weile warten, bis wir ganz sicher sind, dass die Grünhäute sich auch wirklich vom Acker gemacht haben. Danach fliegen wir wie geplant zum Iverson-Transitfeld in Sonnennähe, wobei wir – auch wie geplant – Halt bei Russell Station machen werden, um die Raumkavallerie um eine Eskorte zu bitten. Nicht, dass wir sie dringend bräuchten, aber sicher ist sicher.«

»Hat das Schiff Schäden genommen?«, mischte sich auch de Vries ein. »Es hat ein paar Mal ziemlich gekracht hier unten.«

John winkte ab. »Nichts Ernstes. Die *Mary-Jane* hat ein paar Kratzer im Lack abbekommen, aber da streichen wir einfach drüber, sobald wir Heaven's Gate erreichen.«

Die Miene des Geschäftsmanns verfinsterte sich. »Verkaufen Sie uns doch nicht für dumm, Captain. Es hat eine Explosion im Heck gegeben. Das haben wir alle gehört.«

»Ach so, ja, wir haben einen Treffer in eins der vier Hecktriebwerke kassiert. Aber das ist nicht der Rede wert. Den Schaden sollten wir bei Russell Station schnell behoben haben.«

»Aber …«

John unterbrach ihn mit erhobener Hand. »Diese *Cambria*-Klasse-Frachter sind verdammt robust gebaut, Mister de Vries. Ich versichere Ihnen, das alles wird unsere Weiterreise nicht nennenswert verzögern. Ich empfehle Ihnen also, dass Sie einfach ruhig und …«

Ein ferner Donnerschlag ertönte und ließ die *Mary-Jane Wellington* kurz erzittern.

»Was war das?«, wollte Peabody wissen und hob verunsichert den Kopf.

»Was war was?«, fragte John.

»Dieses Donnern …«

»Das kam wahrscheinlich noch von dem Unwetter, das wir eben durchflogen haben.«

Ein zweiter Donner war zu hören, diesmal näher. In Hobies Küchenzeile schepperten das Blechgeschirr und die Konserven.

John legte den Kopf schief. »Vielleicht ist es doch kein Donner. Entschuldigen Sie mich.« Er stand auf und wollte in Richtung Tür gehen.

In diesem Augenblick erschütterte ein gewaltiger Schlag das Schiff. Die Bodenplatten unter seinen Füßen bockten, warfen ihn gegen die nahe Wand und ließen ihn zu Boden gehen. Den übrigen Anwesenden erging es kaum besser. Hart kam er auf dem Metall auf. Gleichzeitig fiel das Licht in der Messe aus. Um ihn herum waren überraschte Aufschreie zu hören.

Fluchend rollte John sich herum und rieb sich die schmerzende Schulter. Als flackernd das gedämpfte grüne Licht der Notbeleuchtung zum Leben erwachte, kam er auf die Beine und stürmte aus der Messe in Richtung Cockpit. »Hobie?!«

Vor ihm ging die Luke auf, und sein Freund stolperte, eine kleine Taschenlampe in der Hand, die Stufen hinunter ihm entgegen. »John, die Peko sind wieder da. Und sie werfen Erschütterungsbomben nach uns.«

»Erschütterungsbomben? Das ist wohl ein Scherz! Nur Schlachtkreuzer der Union haben Erschütterungsbomben im Arsenal. Woher sollten die Peko solche Waffen haben?« Ein weiterer heftiger Schlag ließ das Schiff erbeben und die beiden Männer gegen die Wände taumeln. John verzog das Gesicht. »Spielt wohl keine Rolle. Mary-Jane?«

Hobie schüttelte den Kopf. »Spar dir die Mühe. Der letzte

Schlag hat die Hauptenergie überlastet. Sie ist offline und bootet gerade auf Reserve neu. Ich muss nach hinten in den Maschinenraum, um die Triebwerke neu hochzufahren. Ansonsten stecken wir demnächst in echten Schwierigkeiten.«

John ahnte, was sein Freund damit meinte, als er ein Ziehen verspürte, das für gewöhnlich mit freiem Fall einherging. Ohne den Schub der Triebwerke machte sich die starke Gravitation von Glauron sofort bemerkbar, und die *Mary-Jane Wellington* war nicht unbedingt ein aerodynamisches Schiff. Wenigstens schienen die besonders robust angelegten Trägheitsdämpfer noch zu funktionieren, ansonsten wären sie womöglich in den Gängen herumgewirbelt worden wie nasse Kleider in einer Wäschetrommel.

»Ich komme mit und helfe dir«, sagte John und wollte sich umdrehen, doch Hobie hielt ihn auf.

»Nein, ich nehme Aleandro mit. Der kann mir beim Überbrücken der Steuerelektronik besser helfen. Geh du ins Cockpit und versuch, uns so gut wie möglich zu stabilisieren.«

»Wie du willst.«

Hobie drängte sich an ihm vorbei. »Schalt dein Komm-Gerät an, damit wir in Kontakt bleiben können. Die Bordsprechanlage ist auch ausgefallen.«

»Geht klar«, erwiderte John nickend, bevor er ins Cockpit hinaufeilte. Er warf einen raschen Blick auf die Recheneinheit der Bord-KI. Auf dem Statusbildschirm liefen Diagnosezeilen durch, während Mary-Jane ihre Komponenten auf mögliche Schäden prüfte.

»Gut, dass du kommst, John«, begrüßte Kelly ihn. »Wir sitzen in der Klemme.«

»Was du nicht sagst«, brummte John, als er sich im Pilotensessel niederließ, das Komm-Gerät vom Gürtel zog und den Kanal zu Hobie öffnete. Vor dem Cockpitfenster rauschten wirbelnde Wolkenmassen vorbei, während der Frachter mehr oder minder unkontrolliert in die tieferen Atmosphärenschichten rauschte.

Er übernahm das Steuer und versuchte, die Armaturen vor sich zum Leben zu erwecken. Die Sensoren reagierten überhaupt nicht, aber die Manöverdüsen signalisierten nach dem dritten Anlauf Bereitschaft. »Besser als nichts«, murmelte John und zündete die Backborddüsen, um ihre Seitenlage zu korrigieren, bevor er Schub auf die Bugdüsen gab, um die Nase der *Mary-Jane* zu heben. Je mehr Widerstand sie den Winden entgegenbrachten, desto besser.

»Wo kamen die Peko auf einmal wieder her?«, wollte er von Kelly wissen.

»Das musst du sie fragen, nicht mich«, gab sie zurück. »Ich schätze, sie haben über der Atmosphäre noch ihre Runden gedreht, als du Vollschub auf die Triebwerke gegeben hast, um dem Unwetter zu entkommen. Dabei haben sie uns geortet.«

»In dem atmosphärischen Chaos? Unmöglich!«

»Die Peko mögen uns waffentechnisch nicht gewachsen sein, aber in fast allen anderen technischen Belangen sind ihre Schiffe den unseren überlegen. Vergiss nicht, dass sie lange vor uns bereits Transittechnologie und Texaferm-Konverter genutzt haben.«

John stieß einen leisen Fluch aus. »Vielleicht habe ich die Burschen tatsächlich unterschätzt. Alle reden über die Grünhäute, als wären sie einfältige Wilde. Da vergisst man leicht, wer sie noch vor wenigen Jahrzehnten mal waren.«

Erneut donnert es über ihnen, aber durch den ungebremsten Sturz in die Atmosphäre befand sich die *Mary-Jane* nun tiefer, als der Pilot des Peko-Raptoren gedacht hatte, sodass er die Bombe zu früh zündete und die Druckwelle das Schiff nur leicht durchschüttelte.

Etwas ganz anderes begann John Sorge zu bereiten. Die Sensoren waren noch immer ausgefallen, aber der Rumpf des Frachters begann auf eine Weise zu knarren und zu knacken, die nur eins bedeuten konnte: Der atmosphärische Druck draußen war zu hoch. Und er stieg mit jeder Sekunde.

Er gab vollen Schub auf die unteren Manövrierdüsen, um ihren Sturz zu bremsen. Viel helfen würde das nicht. Die Düsen waren für Andockoperationen im All und für Lagekorrekturen bei Atmosphärenflügen auf Planeten gedacht, die normale Lebensbedingungen für Menschen boten. Der Gravitation eines Gasriesen von der Größe Glaurons hatten sie wenig entgegenzusetzen. »Hobie! Wie sieht es mit den Triebwerken aus? Hier wird es langsam ungemütlich.«

»Wir haben es gleich, John«, erwiderte der Mechaniker. »Hoffe ich«, fügte er nach kurzer Pause hinzu, aber John war nicht sicher, ob diese Worte noch für ihn gedacht gewesen waren.

»Was machen wir eigentlich, wenn die Triebwerke wieder funktionieren?«, fragte Kelly. »Die Peko sind offensichtlich noch irgendwo dort oben, und auch wenn sie sich nicht trauen, in die tiefere Atmosphäre von Glauron einzudringen, scheinen sie doch sehr genau zu beobachten, was wir hier unten treiben.«

»Ich weiß, worauf du hinauswillst«, meinte John grimmig. »Sobald wir uns wieder nach oben wagen, werfen sie neue Bomben auf uns. Wer weiß schon, wie viele von den Dingern sie geladen haben.«

»Genau.« Kelly nickte.

Das Knacken der Schiffshülle wurde lauter, ein unangenehmes Stöhnen überbeanspruchten Metalls gesellte sich dazu. John warf einen Blick aus dem Cockpitfenster auf die beiden Oberseiten der Frachträume. Bildete er sich das nur ein, oder bogen sich die oberen Frachtluken leicht nach innen. »Oh, Mann, wenn wir noch tiefer sinken, spielt es bald keine Rolle mehr, was die Peko mit uns vorhaben.« Er drückte erneut auf die Sprechtaste seines Komm-Geräts. »Hobie! Komm schon, Kumpel, lass mich nicht im Stich. Wir ...«

Auf der Cockpitscheibe entstand ein winziger Haarriss.

»Oh, mein Gott«, flüsterte Kelly.

»Schließ die Schutzlamellen«, befahl John ihr. Er gab den Befehl nicht gern. Die Lamellen waren dafür gedacht, die Scheiben in Raumregionen zu schützen, die für Meteoritenschauer bekannt waren. Der Nachteil, wenn man sie schloss, lag darin, dass man sich im Flug rein auf die Sensoren verlassen musste – was im Weltraum kein größeres Problem darstellte. In der Atmosphäre eines Gasriesen allerdings und zu einem Zeitpunkt, da die Sensoren offline waren, ging John ausgesprochen ungern auf Blindflug.

Kelly wollte gerade auf den Knopf drücken, als Hobies blecherne Stimme aus dem Komm-Gerät an Johns Gürtel drang. »John, Triebwerke zwei bis vier sind einsatzbereit. Neustart der Hauptenergie erfolgt jetzt.«

Im gleichen Moment ging die Notbeleuchtung aus, und das normale Licht schaltete sich wieder ein. Das leichte Ziehen des freien Falls endete, als die Trägheitsdämpfer wieder auf volle Leistung gingen. Auf der Instrumententafel vor Johns Nase gingen die Anzeigen an, und einige Warnlämpchen wechselten von Rot auf Grün.

»Keine Sekunde zu früh.« John aktivierte die Triebwerke und zog langsam Steuer und Schubhebel zurück. »Kelly, überprüf die Ortungsanlage und schau, ob du ein gutes Versteck für uns findest, vielleicht unter einer Unwetterzone.«

»Ist gut.« Sie stand auf und begab sich in den hinteren Teil des Cockpits.

»John, ich messe 367 Standardatmosphären Druck auf den Schiffsrumpf«, meldete sich unvermittelt Mary-Jane aus dem Deckenlautsprecher zu Wort. »Das liegt weit über den Sicherheitsspezifikationen eines *Cambria*-Klasse-Frachters.«

»Hallo, Mary-Jane«, begrüßte John sie. »Schön, dass du wieder bei uns bist. Wir sind gerade im Begriff, etwas gegen unsere unerfreuliche Lage zu unternehmen.« Er ließ den Frachter in einen steilen Aufwärtsflug übergehen, um die Hülle zu entlasten.

»Meine interne Uhr teilt mir mit, dass ich für fast vier Minuten offline beziehungsweise im Selbstdiagnosemodus war. Was ist geschehen?« John hätte nicht seine Hand dafür ins Feuer gelegt, aber es kam ihm vor, als klänge die Bord-KI deswegen besorgt, etwa so wie jemand, der zum ersten Mal in seinem Leben ohnmächtig wurde und danach aus der Bewusstlosigkeit wieder erwachte.

»Die Peko sind noch da und haben uns mit Erschütterungsbomben erwischt, die sie um uns in die Atmosphäre abgeworfen haben. Was sie wahrscheinlich wieder tun werden, wenn wir uns nichts einfallen lassen.«

Es klopfte an der offen stehenden Cockpitluke. »Dürfte ich einen Vorschlag machen?«

Überrascht drehte John sich um. »Mister Cutter? Warum sind Sie nicht in der Messe?«

»Die anderen haben mich hergeschickt, als die Geräusche im Rumpf immer lauter wurden«, erwiderte Jason Cutter. »Sie wollten wissen, ob wir unser letztes Gebet sprechen müssen.«

»So weit ist es noch nicht«, sagte John. »*Noch* nicht ...« Er setzte eine fragende Miene auf. »Aber Sie wollten einen Vorschlag machen, wie wir unsere Flucht bewerkstelligen könnten?«

»In der Tat.« Der schlanke junge Mann neigte den Kopf. »Ich traf gerade ein, als die Lichter wieder angingen. Um Sie nicht zu stören, habe ich kurz draußen gewartet. Dabei bekam ich unser Dilemma mit – und vielleicht habe ich eine Lösung dafür.«

»Schießen Sie los.«

»Sie haben doch auf Fort Junction einen neuen Texaferm-Block installiert.«

»Das ist richtig.«

»Darf ich davon ausgehen, dass Sie den Rest des alten Blocks als Reserve behalten haben, statt ihn den Technikern zur Entsorgung zu übergeben?«

»Sie kennen sich gut mit den Vorgehensweisen von finanziell gebeutelten Frachterpiloten aus.«

Cutter zuckte die Achseln. »Ich lese viel. Auch über interstellare Raumfahrt.«

»Nun, das Buch hatte jedenfalls recht. Worauf wollen Sie hinaus?«

»Ich schlage Folgendes vor. Wir steigen am Rand der Unwetterzone auf, so als wollten wir fliehen, und lassen die Peko ein oder zwei Bomben auf uns werfen. Wenn wir sie auf den Ortungsgeräten kommen sehen, sollten wir uns weit genug von ihnen entfernen können, um keinen zweiten Totalausfall der Systeme zu erleiden.«

»Ein etwas riskantes Manöver, aber das sollte machbar sein«, pflichtete John ihm bei. »Und weiter?«

»Nach der zweiten Bombe lassen wir uns ins Unwetter fallen, als wären wir getroffen worden. Sobald wir durch die Zone hindurch sind, geben wir geringen Schub auf die Triebwerke, gerade genug, um unseren Fall zu verlangsamen, und stoßen den Reserveblock aus. Werfen Sie die Tonne durch eine der Schleusen über Bord. Bringen Sie vorher eine kleine

Sprengladung daran an. Ich schätze, das wird sich aus Bordmitteln basteln lassen. Anschließend zählen wir bis zwanzig und lassen den Texaferm-Block explodieren. Die Peko werden die Explosion zweifellos registrieren, und sie werden glauben, es hätte uns diesmal erwischt.«

»Aber werden Sie die Triebwerke nicht wieder bemerken?«, warf Kelly ein.

»Nicht, wenn wir nur geringen Schub geben und unter der Gewitterzone bleiben«, entgegnete Cutter. »So gut sind Ihre Sensoren auch nicht.«

John runzelte die Stirn. »Und das wissen Sie, weil ...?«

»... ich viel lese«, wiederholte Cutter. »Das beschriebene Manöver stammt vom Überlebensbericht eines Frachterpiloten, der vor etwa einem Jahr im Peranza-System auf genau diese Weise einer Horde Peko entkommen ist. Da ich bezweifle, dass die Peko die gleiche Lektüre bevorzugen, die ich lese, sollte der Trick auch ein zweites Mal klappen.«

»Hm ...« Nachdenklich fuhr sich John mit der Hand übers Kinn. »Das ist ein ziemlich wilder Plan, Mister Cutter, aber ich muss gestehen, dass er mir gefällt.« Er nickte zustimmend. »Versuchen wir es.«

– 15 –

»Hobie? Wie sieht es bei euch aus?« Aleandro im Schlepptau, der die Kontrollen bedienen sollte, stand John in einem der robusten Raumanzüge aus dem Arsenal der *Mary-Jane Wellington* an der Innenluke der Backbordschleuse.

Neben ihm wartete, die Arme vor der Brust verschränkt, Janelle Cutter in einem zweiten Raumanzug und machte ein finsteres Gesicht. Sie war vom Plan ihres Zwillingsbruders nicht so begeistert wie John – und noch weniger begeisterte sie die blaue Treibstofftonne zwischen ihnen, in die sie in aller Eile und unter Hobies sorgenvoller Anleitung den hochreaktiven Überrest des ausgemusterten Texaferm-Blocks eingesetzt hatten. Auf dem silbernen Deckel der Tonne klebte ein behelfsmäßiger Sprengsatz mit Zeitzünder, der ihre vorgetäuschte Reaktorexplosion auslösen sollte, sobald sie ihre Fracht über Bord geworfen hatten.

»Wir sind so weit, John«, meldete Hobie über Funk. Der Mechaniker saß mit Kelly im Cockpit, um die *Mary-Jane* bei ihrem Täuschungsmanöver zu steuern.

»Miss Cutter?« John warf seiner Begleiterin einen fragenden Blick zu.

»Warum noch mal habe ich mich freiwillig hierzu gemeldet?«, entgegnete sie.

»Wen sähen Sie lieber in diesem Anzug? Mrs. Pennington? Mister Peabody? Ihren Bruder?«

Sie verzog die Mundwinkel. »Vergessen Sie's. Lassen Sie uns endlich anfangen, damit wir von hier wegkommen.«

John nickte und aktivierte mit einer Kinnbewegung das Sprechgerät in seinem Anzugkragen. »Wir legen los, Hobie. Passt auf, dass uns die Bomben nicht zu nahe kommen. Nicht noch einmal.«

»Versteht sich von selbst, John.« Es knackte in den Deckenlautsprechern, und Hobies Stimme erklang im ganzen Schiff. »Achtung, an alle. Es geht los.« Sie hatten den Plan mit ihren Passagieren abgesprochen, weniger um deren Einverständnis einzuholen, als um sie zu informieren und vorzuwarnen. Außerdem hatten sie noch einen Freiwilligen gebraucht, um John beim Transport der Tonne mit dem schweren Texaferm-Block behilflich zu sein. Bedauerlicherweise wurden Texaferm-Blöcke nicht leichter, wenn sie ausbrannten, sie wandelten sich bloß von einem energiereichen Zustand in einen energiearmen Zustand um. Am Ende hatten sie ungefähr den Nutzen und das Gewicht von Steinen. Großen, schweren Steinen.

Mit einem ganz leichten Ruck kam die *Mary-Jane Wellington* in Bewegung. Gleich darauf war von draußen ein Heulen, Fauchen und Rattern zu vernehmen, als starke Unwetterböen die stählerne Außenhaut des Frachters erfassten und die Aufbauten zum Vibrieren brachten.

»Mit Ihnen wird das Reisen nicht langweilig«, bemerkte Janelle Cutter trocken. Die athletische Frau mit dem kurzen braunen Haar bedachte John mit einem mürrischen Blick.

»Ich versuche nur zu überleben«, erwiderte John. »Jeden Tag aufs Neue.«

Das Fauchen und Beben nahm einen Moment lang zu, während sich das Schiff durch das Gewitter in die höheren Schichten der Atmosphäre von Glauron kämpfte. Blitze trafen sie diesmal keine, aber die *Mary-Jane* wurde von einem Windstoß erfasst, der sie so kräftig nach oben schleuderte, dass John beinahe zu Boden gegangen wäre. Er konnte sich gerade noch an der Wand festhalten. Aleandro war weniger flink und landete vor Janelle Cutter auf den Knien.

»Immer schön vorsichtig, Junge«, sagte John zu ihm, als er ihm die behandschuhte Hand hinhielt und ihm aufhalf.

Einige Sekunden später hatten sie die Sturmfront unter sich gelassen, was daran zu merken war, dass das Rütteln des Schiffs schwächer wurde. Zeit zum Aufatmen blieb ihnen allerdings nicht.

»Die Peko haben uns entdeckt«, meldete Hobie über Funk, bevor John auch nur bis zehn gezählt hatte.

»Verdammt, die Burschen sind auf Zack«, brummte John mit widerwilliger Bewunderung.

»Sie werfen Bomben ab!«, rief Hobie. Im gleichen Moment erstarb der Antrieb, als Johns Kameraden die *Mary-Jane* wieder in die Unwetterfront zurückfallen ließen, aus der sie soeben aufgetaucht waren.

Über ihnen erschütterte ein doppelter Donnerschlag die Atmosphäre. Die Druckwelle erfasste das Schiff und schleuderte es in die Tiefe. Aus der nahen Messe war ein spitzer Schrei zu hören. Vermutlich stammte er von Mrs. Pennington.

»Jetzt, John!«, gab Hobie ihnen die Anweisung, loszulegen.

John hob den Daumen, woraufhin Aleandro die Innenluke der Schleuse entriegelte und aufzog. Rasch packten Janelle Cutter und er die Griffe der schweren Tonne und hievten diese in die Schleuse. Sie trugen sie bis zur Außenluke und stellten sie dort ab. Hinter ihnen schloss Aleandro die Tür zum Schiff.

»Klinken Sie sich mit dem Sicherungshaken ein«, riet John seiner Begleiterin und zeigte ihr, wo sie die Leine, die an ihrem Gürtel hing, festmachen konnte. »Der Sturm könnte uns sonst durch die Luke nach draußen reißen.«

»Verstanden«, sagte Cutter und tat wie geheißen.

»Und schließen Sie den Helm. Die Atmosphäre da draußen ist giftig.« Während er die Worte sprach, zog er das leicht getönte Visier nach unten, das mit einem hörbaren Schnappen versiegelt wurde. Ein winziger Ventilator im Helm ging automatisch an und sorgte für Frischluft.

John beugte sich über die Tonne. »Ich aktiviere den Zeitzünder«, ließ er Cutter über Funk wissen. »Sie gehen zur Lukenkontrolle und halten sich bereit. Sobald der Countdown läuft, öffnen Sie die Luke und ich werfe die Tonne nach draußen. Danach schließen Sie die Luke sofort wieder. Alles klar?«

Cutter nickte. »Klar.« Sie wirkte bemerkenswert ruhig.

»Dann los.« John drückte auf einen Knopf. »Zwei Minuten. Öffnen Sie die Luke.«

Seine Begleiterin wandte sich dem Schaltfeld neben der Außenluke der Schleuse zu und drückte den großen Entriegelungsknopf.

Nichts passierte.

»Öffnen Sie die Luke«, wiederholte John. »Der Knopf dort.«

»Ich versuche es«, entgegnete Cutter gereizt. Sie drückte erneut, rief dann eine Anzeige auf. »Die Luke ist verklemmt.«

»Was?« John warf einen Blick auf den Zeitzünder. *Eine Minute, vierzig Sekunden.*

»Zeigen Sie mal her.« Innerlich fluchend trat er neben Cutter. Jede Sekunde, die hier verstrich, wurde ihr Täuschungsmanöver unglaubwürdiger. Sie mussten die Reaktorexplosion jetzt auslösen, oder die Peko würden ihnen nie abkaufen, dass ihre Bomben die *Mary-Jane* ins Verderben gerissen hatten.

Rasch überprüfte John die Anzeige. Alles sah normal aus.

»Mary-Jane, liegt dir eine Fehlermeldung von der Backbordschleuse vor?«

»Negativ, John«, meldete sich die Bord-KI. »Die Schleuse sollte voll funktionstüchtig sein.«

Ein rascher Seitenblick. *Eine Minute, zwanzig Sekunden.*

John zog ein Multifunktionswerkzeug vom Gürtel seines Anzugs und hebelte damit die Kontrolltafel auf. Ein Wust aus Drähten kam ihm entgegen – und der Geruch von etwas Verschmortem. »Na, das kommt jetzt wirklich unpassend.«

»Fünfundfünzig Sekunden«, warf Janelle Cutter ein. »Sie sollten sich entweder etwas beeilen mit dem, was Sie tun, oder …«

»Sie haben recht. Das wird so nichts.« Er beugte sich zur Seite und drückte auf die Pause-Taste des Zeitzünders. »Hobie«, rief er über Funk. »Die Außenluke der Backbordschleuse ist hinüber. Wir nehmen die Steuerbordschleuse.«

»Verstanden, John. Beeilt euch besser. Ich habe keine Ahnung, was die Peko über der Unwetterfront treiben.«

»Sie kreisen wie die Geier, da bin ich sicher«, murmelte John. Er packte den rechten Griff der Tonne. »Kommen Sie, Miss Cutter. Die Zeit drängt. Aleandro! Mach die Tür auf.«

Hastig schleppten sie die Treibstofftonne einmal quer durchs Schiff. In der Steuerbordschleuse angekommen, wiederholten Sie die Prozedur. John aktivierte den Countdown, und Janelle Cutter entriegelte die Schleuse.

Diesmal klappte es. Ein heftiger Windstoß fauchte ins Innere, als der höhere Umgebungsdruck die giftige Atmosphäre Glaurons in die Schleuse drängte. John spreizte die Beine und stemmte sich gegen den Sturm. Dann rammte er seine Schulter gegen die Tonne und schob sie über die Kante. Taumelnd stürzte sie in die orangebraun wirbelnden Nebel.

»Luke schließen!«, schrie er seiner Begleiterin über den tosenden Lärm der Elemente hinweg zu.

Sie hieb auf den »Schließen«-Knopf, und die schwere Tür, die in der Rumpfverkleidung verschwunden war, schob sich langsam wieder vor die Öffnung.

Eine gewaltige Explosion erschütterte die Wolkenschichten keine zweihundert Meter unter ihnen. Die *Mary-Jane Wellington* wurde emporgeschleudert und wirbelte um die eigene Achse wie ein Blatt im Wind.

John prallte gegen Janelle Cutter, wurde herumgeworfen und krachte hart auf das Deck. Er knallte mit dem Helm gegen den Boden und mit der Stirn gegen die supergehärtete Visierplatte des Raumanzugs. Ein heller Blitz schoss durch seinen Schädel. »Au, verflucht.« Reflexartig wollte er die Hand auf die Stirn pressen, scheiterte aber am geschlossenen Helmvisier.

Aus den Augenwinkeln sah er, wie Janelle Cutter zu den Schleusenkontrollen trat und einige rasche Befehle eingab. Mit einem scharfen Zischen wurde die giftige Atmosphäre aus dem Raum gepumpt, um gleich darauf durch atembare Luft ersetzt zu werden.

Schwankend kam John auf die Beine und öffnete sein Helmvisier. Kalte, wiederaufbereitete Luft schlug ihm ins Gesicht, die ihm half, zu Sinnen zu kommen. Vorsichtig betastete er seine Stirn. Eine mächtige Beule begann sich dort abzuzeichnen. *Selbst schuld*, schalt er sich. *Warum trägst du auch nicht die gepolsterte Schutzkappe unter dem Helm?* Die Antwort war, dass sie längere Zeit keine Waschmaschine gesehen hatte und er sie daher vermied, wann immer es ging.

»Sind Sie in Ordnung?«, fragte Janelle Cutter und sah ihn prüfend an.

»Ja, ich denke schon. Wenn man von der Mutter aller Kopfschmerzen absieht.«

Sie schnaubte abschätzig. »Sie haben wirklich das Glück eines Spielers, Donovan.«

»Wie meinen Sie das?«

»Na ja, Sie hätten uns beinahe in die Luft gesprengt, oder nicht?«

»Stimmt«, musste John zugeben. »Die Tonne hatte eine ziemliche Sprengkraft. Erstaunlich. Der Texaferm-Block war fast aufgebraucht.«

»Es hatte nichts mit dem Texaferm-Block zu tun«, entgegnete Cutter. »Sie haben schlicht etwas vergessen.«

»Was wollen Sie damit sagen?«

»Der Countdown. Sie haben ihn nicht zurückgestellt. Sehr leichtsinnig.« Cutters Mundwinkel verzogen sich zu einem zynischen Grinsen.

»Oh. Hm. Das muss mir in der Hektik entfallen sein.«

»Zum Glück stand der Timer noch auf fünfzig Sekunden. Sonst würden wir diese Unterhaltung nicht mehr führen.«

»Peinlich.« Jetzt verstand er, warum die Explosion so unerwartet heftig ausgefallen war. Die Tonne war viel zu nah am Schiff hochgegangen. Er aktivierte den Funk. »Hobie, wie ist die Lage?«

»Die Explosion hat uns ganz schön durch die Atmosphäre geschleudert. Glücklicherweise kam es nicht wieder zu einem Totalausfall der Systeme.«

»Ja, wir wurden hier unten auch etwas durchgeschüttelt. Aber gut zu hören, dass alles noch läuft. Wie geht es unseren grünen Freunden?«

»Das lässt sich noch nicht sagen. Wir halten uns mit Minimalschub unter einer dichten Wolkendecke, die unsere Sensoren nicht durchdringen kann.«

»Verstanden. Ich komme ins Cockpit.« John begann sich aus dem Raumanzug zu schälen. Gleichzeitig öffnete sich die Innenluke der Schleuse, und Aleandro kam herein. Eine prächtige Beule wuchs an seiner Schläfe. »Oh, Cap, Sie hat es ja auch erwischt, wie ich sehe.«

»Kleiner Betriebsunfall«, brummte John. Mit Aleandros Hilfe legte er den Rest des Raumanzugs ab und hängte ihn zurück in den Spind im Gang. Danach half er Cutter, das unförmige Kleidungsstück auszuziehen.

»Sie haben sich gut geschlagen«, bemerkte er, als sie beide wieder Hosen und Stiefel anzogen, die sie im Raumanzug nicht getragen hatten. »Haben die Nerven behalten und sind auf den Beinen geblieben, als es holprig wurde. Was machen Sie noch mal beruflich?« Forschend blickte er Cutter an. Sie hatte den Körper einer Athletin.

»Ich arbeite im Augenblick für eine Versicherung.«

»Ach ja?« Erstaunt hob John die Augenbrauen. »Wie eine Schreibtischtäterin sehen Sie mir gar nicht aus.«

»Ich treibe viel Sport. Mein Ausgleich zum Schreibtischjob.«

»So so.«

»Mister Donovan.« Janelle Cutter erhob sich von der schmalen Bank im Gang und strich ihre Kleider glatt. »Nur weil Sie mich in Unterwäsche gesehen haben, heißt das nicht, dass ich mein Privatleben vor Ihnen ausbreiten muss. Sie fliegen meinen Vater, meinen Bruder und mich nach Heaven's Gate, wir bezahlen Sie gut dafür. Belassen wir es einstweilen bei dieser Geschäftsbeziehung, schlage ich vor.«

»Ganz wie Sie wünschen, Miss Cutter«, brummte John. »Ich wollte bloß ein wenig Konversation betreiben.«

»Natürlich. Aber anders als mein Bruder rede ich nicht gerne viel. Was Ihnen in diesem Fall entgegenkommt. Ich denke, dass ich Ihre kleine Nachlässigkeit eben für mich behalten werde.« Sie nickte in Richtung Schleuse.

»Nachlässigkeit?«, echote Aleandro, der bislang schweigend zugeschaut hatte.

Der nicht zurückgesetzte Countdown. John verzog das Gesicht. »Sie meint das hier.« Er deutete auf seine Stirn. »Ich hatte keine Schutzkappe auf.« Er räusperte sich. »Dann gehe ich mal wieder an die Arbeit. Unterhalten können wir uns später.«

Im Cockpit saßen Hobie und Kelly und blickten angestrengt auf ihre Instrumente. Kelly hatte sich im Pilotensitz niedergelassen, Hobie hockte vornübergebeugt vor der Ortungsanlage und versuchte, den Schiffssensoren zu entlocken, ob ihre Verfolger noch in der oberen Atmosphäre kreisten.

Als John hereinkam, drehte Kelly sich um. »Oh, John, mal wieder mit dem Kopf durch die Wand, hm?«

»Durch den Boden, um genau zu sein«. Er wartete, bis Kelly auf den Kopilotensitz gewechselt war und ließ sich dann neben ihr nieder.

Prüfend besah sie seine Stirn. »Na ja, es ist nur eine Beule, wenn auch eine ordentliche. Ich hole dir ein Kühlgel.«

»Nicht nötig. Mir geht es gut.«

»Wann wagen wir uns denn wieder an die Oberfläche?«, fragte Hobie.

»Geben wir den Grünhäuten eine halbe Stunde, um zu verschwinden«, meinte John, »und diesmal wirklich.«

»Na, dann habe ich doch genug Zeit, inzwischen deine Wunde zu verarzten. Bin gleich wieder da.« Kelly stand auf und ließ die beiden Männer allein.

Eine Weile herrschte Schweigen im Cockpit.

»John?«, sagte Hobie schließlich.

»Hm?« Er drehte sich um und sah zu seinem alten Freund hinüber.

»Meinst du, wir kommen aus dieser Hölle lebend raus?«

»Aber klar, Hobie. Die Peko werden auf unseren Trick reinfallen, du wirst schon sehen.« John bedachte seinen Mechaniker mit einem schiefen Grinsen. Es verblasste, als er sich wieder umdrehte und durch die mit Hartplaste geklebte Scheibe auf die wallenden Wolken blickte. »Ich hoffe es zumindest«, fügte er leiser hinzu.

Als John die *Mary-Jane Wellington* dreißig Minuten später aus den dampfenden oberen Schichten der Atmosphäre von Glauron steuerte, stellten sie fest, dass sich die beiden Peko-Raptoren tatsächlich auf den Weg gemacht hatten, um nach einem neuen Opfer Ausschau zu halten. Entweder waren deren Piloten auf ihren kleinen Trick mit dem explodierenden Fass hereingefallen – oder sie hatten entschieden, dass ein schäbiger *Cambria*-Klasse-Frachter, der unbedingt mit ihnen Katz und Maus spielen wollte, die Mühe nicht wert war.

Was sie jedenfalls nicht vertrieben hatte, waren irgendwelche Jagdmaschinen der Raumkavallerie, denn die Sensoren registrierten keine Schiffe in der Umgebung. Wie es aussah, war Kellys Notruf ungehört verhallt. »Eigenartig«, befand John. Das Schweigen der Militärs gefiel ihm überhaupt nicht, denn wenn jemand einem in Not geratenen Schiff zu Hilfe eilte, dann war es die furchtlose Raumkavallerie.

Die Schäden an der *Mary-Jane* sorgten dafür, dass sich ihr Flug nach Russell Station länger hinzog als geplant. Erst gegen sechs Uhr am darauffolgenden Tag und nach mehr als einundzwanzig Stunden Flug tauchte ihr Ziel vor ihnen auf. Russell Station war früher eine Verladestation gewesen, von der aus die Rohstoffe verschifft wurden, die auf dem toten Felsklumpen vierhundert Kilometer unter ihr gefördert worden waren.

Doch die Erzadern auf dem Planeten waren vor fünf Jahren aufgegeben worden, und mit ihnen große Teile der Russell Station. Die meisten Minenarbeiter waren ins benachbarte Iverson-System gezogen. Bloß eine Rumpfmannschaft war verblieben, um für Kost, Logis und Sicherheit möglicher Durchreisender zu sorgen. Abgesehen davon diente die Station als Depot und Funkrelais. Und sie war der zeitweilige Stationierungsort des 24. Raumkavalleriegeschwaders gewesen – zumindest bis vor ein oder zwei Tagen.

»Jetzt wissen wir wenigstens, warum sie nicht geantwortet haben«, brummte John düster, als er mit Aleandro auf das glitzernde Trümmerfeld blickte, das sich rund um die grob hantelförmige Raumstation erstreckte. »Hier waren die Peko also auch.«

»Wie groß *ist* Geonojs Gefolgschaft?«, fragte sich Aleandro sorgenvoll. »Das dort draußen waren zehn Jäger, zwei Patrouillenboote und ein Trägerschiff, und die Besatzung bestand doch bestimmt nicht aus Anfängern.«

»Ich sage dir was, Aleandro: Sie ist so groß, dass ich ihr niemals begegnen will. Die beiden Burschen, denen wir bei Glauron begegnet sind, waren offenbar nur Nachzügler oder Scouts. Jetzt wundert mich auch nicht mehr, dass es den Peko gelungen ist, die automatisierte Minenfabrik dermaßen schrottreif zu schießen.«

»Zum Glück sind sie weg.«

»Ja. Sieht so aus.« John nickte, während er misstrauisch die Sensordaten aufrief, die keinerlei aktive Energiesignaturen im

Raum um sie herum registrierten. »Es sei denn, wir laufen von einer Falle direkt in die nächste. Ich frage mich, ob wir hier überhaupt andocken sollten. Auf eine Eskorte können wir ohnehin nicht mehr hoffen. Und angedockt sind wir ein leichtes Ziel für jede schießwütige Grünhaut.«

»Aber vielleicht gibt es Überlebende?«, gab Aleandro zu bedenken.

»Nach einem Angriff der Peko? Unwahrscheinlich.«

»Zumindest gibt es Energie auf der Station. Sehen Sie doch, Cap. Die Beleuchtung im Schleusenbereich funktioniert noch.« Der junge Computerspezialist deutete aus dem Cockpitfenster.

»Ja, sehr einladend. Wie ein Blumengebinde am Eingangstor zu einem Friedhof.«

Hinter ihnen öffnete sich die Cockpittür. »John«, keuchte Hobie, als er hereinstürmte. »Erreichen wir bald Russell … oh.« Er hielt inne und starrte nach draußen. »Oh, verdammt. Das ist nicht gut.«

John warf ihm einen Blick über die Schulter zu. »Dachten wir auch gerade. Ich überlege, ob wir nicht einfach weiterfliegen. Was immer uns dort drin erwartet, es wird kein schöner Anblick sein. Und an Vorräten werden die Peko auch geplündert haben, was nicht niet- und nagelfest war.«

»Aber wir können nicht weiterfliegen.« Hobie sah ihn aufgeregt an. »Wir müssen dringend andocken und Mrs. Pennington auf die Krankenstation dort bringen.«

»Wieso, hat sie sich verletzt?«

Sein alter Freund schüttelte den Kopf. Ein breites Grinsen trat auf seine faltigen Züge. »Ganz im Gegenteil, John. Ihre Wehen haben eingesetzt. Wir bekommen ein Baby.«

– 16 –

»Ganz ruhig atmen. Einatmen und ausatmen. Alles wird gut.«

Als John die Messe betrat, präsentierte sich ihm ein ungewohntes Bild. In der Mitte des Raums, direkt neben dem großen Esstisch, stand der Schaukelstuhl aus seiner Kabine. In diesem saß eine etwas verkrampft wirkende Mrs. Pennington, die eine Hand um die linke Armlehne geklammert, die andere auf den nach vorn gewölbten Bauch gelegt.

Neben ihr hockte Peabody auf einem Stuhl, hatte seine Hand auf ihren Arm gelegt und redete beruhigend und mit erstaunlicher Einfühlsamkeit auf sie ein. Zwei Schritte weiter stand Kelly vor dem Tisch, auf dem sie ihre medizinische Ausrüstung ausgebreitet hatte. Frank Langdon hielt sich in der Küchenzeile auf und schien Wasser abzukochen. Von de Vries und den Cutters war nichts zu sehen.

»He, was macht mein Stuhl hier?«, wollte John wissen.

»Ist das deine ganze Sorge?« Der Vorwurf in Kellys Stimme war unüberhörbar. »Ich war so frei, ihn mir auszuleihen. Aber lieber würde ich Mrs. Pennington auf die Krankenstation von Russell Station bringen. Eine glatte Geburt können wir hier an Bord über die Bühne bringen, aber auf Komplikationen sind wir nicht vorbereitet.«

»Die *Mary-Jane* ist ja auch kein Lazarett-Schiff.« John trat auf Kelly zu und warf Emma Pennington einen prüfenden Blick zu, bevor er die Stimme senkte. »Bis Iverson hält sie nicht mehr durch?«

»Wieso sollte sie? Wir haben doch Russell Station fast erreicht, oder?«

»Das schon. Leider ... nun ja, ich fürchte, dort ist niemand mehr. Die Peko, du verstehst, was ich meine. Ich wollte dort lieber nicht andocken. Könnte hässlich da drin aussehen.«

»Dann wirst du vorgehen und den Weg bis zur Krankenstation freiräumen müssen.« Kelly sah John eindringlich an. »Ernsthaft, John. Ich will das hier richtig machen. Und dazu brauche ich deine Hilfe.«

Er seufzte. »Ich schätze, ich habe wohl noch was gutzumachen wegen der Falle, in die wir bei Glauron getappt sind. Also gut. Kannst du Langdon entbehren?«

»Wenn du mir Hobie stattdessen schickst, ja.«

»Mache ich.« John hob die Stimme. »Mister Langdon. Könnte ich Sie für eine kleine Aufklärungsmission gewinnen, drüben auf der Station?«

Der alte Frontiersman nickte ernst. »Ich hab's mitgehört. Lassen Sie mich nur mein Gewehr holen.«

Zehn Minuten später standen sie nebeneinander an der mittlerweile reparierten Backbordschleuse. Aleandro hatte die Innenluke bereits hinter ihnen geschlossen. Sie trugen Raumanzüge und hatten darüber ihre Revolvergurte umgeschnallt. Langdon hielt zusätzlich ein altes Ranger-Mk4 in den Händen, ein Repetiergewehr mit ordentlicher Durchschlagskraft, dessen Energieniveau er aber auf Johns Anraten um die Hälfte gesenkt hatte, um keine Löcher in die Stationswände zu schießen.

»Sind Sie bereit?«, fragte John über Helmfunk.

»Worauf Sie sich verlassen können«, erwiderte Langdon. »Verraten Sie mir nur noch eins: Warum müssen wir diese blöden Anzüge tragen? Ich dachte, es gäbe noch Energie an Bord der Station.«

»Energie bedeutet nicht zwangsläufig, dass wir da drin Luft zum Atmen finden.«

»Ich hasse diese Dinger.« Unbehaglich bewegte sich der grauhaarige Frontiersman in dem klobigen Kleidungsstück. »Es fühlt sich an, als hätte mir jemand Steine an die Stiefel gebunden. Außerdem hat man durch diese getönten Helmvisiere eine miserable Sicht.«

»Da sind wir einer Meinung«, pflichtete John ihm bei. »Also stellen wir mal besser rasch fest, in welchen Sektionen der Station wir sie nicht brauchen.« Er zog seinen Revolver, hob ihn und hieb auf den Knopf, der die Außenluke öffnete. Zischend glitt sie zur Seite.

Vor ihnen lag ein kurzer, leerer Korridor mit schmutziggrauen Metallwänden und schmalen Leuchtpaneelen, die links und rechts unter der Decke verliefen. Eins von ihnen war ausgefallen, ein Weiteres flackerte. Die Wartungssituation auf Russell Station ließ zu wünschen übrig.

»Und?«, fragte Langdon.

John hielt seinen Arm in die Höhe und prüfte mithilfe der Messinstrumente im Ärmel seines Raumanzugs die Atmosphäre vor ihnen. »Scheint atembar zu sein. Aber das ist nur der Schleusenbereich. Erst hinter der nächsten Tür haben wir Gewissheit, wie die Lage in der Station selbst aussieht.«

»Nach Ihnen.« Langdon machte eine auffordernde Bewegung mit seinem Gewehr.

Langsam bewegten sie sich vorwärts. Hinter ihnen schloss sich die Außenschleuse. Sollten die Peko zurückkehren, würde die *Mary-Jane* rasch verschwinden müssen. Langdon und er saßen dann in der Falle. Sie durchquerten den Andockkorridor und traten vor die kreisrunde Schleusentür der Station.

»Wie kommen wir hinein?«, wollte Langdon wissen. »Die Dinger lassen sich doch normalerweise nur von innen öffnen.«

»Richtig, aber es gibt eine Überbrückungsschaltung«, erwiderte John. »Wenn die Schleuse nur geschlossen, aber nicht komplett verriegelt ist, sollten wir sie damit öffnen können.« Er schob den Revolver ins Holster und zog eines der Multiwerkzeuge vom Gürtel, die Hobie ihm mitgegeben hatte. Damit schraubte er ein Stück der Verkleidung neben der Schleuse ab und machte sich an der Elektrik zu schaffen.

Gleich darauf gab die Schleuse ein zufriedenstellendes Zischen von sich und rollte zur Seite. Sofort zog John seinen Santhe-CG wieder, bevor er das Werkzeug verstaute. Die manipulierte Wandelektrik ließ er offen.

Die Innenluke der Schleuse zu öffnen war leichter. Sie mussten bloß einen entsprechenden Knopf drücken, und der Weg wurde ihnen freigegeben. Dahinter erstreckte sich der geschwungene Korridor der Wohnsektion von Russell Station. Sie hatten die *Mary-Jane* am oberen Ende der hantelförmigen Anlage andocken lassen, denn dort lagen – neben den Quartieren der Besatzung – auch die Medostation und die Kommandozentrale. Der dünnere Versorgungsbereich beherbergte vor allem Lagerräume. Unten befanden sich die ehemalige Fabriksektion der Station und die Maschinen, also alles, was der Besatzung bei Systemversagen gefährlich werden konnte.

Im Gegensatz zum Schleusenbereich lag der Korridor im Dunklen. Nur eine grünliche Notbeleuchtung brannte. John sah erneut auf seinen Umgebungssensor. Er zeigte akzeptable Messwerte an. »Warten Sie kurz, Langdon. Ich möchte etwas überprüfen.« John schob den Revolver erneut ins Holster, dann machte er sich mit beiden Händen am Kragen seines

Helms zu schaffen. Er löste die Versiegelung und klappte das Visier hoch. Vorsichtig nahm er ein paar Atemzüge.

»Scheint in Ordnung zu sein. Etwas Brandgeruch liegt in der Luft. Aber ansonsten sehe ich keinen Grund, die Helme aufzubehalten.« Er schob das Visier ganz nach oben, wo es an seinem Hinterkopf im hochgezogenen Helmkragen verschwand.

Sein Begleiter tat es ihm gleich. »Ah, gleich viel besser.«

Langsam gingen sie den Korridor hinunter. Dabei bemerkten sie schon nach wenigen Schritten, dass nicht nur im All rund um die Station, sondern auch an Bord ein heftiger Kampf stattgefunden hatte. An den mit Kunststoff verschalten Wänden waren Schmauchspuren zu sehen, teilweise waren auch Löcher hineingeschlagen und -geschmolzen worden.

An zwei Stellen stießen sie auf behelfsmäßige Barrieren aus Tischen, Stühlen und Metallkisten, hinter denen sich die Verteidiger erfolglos vor den vorrückenden Eindringlingen verschanzt hatten. Außerdem verunzierten dunkle Blutflecke Wände, Böden und die Decke – viele rot, ein paar aber auch peko-blau. An einer Stelle zog sich eine so grausige Spur quer durch den Gang, als sei einem Kämpfenden mindestens ein Bein abgeschlagen worden. Die größeren Lachen waren noch feucht. Lange schien der Kampf nicht her zu sein.

In den Quartieren der Mannschaft, der Messe und dem Kommandozentrum herrschte ein Chaos, das auf hektisches, wenn auch nicht sonderlich gründliches Plündern schließen ließ. Spinde waren aufgerissen worden und der Inhalt, zumeist Kleider und ein paar persönliche Gegenstände, lagen davor auf dem Fußboden verteilt. Von vielen Kojen waren Matratze und Bettzeug entfernt worden, als argwöhnten die Peko, dass die Stationsbewohner ihre Schätze im Bettkasten aufbewahrten. Dazu kam einiges an willkürlicher Sachbeschädigung. So hatte jemand alle Monitore in der Kommandozentrale zerschlagen, und in der Kombüse hatte sich ein See gebildet, weil ein Eindringling die Wasserhähne der Spülbecken aufgedreht hatte und danach verschwunden war.

»Sie scheinen vor allem an Waffen und Proviant interessiert gewesen zu sein«, meinte Langdon, als er in den Vorratsraum neben der Kombüse schaute.

»Kaum verwunderlich«, gab John zurück. »Außerdem fehlen wahrscheinlich Werkzeuge, Ersatzteile und Treibstoff.« Er sah sich suchend um. »Ich frage mich, wo die ganzen Toten sind? Wir haben noch keine einzige Leiche entdeckt.«

»Ihre eigenen Leute werden sie mitgenommen haben. Die Grünhäute sind ziemlich spirituell. Es gibt komplizierte Rituale, um sich von den Gefallenen zu verabschieden.«

»Schön und gut. Aber die Stationsbewohner haben sie bestimmt nicht eingepackt. Man sagt Geonoj ja einiges nach, doch dass er ein Kannibale sein soll, habe ich noch nie gehört.«

»Vielleicht haben die Peko sie verschleppt, um sie als Sklaven zu halten.«

John deutete mit dem Daumen über die Schulter auf den Gang. »Da draußen ist so viel Blut, viele können die Peko nicht entführt haben. Und selbst wenn ihnen ein paar der Leute in die Hände gefallen sind – wo ist der Rest?«

Langdon schloss die Tür zum Vorratsraum wieder. »Wissen Sie, wie viele Besatzungsmitglieder an Bord waren?«

»Nicht genau. Zu normalen Zeiten leben hier vielleicht ein Dutzend Leute. Aber wenn sich die Raumkavallerie einquartiert hatte, befanden sich bestimmt mehr auf der Station, als der Feuerzauber losging.«

»Da könnten Sie recht haben. Hm. Wirklich seltsam, dass keine Leichen herumliegen.«

John zuckte mit den Achseln. »Gehen wir weiter.«

Als sie die Kombüse verließen und durch die Messe Richtung Korridor gingen, knackte es in seinem Helmlautsprecher. »John, hier ist Kelly. Wie sieht es aus? Können wir an Bord kommen?«

»Warte noch einen Moment, Kelly«, gab er zurück. »Hier oben scheint zwar niemand zu sein, aber wir werfen noch einen Blick in den Verbindungstunnel zur Fabriksektion. Ich will keine Überraschungen erleben.«

»Verstanden. Beeilt euch bitte.«

Auf dem Weg zum Verbindungstunnel schauten sie noch in ein paar weitere Zimmer und zwei Aufenthaltsräume. Überall war das Bild das Gleiche: Chaos, zum Teil Blutspritzer vom Boden bis zur Decke – aber keine Toten. In der Krankenstation fehlte erstaunlicherweise so gut wie nichts. Die Peko schienen den Arzneimitteln der Menschen nicht zu trauen, womöglich, weil sie nicht wussten, welche davon für sie verträglich waren und welche nicht. Für John und seine Leute war das Glück im Unglück. »Hier werden wir uns ein bisschen bedienen, bevor wir weiterfliegen. Wäre doch schade, wenn das Zeug schlecht wird.«

Langdon enthielt sich jedes Kommentars.

Als sie sich dem großen Lastenaufzug näherten, der sie in die Fabriksektion bringen würde, fiel John auf, dass zahlreiche blutige Schleifspuren in diese Richtung führten, die dann unvermittelt kurz vor dem Aufzugschacht endeten. Der Aufzug hatte eine schwere Drucktür, für den Fall, dass es im Verbindungstunnel zu einem Leck kam.

»Das gefällt mir nicht«, murmelte John, als er die plötzlich endenden Spuren begutachtete. »Es sieht so aus, als hätten die

Peko die Toten hierhergeschleift. Aber warum? Und warum endet die Spur?«

»Vielleicht wurden sie auf einen Lastschweber geladen«, mutmaßte der grauhaarige Frontiersman. »Doch wozu? Was auch immer Geonojs kranker Geist ausgeheckt hat, wir werden es vermutlich herausfinden, wenn wir nach unten fahren.«

»Sie wollen da wirklich runter?« Sie waren vor der Drucktür stehen geblieben und John blickte seinen Begleiter fragend an.

»Eigentlich nicht, aber wir sollten die Durchsuchung der Station beenden. Ich glaube zwar kaum, dass sich noch Peko in dunklen Nischen verbergen, aber es könnte Überlebende geben. Man weiß ja nie. Den armen Schweinen zu helfen ist unsere Pflicht, würde ich sagen.«

»Ich teile Ihren zügellosen Optimismus nicht unbedingt, trotzdem bin ich dabei. Die Grünhäute könnten noch ein paar hübsche Sachen liegen gelassen haben.«

Der ältere Mann musterte John, dann schüttelte er mit leisem Lachen den Kopf. »Sie spielen die Söldnerseele ziemlich gut, mein Freund. Dabei sind Sie gar nicht so unanständig, wie Sie immer tun.« Er schlug auf den Rufknopf, und hinter der Drucktür setzte sich zischend ein pneumatischer Mechanismus in Bewegung, um den Lastenaufzug nach oben zu drücken.

»Tja, Sie mögen recht haben«, gab John zu, und seine Mundwinkel umspielte ein kaum merkliches Lächeln. »Aber ich trage kein Schild um den Hals, um darauf hinzuweisen. Ist nicht gut fürs Geschäft.«

Erneut meldete sich sein Funkgerät. »John?« Es war wieder Kelly. »Bitte sag mir, dass wir reinkommen können. Es wird hier langsam ernst.«

John wechselte einen raschen Blick mit Langdon. Sein Begleiter deutete ein Nicken an. »Na schön, Kelly, kommt an Bord. Die Wohnsektion haben wir kontrolliert. Abgesehen von ziemlich viel Unordnung, kaum Energie und einer gehörigen Menge Blut an der Tapete ist alles in Ordnung. Keine Grünhäute, keine Leichen. Die Krankenstation ist sogar in ziemlich passablem Zustand. Die Peko scheinen sich lieber auf ihre eigenen Medizinmänner zu verlassen.«

»Sehr gut, danke. Wir sehen uns gleich.«

»Äh, negativ. Langdon und ich fahren hinunter in die Fabriksektion. Wir wollen uns versichern, dass auch dort niemand mehr ist.«

»Verstanden. Passt auf euch auf.«

»Machen wir. Ach, Kelly.«

»Ja?«

»Sag Hobie, er soll die Zeit nutzen, um das Schiff wieder halbwegs auf Vordermann zu bringen. Aleandro soll ihm zur Hand gehen. Und falls sie dazu bereit ist, soll auch Janelle Cutter helfen. Die Frau hat mehr auf dem Kasten, als man ihr ansieht. Ich möchte keinen Transit durchführen, ohne sicher zu sein, dass alle notwendigen Systeme funktionieren.«

»Ich richte es ihm aus.«

Mit einem Rumpeln kündigte sich der Aufzug an, und die Tür teilte sich. Mit gehobenen Waffen traten John und sein Begleiter ins Innere. Der Aufzug war kaum mehr als ein Drahtgitterkäfig, der in vier Führungsschienen nach unten fuhr. Dabei unterteilte sich der Verbindungstunnel in sechs Frachträume, die jeweils durch einen massiven Boden voneinander getrennt waren. Diese wiederum konnten durch Irisblenden im Aufzugschacht vollständig abgeschottet werden.

Sie arbeiteten sich Ebene für Ebene abwärts. In den Lagerräumen war kaum Fracht verstaut. Entweder hatte es auf Russell Station schon seit Längerem wenig Ersatzteile, Vorräte und Treibstoff gegeben, oder die Peko hatten sich kräftig eingedeckt, bevor sie weitergezogen waren. Trotzdem stiegen John und Langdon bei jeder Ebene aus und überprüften sie.

»Wissen Sie, ich war früher genau wie Sie«, meinte der grauhaarige Frontiersman auf der vorletzten Ebene.

»Meinen Sie so gutaussehend, so mutig oder so leichtsinnig?«

Langdon lachte erneut. »All das. Vor allem aber meine ich: ein Mann, der sich alle Mühe gab, wie ein harter Hund zu wirken.«

»He, ich bin ein harter Hund«, protestierte John nicht ganz ernsthaft. »Ich treffe mich zwölf Uhr mittags mit Leuten vor der Stadt, um es mit ihnen auszuschießen.«

»Wie viele von ihnen haben Sie getötet?«

John versuchte, sich den Zwischenfall mit Benson auf Briscoll in Erinnerung zu rufen. Es kam ihm vor, als sei er eine Ewigkeit her. »Keine Ahnung. So genau habe ich nicht nachgezählt. Ich habe sie alle in ihre Schranken gewiesen. Das allein zählte für mich.«

»Eben. Und das unterscheidet Sie von einem kaltblütigen Killer. Sie töten nicht zum Spaß. Sie tun einfach, was nötig ist, mit der Waffe ebenso wie mit Leuten in Not.«

»Ja, und wir sehen ja, was wir davon haben. Der Kerl aus der Rettungskapsel hat sich ohne Dank aus dem Staub gemacht, womöglich um weiter seinen mörderischen Gelüsten nachzugehen. Und im anderen Fall lauerten Peko uns auf. Gute Taten werden heutzutage nicht mehr belohnt.«

Langdon lächelte. »Manchmal nicht, manchmal aber doch. Halten Sie auf jeden Fall an Ihren Idealen fest. Sie sind es, die uns Frontiersmen von gemeinen Verbrechern unterscheiden.«

»Ha, ich wünschte, das Unionsmilitär sähe das auch so.«

»Die Union hat hier draußen am Rand nichts zu melden.«

»Das sieht die aber anders.«

»Sollen sie. Aber die Politiker der Kernwelten werden noch früh genug bemerken, dass sich die Randplaneten nicht alles bieten lassen. Schon gar keine ständige Bevormundung.«

Argwöhnisch kniff John die Augen zusammen. »Wie meinen Sie das?«

»Ich habe ein paar Dinge läuten hören«, meinte Langdon arglos. »Es gibt aufstrebende junge Landbesitzer und unabhängige Industrielle, die sich zusammenschließen wollen, um den Griff, mit dem die Union die Randwelten am Kragen hält, zu sprengen.«

»Sie meinen eine Rebellion?«

»Ich meine Unabhängigkeit.«

Überrascht sah John den grauhaarigen Frontiersman an. »Mister Langdon, Sie erstaunen mich. Ich dachte, Sie wären auf dem Weg zu einem gemütlichen Lebensabend auf einer Farm. Was interessiert Sie da noch die Politik?«

»Eigentlich nicht viel, da haben Sie recht. Ich erwähne das alles auch gar nicht wegen mir, sondern wegen Ihnen.«

»Mir?«

»Es wird der Tag kommen, da werden diese Leute gute Männer brauchen. Männer, die tun, was nötig ist, ohne Freude an der Gewalt und am Tod zu haben. Männer mit einer rauen Schale, aber einem guten Herzen. Männer wie Sie.«

»Langsam, langsam.« Abwehrend hob John die Hände. »Ich bin voll und ganz damit beschäftigt, mein eigenes Leben und das meiner Besatzung auf die Reihe zu kriegen. Mir sitzt ein Verbrecherboss im Nacken, dem ich viel Geld schulde, und vor uns auf dem Weg lauert ein irrer Peko-Konya, der uns mit Freuden alle abschlachten würde. Also, ein Krieg nach dem anderen, wenn's recht ist.«

»Natürlich, Captain Donovan«, gab Langdon nickend zurück. »Ich will Sie auch zu gar nichts drängen. Ich wollte Ihnen nur sagen, dass uns interessante Zeiten bevorstehen – damit Sie sich überlegen können, welche Rolle Sie darin spielen wollen.«

John winkte ab und ging wieder in Richtung Aufzug. »Ich bin mit meiner Rolle als Captain der *Mary-Jane* augenblicklich sehr zufrieden, danke.«

»Das kann ich verstehen«, antwortete Langdon, als er sich ihm anschloss. »Sie haben ein schönes Schiff und eine gute Besatzung. Beinahe könnte man neidisch werden. Es waren gute Zeiten, so durchs All zu ziehen.«

»Warum lassen Sie sich dann auf einer Farm nieder, wenn Ihr Herz noch immer für die Sterne schlägt?«

»Weil es an der Zeit ist. Die meisten meiner Mitstreiter haben sich aus dem Geschäft zurückgezogen. Ein paar sind tot, ein paar ihrer Wege gegangen. Und es ist schließlich nicht so, als würde ich mich nicht auf grüne Wiesen und einen weiten Horizont freuen, an dem ich die Sonne auf- und wieder untergehen sehen kann.«

Sie traten in den Aufzug, und John drückte den Knopf zur nächsten Ebene. »Also eins ist klar: Mir ist eine Sonne nicht genug.«

Langdon schmunzelte. »Und das ist gut so.«

Schließlich versank der Aufzug im Schachtende, das zur Fabriksektion gehörte. Hier befanden sich die großen Schleusen, an die Schiffe andocken konnten, die Fracht zu löschen oder an Bord zu nehmen hatten. Das waren früher vor allem die Erztransporter von der Planetenoberfläche gewesen. In den letzten Jahren war diese Sektion, wie John wusste, kaum genutzt worden und praktisch verwaist.

Mit dem Ächzen schlecht gewarteter Bauteile glitt das Druckschott auf. Langdon hob sein Gewehr. Plötzlich war jede Leichtigkeit und jeder Hang zur Plauderei von ihm abgefallen, und er war der konzentrierte Profi, als der er sein Leben lang sein Geld verdient hatte.

In der Halle, die sich vor ihnen eröffnete, war es stockfinster. Nur das Leuchtpaneel des Aufzugs bildete eine kleine Lichtinsel direkt vor ihnen. Einzelne Container standen einsam auf dem matten Metallboden. In der Ferne war die große Frachtschleuse zu erahnen. An der Decke verliefen die Schienen eines Kransystems und einige Laufstege, die aber in der Dunkelheit praktisch nicht zu erkennen waren.

»Stumm und dunkel wie ein Grab«, brummte Langdon leise, als sie aus der Öffnung des Lastenaufzugs hinausspähten.

»Erzählen Sie nichts von Gräbern«, murmelte John. »Da läuft es mir kalt den Rücken runter.« Er straffte sich. »Na schön, jetzt werden wir wohl ein gewisses Risiko eingehen müssen. Ohne Licht finden wir hier gar nichts. Das heißt, wir werden unsere Helmlampen einschalten müssen. Wenn hinter einer der Kisten ein schießwütiger Peko hockt, werden wir fantastische Ziele abgeben.«

»Peko sind nicht so subtil«, entgegnete Langdon. »Wenn in der Halle Peko säßen, hätten sie bereits angefangen zu schießen, als sich die Aufzugtür öffnete.«

»Was war mit den Peko, die uns hinter dem Wrack des Fabrikschiffes aufgelauert haben?«

»Die haben auch zu früh losgeschossen, um den Überraschungseffekt sinnvoll für sich zu nutzen, oder nicht?«

»Auch wieder wahr.« John schaltete seine Helmlampe ein.

Trotzdem duckte er sich instinktiv und hielt den Revolver schussbereit, um nötigenfalls sofort zurückfeuern zu können.

Nichts passierte.

»Sehen Sie?« Langdon warf ihm einen vielsagenden Blick zu. »Hier ist niemand.« Er trat aus dem Aufzug.

John folgte ihm und legte dabei den Kopf in den Nacken, um auch die Laufstege mit dem Lichtkegel seiner Helmlampen zu erfassen. Er blieb wie angewurzelt stehen, und seine Eingeweide verkrampften sich. »Oh verdammt!«

»Was ist?« Langdon drehte sich zu ihm um, dann folgte er Johns Blick. »Gott im Himmel.«

»Wie es aussieht, hatten Sie Unrecht«, bemerkte John, während er mit einer Mischung aus Entsetzen und Faszination zu den gut zwei Dutzend Körpern hinaufstarrte, die an den Beinen gefesselt und mit klaffend leeren Augenhöhlen kopfüber vom Laufsteg in der Mitte der Halle hingen.

– 17 –

»Warum machen die so etwas?«, fragte John angewidert, während er, nach wie vor in seinen Raumanzug gekleidet, gemeinsam mit Frank Langdon die toten Besatzungsmitglieder der Russell Station vom Laufsteg hinunter zum Hallenboden abließ. Unten stand ein grimmig dreinschauender Jason Cutter und bedeckte die Leichen mit Plastikplanen, die sie in einem der Container gefunden hatten. »Das mit den Augen, meine ich«, fuhr John fort. »Warum zum Teufel haben Geonojs Leute sie ihnen entfernt?« Er hatte schon mit Opfern von Peko-Überfällen zu tun gehabt, auch mit verstümmelten, aber so etwas war ihm noch nie begegnet.

»Es ist ein alter Peko-Aberglaube, wenn ich mich nicht irre«, gab der grauhaarige Frontiersman zurück. »Die Augen sind das Tor zur Seele. Und auch der Ausgang, durch den sie nach dem Tod ins Jenseits entschwindet. Wenn man den Toten ihre Augen nimmt, ist die Seele an den verstorbenen Körper gebunden und findet niemals Frieden. Geonoj wollte diese Station in ein Geisterhaus verwandeln.« Unbehaglich ließ Langdon seinen Blick über die Leiber unter den schwarzen Plastikplanen am Hallenboden schweifen.

Sie hatten mittlerweile einen Notgenerator der Station zum Laufen gebracht, sodass zumindest schwache Helligkeit um sie herum herrschte und sie nicht länger auf ihre Helmlampen angewiesen waren. Darüber hinaus hatten sie auch den übrigen Teil der Fabriksektion durchsucht und sich vergewissert, dass nirgendwo weitere böse Überraschungen auf sie warteten. Johns Bedarf an Überraschungen war nach diesem Fund mehr als gedeckt.

»Ein Geisterhaus?«, wiederholte er. »Sie glauben den Quatsch doch nicht, oder?«

Langdon schüttelte den Kopf. »Kein bisschen. Aber der Anblick dieser Toten lässt keinen Mann kalt, so viel ist klar.«

»Das können Sie laut sagen.«

Als ihre unerfreuliche Arbeit getan war, kletterten John und Langdon zurück zu Cutter auf den Hallenboden. Unschlüssig standen sie vor den dreiundzwanzig Toten. »Was machen wir jetzt mit ihnen?«, fragte Jason Cutter. »Lassen wir sie einfach hier liegen und verrotten?« Er rümpfte die Nase. Die Kälte in der Lagerhalle hatte die Toten halbwegs gut konserviert, aber trotzdem rochen sie bereits leicht.

»Das würde in einer ziemlichen Sauerei enden«, meinte John. »Ich möchte nicht der Mann sein, der als erster hier unten aufkreuzt, wenn die nächste Stationsbesatzung eintrifft.« Er schüttelte den Kopf. »Wir müssen die armen Schweine irgendwie bestatten. Und wenn es in einem luftdichten Container ist.«

Langdon deutete auf die Frachtschleuse. »Das Beste wäre wahrscheinlich, ihnen eine Raumbestattung zu geben.«

»Nicht sehr elegant, sie aus der Luftschleuse zu pusten. Aber ich gestehe, dass mir auch keine bessere Lösung einfällt. Wir wollen auf Russell Station schließlich nicht alt werden. Ohnehin sind wir schon viel zu lange hier.« John musste an die Uhr von Darius Martell denken. Das letzte Mal, als er daraufgeschaut hatte – kurz vor ihrem Eintreffen auf Russell Station –, hatte der Countdown hundertzwanzig Stunden angezeigt. Das mochte nach viel klingen, aber es waren bereits achtzig Stunden verstrichen, und sie befanden sich noch zwei Transits von Heaven's Gate entfernt.

»Dann schlage ich vor, wir machen weiter wie bisher«, sagte Langdon. »Sie, Cutter, wickeln die Toten in diese Planen ein. Captain Donovan und ich schaffen sie in die Schleuse.«

Jason Cutter seufzte. »Ich kann mir nichts Schöneres vorstellen.« John war genau seiner Meinung.

Es dauerte etwa eine weitere Stunde, bis sie alle Toten verpackt und sorgsam nebeneinander in der Schleuse platziert hatten, von wo aus sie die Glücklosen ins All befördern würden. Die ganze Zeit erwartete John, Nachricht von Hobie oder Kelly zu bekommen, dass die *Mary-Jane* fertig repariert war oder Mrs. Pennington ihr Kind zur Welt gebracht hatte. Doch das Funkgerät schwieg.

»So, das hätten wir«, stellte John erleichtert fest, nachdem sie den letzten Mann in der Kammer abgelegt hatten. »Soll ich einfach zumachen, oder will noch jemand ein paar Worte sagen?« Er legte eine behandschuhte Rechte auf die Kontrolltafel neben der Luke und blickte in die Runde.

»Ich finde, es gehört sich«, meinte Langdon.

John machte eine einladende Geste. »Bitte, dann sagen Sie ein paar Worte, Mister Langdon. Ich überlasse Ihnen gerne den Vortritt. Ich bin kein großer Redenschwinger.«

Langdon sah zu Cutter hinüber, der nickte. Unsicher räusperte sich der grauhaarige Frontiersman. »Tja, das habe ich jetzt davon«, brummte er, an die Toten gerichtet. »Ich kannte keinen von Ihnen. Keine Ahnung, ob Sie gute Menschen waren oder nicht. Ich schätze mal, Sie waren es. Immerhin haben Sie in dieser gottverlassenen Einsamkeit diese Station für müde Reisende wie uns betrieben. Oder haben sich als Soldaten für die Sicherheit der Raumrouten eingesetzt. Nun ja, wie dem auch sei: Niemand verdient es, so zu sterben, wie Sie sterben mussten, grausam von den Peko abgeschlachtet. Mögen Ihre Seelen trotzdem Frieden auf der anderen Seite finden. Vielleicht hilft es Ihnen, wenn ich Ihnen eins verspreche ...« Seine Miene verhärtete sich, und John glaubte, in diesem Moment einen kurzen Blick auf den Mann zu erhaschen, der Langdon einst gewesen war. »Wenn sich mir je die Gelegenheit bietet, verpasse ich Geonoj eine Kugel für das, was er Ihnen angetan hat.«

»Amen«, knurrte John. Cutter sagte nichts.

Mit einem beherzten Hieb aktivierte John den Schließmechanismus für die Innenluke der Schleuse. Unter dem dunklen Brummen der Servomotoren glitt sie zu und kam dumpf dröhnend auf dem Metallboden auf. Es klang, als schlüge ein riesiger Sargdeckel zu.

Durch ein kleines Fenster warf John einen Blick in die Schleuse. »Gute Reise«, murmelte er. Dann gab er den Befehl zum Notöffnen der Außenluke. Ein Warnsignal erklang, das ihn darauf hinwies, dass die Schleuse noch unter Druck stand, aber er ignorierte es.

Ein kurzer, heftiger Wind kam auf, als die Luke zum All aufging. Er erfasste die mumienartig eingewickelten Leiber und zerrte sie mit sich. Sich überschlagend und in einer ausbreitenden Wolke trieben die in Plastik gewickelten Körper hinaus in die endlose, von winzigen Lichtinseln übersäte Schwärze.

Einen Moment lang sahen die drei Männer den Toten nach. Dann schloss John die Schleusenluke wieder. »Wir sind hier fertig«, entschied er und wandte sich zum Gehen.

»Wollen Sie nicht noch nachschauen, was in diesen Containern ist?«, fragte Cutter.

»Später vielleicht«, erwiderte John. Er sagte es nicht laut, aber nach der letzten Stunde hatte er das dringende Bedürfnis, in die Gesellschaft der Lebenden zurückzukehren.

Aus der benachbarten Krankenstation drang gelegentlich ein gepresst klingender Aufschrei. Ansonsten war es ungewöhnlich ruhig in dem kleinen Aufenthaltsraum, in dem sich John, Frank Langdon und de Vries eingefunden hatten. Peabody ging weiterhin Kelly zur Hand. Hobie und Aleandro kalibrierten die reparierte vierte Antriebsdüse im Maschinenraum der *Mary-Jane Wellington*, und die Geschwister Cutter hatten sich auf ihr Quartier zurückgezogen. So waren es nur die drei Männer – John und Langdon wieder in Zivil –, die in dem angenehm blutfreien Raum um einen Tisch herumsaßen und Kaffee aus einem Automaten tranken, mit dem die Peko-Plünderer anscheinend nichts hatten anfangen können.

»Was für eine furchtbare Sache«, brummte de Vries schließlich.

»Das mit den Toten unten in der Fabriksektion?«, fragte John.

»Nein, diese Entbindung.« Der stämmige Mann, von dem John nach wie vor nicht wusste, was er eigentlich beruflich machte oder warum er so eilig Briscoll hatte verlassen müssen, deutete mit dem Daumen über die Schulter. »Das dauert jetzt schon wie lange? Drei Stunden? Vier? Das hält doch kein Mensch aus. Allein vom Zuhören wird mir ganz anders. Es klingt, als würden Peko sie foltern.«

»Sie haben noch nicht viele Geburten miterlebt, nicht wahr?«, warf Langdon milde lächelnd ein.

»Nein. Meine Frau und ich …« De Vries stockte und machte ein Gesicht, als habe er zu viel gesagt. »Nun ja«, fügte er mürrisch hinzu, »unsere Ehe blieb kinderlos. Und auch sonst hatte ich kaum Gelegenheit, einer Frau beim Gebären zuzuschauen. Oder einem Pferd oder einer Kuh oder was immer bei Ihnen auf dem Land so Nachkommen wirft. Haben Sie denn viel Erfahrung mit so etwas?«

»Einmal war ich bei einer Geburt dabei – sozusagen.« Langdon nickte. »Es war auf der Farm meines Vetters. Seine Frau war hochschwanger. Sie hatten Probleme mit einem örtlichen Rinderbaron, und ich war zu Besuch, um die Sache für sie zu regeln.« Versonnen blickte der grauhaarige Frontiersman ins Leere.

»Es war im Morgengrauen. In der Nacht hatte Flora noch ruhig geschlafen. Auf einmal tauchten die Schläger des Rinderbarons auf. Es war eine große Bande, die auf Pferden und mit einem Schweber anrückte. Offenbar wollten sie dem Streit ein gewaltsames Ende setzen. Also gingen mein Vetter, seine Männer und ich vor die Tür und empfingen sie gebührend. Es gab eine üble Schießerei, kaum einer kam ungeschoren davon. Zwei Männer auf unserer Seite starben. Aber den Verbrechern zahlten wir es doppelt und dreifach heim, bevor wir sie schließlich vertreiben konnten.«

Langdon richtete den Blick auf de Vries. »Und dann war da dieser Moment: Abgekämpft und blutend standen wir mit unseren leer geschossenen Gewehren zwischen den umgestürzten Wagen und kaputten Zäunen der Farm meines Vetters. Da hörten wir plötzlich ein Schreien. Es war ein ganz leises Schreien, das Geräusch eines Babys. Auf einmal trat Floras Freundin auf die Veranda, die ihr als Hebamme zur Seite gestanden hatte. Im Arm hielt sie ein Bündel. Sie strahlte übers ganze Gesicht. Sie ging auf meinen Vetter zu und hielt ihm das Bündel entgegen. Und eingewickelt in das Laken lag da dieses kleine Ding, dieser Junge, rot und schrumpelig, mit geschlossenen Augen und einem Mund, der auf und zu ging wie der eines Fisches auf dem Trockenen.« Ein Lächeln hellte die faltigen Züge Langdons auf. »Es kam uns wie ein Wunder vor. Während wir uns vor der Tür gegenseitig umgebracht hatten, war von Flora drinnen ein neues Leben in die Welt gesetzt worden.«

»Herzerweichend«, knurrte de Vries. »Ich wünschte mir nur, *dieses* neue Leben würde mal langsam zum Vorschein kommen. Dann können wir endlich weiterfliegen.«

Als wäre dies das Stichwort gewesen, vernahmen sie unvermittelt ein leises Schreien aus der Krankenstation.

Langdon hob seine Kaffeetasse und prostete de Vries zu. »Da haben Sie es.«

Ein paar Minuten später trat Peabody in den Raum. Er hielt ein kleines, quäkendes Etwas auf dem Arm und strahlte, als sei er selbst soeben Vater geworden. »Liebe Freunde, darf ich Ihnen die kleine Elisabeth vorstellen?«

John, Langdon und de Vries erhoben sich und gesellten sich zu dem selig lächelnden Handelsreisenden. Das Baby sah genauso aus wie das aus Langdons Geschichte. Der kleine Kopf war hochrot, die Augen geschlossen, der winzige Mund schnitt wilde Grimassen. Feiner heller Haarflaum stand in alle Himmelsrichtungen ab.

»Da sieh mal einer an.« Der grauhaarige Frontiersman schmunzelte. »Was für ein Wonneproppen. Na, kleine Dame.« Er strich dem Neugeborenen mit dem Finger über die rosige Wange und erntete ein leises Greinen.

Als John das Kind sah, spürte er, wie sich eine zusätzliche Last auf seine Schultern legte. Mit erwachsenen Passagieren von den Peko erwischt zu werden war schlimm genug. Doch er wollte sich gar nicht vorstellen, was es für ein Baby bedeutete, wenn es Geonoj und seinem Stamm in die Hände fiel. »Du hast dir keinen wirklich guten Tag zum Geborenwerden ausgesucht«, murmelte er.

»Sagen Sie doch nicht so etwas, Captain Donovan«, versetzte Peabody sanft. Der schmächtige Mann schien in seiner Rolle als Beschützer der kleinen Elisabeth voll aufzugehen.

»Ich meine ja nur, dass nach wie vor eine Horde Peko da

draußen herumfliegt. Und wenn sie nicht mehr im Brycefield-System ist, kann sie eigentlich nur nach Blue Junction oder Iverson verschwunden sein. Unsere Chancen stehen also fünfzig-fünfzig.«

Er sah, wie de Vries sich neben ihm unwillkürlich versteifte, und auch Peabody blickte erschrocken drein, als ihm aufging, dass John womöglich recht hatte und die Peko eine ganz ähnliche Reiseroute hatten wie sie.

»Na ja«, schränkte John rasch ein, »genau genommen stehen die Chancen fünfzig-fünfzig, dass wir uns im gleichen *System* wie sie aufhalten. Dass wir ihnen tatsächlich begegnen, ist durchaus unwahrscheinlicher.«

»*Hier* sind wir ihnen begegnet«, gab de Vries zu bedenken.

»Das war ein unglücklicher Zufall. Wird nicht wieder vorkommen. Und jetzt entschuldigen Sie mich. Ich muss mit Kelly sprechen.«

»Tun Sie das. Ich verschwinde schon mal zum Schiff. Kleine Kinder machen mich unruhig.« De Vries warf dem Neugeborenen in Peabodys Armen einen ablehnenden Blick zu.

»Ganz wie Sie wollen. Und Sie beide?« John sah den Whiskeyhändler und den alten Frontiersman fragend an.

»Wir stoßen in ein paar Minuten zu Ihnen, Captain«, erwiderte Langdon. »Aber wir wollen die arme Mrs. Pennington ja nicht alle gleichzeitig überfallen.«

»Gut.« John verließ den Raum, und de Vries folgte ihm. Während der stämmige Mann mit dem stets mürrischen Gebaren sich nach rechts wandte, um den Korridor hinunter zu verschwinden, ging John nach links zu der benachbarten Krankenstation. Die Tür, die ein großes Fenster aufwies, auf dem ein eingerahmtes weißes Kreuz prangte, war nur angelehnt, und im Inneren war geschäftiges Klappern zu hören.

Er klopfte an. »Hier ist John. Darf ich reinkommen?«

Es dauerte einen kurzen Moment, dann vernahm er Kellys Stimme. »Ja, komm rein.«

Er schob die Tür auf und trat über die Schwelle. Zur Rechten lag Mrs. Pennington in einem der an der Wand aufgereihten Diagnosebetten. Der Kopfbereich war hochgeklappt worden, sodass sie halbwegs aufrecht sitzen konnte. Sie trug nur ein weißes Hemd, das womöglich ihr Nachthemd war, hatte aber die Decke bis zur Brust hochgezogen. Ihr Haar wirkte zerzaust, und auf ihrer Miene zeichnete sich tiefe Erschöpfung ab, dennoch lächelte sie.

»Meinen Glückwunsch, Mrs. Pennington«, sagte John. »Sie haben ein Prachtmädchen zur Welt gebracht.«

»Danke, Captain Donovan«, erwiderte sie. »Ich hoffe, Mister Peabody übertreibt es nicht mit ihr. Er wollte sie unbedingt den anderen zeigen, und nachdem er mir in den letzten Stunden so treu zur Seite gestanden hat, wollte ich ihm den Wunsch nicht verwehren.«

»Keine Sorge, er hütet Klein-Elisabeth wie seinen Augapfel. Und die Männer liegen ihr zu Füßen.« Er wandte sich Kelly zu, die damit beschäftigt war, die Krankenstation aufzuräumen. »Kann ich dich kurz sprechen – unter vier Augen?«

»Natürlich, John.« Sie warf die schmutzigen Hygienetücher, die sie eben aufgesammelt hatte, in den Verwerter, dann desinfizierte sie sich an einem Spender die Hände und trat, sich die Finger reibend, auf John zu. Der drehte sich um und führte sie auf den Korridor.

»Wie bald können wir Mrs. Pennington zurück aufs Schiff bringen?«, fragte er leise, als sie im schwach erleuchteten Gang standen.

»Gib ihr noch eine halbe Stunde«, meinte Kelly. »Sie hat ganz schön kämpfen müssen, um das Kind zur Welt zu bringen. Ich würde sie gerne noch ein paar Minuten ans Überwachungsgerät der Liege angeschlossen lassen.«

»Na gut, aber beeilt euch. Wir ...«

Im Gang fiel das Licht aus.

»He, was ist denn jetzt los?«, entfuhr es John. Auch aus der Krankenstation und der benachbarten Messe waren halb überraschte, halb verängstigte Ausrufe zu hören.

Zwei Sekunden später glommen die schwachen Lichtpaneele der Notbeleuchtung auf. Während Kelly zurück in die Krankenstation eilte, griff John an seinen Gürtel, zog das Kommunikationsgerät hervor und rief Hobie.

»Was gibt es, John?«, meldete sich sein Mechaniker nach einer kurzen Pause.

»Hier in der Wohnsektion der Station ist der Strom weg. Habt ihr irgendetwas davon mitbekommen?«

»Äh, nein, ehrlich gesagt nicht. Vielleicht ist der Generator wieder ausgefallen, den du vorhin in Gang gesetzt hast. Er könnte beim Angriff der Peko beschädigt worden sein. Wenn beispielsweise die Kühlleitung kaputt ist, könnte er sich überhitzt haben und die Notabschaltung ausgelöst haben.«

»Unmöglich, ich habe mir den Generator genau angesehen, bevor ich ihn aktiviert habe. Ich wollte mich doch nicht selbst in die Luft jagen.«

»Ich habe nur eine Theorie geäußert. Es könnte auch ein Dutzend andere Gründe dafür geben, dass euch das Licht ausgegangen ist. Wie ich hörte, waren weder die Peko noch die Verteidiger von Russell Station zimperlich in der Wahl ihrer Waffen. Es reicht, eine Hauptleitung angesengt zu haben, und schon passieren die unangenehmsten Dinge. Wie ist denn die Lage? Hat Mrs. Pennington ihr Kind bekommen?«

»Vor ein paar Minuten.«

»Dann schlage ich vor, dass ihr euch keine großen Gedanken darüber macht, sondern eure Sachen packt und wieder zur *Mary-Jane* kommt. Wir sind mit den Reparaturen so gut wie fertig. Den Rest kann ich auf dem Weg zum Transitpunkt in Ordnung bringen.«

»Ja, das wird das Beste sein«, pflichtete John ihm bei. »Danke, Hobie. Wir sehen uns gleich.«

»Ist alles in Ordnung?«, fragte jemand hinter John.

Als er sich umdrehte, sah er Langdon und Peabody in der Tür zum Aufenthaltsraum stehen. Langdon hielt ein Sturmfeuerzeug in die Luft, das für ein wenig Licht sorgte.

»Ja, es ist vermutlich nur ein blödes Systemversagen, das noch auf den vergangenen Kampf zurückgeht«, beruhigte John ihn. »Peabody, geben Sie Mrs. Pennington ihr Kind zurück, und danach verschwinden wir von hier.«

»Wollten Sie nicht noch in der Frachtsektion die Container überprüfen?«, wandte Langdon ein.

John winkte ab. »Nicht so wichtig. Wenn ich will, kann ich mit der *Mary-Jane* auf dem Rückflug von Heaven's Gate hier noch mal andocken. So bald wird sich am Zustand der Station nichts ändern, solange niemand einen Notruf absetzt. Dass die Raumkavallerie dazu kam, bezweifle ich. Sonst wäre schon längst Unionsmilitär von Blue Junction im System aufgekreuzt.« Dass er in Wahrheit aus irgendeinem Grund ein ganz mieses Gefühl in der Magengrube hatte und nicht das geringste Bedürfnis verspürte, sich einmal mehr im Dunkeln in die untere Sektion zu begeben, sagte er nicht.

Sie warteten, bis Kelly Mrs. Pennington beim Anziehen geholfen hatte. John behielt seine Hand nah an der Waffe und lauschte nach verdächtigen Geräuschen. Er glaubte nicht, dass Langdon und er bei ihrer ersten Überprüfung irgendwelche versteckten Peko übersehen hatten. Allerdings hielt er es nicht für ganz ausgeschlossen, dass sich noch welche auf der Oberfläche des Planeten unterhalb von Russell Station befunden hatten, als die *Mary-Jane Wellington* eingetroffen war. Und nun waren sie womöglich zurückgekehrt, um nachzuschauen, ob sie ein paar weitere Opfer vorfanden, denen sie die Augen ausstechen konnten, um sie danach kopfüber von Laufstegen zu hängen.

»Wir sind fertig«, sagte Kelly, eine Kiste im Arm, aus deren nur lose aufgesetztem Deckel Dosen und Schachteln mit Medikamenten schauten. »Ich habe mir eine Reiseapotheke eingepackt«, erklärte sie, als sie Johns Blick bemerkte. »Kann nie schaden.«

»Gut mitgedacht. Aber jetzt los.«

Sie folgten dem Korridor, der sie beinahe um die halbe Wohnsektion führte, bevor sie die Schleuse erreichten. Diese stand sperrangelweit offen, genau wie die zur *Mary-Jane*. Nachdem die Station von John und Langdon gesichert worden war, hatten sie aus Bequemlichkeit die Luken verkeilt, damit nicht jeder, der zwischen Schiff und Station hin und her wechseln wollte, vier Türen öffnen musste. Bloß die Innenluke zum Schiff hatten sie zugelassen, damit die kalte Stationsluft nicht nach drinnen kam.

Sie hatten die Schiffsschleuse beinahe erreicht, als Johns Komm-Gerät zirpte. Er hob es an die Lippen. »Was gibt's?«

»John, du musst sofort kommen«, drang Hobies besorgte Stimme aus dem kleinen Lautsprecher. »Wir haben ein Problem.«

»Wir sind fast bei euch«, erwiderte John, der an der Spitze ihrer Gruppe die Schleuse betrat und sich umgehend zur Kontrolltafel der Innenluke begab. »Was ist denn los?«

»Komm in den Backbordfrachtraum, dann siehst du es.«

»In Ordnung. Bis gleich.«

Sie gingen an Bord, und Kelly verriegelte hinter ihnen die beiden Schleusenluken. »Ich bringe Mrs. Pennington auf ihr Zimmer.«

»Ist gut«, antwortete John. »Wenn du Aleandro siehst, sag ihm, er soll ins Cockpit gehen und alles für den Abflug vorbereiten. Wir verschwinden so schnell es geht.« Vielleicht waren es Langdons Geschichten über Seelen, die in toten Körpern eingesperrt waren, aber John wollte nur noch von hier weg.

Während sich Peabody und Langdon in die Messe begaben, marschierte John den Gang hinunter zum Frachtraum. Dort fand er zu seiner Überraschung nicht nur Hobie vor, sondern auch die Cutter-Geschwister. Sie alle standen um die Kryo-Einheit versammelt, in der Jasons und Janelles Vater lag.

Oder gelegen hatte. Denn John sah sofort, dass der Deckel der weißen Kiste offen stand. Und er musste sich nur zwei weitere Schritte nähern, um zu erkennen, dass niemand mehr in der Kryo-Einheit lag.

»Was zum Teufel ist denn jetzt wieder los?«, entfuhr es ihm. »Wo ist Ihr Vater abgeblieben?«

Unbehaglich schob Hobie seine Mütze in den Nacken und kratzte sich am Kopf. »Es sieht so aus, als hätte die Stromversorgung der Kryo-Einheit was abbekommen, während uns die Glauron-Atmosphäre durchgeschüttelt hat.«

»Und das heißt?«

»Sie ist ausgefallen, und der Mann darin muss aufgewacht sein.«

»Schön und gut, aber das erklärt nicht, wo Old Man Cutter abgeblieben ist.« John blickte die Geschwister an. »Sagten Sie nicht, er wäre todkrank? Er wird sich ja wohl kaum auf einen Spaziergang gemacht haben, nachdem er aufgewacht ist, oder?«

»Was den Mann angeht, der in dieser Kryo-Einheit lag ...« Jason Cutter hüstelte. »Es könnte sein, dass wir nicht ganz ehrlich zu Ihnen waren, was seine Identität angeht.«

– 18 –

»Was soll das heißen?«, fragte John und sah Jason und Janelle Cutter alarmiert an. »Der Kerl in der Kryo-Einheit war nicht Ihr Vater? Wer war er dann?«

Janelle Cutter nickte in Richtung Tür. »Es wäre uns sehr angenehm, wenn wir das folgende Gespräch führen könnten, ohne dass die übrigen Passagiere davon erfahren. Wir wollen Sie nicht beunruhigen. Könnten Sie also bitte die Luke schließen?«

»Nein, zum Teufel, das kann ich nicht. Was ist hier los?«

»Jason?«

Ihr Bruder schlug einen auffallenden Bogen um John, als er zur Luke des Frachtraums ging und sie zuschob. Da er an Ort und Stelle stehen blieb, machte John zwei Schritte zur Seite, um beide Geschwister weiter im Blick zu behalten. Etwas an ihrem Verhalten gefiel ihm ganz und gar nicht. Janelle Cutter benahm sich nicht wie eine Versicherungsangestellte, und John ging jede Wette ein, dass auch ihr Bruder sich im Augenblick nicht so verhielt, wie man es von einem typischen Vertreter dieses Berufsstandes erwartete – was auch immer er behauptete, beruflich zu machen.

»Also«, knurrte er, »ich höre.«

Janelle Cutter, die von den beiden die Wortführerin zu sein schien, lehnte sich an die offene, noch immer leicht dampfende Kryo-Einheit und verschränkte die Arme. »Captain Donovan, ich kann mir vorstellen, dass Ihnen das, was ich Ihnen jetzt sagen werde, nicht gefallen wird. Ich möchte

Ihnen versichern, dass uns die Situation genauso unangenehm ist. Hätten wir eine andere Möglichkeit gesehen, rechtzeitig nach Heaven's Gate zu gelangen, hätten wir sie genutzt. Leider waren wir aus Zeitgründen und den bekannten Reisebeschränkungen darauf angewiesen, bei Ihnen als Passagiere an Bord zu gehen.«

»Haben Sie mir nicht vor Kurzem erst erzählt, dass Sie ungern viele Worte machen?«, knurrte John. »Dafür reden Sie verdammt lang um den heißen Brei herum. Das macht mich nur noch unleidiger.«

Cutter nickte. »Dann will ich ganz offen zu Ihnen sein: Mein Bruder und ich arbeiten als Kopfgeldjäger. Der Mann in der Kryo-Einheit war nicht unser Vater, sondern ein gewisser Harold Piccoli, ein Schwerverbrecher, den wir auf Briscoll nach längerer Jagd gestellt haben und dem auf Heaven's Gate der Prozess gemacht werden soll. Eigenwillige Rechtsklauseln dieses Planeten machen es nötig, dass er noch in dieser Woche, also binnen vier planetaren Tagen, vor Ort eintrifft. Ansonsten kann er für seine Untaten nicht mehr belangt werden.«

»Wir haben ihn extra in Kälteschlaf versetzt, weil er ein Mann ist, der kaum unter Kontrolle zu halten ist«, mischte sich Jason Cutter ein. »Er hat bereits einen Space Marshall und einen anderen Kopfgeldjäger auf dem Gewissen, die nach ihm fahndeten. Harold Piccolis Geist schwankt zwischen Genie und Wahnsinn, außerdem ist er absolut skrupellos, Captain, ein hochgefährlicher Killer. Und wie es aussieht, läuft er nun frei im Schiff oder auf Russell Station herum.«

Unvermittelt dachte John an den eigentümlichen Stromausfall, der die Wohnsektion der Station betroffen hatte. Mit einem Mal fiel ihm ein weiterer sehr guter Grund für das plötzliche Systemversagen ein: Die Dunkelheit war der Freund jedes Mannes, der sich heimlich absetzen wollte.

»Na großartig«, murmelte er. »Einfach großartig.« John merkte, wie rechtschaffener Zorn in ihm aufwallte, und eigentlich verspürte er nicht die geringste Lust, ihn im Zaum zu halten. Er ballte die Hände zu Fäusten und trat einen Schritt auf Janelle Cutter zu, die sich daraufhin von der Kryo-Einheit abstieß, um sich Bewegungsfreiheit zu verschaffen, sollte er auf die Idee kommen, handgreiflich zu werden.

»Captain Donovan, tun Sie nichts Unüberlegtes«, warnte ihr Bruder ihn von der Luke aus, als hege er ähnliche Befürchtungen.

»Käme mir nie in den Sinn«, erwiderte John mit einem finsteren Blick über die Schulter. »Anders als Ihnen offensichtlich.« Er richtete seine Aufmerksamkeit wieder auf Janelle Cutter, und seine Stimme hob sich, als er seiner Wut mit Worten Luft machte. »Was haben Sie sich dabei gedacht, ausgerechnet mit der *Mary-Jane* zu fliegen, hm? Mal ganz abgesehen davon, dass ich auf Ihresgleichen nicht sonderlich gut zu sprechen bin, ist das hier ein verdammt gefährlicher Flug, solange Geonoj und seine Leute draußen im All lauern. Aber als wäre es noch nicht schlimm genug, Feinde vor der Schleusenluke zu haben, schaffen Sie mir obendrein einen Schwerverbrecher direkt in mein Wohnzimmer. Tiefgekühlt oder nicht, Sie hätten sich des Risikos bewusst sein müssen!«

»Das waren wir, Captain Donovan«, sagte Jason Cutter, der sich wieder zu ihnen gesellte. »Und wir haben das Risiko als akzeptabel eingestuft. Solange die Kryo-Einheit intakt war, stellte Piccoli kein Problem dar. Und dass dieses Schiff in ein Supergewitter in der Atmosphäre eines Gasriesen geraten oder mit schweren Bomben beworfen werden könnte, damit hatte nun keiner von uns gerechnet. Das müssen Sie zugeben.«

»Ist mir verdammt egal, wie Sie das sehen. Ich habe Ihre

Fracht an Bord genommen, weil ich von einem todkranken Vater ausging. Eine schön rührselige Geschichte haben Sie mir da aufgetischt. Und ich bin drauf reingefallen. Das muss ich gleich Langdon erzählen. Der glaubt immer noch, dass sich gute Taten lohnen.«

Sein Gegenüber schüttelte den Kopf. »Sie werden Langdon nichts davon sagen. Wir regeln diese Angelegenheit diskret.«

»Das soll wohl ein Witz sein! Wir gehen jetzt in die Messe und werden alle unterrichten. Oder glauben Sie ernsthaft, ich lasse meine Leute im Unklaren darüber, dass ein Mörder im Schiff herumläuft? Sie müssen sich bewaffnen und die übrigen Passagiere schützen. *Ein* Blutbad am Tag reicht mir.«

»Piccoli wird Ihren Leuten nichts tun«, sagte Cutter. »Vermutlich ist er hinüber zur Raumstation geflüchtet, wo er hofft, sich verstecken zu können, bis wir abfliegen. Was wir natürlich nicht tun werden. Meine Schwester und ich gehen rüber, um ihn zu suchen. Er darf nicht entkommen.«

»Dafür ist er zu wertvoll, hm?« John schenkte ihm ein höhnisches Grinsen. »Zu dumm, würde ich sagen. Denn wir haben keine Zeit für große Suchaktionen. Wir fliegen weiter nach Heaven's Gate. Wenn Sie auf Russell Station zurückbleiben möchten, können Sie das gerne machen. Oder Sie melden die Sache dem Unionsmilitär oder den Space Marshalls in Lordsburg und kommen mit denen wieder hierher.«

Janelle Cutters Miene verhärtete sich. »Sie machen einen Fehler, Captain. Piccoli ist gewitzt und gefährlich. Wenn wir ihm zu viel Zeit geben, wird er einen Weg zur Flucht finden. Dann wäre monatelange Arbeit umsonst gewesen. Und es wären gute Leute umsonst gestorben. Ganz zu schweigen davon, dass weitere Leute sterben werden. Er ist verrückt, Captain. Er betrachtet sich als Jäger und tötet, weil es ihm Freude bereitet. Wollen Sie diese Toten auf dem Gewissen haben?«

John presste die Lippen zusammen und erwiderte ihren Blick von stumm brodelndem Zorn erfüllt. Er wollte diesen zwei Heuchlern nicht dabei helfen, ihren entflohenen Sträfling wieder einzufangen. Was ihn betraf, hätten sie ihn niemals an Bord bringen dürfen. Alles, was nun geschehen war, hatten sie sich selbst zuzuschreiben.

Doch ein kleiner Teil von ihm wusste, dass das nicht ganz stimmte. Er hatte aus Gier das Wrack des Fabrikraumschiffs untersuchen wollen. Dass sie in die Falle der Peko getappt waren, hatte er zu verantworten. Und wenn sie die Grünhäute nicht im Nacken gehabt hätten, wären sie nicht gezwungen gewesen, sich in der Atmosphäre des Gasriesen zu verstecken, eine Strapaze für den alten *Cambria*-Klasse-Frachter, die letztlich zum Ausfall der Energieversorgung geführt hatte. Also war er keineswegs unschuldig am Entkommen dieses Harold Piccoli. Bloß dass der Kerl überhaupt an Bord gewesen war, ging auf die Kappe dieser beiden Kopfgeldjäger.

»John«, mischte sich nun auch Hobie leise ein, der den Wortwechsel bisher schweigend verfolgt hatte. »Ich finde diese Sache genauso übel wie du. Aber Miss Cutter hat recht: Wir dürfen nicht einfach einen Schwerverbrecher frei herumlaufen lassen. Nicht, wenn wir etwas dagegen unternehmen können. Stell dir vor, er lauert der nächsten Mannschaft auf, die Russell Station wieder in Betrieb nehmen möchte?«

»Ist das dein Ernst, Hobie? *Du* willst einen verrückten Killer jagen? Für zwei Kopfgeldjäger willst du deine Haut riskieren?«

»Ich will nur den Dreck aufräumen, den wir auf Russell Station hinterlassen, wie es ein guter Frontiersman macht. Das hat nichts mit denen zu tun.«

Missmutig sah John zu seinem alten Freund hinüber. Wie so oft hatte Hobie natürlich recht und tat gut daran, John ins Gewissen zu reden. Langdon täuschte sich. John war von sich aus kein so guter Mann, wie der grauhaarige Frontiersman dachte. Er tat nur deshalb gelegentlich das Richtige, weil Leute wie Kelly und Hobie ihn immer wieder dazu aufforderten. »Ach verdammt«, murmelte er. »In Ordnung, ich helfe Ihnen.« Er blickte auf und fixierte die Cutter-Geschwister. »Aber wir machen es auf meine Weise, verstanden?«

Jason und Janelle Cutter wechselten einen kurzen Blick, dann neigte die athletische Frau – deren bemerkenswerte Ruhe in Stresssituationen John sich nun deutlich besser erklären konnte – den Kopf. »Einverstanden.«

Zwei Minuten später hatte John alle in der Messe versammelt. Dabei stellte sich heraus, dass aus einem Problem gleich zwei geworden waren.

»Wo ist de Vries?« Fragend ließ er seinen Blick von einem der Anwesenden zum anderen gleiten. Mrs. Pennington hatte sich in seinem Schaukelstuhl in eine Ecke des Raums zurückgezogen, wo sie die kleine Elisabeth in ihren Armen wiegte, die anderen saßen und standen um den zentralen Tisch herum.

»Ich habe ihn nicht gesehen, Cap«, erwiderte Aleandro, als Johns Blick schließlich auf ihm zum Ruhen kam. »Ist der nicht mit euch an Bord gekommen? Er war doch bei euch, oder nicht?«

»Er wollte vorgehen«, erinnerte Langdon sich.

»Also ich habe ihn nicht mehr gesehen, seit er hinüber in die Station gegangen ist«, warf Hobie stirnrunzelnd ein. »Ich glaube nicht, dass er von dort zurückgekehrt ist.«

»Hat jemand in seinem Quartier nachgeschaut?«

Peabody nickte. »Ich war so frei, anzuklopfen und hineinzusehen, als Sie uns alle aufgefordert haben, in der Messe zusammenzukommen. Es stand nur seine Tasche da. Er selbst war nicht anwesend.«

»Verflucht.« John verzog das Gesicht. Er sah zu den Cutters hinüber. »Damit haben wir womöglich bereits unser erstes Opfer. Das geht auf Ihre Kappe.«

»Erstes Opfer?«, hakte Langdon nach. »Was reden Sie da, Captain?«

Ohne weitere Umschweife erklärte John den anderen, was Jason und Janelle Cutter ihm kurz zuvor gebeichtet hatten. Wie er es erwartet hatte, war keiner sehr angetan über die Neuigkeiten. Besonders Langdons Miene verfinsterte sich merklich. Der Veteran von den Grenzplaneten schien in den Jahren seines Lebens als Frontiersman durchaus seine eigenen Erfahrungen mit Kopfgeldjägern gemacht zu haben.

»So sieht die Lage aus«, sagte John am Ende. »De Vries ist verschwunden, und dieser Harold Piccoli läuft irgendwo auf der Station drüben herum. Das ist beides nicht gut. Wir werden also Folgendes unternehmen: Hobie, du bleibst hier an Bord und bewachst das Schiff und vor allem Mrs. Pennington, ihr Baby und Mister Peabody, die am besten in der Messe bleiben.«

»Geht klar, John«, bestätigte sein alter Freund. »Ich hole gleich meine Donnerbüchse.«

»Mister Langdon«, wandte John sich an den Nächsten. »So gerne ich Sie an meiner Seite hätte, würde ich mich wohler fühlen, wenn Sie Hobie Gesellschaft leisten. Was auch immer uns auf der Station geschieht, Piccoli darf auf keinen Fall die Kontrolle über die *Mary-Jane Wellington* erlangen. Das heißt, sie müssen ihn aufhalten, zur Not mit einem gut gezielten Schuss zwischen die Augen.«

Jason Cutter räusperte sich vernehmlich. »Wir haben ein paar starke Taser im Gepäck, die wir gerne verteilen. Damit können Sie den Flüchtigen ausschalten, ohne ihm dauerhaften Schaden zuzufügen. Es wäre uns sehr lieb, wenn nur im äußersten Notfall zu tödlicher Gewalt gegriffen würde. Der Mann wird lebend auf Heaven's Gate erwartet.«

»Und tot ist er vermutlich nicht mehr viel wert, hm?«, bemerkte Kelly spöttisch, womit sie in die gleiche Kerbe schlug wie John zuvor.

»Das auch«, räumte Cutter ein.

»Wir werden tun, was getan werden muss«, erklärte John. »Aber von mir aus schießen wir eben zuerst mit dem Taser.« Es drängte ihn, die Suche nun endlich zu beginnen. Sie hatten schon viel Zeit verloren, die Piccoli für sich hatte nutzen können, um ein gutes Versteck zu finden oder Abwehrmaßnahmen gegen seine Verfolger zu ergreifen. Er richtete seine Aufmerksamkeit auf seine blonde Partnerin. »Kelly, wir zwei bilden einen Suchtrupp, die Cutters den zweiten. Wir nehmen uns jeweils eine Hälfte der Wohnsektion vor, dann treffen wir uns und fahren nach unten in die Fabriksektion.«

Kelly nickte. Sie wirkte nicht sehr froh darüber, einen Schwerverbrecher jagen zu dürfen, aber sie enthielt sich eines entsprechenden Kommentars. Vielleicht wollte sie Johns Autorität nicht vor den Passagieren untergraben. Womöglich sah sie aber auch ein, dass ihre Schnelligkeit und ruhige Hand – ganz zu schweigen von ihrem mäßigenden Einfluss – sie zur besten Wahl machte, um mit John zu gehen.

»Noch Fragen?«, wollte John von den anderen wissen.

»Ja, Captain Donovan, eine Frage«, meldete sich Peabody zu Wort.

»Bitte, Mister Peabody.«

»Was machen wir hier?« Der schmächtige Whiskeyhändler

sah sich um. »Ich meine, warum sitzen wir hier zusammen und planen etwas, das offensichtlich eine Aufgabe für die Ordnungshüter wäre. Ich habe für eine rasche Passage nach Heaven's Gate für mich und meine Waren bezahlt, genau wie unsere gute Mrs. Pennington und Mister Langdon. Dass diese Reise nicht ganz reibungslos verlaufen würde, habe ich geahnt. Damit habe ich sogar gerechnet. Mit der Gefahr, den Peko zu begegnen, habe ich mich also angefreundet. Aber in diesem Augenblick sind wir im Begriff, ein völlig unnötiges Risiko einzugehen. Wir sind keine Raumkavallerie. Wir sind nicht dafür ausgebildet, Schwerverbrecher zu jagen.«

»Worauf wollen Sie hinaus, Mister Peabody?«, fragte John. »Denn wenn Sie dafür plädieren, dass wir weiterfliegen und Piccoli an Bord von Russell Station seinem Schicksal überlassen, dann, so fürchte ich, hatte ich diese Diskussion bereits im Backbordfrachtraum. Unsere beiden Kopfgeldjäger sagen, er sei eine Gefahr für die Allgemeinheit und es sei ihre Pflicht, ihn wieder einzufangen, solange er sich noch in einer Umgebung befindet, aus der er nur mit Mühe entkommen kann. Und da ich diese leidige Sache so schnell wie möglich regeln möchte, helfe ich ihnen bei der Suche.«

»Aber Sie bringen uns alle damit in Gefahr! Was, wenn dieser Piccoli an Bord kommt? Nicht auszudenken. Wir haben ein Baby! Also die gute Mrs. Pennington hat es.«

»Niemand gerät in Gefahr«, mischte sich Langdon ein. »Dieser Schurke kommt keine zehn Schritt an die Außenluke der Schleuse, zumindest nicht, solange er nicht in Ketten liegt. Dafür sorge ich schon, Mister Peabody. Mrs. Pennington.« Er nickte der jungen Mutter ernst zu.

»Vielen Dank, Mister Langdon«, antwortete diese. »Ich habe natürlich auch ein wenig Angst und wünschte mir, wir könnten einfach weiterfliegen, um rasch Heaven's Gate zu erreichen. Aber wir braven Bürger haben auch eine Pflicht der Gesellschaft gegenüber. Und wenn Mister und Miss Cutter als Vertreter des Gesetzes geschworen haben, diesen Verbrecher zu überführen, so sollten wir uns diesem Gesetz nicht in den Weg stellen.«

Vertreter des Gesetzes, dachte John sarkastisch. Normalerweise waren die Männer und Frauen, die in der Kopfgeldjägerbranche tätig waren, kaum besser als die Leute, die sie jagten. Um Gesetz und Moral ging es ihnen selten. Viel häufiger scherten sie sich nicht einmal darum, wie schuldig ihr Ziel tatsächlich war. Sie interessierte allein das Geld. Im besten Fall stammte es von einem der planetaren Sicherheitsorgane oder von den Space Marshalls, wobei Letzteres selten vorkam. Im schlimmsten dagegen jagten diese Leute Unschuldige im Auftrag von Verbrecherlords, Großgrundbesitzern und Konzernbossen.

Doch das war weder die Zeit noch der Ort, um Mrs. Pennington ihrer Illusionen zu berauben. »Gut, nachdem das geklärt ist, sollten wir endlos loslegen«, knurrte John. »Also: bewaffnen und Abmarsch. Wir haben einen Schwerverbrecher zu suchen.«

– 19 –

»Wenn wir diesen Höllenflug hinter uns haben, befördere ich nur noch Getreide und Erz, das schwöre ich«, flüsterte John, als er kurz darauf an Kellys Seite durch die im Dämmerlicht liegenden Korridore von Russell Station schlich. Er hatte seinen Santhe gezogen, sie einen der Taser im Anschlag. In der anderen Hand hielten beide kleine Handlampen, die allerdings nicht eingeschaltet waren. »Oder vielleicht Hühner. Hühner klingen gut. Hühner sind doch recht pflegeleicht, oder was meinst du, Kelly?« Fragend sah John seine blonde Partnerin an.

Ihre Mundwinkel verzogen sich zu einem spöttischen Lächeln. »Ich meine, dass du wie so oft übertreibst«, antwortete sie ihm ebenso leise.

»Ich übertreibe? Lass mich kurz zusammenfassen, was bislang passiert ist: Wir haben sieben Passagiere an Bord genommen, den Burschen auf Eis mitgerechnet. Eine muss ausgerechnet jetzt ihr Kind kriegen, ein zweiter ist kein kranker Vater, sondern ein gefährlicher Krimineller, zwei weitere entpuppen sich als Kopfgeldjäger, und schließlich haben wir kaum die Hälfte der Strecke geschafft und mit de Vries womöglich schon einen Toten zu beklagen. Das ist mir entschieden zu viel Aufregung an Bord.«

»Wenn sich Peabody jetzt noch als dieser Metzger-Menschenfresser entpuppt und Langdon als dein verschollener Vater, wäre der Tag perfekt.«

Sie postierten sich links und rechts neben einer Tür, die zu einem der Quartiere führte, und öffneten sie. Ein schneller Blick, dann ließen sie ihre Handlampen aufblitzen, deren scharf gebündelte Lichtstrahlen die Dunkelheit des Raums durchschnitten. Er erwies sich als leer.

»Weiter«, flüsterte John, und sie schlossen die Tür wieder. »Mein Vater ist übrigens nicht verschollen. Er ist tot.«

Sie begaben sich zur nächsten Tür und postierten sich. »Ich dachte, man hätte sein Schiff, das auf der Flucht vor diesem Unionskreuzer in die Badlands geflohen ist, nie gefunden«, entgegnete seine Partnerin.

»Sein Schiff ist explodiert, als es in eine der Blasen mit volatilem Gas geflogen ist.«

»So heißt es im offiziellen Bericht.«

»Herrgott, Kelly«, zischte John, »müssen wir ausgerechnet jetzt über meinen Vater sprechen? Wir versuchen, einen Killer zu fassen.« Er nickte ihr zu, sie öffnete die Tür, ein rascher Blick, sie ließen ihre Lampen aufblitzen – leer.

Hinter ihnen im Dunkeln erklang ein leises metallisches Klappern. Sofort fuhren sie beide herum, die Waffen den Korridor hinunter gerichtet, von wo sie das Geräusch vernommen hatten. Sie wechselten einen vielsagenden Blick. Von einem Moment zum nächsten war jedes Wortgeplänkel vergessen.

Vorsichtig schlichen sie den Gang hinunter. Das dumpfe grüne Glühen der Notbeleuchtung genügte gerade, um den Hauptkorridor schwach zu erhellen. Wartungsnischen und Gangabzweigungen lagen in tiefem Schatten.

Die Luft um sie herum wurde kälter. Ohne betriebstüchtige Energieversorgung funktionierten auch die Heizsysteme nicht. Schon bald würde Russell Station völlig auskühlen. Wenn erst die Feuchtigkeit in der Luft zu Eis an den Metallwänden kristallisierte, würde es für die Ingenieure der nächsten Besatzung eine Heidenarbeit werden, alles wieder aufzutauen und zum Laufen zu bringen.

Erneut vernahmen sie ein leises Klappern, dann ein Schaben und das Rascheln von Kleidung. Durch eine offen stehende Tür vor ihnen, die, wenn John sich nicht irrte, zu einer Stationskantine führte, schob sich ein hünenhafter, dunkler Schemen geduckt rückwärts auf den Gang.

Sofort blieben Kelly und er stocksteif stehen.

Der Mann – es musste sich um Harold Piccoli handeln – war ein Riese, ein Brocken von bestimmt zwei Metern, der sicher fast doppelt so viel Gewicht wie John auf die Waage brachte. John musste an die wahnwitzigen Biowerte denken, die Kelly vor ein paar Tagen vom Kontrollmonitor der Kryo-Einheit abgelesen hatte. Dieser Bursche war ohne Zweifel der, den die Cutters verloren hatten. Sein Kopf war kahlgeschoren, die Haut dunkel.

Während sich der Mann vorsichtig wie eine Katze, die sich vor einem stärkeren Gegner zurückzog, in den Gang schob, richtete John lautlos die Mündung seines Revolvers auf dessen breiten Rücken. Der andere zog die Tür bis auf einen schmalen Spalt zu, und John nutzte das leise schabende Geräusch, um zwei Schritte nach vorn zu machen.

»Ganz ruhig, Kumpel«, raunte er dem Riesen ins Ohr, als er ihm die Waffe ins breite Kreuz drückte. »Keinen Mucks und keine Bewegung, oder es knallt.« Der Mann erstarrte. Er trug einen hellen Overall, der sich merklich spannte, und dicke Wollsocken an den Füßen. Schuhe hatte er keine an. Offensichtlich hatte er sich an einem der halb geplünderten Spinde bedient, nachdem er nackt oder höchstens mit Unterwäsche bekleidet aus der Kryo-Einheit geflohen war. Er roch schwach nach antiseptischem Kühlmittel und nach Schmieröl – Letzteres stammte vermutlich von dem Overall.

»Okay«, fuhr John lauter fort, »und jetzt machen wir …«

»Still«, raunte der Mann, ohne sich zu rühren. Seine Stimme war dunkel und volltönend. »Bitte seien Sie leise.«

»Was?«

»Er hört uns sonst.«

Irritiert hob John die Augenbrauen. »Er?« Erst jetzt fiel ihm auf, dass auf Piccolis kahlem Schädel Schweißtropfen glänzten.

Es klapperte erneut leise in dem Raum, den der flüchtige Schwerverbrecher soeben verlassen hatte. John lief ein Schauer über den Rücken. Da war noch jemand im Raum. Das konnte eigentlich nur de Vries sein. Aber warum hatte Piccoli Angst vor ihm? Oder waren es die Cutters, die den Raum durch einen zweiten Eingang betreten hatten?

»Na schön«, fuhr John mit gesenkter Stimme fort. »Ich trete einen Schritt zurück. Dann heben Sie die Hände und drehen sich langsam um, mein Freund. Und dann will ich wissen, was hier los ist.«

Er tat, wie angekündigt, und Piccoli hob die Hände auf Kopfhöhe. Seine Pranken sahen aus, als könne er damit Johns Kopf aufknacken wie eine Walnuss. Bedächtig wandte er sich John und Kelly zu. Auf seinem Gesicht mit der breiten Nase und den kleinen, doch weit aufgerissenen Augen lag ein unerwartetes Entsetzen, das weder zu diesem Mann noch zu der nicht sehr großen Waffe passte, die John auf ihn gerichtet hielt.

»Sie sind Harold Piccoli, richtig?«, fragte John. »Der Typ, den die Cutters in ihrer Tiefkühltruhe auf mein Schiff gebracht haben.«

Der Mann nickte. »Ja, aber ich bin nicht das Monstrum hier. Das Monstrum ist dort drinnen.« Er deutete ein Nicken in Richtung der Tür an.

»Was soll der Unsinn? Was für ein Monstrum?« John kam noch eine weitere mögliche Ursache für die Geräusche in der Kantine in den Sinn. »Ist da etwa ein Peko drin?«

»Nein, kein Peko.« Piccoli schüttelte den Kopf. »Zumindest keiner, wie ich ihn je gesehen hätte. Es ist ein Mann, ein Mensch. Er ist halbnackt. Und ... und er ...« Er brach ab und schluckte.

»Ich habe keine Lust auf diese Spielchen«, knurrte John leise und hob die Waffe etwas.

»Er hat diesen Mann getötet. Das glaube ich zumindest. Er lag schon reglos da, als ich ankam. Trug noch Fetzen eines guten Anzugs. Und überall war Blut.«

»De Vries«, murmelte Kelly betroffen.

»Es ist noch schlimmer.« Piccoli verzog das Gesicht. »Mann, ich schwöre Ihnen, so etwas habe ich noch nicht gesehen.«

»Was, verdammt?«

»Er frisst ihn. Verstehen Sie, er frisst die Leiche auf.«

John spürte, wie sich sein Magen zu einem harten Klumpen verkrampfte. »Haben Sie das gesehen?«

»Nein. Gott hab Erbarmen, ich bin keinen Schritt näher rangegangen. Ich wollte in der Kantine etwas zu essen finden. Nach dem langen Kälteschlaf war ich am Verhungern. Dann habe ich dieses Reißen von Stoff und dieses Gurgeln und Schmatzen gehört. Und als ich diesen halbnackten Irren über dem Toten kauern sah ... da wollte ich nur noch weg, verstehen Sie? Nur weg hier. Egal wohin.«

»Oh mein Gott«, flüsterte Kelly. »Das muss Darrell Metzger sein, der Menschenfresser, vor dem wir gewarnt wurden. Aber wo kommt der auf einmal her? Hattet ihr die Station nicht durchsucht?«

»Hatten wir«, bestätigte John. »Und ich will gar nicht wissen, wo er herkommt. Davon bekomme ich bloß nachträglich Albträume.« Seine Miene verhärtete sich. »Den Mistkerl knüpfe ich mir vor. Kelly, du bewachst Piccoli. Wenn er sich rührt, schieß ihn nieder. Die Cutters können ihn dann ja zurück an Bord schleppen.«

Erneut riss Piccoli die Augen auf. »Nein. Bitte. Tun Sie das nicht. Übergeben Sie mich nicht wieder diesen Kopfgeldjägern. Ich weiß nicht, was sie Ihnen erzählt haben, aber es ist nicht so, wie Sie denken.«

»Ja, ja, schon klar, Sie sind unschuldig.« Ohne ihn aus den Augen zu lassen, ging John um ihn herum zur angelehnten Tür.

»Nein, nicht unschuldig. Aber verdiene ich den Tod, weil ich aus der Sklaverei geflohen bin?«

Unwillig hielt John inne. »Sklaverei sagen Sie?«

Piccoli nickte. »Ich war in einem Bergwerk. Dort wäre ich umgekommen. Also bin ich geflohen. Dabei starb ein Mann. Ich … Es ist eine lange Geschichte, aber ich schwöre Ihnen, dass dieser Prozess, zu dem sie mich bringen, nicht rechtmäßig ist. Die wollen mich lynchen, ein Exempel statuieren. Bitte, Sir, geben Sie mir die Chance, alles zu erklären.«

Aus der Kantine drang ein leises, raues Lachen. Dann erklang ein Geräusch wie von Metallbesteck.

John warf dem hünenhaften Mann einen langen, prüfenden Blick zu. Es war einer jener Momente, in denen das Wort eines nachgewiesenen Lügners gegen das Wort eines wahrscheinlichen Lügners stand. Dass auf der einen Seite der Gleichung zwei Kopfgeldjäger standen, auf der anderen ein nach eigener Aussage geflohener Sklave, machte die Rechnung nicht einfacher. Letzten Endes blieb ihm nur seine Intuition.

»Kelly, funk Hobie an. Er soll mit seiner Donnerbüchse hier aufkreuzen, unseren Freund einsammeln und in den Steuerbordfrachtraum sperren.«

Überrascht sah Kelly ihn an. »John, bist du sicher?«

»Natürlich nicht, aber ich kann Kopfgeldjäger nicht ausstehen – und Sklavenhalter auch nicht. Also reden wir noch mal etwas ausführlicher später.« Er wandte sich wieder an Piccoli und hob warnend einen Zeigefinger. »Wenn Sie hier lebend rauskommen wollen, machen Sie genau das, was ich sage. Sie gehen mit Hobie, lassen sich einsperren und verhalten sich ruhig. Wenn Sie irgendwelche Tricks versuchen, jage ich Sie höchstpersönlich und bringe Sie um. Denn wenn ich etwas noch weniger ausstehen kann als Kopfgeldjäger und Sklavenhalter, dann sind das Leute, die mich aufs Kreuz legen. Haben wir uns verstanden?«

»Ich mache Ihnen keine Schwierigkeiten«, erwiderte Piccoli ernst. »Das verspreche ich. Und danke.«

»Danken Sie mir erst, wenn dieser Tag vorbei ist.«

Während Kelly ihren Gefangenen mit einer Bewegung des Tasers vom Eingang wegholte und gleichzeitig ihr Komm-Gerät zückte, schob John vorsichtig die Tür weiter auf. Ein dumpfer Zorn brodelte in ihm. Im Gegensatz zu Piccoli hatte er keine Angst vor dem Ungeheuer in Menschengestalt, das irgendwo in dem angrenzenden Raum keuchte und schmatzte. Die Waffe in seiner Hand verhinderte das. Stattdessen verspürte er Wut auf diesen Kerl, der ihn zum Mittäter bei seinem abscheulichen Treiben gemacht hatte. Obwohl er Kellys Vermutungen abgewürgt hatte, glaubte er nämlich zu wissen, auf wen er gleich treffen würde.

Er schlich um ein paar verschobene Tische und umgestoßene Stühle herum. Auch in diesem Raum hatten die Peko gewütet. Rechts von ihm befand sich eine metallene Schwingtür, in der sich ein Stuhl verkeilt hatte, sodass sie halb offen stand. Dahinter, in der Küche, hockte der Kerl, gluckste und geiferte.

John schlich bis zur Tür. Lautlos hakte er die Handlampe an seinen Gürtel, holte tief Luft und packte seine Waffe mit beiden Händen.

Dann trat er die Tür auf und mit einem beherzten Schritt über die Schwelle. Was er im Schein eines einzelnen, starken Handstrahlers erblickte, der auf einer Anrichte lag, bestätigte seine schlimmsten Befürchtungen und drehte ihm zugleich den Magen um. Zorn war alles, woran er sich jetzt noch klammern konnte.

»Hawkins!«, brüllte er den bloß in ein blutiges Unterhemd, Boxershorts und weiche Stoffschuhe gekleideten Mann an. »Sie perverses Schwein!« Ohne dem Mann, der einige Schritte entfernt vor der halb zerstückelten Leiche von de Vries auf dem blanken Küchenboden hockte, Gelegenheit zur Erwiderung zu geben, legte John auf ihn an.

Doch er hatte die irrwitzige Reaktionsschnelle seines Gegners unterschätzt. Noch während John den Abzug des Revolvers durchzog, hechtete Hawkins kreischend auf die vom Blut glitschigen Metallplatten zur Seite und warf etwas in Johns Richtung, das wie ein Messer aussah.

Instinktiv wich John aus und verzog damit den Schuss. Die Kugel knallte in eine der silbernen Arbeitszeilen, die längs zur Schwingtür den Raum teilten.

Eine Sekunde lang, die sich wie eine Ewigkeit anfühlte, starrten sich die beiden Männer in die Augen. Die Haare hingen Hawkins wirr ins Gesicht, er hatte die Augen weit aufgerissen, und Mund und Kinn waren blutverschmiert. Er sah wirklich aus wie ein Ungeheuer, ein Dämon in hager sehniger Menschengestalt.

John schoss erneut und ein drittes Mal. Aber Hawkins flankte bereits über die nächstbeste Arbeitsfläche und in Deckung. Eine von Johns Kugeln prallte von einem schweren

Topf ab und heulte jaulend als Querschläger durch den Raum. Es hatte seine Nachteile, dass John die Durchschlagskraft des Revolvers an Bord der Station heruntergeregelt hatte.

Wieder warf sein Gegner etwas nach ihm, diesmal eine Pfanne. John duckte sich unter dem Wurfgeschoss hindurch. Gleich darauf kam er wieder hoch, und die Mündung seiner Waffe suchte ihr Ziel. »Ich mach Sie fertig, Hawkins, hören Sie?«, schrie er. Mit dem Daumen regelte er die Energie des Santhe am Griff nach oben. Dann feuerte er mitten durch die Arbeitsfläche hindurch, hinter der sein Gegner sich versteckte.

Er wurde mit einem Aufschrei belohnt, wobei sich der Schrei eher erschrocken als schmerzerfüllt anhörte. Doch der Laut gab ihm eine Richtung, und John gab zwei weitere Schüsse ab.

Es krachte und polterte, als ein Stapel mit Blechgeschirr oder Töpfen zu Boden ging. Eine Sekunde lang wurde John davon abgelenkt. Hawkins nutzte die Gelegenheit, sprang auf und hetzte los. Sein Ziel war eine zweite Schwingtür, die wenige Schritte von ihm entfernt in die gegenüberliegende Wand eingelassen war und vermutlich zu einem kleineren Speiseraum für die Offiziere der Station führte.

John riss seine Waffe herum und schoss zweimal. Erneut schrie Hawkins auf, diesmal wirklich vor Schmerz, und er geriet ins Taumeln. Trotzdem erreichte er die Tür und warf sich hindurch. Sofort kam John in Bewegung und nahm die Verfolgung auf. Gleichzeitig zog er sein Komm-Gerät hervor und drückte die Crewfrequenz-Schnelltaste. »Kelly, bitte melden.«

»Ich bin hier, John.«

»De Vries liegt tot in der Küche. Ich verfolge seinen Mörder, Hawkins. Er könnte auf dich zulaufen. Pass also auf. Und warn die Cutters vor ihm.«

»Verstanden.«

Er erreichte die Schwingtür und stoppte. Nur ein Lebensmüder wäre einem gewieften Bastard wie Hawkins blind nachgerannt. Ein rascher Blick durch die kreisrunden Fenster in den Türflügeln enthüllte einen dunklen Raum dahinter. Hier gab es nicht einmal Notbeleuchtung. Allerdings fiel ein schwacher Schein von rechts in den Raum. Möglicherweise eine zum Stationskorridor offene Tür.

John hakte das Komm-Gerät an den Gürtel. Dann griff er sich einen am Boden liegenden Topf. Er trat die Türflügel auf und warf den Topf in die linke Raumhälfte. Unter dem scheppernden Getöse des Kochgeschirrs hechtete er selbst hinterher und nach rechts. Rasch rollte er ab und orientierte sich.

Das Zimmer war übersichtlich. Es gab keine Verstecke. Und es war leer. Johns Blick zuckte nach rechts. Dort stand tatsächlich eine Tür zum Korridor offen, und es waren schnelle Schritte zu hören. Im grünen Schein der Notbeleuchtung schwarz wirkende Tropfen führten in einer Spur den Gang hinunter. Wie es aussah, hatte er Hawkins mindestens ein Mal erwischt.

Rasch rappelte er sich auf und stürmte ebenfalls nach draußen. Von rechts vernahm er Schritte, und als er herumfuhr, sah er Kelly, die auf ihn zugerannt kam.

»Piccoli?«, fragte er.

»Hobie hat sich um ihn gekümmert«, erwiderte sie.

»Gut. Mir nach.«

Rasch, aber nicht kopflos, folgten sie der Spur. Als John zu erkennen glaubte, wohin sie führte, beschleunigte er seine Schritte. »Er will zum Aufzug hinunter in die Fabriksektion. Verdammt.«

»Sitzt er da unten nicht genauso in der Falle wie hier oben?«, fragte Kelly.

»Leider nicht. Abgesehen von ein paar Raumanzügen und Arbeitsbienen für Reparaturen an der Außenhülle der Station gibt es dort unten zwei Notkapseln für Techniker, die sich zum Beispiel während eines Reaktorunfalls schnell zurückziehen müssen. Wenn er eine davon erreicht und damit flieht, wird es verdammt schwer, ihn aufzuspüren.«

»Wir haben Hawkins doch schon einmal in einer Rettungskapsel aufgelesen.«

»Ja, aber da war der Peilsender eingeschaltet, weil er gefunden werden wollte. Wenn er den automatischen Sender sabotiert, wäre es einfacher, eine Nadel im Heuhaufen zu finden, als eine Rettungskapsel im All.«

»Dann verhindern wir das besser«, meinte Kelly.

»Genau das habe ich vor«, bestätigte John.

Sie stürmten um eine Ecke und sahen vor sich den Korridorbereich, in dem sich der breite Frachtaufzug befand. Soeben gingen die Türen zu. »Nein!«, schrie John frustriert auf und rannte auf den Lift zu, um ihn aufzuhalten. Doch er kam zu spät. Die Türen hatten sich bereits geschlossen, und der Aufzug befand sich auf dem Weg nach unten.

John rammte seinen Revolver ins Holster und wandte sich der Kontrolltafel zu. »Rasch, Kelly, hilf mir mal. Vielleicht können wir einen Notstopp erzwingen, bevor die Kabine die Fabriksektion erreicht.«

Er griff an seinen Gürtel und stellte fest, dass er die Multiwerkzeuge nicht mehr bei sich hatte. Sie lagen, gemeinsam mit dem Raumanzug, an Bord der *Mary-Jane Wellington.* »Verflixt. Kelly, hast du einen Mehrfachschlüssel dabei?«

»Habe ich graue Haare und trage eine rote Mütze?«, entgegnete sie.

John fluchte erneut. »Dann eben so.« Er zog seinen Santhe wieder und richtete die Waffe auf die Kontrolltafel.

»Glaubst du, das hilft?«, fragte Kelly mit zweifelndem Gesichtsausdruck.

»Du missverstehst meine Absicht.« John zog die Mündung etwas zur Seite und drückte ab. Krachend durchschlug das Geschoss die Verkleidung an der Stelle, wo sie mit der Wand verschraubt war. Er richtete die Waffe etwas nach rechts und wiederholte den Vorgang. Anschließend schob er die Waffe wieder ins Holster, packte die Kontrolltafel und riss die Abdeckplatte nach unten.

Der Lift hatte mittlerweile die Hälfte der Strecke zurückgelegt.

»Leuchte mal hierhin«, bat er Kelly, als er sich das Schlangennest aus Drähten ansah, das ihm aus dem Innenleben der Kontrolltafel entgegenquoll.

Sie steckte den Taser weg und hob ihre Lampe. Gerade als sie den Strahler einschaltete, geschah es.

Hinter ihnen erklangen ein Rascheln und das Geräusch schneller Schritte. Alarmiert wirbelte John herum, und der Revolver sprang in seine Hand. Doch er konnte ihn nicht mehr heben. Ein Körper prallte gegen ihn, und ein kräftiger Schlag schleuderte ihm die Waffe aus der Hand.

Dann krallten sich Finger um seinen Hals, und nach rohem Fleisch stinkender Atem schlug ihm ins Gesicht. Sein Gegner ließ ein Fauchen und Zähneschnappen hören, das kaum noch als menschlich zu bezeichnen war. Fluchend brachte John die Arme hoch und sprengte die Umklammerung seines Angreifers. Dann versetzte er seinem Gegner einen kurzen Hieb mit der Rechten gegen die Schläfe.

Der Mann grunzte und schüttelte unwillig den Kopf. Dann drang er wieder auf John ein und schob ihn gegen die geschlossene Fahrstuhltür, um ihm den Platz zu nehmen, den er brauchte, um sich ordentlich verteidigen zu können.

»Kelly«, keuchte John, als er die Linke hob, um Hawkins beißfreudige Kiefer wegzudrücken, und ihm unterdessen mit der Rechten einen Nierenschlag verpasste. »Benutz den Taser! Schieß ihn nieder!«

»Das kann ich nicht«, erwiderte Kelly aufgeregt. »Es würde dich auch erwischen.«

»Egal, tu's einfach.«

Hawkins packte Johns linke Hand und zwang sie zur Seite. Er verfügte über erstaunliche Kraft. Gleich darauf schnellte er vor und verpasste John eine Kopfnuss. Ein greller Blitz zuckte durch Johns Schädel, und er schrie auf, als seine Stirn nach dem Unfall bei Glauron ein zweites Mal in Mitleidenschaft gezogen wurde.

»Du gottverdammter …«, murmelte er, als er halb benommen die tanzenden roten Punkte vor seinen Augen wegzublinzeln versuchte. Er schlug zu und traf, was genau, wusste er nicht, doch für einen Moment ließ Hawkins von ihm ab.

Allerdings nicht wegen Johns Schlag, wie sich den Bruchteil einer Sekunde später herausstellte – als mit einem doppelten Ploppen und einem Zwicken in der Brust zwei kleine Elektroden Johns Hemd durchschlugen.

»Nein, wa…« Weiter kam er nicht, bevor Kelly instinktiv abdrückte und eine volle Taserladung durch die winzigen Verbindungsdrähte und in Johns Körper jagte. Es dauerte nur eine Sekunde, bevor sie erschrocken den Abzug losließ, doch die Sekunde reichte, um John vollends in die Knie zu zwingen.

»Oh nein, John. Es tut mir leid«, rief sie.

Er wollte abwinken und etwas sagen, aber es kam nur unverständliches Lallen über seine Lippen. Kelly blieb keine Gelegenheit, zu reagieren, denn Hawkins ließ von seinem gefallenen Gegner ab und warf sich ihr entgegen.

Schreiend versuchte sie, sich seiner zu erwehren, als er mit einem Knurren über sie herfiel. Es gab ein kurzes Handgemenge, dann flog auch ihr Taser davon. »Dich gönne ich mir bei lebendigem Leibe«, knurrte Hawkins.

»Lass mich los, du Scheusal«, schrie Kelly.

Ihr Gegner lachte.

Komm auf die Beine!, brüllte John sich innerlich an. *Du musst ihr helfen!* Aber seine Glieder wollten ihm nicht gehorchen. Er ließ die tauben Finger seiner rechten Hand über den Boden streifen auf der Suche nach seinem Revolver. Irgendwo hier musste er doch liegen.

Hawkins schlug Kelly ins Gesicht. Danach packte er sie, riss sie herum und rammte ihren Kopf gegen die Aufzugtür. Schmerzerfüllt stöhnte sie auf. Der Kampf würde nicht mehr lange dauern. Kelly war eine gute Ärztin und eine passable Schützin, aber sie war auch eine junge Frau, deren Leben sich größtenteils auf den Kernwelten zugetragen hatte. Im schmutzigen Straßenkampf konnte sie es mit ihrem Gegner nicht aufnehmen.

Als Kelly in seinen Armen benommen zusammensackte, warf Hawkins John einen triumphierenden Blick zu. »Ihr habt doch nicht wirklich geglaubt, mich zu erwischen, oder? Ich bin schon ganz anderen entkommen.«

John schnaubte nur abfällig. Zu mehr war er gegenwärtig nicht imstande. Seine Finger ertasteten einen harten Gegenstand, den Lauf seines Revolvers. *Wir sind noch nicht fertig*, dachte er grimmig.

Er hatte die Rechnung ohne die scharfen Sinne seines Gegners gemacht. »Oh, nein, das wollen wir mal lieber lassen.« Hawkins ließ Kelly zu Boden fallen, sprang vor und schlug den Revolver erneut zur Seite. Mit metallischem Geräusch schlitterte er über die Deckplatten außer Reichweite.

Hawkins hockte sich neben John und packte ihn am Kragen. Eine Wolke aus Gestank hüllte ihn ein, und Hawkins' blutverschmiertes Gesicht erinnerte an einen Zombie. Auf einmal hatte er ein Küchenmesser in der Hand. John hatte keine Ahnung, warum er es erst jetzt zog und sich während des Kampfes allein auf seine Fäuste verlassen hatte, aber Hawkins – Darrell Metzger, der Menschenfresser – war eben vollkommen durchgedreht. Wer wusste schon, was in seinem kranken Hirn vorging, wenn er im Blutrausch war.

»Ich filetier dich, *John*«, flüsterte er mit rauer Stimme. »Und anschließend verleibe ich dich mir ein, dein Fleisch, deine Stärke, deine Seele.« In seinen Augen glitzerte es fiebrig, und das Messer in seiner Hand glänzte dumpf im Schein der Notbeleuchtung.

»Fahr ... zur Hölle«, erwiderte John mit schwerer Zunge.

Hawkins kicherte. »Heute nicht, mein Freund. Heute ...«

Ein Schuss knallte ohrenbetäubend laut durch den Korridor. Direkt neben Johns Gesicht wurde Hawkins Kopf zur Seite gerissen und explodierte in einem Schauer aus Blut, Hirnmasse und Knochen. Seine Hände ließen das Messer los und John, und er kippte leblos nach hinten.

– 20 –

Geschlagene drei Sekunden saß John auf dem Boden und starrte mit weit aufgerissenen Augen auf die Leiche. Dann fuhr er herum und blickte in die Richtung, aus welcher der Schuss gekommen war.

»Entschuldigen Sie die Sauerei, Captain«, sagte Jason Cutter, als er neben seiner Schwester den Gang herunterspaziert kam. »Ich sah keine andere Möglichkeit, ihn auszuschalten.« Er schob den silbernen Revolver in sein vor dem Bauch hängendes Holster. Die Waffe war so blank poliert, dass sie selbst im schwachen Licht der Notbeleuchtung glänzte.

Janelle Cutter löste die Linke um den Schaft ihres kurzläufigen Gewehrs und legte den Lauf leger über die Schulter. Sie bot John eine helfende Hand. Noch immer etwas wackelig auf den Beinen, sah er sich gezwungen, sie anzunehmen, wenn er nicht länger auf dem blanken Boden hocken wollte. Kraftvoll zog sie ihn hoch. »Tasertreffer?«

Er nickte matt.

Sie sah zu der benommen am Boden liegenden Kelly hinüber. »Wir haben Ihnen die Waffen nicht überlassen, um sich gegenseitig über den Haufen zu schießen.«

»Es war ein Unfall«, brummte John, der sich Mühe gab, nicht durchscheinen zu lassen, wie tief es ihn in seiner Würde traf, von den beiden Kopfgeldjägern gerettet worden zu sein. »Hawkins – oder Metzger – war ein verdammt schneller Hund.«

Jason Cutter stieß den Leichnam mit dem Fuß an und

drehte ihn um. »Wir hatten ja keine Ahnung, wen wir da vor uns hatten, als Sie ihn an Bord geholt haben.« Er grinste und schüttelte den Kopf. »Wenn er wirklich der Menschenfresser ist, und im Augenblick sieht es sehr danach aus, haben wir uns soeben ein hübsches Zubrot verdient, Schwesterherz.«

»Hatten Sie nicht auch Taser dabei?«, warf John ein, während er langsam zu Kelly hinüberging, um ihr ebenfalls aufzuhelfen.

»Doch, haben wir – für Piccoli«, bestätigte Cutter. »Bedauerlicherweise sind Taser nicht eben Präzisionsinstrumente, was die Zielgenauigkeit angeht. In diesem Fall war der Revolver die Waffe der Wahl. Ich hoffe, es stört Sie nicht, dass ich ihn erschossen habe.«

»Nicht im Geringsten. Solange es Sie nicht stört.«

Der schlanke Mann zuckte mit den Achseln. »Der Menschenfresser ist tot genauso viel wert wie lebendig.«

John zog Kelly auf die Beine, die sich leise stöhnend den Kopf hielt. »Tut mir leid, dass ich dich mit dem Taser erwischt habe«, murmelte sie schuldbewusst.

»Schon in Ordnung. Ich bin es gewohnt, gelegentlich eine von dir verpasst zu bekommen.«

»He, was soll das denn heißen? Habe ich dich jemals angeschossen?«

»Nur mit Worten.« John schenkte ihr ein schiefes Grinsen.

Kelly erwiderte es matt. »Die du allerdings stets verdient hast.«

»Möglicherweise.«

Jason Cutter räusperte sich. »Verzeihen Sie, wenn ich Ihr Schäkern unterbreche, aber konnten Sie eine Spur von Harold Piccoli finden?«

Sofort wurde John wieder ernst. Er setzte eine bedauernde

Miene auf und schüttelte den Kopf. »Nicht die geringste. Wir haben nur de Vries entdeckt – oder vielmehr seine Überreste. Sie liegen in der Küche der Station.«

Die Geschwister wechselten einen Blick. »Er muss in den Fabrikteil geflohen sein, um sich dort zu verstecken«, meinte Janelle Cutter.

»Das wird unerfreulich«, erwiderte ihr Bruder.

»Vielleicht ist er auch tot«, gab John zu bedenken. »Hawkins hier, also Metzger, könnte ihn erwischt haben. Er war wie im Mordrausch, als wir ihn fanden. Ich kann mir kaum vorstellen, dass er Piccoli einfach am Leben gelassen hat. Aber, halt, ich vergaß: Piccoli ist ja auch ein wahnsinniger Mörder.«

»Es wäre möglich, dass Metzger Piccoli getötet hat«, räumte Jason Cutter zögernd ein. »Piccoli ist ein gefährlicher Mann, aber ein Ungeheuer wie Metzger ist er nicht.«

»Trotzdem müssen wir ihn suchen«, beharrte seine Schwester. »Er ist tot und lebendig für uns von großem Wert.«

»Sie wollen ernsthaft eine Leiche suchen, die von dem Menschenfresser vielleicht zerstückelt und in irgendwelchen Schubladen versteckt wurde?« John schüttelte den Kopf. »Das könnte Stunden dauern, und Sie mögen vielleicht alle Zeit der Welt haben, aber ich habe sie nicht.«

»Was soll das auf einmal heißen?«

»Das heißt, dass es mir reicht. Wir haben die Wohnsektion weitgehend überprüft. Lebend haben wir Ihren Flüchtigen nicht gefunden. Von mir aus können wir noch hinunter in die Fabriksektion fahren und eine halbe Stunde dort suchen. Aber danach verschwinde ich von hier, ob mit oder ohne Piccoli, ist mir dann auch egal. Wir haben Passagiere, die nach Heaven's Gate wollen, und ein Kerl, dem ich Geld schulde, sitzt auf Briscoll und zählt die Minuten runter, bis er meinen

Kopf auf einem Pfahl sehen will. Also sehen Sie mir nach, wenn meine Bereitschaft, Ihnen zu helfen, Grenzen hat.«

Er deutete auf die Leiche neben ihnen. »Außerdem haben Sie doch den Menschenfresser. Geben Sie sich mit dem Kopfgeld für ihn zufrieden.«

Wieder wechselten Jason und Janelle Cutter einen Blick. »Eine Stunde. Das sind Sie uns schuldig dafür, dass wir Ihr Leben gerettet haben.«

Ergeben ließ John die Schultern sinken. »Eine Stunde.«

Natürlich fanden Sie Harold Piccoli weder im Ganzen noch zerstückelt, obwohl sie in der nächsten Stunde wirklich beinahe die ganze Fabriksektion durchforschten. Erneut bildeten sie zwei Gruppen, wobei sich John und Kelly, die von der Fruchtlosigkeit ihrer Bemühungen wussten, deutlich weniger Mühe bei der Suche gaben als die beiden Kopfgeldjäger.

Schließlich trafen sie sich wieder am Aufzug, und als John seine Absicht bekräftigte, von Russell Station zu verschwinden, willigten die Cutters zähneknirschend ein. Gemeinsam fuhren sie nach oben, wo die Geschwister den toten Hawkins an den Beinen packten, um ihn hinter sich her zurück zum Schiff zu schleifen. Auf dem Weg besorgten sie sich einen Leichensack aus den Beständen der Krankenstation. Dort hinein steckten sie den Mann, um ihn an Bord zu bringen.

»Was ist mit de Vries?«, fragte Kelly. »Lassen wir ihn hier?«

John fluchte leise. »Richtig. Der liegt ja auch noch angefressen in der Küche herum. Wir sollten ihn in eine Tüte packen und an Bord nehmen, um ihn dann auf Heaven's Gate abzuliefern.« Er sah Kelly mit einem auffordernden Blick an.

»Mit ›wir‹ meinst du mich, wie ich sehe«, stellte sie in sarkastischem Tonfall fest.

»He, ich bin der Captain, du die Ärztin. So ist das nun mal.«

Sie seufzte. »In Ordnung. Ich mache es.«

»Miss Cutter, wären Sie so nett, meiner Partnerin zur Hand zu gehen?«, fragte John die Kopfgeldjägerin. »Der Bursche ist doch sicher ein wichtiges Beweisstück.«

Janelle Cutter schüttelte den Kopf. »Um das Kopfgeld für Metzger zu kassieren, brauchen wir ihn nicht.«

»Mir wäre es aber lieb, wenn Kelly nicht alleine auf der Station wäre. Es besteht immerhin die Möglichkeit, dass Piccoli doch noch lebt und plötzlich auftaucht. Ich helfe Ihrem Bruder im Gegenzug, Hawkins auf die *Mary-Jane* zu schaffen.«

»Das wäre akzeptabel«, meinte Jason Cutter.

Seine Schwester bedachte die beiden mit einem spöttischen Blick. »Männer.«

Während die beiden Frauen in die Küche abbogen, um sich ihrem blutigen Geschäft zu widmen, schleppte John mit Cutter den Toten zum Schiff. Sie verstauten ihn in der Kryo-Einheit und stellten diese auf niedrige Stufe ein, damit er frisch blieb, bis sie Heaven's Gate erreichten.

Während er darauf wartete, dass Kelly und Janelle Cutter mit den sterblichen Überresten von de Vries auftauchten, begab John sich ins Cockpit, wo er Hobie und Aleandro über die neusten Entwicklungen in Kenntnis setzte. »Ich will die Passagiere, also Mrs. Pennington und Mister Peabody, nicht noch mehr ängstigen, also werden wir ihnen eine etwas veränderte Geschichte erzählen. Wir haben Piccoli geschnappt.

Leider war Cutter gezwungen, ihn zu erschießen. Die Leiche haben wir wieder in der Kryo-Einheit verstaut.«

»Hawkins erwähnen wir also gar nicht?«, hakte Aleandro nach.

»Nein. Ich wüsste zwar schon gerne, wie es dem Burschen gelungen ist, unbemerkt mit uns bis nach Russell Station zu fliegen, aber dieser Frage gehen wir diskret nach. Hobie, vielleicht kannst du dich darum kümmern. Wenn du Spuren seiner Anwesenheit an Bord findest, beseitige sie.«

»Geht klar, John.«

»Weiter werden wir erzählen, dass Piccoli bedauerlicherweise de Vries ermordet hat. Er hat ihn erstochen, als dieser ihn vermutlich zufällig auf der Station aufgestöbert hat. Das klingt halbwegs plausibel und ist hinreichend tragisch, aber nicht annähernd so abscheulich wie die Wahrheit.«

»Werden wir de Vries im All bestatten?«, wollte Hobie wissen.

»Keine Ahnung. Darüber habe ich noch nicht nachgedacht. Der Ordnung halber sollten wir ihn vermutlich an die Behörden auf Heaven's Gate übergeben, aber der Papierkram, der damit einhergeht, ist mörderisch. Ganz zu schweigen von der schlechten Presse, wenn herauskommt, dass auf unseren Transportflügen Leute aufgefressen werden.« John zuckte mit den Achseln. »Nein, ernsthaft, das muss ich mir noch überlegen.«

»Und was machen wir mit dem echten Piccoli?«

»Wir behalten ihn im Moment im Steuerbordfrachtraum, der abgeschlossen bleibt. Niemand darf ihn betreten, und niemand darf von Piccolis Anwesenheit erfahren, vor allem unsere beiden Jäger nicht. Ich habe keine Ahnung, ob ich seiner Geschichte, dass er ein entflohener Sklave ist, Glauben schenken darf, aber wenn Kopfgeldjäger im Spiel sind, entscheide ich mich im Zweifel für den Angeklagten. Das soll heißen, ich gebe ihm zumindest die Gelegenheit, sich zu erklären, bevor ich entscheide, ob ich ihn den Cutters ausliefere oder ob wir ihn bis Heaven's Gate schmuggeln.«

»Ein guter Plan, John.« Hobie nickte beifällig. »Und wenn ich meine Meinung äußern darf: Ich halte diesen Piccoli für einen anständigen Kerl. Eine blütenweiße Weste hat er sicher nicht, wer von uns hat die schon, aber er ist ein Ehrenmann. Hat auf dem Weg zum Schiff kein einziges Mal versucht, auszubüchsen. Und er hat auch getan, was er konnte, um es mir und Aleandro leicht zu machen, ihn ungesehen in den Steuerbordfrachtraum zu bringen. Er scheint sein Schicksal wirklich in unsere Hände zu legen. So ein Mann kann nicht der gemeingefährliche Verbrecher sein, als den die Cutters ihn uns vorgestellt haben.«

»Ich neige dazu, dir zuzustimmen, mein Freund. Trotzdem will ich ihm auf den Zahn fühlen. Es haben uns schon ganz andere Burschen in den letzten Tagen getäuscht.« Er stieß sich vom Pilotensitz ab, an dem er gelehnt hatte. »Machen wir weiter. Hobie, du überprüfst das Schiff nach Spuren von Hawkins. Aleandro, bereite mit Mary-Jane hier alles für den Start vor. Sobald Kelly und Miss Cutter an Bord sind, will ich auf schnellstem Weg zum Iverson-Transitfeld.«

Aleandro, der auf dem Stuhl der Ortungsstation lümmelte, salutierte lässig. »Verstanden, Cap. Und was treiben Sie?«

»Ich informiere unsere Passagiere über das, was passiert ist. Und danach mache ich Mittagessen.«

Wie erwartet sorgte Johns Bericht, den er kurz nach ihrem Start von Russell Station im Beisein von Kelly und den Cutter-Geschwistern präsentierte, für betroffene Gesichter bei Pennington, Langdon und Peabody.

»Mister de Vries ist tot? Das ist ja schrecklich«, murmelte der schmächtige Whiskeyhändler.

»Ja, es war ein Schock für uns alle«, pflichtete John ihm bei.

»Wenn ich bedenke, dass ich meine kleine Elisabeth zur Welt gebracht habe, während vielleicht nur wenige Räume weiter so ein Mörder herumschlich, wird mir noch jetzt ganz anders«, meinte Emma Pennington.

»Sie waren nie in ernster Gefahr, Mrs. Pennington«, versuchte John, sie zu beruhigen. »Solche Leute wagen es normalerweise nicht, Gruppen anzugreifen. De Vries hat den Fehler gemacht, sich von der Gruppe zu entfernen.«

»Er konnte ja nicht ahnen, dass er sich damit in Lebensgefahr begibt.«

»Nein, das konnte er in der Tat nicht. Glücklicherweise ist es uns ja gelungen, den Burschen auszuschalten. Außerdem haben wir Russell Station endlich hinter uns gelassen und sind auf dem Weg zum Iverson-Transitfeld. Und von dort ist es nur noch ein Katzensprung bis Heaven's Gate. Ich bin zuversichtlich, dass wir vor morgen Abend dort eintreffen. Also machen Sie sich nicht verrückt. Es ist bald geschafft.«

Trotz seiner Worte verlief das anschließende Mittagessen bei gedämpfter Stimmung. John machte Linseneintopf aus der Dose warm, wurde dann aber von Hobie, den der durchs Schiff ziehende Essensduft in Richtung Messe gelockt hatte, aus der Küchenzeile verjagt. Dem Gericht war das durchaus zuträglich.

Nach dem Essen verabschiedete sich Hobie in Richtung Maschinenraum, Mrs. Pennington und die Cutter-Geschwister zogen sich in ihre Kabinen zurück. Aleandro marschierte zum Cockpit, um die Ortungsinstrumente im Auge zu behalten. Peabody und Langdon lehnten sich auf ihren Stühlen zurück und genossen einen kleinen Verdauungswhiskey.

Als John Aleandro folgen wollte, nahm Kelly ihn im Gang zur Seite. »John, was machen wir eigentlich mit de Vries' Sachen?«

»Nun ja, er ist auf unserem Schiff gestorben, also gehören sie jetzt wohl uns. Ich bezweifle, dass sich ein entfernter Verwandter meldet, um Ansprüche auf einen Satz Wäsche zum Wechseln anzumelden – nicht dass ich darauf Anspruch erheben würde.« Er verzog das Gesicht. »Ich würde sagen, räum einfach bei nächstbester Gelegenheit den Kram aus der Kabine. Sprich vorher mit Peabody, damit du nichts von seinen Sachen mitnimmst. Die beiden teilen sich ja ein Quartier. Was sich noch verwerten lässt, können wir bis Heaven's Gate mitnehmen, um es dort zu verkaufen. Den Rest von de Vries' Zeug schmeißt du weg.«

»Ist gut.«

Auf dem Weg zum Cockpit kam John der Gedanke, dass der Zeitpunkt günstig sei, um sich Harold Piccoli vorzunehmen. Daher warf er nur einen kurzen Blick zu Aleandro hinein und vergewisserte sich, dass alles in Ordnung war.

»Kein Peko in Sicht und auch sonst alles ruhig, Cap«, meldete Aleandro.

»Schön zu hören, dass uns ausnahmsweise mal niemand umbringen will«, erwiderte John. »Wann erreichen wir das Transitfeld?«

»Kurz vor Mitternacht.«

»Sehr gut. Ich bin im Steuerbordfrachtraum. Wenn jemand nach mir fragt, habe ich mich in meiner Kabine aufs Ohr gehauen und will nicht gestört werden, es sei denn, die *Mary-Jane Wellington* wird von Grünhäuten geentert, klar?«

»Wie ein Satz Binärcode, Captain.« Aleandro hob bestätigend einen Daumen. »Angenehme Nachtruhe.«

John hatte den Steuerbordfrachtraum gerade erreicht und wollte den Entriegelungscode in das Zahlenfeld neben der Tür eingeben, als sein Komm-Gerät zirpte. Ein kurzer Blick auf die schmale Anzeige verriet ihm, dass Kelly ihn zu sprechen wünschte. »Kelly, was gibt es?«

»John, du solltest zu mir in die Kabine von de Vries und Peabody kommen. Sofort.« Mehr noch als ihre Worte veranlasste die Aufregung in ihrer Stimme John, auf der Stelle kehrtzumachen und zur Unterkunft des jüngst Verstorbenen zu eilen.

»Was ist los?«, fragte er, als er die Tür öffnete und Kelly auf einem der beiden Betten sitzen sah. Es war zerwühlt und von allerlei Krimskrams übersät, und sie hatte eine kleine Tasche auf dem Schoß. John erinnerte sich nicht daran, sie in de Vries' Gepäck gesehen zu haben, aber vielleicht hatte er sie in seiner größeren, am Fußende des Betts liegenden Tasche versteckt gehabt.

»Mach die Tür zu, John«, forderte Kelly ihn auf.

Er tat es.

»Und jetzt komm her und setz dich. Ich muss dir was zeigen.«

Stirnrunzelnd gesellte er sich an die Seite seiner blonden Partnerin. »Spann mich nicht so auf die Folter. Was hast du da?«

Wortlos öffnete sie die Tasche. Sie war randvoll mit Union Dollar, ein Hunderter auf dem anderen, sorgsam gebündelt zu dicken Stapeln, um die eine goldbraune Fünftausend-Dollar-Banderole geschlungen war.

John spürte, wie ihm die Kinnlade herunterklappte. »Der alte Hurensohn ... Wie viel Geld ist das?«

»Es sind genau vierzig Bündel. Ich war so frei, sie zu zählen, weil ich es einfach nicht glauben konnte.«

»Zweihunderttausend Union Dollar ...« In diesem Augenblick war John tatsächlich froh, dass er sich gesetzt hatte, denn ihn überkam ein irritierendes Schwindelgefühl. Er nahm eines der Geldbündel aus der Tasche. »Ist das Falschgeld?«, überlegte er und zog einen der Scheine aus dem Bündel. Dann ging er hinüber zu dem in die Wand eingelassenen Leuchtpaneel und hielt ihn davor. »Sieht verdammt echt aus«, meinte er, als er die Hundert-Dollar-Note in den Händen drehte und einer eingehenden Betrachtung unterzog. »Hol mich der Teufel ... Warum schleppte de Vries so eine Menge Geld mit sich herum?« Fragend wandte John sich zu Kelly um.

»Vielleicht, weil er nicht de Vries war.« Sie hob eine dezente Lederbrieftasche. »Das habe ich unten in der Tasche gefunden. De Vries wollte sich offenbar nicht davon trennen, aber auch nicht, dass man sie bei ihm sofort findet.«

»Ausweispapiere?« John kehrte zum Bett zurück, ließ den Hunderter fallen und nahm die Brieftasche entgegen.

»Jep.« Kelly zog vielsagend die Augenbrauen hoch. »Von einem gewissen James van Halen, gemeldet in Union City auf Constitution.«

»Sagt mir gar nichts. Ein Freund von Darius Martell?«

»Bestimmt nicht, auch wenn die beiden ähnlich fragwürdigen Betätigungen nachgehen. James van Halen ist ein berühmter Finanzspekulant, beziehungsweise er war es, bevor er seine Bank, die *Constitution Savings*, durch Hochrisikogeschäfte in den Ruin getrieben hat. Schlau wie er ist, hat er sich rechtzeitig abgesetzt. Seitdem wird er gerichtlich gesucht. Tja, und offenbar hat er seinen Weg bis auf unser Schiff gefunden.«

Erstaunt sah John Kelly an. »Woher weißt du das alles?«

Seine Partnerin bedachte ihn mit einem sarkastischen Lächeln. »Im Gegensatz zu dir lese ich nicht nur die Jobangebote an den Nachrichtentafeln im Raumhafen. Gelegentlich informiere ich mich auch, was auf den Welten so passiert.«

»Und warum hast du van Halen dann nicht erkannt, als er unter dem Namen de Vries bei uns vorstellig wurde? Nicht dass es mich gestört hätte, einen flüchtigen Banker zu transportieren, aber ich hätte ihm vielleicht ein paar Dollar mehr abgeknüpft.«

»Bei dem Artikel war kein Foto dabei«, erklärte Kelly. »Außerdem interessiere ich mich nicht so brennend für Bankgeschäfte auf den Kernwelten.«

»Schon gut, spielt ja auch keine Rolle. Bleibt die Frage, was wir mit dem Geld machen ...« Nachdenklich blickte John auf die Tasche.

»Richtig wäre wohl, es abzuliefern und der *Constitution Savings* zurückzugeben«, meinte Kelly.

»Schon möglich, aber hat irgendeine Bank jemals etwas für uns getan? Ich glaube nicht. Also warum sollten wir uns die Mühe machen, nachzuforschen, woher das Geld kommt, das unser guter Mister de Vries bei sich hatte?« Grinsend steckte John die Brieftasche ein. »Ich glaube, wir haben diesen Mister van Halen nie kennengelernt. Und das Geld ist zweifellos sicherer in einem unserer Schmuggelabteile aufgehoben. Könnte ja jemand wie die Cutters drauf stoßen und lange Finger bekommen.«

»Überleg dir das lieber noch mal, John«, warnte Kelly ihn. »Plötzlicher Reichtum mag uns früher oder später in Schwierigkeiten bringen.«

»In Ordnung.« Er stand auf und nahm die Tasche an sich. »Ich überlege es mir bis Heaven's Gate. Aber im Augenblick behalten wir die Sache für uns. Schmeiß die anderen Sachen alle weg, es sei denn, du findest noch etwas Wichtiges. Ich kümmere mich derweil um deinen Fund.«

Seufzend stand auch Kelly vom Bett auf. »Wie du meinst, John. Hast du eigentlich schon mit unserem neuen Gast gesprochen?«

»Das steht als Nächstes auf dem Programm.«

– 21 –

Harold Piccoli saß, die Unterarme auf die Oberschenkel gestützt, auf einer leeren Transportkiste im hinteren Bereich des Steuerbordfrachtraums und starrte sinnierend ins Leere. Als John eintrat, hob er den Kopf. Prüfend und deutlich gefasster als zuvor blickte Piccoli John mit dunklen Augen an.

»Ich habe von Ihrem Partner Hobie gehört, dass Sie der Captain dieses Frachters sind«, sagte er.

»Das ist richtig. Mein Name ist John Donovan, ich bin der Skipper der *Mary-Jane Wellington.*« Langsam trat John näher, bevor er einige Schritte vor dem hünenhaften Mann stehen blieb, die Hände wie zufällig in die Hüften gestemmt und damit nah an seinem Revolver. »Und Sie sind Harold Piccoli, wenn ich das richtig verstanden habe, Schwerverbrecher in den Augen der Cutter-Zwillinge, zu Unrecht gejagter Minenarbeiter nach eigener Aussage.«

»Und jetzt sind Sie hier, um zu erfahren, was die Wahrheit ist.«

»So in etwa«, bestätigte John nickend. »Ich mag Kopfgeldjäger nicht, aber ich gehe auch nicht gerne irgendein Risiko für einen Mann ein, den ich überhaupt nicht kenne. Also helfen Sie mir, und erzählen Sie mir etwas über sich.«

Piccoli richtete sich ein wenig auf und faltete die Hände. »Das will ich tun. Ich wuchs in einer Bergbausiedlung auf dem zweiten Mond von Hasperat auf. Das ist ein Gasriese im Coronado-System. Die offizielle Bezeichnung des Mondes lautet Hasperat II, aber wir nannten ihn immer nur Higgins'

Moon. Dort befindet sich ein Bergwerk, das seltene Elemente fördert. Es war ein hartes Leben, mein Vater starb bei einem Einsturz, als ich dreizehn war, ein Freund von mir acht Jahre später an einer Strahlenvergiftung.«

»Sie brauchen mir nicht Ihr *ganzes* Leben auszubreiten«, bemerkte John.

»Ich sage nur, was wichtig ist, damit Sie verstehen, was ich getan habe«, erwiderte der dunkelhäutige Riese vor ihm. »Es war ein hartes Leben, aber wir hatten es selbst gewählt. Manche Leute züchten Rinder am Rand, andere bauen Getreide an, wieder andere schürfen Erze und seltene Elemente, so wie wir. Unser Boss war Henry Higgins, Chef eines kleinen Familienunternehmens: Higgins' Exo-Mining. Ich würde ihn nicht als netten Kerl bezeichnen, aber er verhielt sich fair gegenüber seinen Arbeitern und versuchte zumindest, uns am Leben zu halten.«

Piccoli schürzte die Lippen, und seine Miene verdüsterte sich. »Dann kam vor fünf Jahren eine Rohstoffkrise, und Higgins verkaufte an einen Kernwelten-Konzern: Vulcan Ores & Elements. Sie verlängerten all unsere Verträge, boten gute Konditionen, kaum einer machte sich die Mühe, den Konzern genauer unter die Lupe zu nehmen. Wir verkauften unsere Seelen dem Teufel. Es dauerte bloß ein Jahr, bis der neue Manager, Michael Eisen, die Zügel straffer zog. Die Arbeitsbedingungen wurden härter, eine Wach- und Schutztruppe stand plötzlich auf dem Gelände, aus einer Mine wurde ein besseres Gefängnis – und wir Arbeiter waren die Insassen.«

»Das klingt nach dem typischen Vorgehen von Kernwelten-Konzernen im Rand«, brummte John. Er beobachtete Piccoli genau, während dieser erzählte, um ermessen zu können, wie viel davon erfunden war und was der Wahrheit entsprach. Bislang war er geneigt, dem Mann zu glauben. »Kommen wir zu dem Grund, warum Sie von Kopfgeldjägern gehetzt werden.«

»Natürlich. Ein paar von uns begannen, sich zu wehren, gründeten eine Gewerkschaft. Mein jüngerer Bruder …«

Hinter John war das Geräusch des Riegels an der Frachtraumtür zu hören. Alarmiert eilte John zur Tür und zog seine Waffe. Aus den Augenwinkeln sah er, wie Piccoli mit bemerkenswerter Geschmeidigkeit von seiner Kiste glitt und dahinter in Deckung ging.

John stellte sich hinter die Tür und wartete, bis sie sich öffnete. Es war Kelly, die eintrat. »John?« Sie sah sich um und zuckte zusammen, als sie ihn direkt hinter sich mit gezogenem Revolver erblickte.

»Was machst du hier, Kelly?«, fragte er sie, als er mit der Linken rasch die Tür wieder zuschob. Piccoli kam aus seinem Versteck hervor.

»Ich wollte zuhören«, erwiderte sie. »Immerhin bin ich mitverantwortlich, dass wir ihn im Augenblick verstecken. Ich bleibe auch hier hinten und störe nicht, versprochen.«

»Na schön.« John nickte und schob den Santhe zurück ins Holster. Er verriegelte die Tür erneut von innen. Kelly lehnte sich an die nahe Wand, John begab sich zu Piccoli zurück, der wieder auf seiner Kiste Platz nahm. Ein weiterer Gast schien ihn nicht zu stören.

»Wir waren bei der Gewerkschaft, die Ihr Bruder gegründet hat«, nahm John den Gesprächsfaden auf.

»Richtig. Er war schon immer ein Idealist und hoffte, die Zustände durch Reden verbessern zu können. Nach ein paar gescheiterten Gesprächsversuchen mit Eisen versuchte die Gruppe, ihn bei der Konzernleitung zu melden. Doch mein Bruder und die anderen mussten feststellen, dass sie auch von den Oberen nur mit Lippenbekenntnissen abgespeist wurden. Tatsächlich lassen Konzerne wie Vulcan ihren Managern freie Hand draußen im Rand. Solange die Quote stimmt, fragt keiner, wie sie zustande kommt.«

»Ein Hoch auf die freie Marktwirtschaft«, bemerkte John sarkastisch. »Was geschah dann? Vermutlich wurden sie mundtot gemacht.«

Piccoli nickte. »Sie alle verschwanden über Nacht. Danach war die Sache klar: Wir waren die Arbeitssklaven von Eisen und seinen Leuten. Es kam zu einem Aufstand, der gewaltsam niedergeschlagen wurde. Anschließend bot Eisen uns überraschend Arbeitserleichterungen an, wenn wir fügsam wären. Die meisten gaben sich damit zufrieden. Ich nicht. Ich wollte wissen, was mit meinem Bruder geschehen war. Nach fast einem Jahr Suche stand ich schließlich vor einem Massengrab in einem Felsental auf der anderen Seite des Mondes. Die Wachleute hatten alle Gewerkschafter erschossen und dort verscharrt.«

»Verdammte Hundesöhne.« John spürte, fast gegen seinen Willen, wie er mit jeder Sekunde mehr Mitgefühl für Piccoli empfand.

»Oh ja. Am liebsten hätte ich jeden umgebracht, der mir von denen über den Weg lief. Aber um meiner Mutter willen hielt ich mich zurück. Als sie dann vor einem knappen Jahr starb und ich plötzlich ganz allein auf Higgins' Moon war, beschloss ich zu fliehen. Ich gewann zwei Freunde für mein Vorhaben, und gemeinsam planten wir unsere Flucht. Wir verursachten einen Störfall in der Energieversorgung der Kolonie und nutzten diesen als Ablenkung, um uns an Bord eines der automatisierten Erzfrachter zu schleichen. Die Flucht gelang, doch wie ich später erfuhr, kam bei dem Störfall der Neffe von Eisen um, der als Techniker für den Konzern arbeitete. Das hatten wir nicht gewollt. Wir dachten, die Transformatorhalle sei unbesetzt, als wir unsere Sprengladung hochgehen ließen. Doch aus irgendeinem Grund war Jeremy Eisen in dieser Nacht dort am Arbeiten und kam bei der Explosion ums Leben.«

»Und damit wurde es zu etwas Persönlichem.«

Piccoli nickte. »Wir waren nur drei entkommene Arbeiter. Vermutlich hätte Vulcan deswegen kein großes Aufheben gemacht. Uns zu jagen wäre teurer für sie gewesen, als uns einfach ziehen zu lassen und durch drei andere Unglückliche zu ersetzen. Doch Eisen wollte Rache. Da er auf offiziellem Wege nichts erreichen konnte – Konzerne wie Vulcan schalten die Obrigkeiten nur dann ein, wenn es unvermeidbar ist –, entschloss er sich, die Sache selbst zu regeln. Er setzte ein Kopfgeld aus, dreißigtausend auf jeden von uns. Wir trennten uns, um es den Häschern schwerer zu machen. Ich weiß nicht, was aus Jim und Hamid geworden ist, aber ich habe gekämpft. Zwei Jäger habe ich im Laufe der letzten Monate ausgeschaltet. Dann wurde das Kopfgeld für mich verdoppelt. Und plötzlich waren die Cutters hinter mir her. Ich kannte sie damals noch nicht, aber sie sind verdammt gut, wie ich feststellen musste. Sie erwischten mich auf Briscoll und sollen mich nach Heaven's Gate bringen, wo mich ein Schauprozess und der Tod erwartet.«

»Warum gerade Heaven's Gate?«

»Eisen stammt von dort. Ich nehme an, dass er dort Freunde hat. Um die Wahrheit geht es bei der ganzen Sache nicht. Nur um Vergeltung. Sie werden sich schon irgendeine nette Geschichte ausgedacht haben, um mir daraus einen Strick zu drehen.« Piccoli hob den Blick und sah John unverwandt an. In seine dunklen Augen trat ein Flehen. »Nun kennen Sie meine Geschichte, Captain. Und Sie verstehen vielleicht, warum ich

Sie bitte, mich nicht auszuliefern. Ich hatte Glück, dass die Kryo-Einheit ausgefallen ist und ich fliehen konnte. Aber das war meine letzte Chance. Wenn Sie mich den Cutters übergeben, bin ich tot – und das Böse hat gewonnen.«

John hakte die Daumen in die Hosentaschen und ging nachdenklich ein paar Schritte im Hangar auf und ab. Sein Blick suchte den von Kelly, die nach wie vor schweigend und mit verschränkten Armen an der Wand neben der Tür lehnte. Mit einem kaum merklichen Kopfnicken gab sie ihm zu verstehen, dass sie Piccoli für vertrauenswürdig hielt.

»Wir machen Folgendes«, sagte John. »In ein paar Stunden springen wir ins Iverson-System. Dort gibt es auf Johansson eine Bergwerkskolonie von freien Erzschürfern, gute Leute. Wir werden alle von Bord gehen, um mit denen zu essen. Wenn wir danach auf das Schiff zurückkehren, um die nötigen Reparaturen durchzuführen, sind Sie heimlich verschwunden. Klar?«

Piccoli breitete die Hände aus. »Captain, ich weiß diese großzügige Geste sehr zu schätzen. Doch, bitte, schicken Sie mich nicht auf einer Bergwerkskolonie von Bord. Zu viele schlechte Erinnerungen. Und zu wenig Möglichkeiten, von dort wieder wegzukommen.«

»Okay, dann Heaven's Gate. Sie können bis Lordsburg mitfliegen, aber sobald die anderen Passagiere von Bord sind, machen Sie sich auch davon. Und wenn was schiefgeht, hatte ich keine Ahnung, dass Sie sich in diesem Frachtraum versteckt haben.«

Der dunkelhäutige Riese stand langsam auf. Er machte einen Schritt auf John zu und streckte die kräftige Hand aus. Hände wie diese konnten wahrscheinlich Stahlträger zu einer Schleife binden. »Danke, Captain. Ich stehe in Ihrer Schuld. Das werde ich Ihnen nie vergessen.«

John warf kurz einen Blick auf die dargebotene Hand, dann winkte er ab. »Wir wollen mal nicht gleich Brüderschaft trinken, Mister Piccoli. Ich helfe Ihnen nur, weil mich die Cutters für dumm verkauft haben. Und weil ich Konzernleuten gerne eins auswische.«

Piccoli ließ die Hand sinken. »Ich verstehe. Dennoch danke ich Ihnen.«

»Schon gut. Machen Sie es sich hier irgendwie bequem. In spätestens achtundvierzig Stunden sind wir am Ziel. Ach so …« John deutete auf drei schwarzgraue Standardcontainer mit gelben Streifen an der heckwärtigen Frachtraumwand. »Da hinten in den Containern sind unsere Zusatzkabinen, die wir manchmal zum Transport weiterer Passagiere nutzen. Da drin stehen auch ein paar chemische Toiletten. Nutzen Sie eine davon, wenn Sie müssen. Und was zu essen bringt Hobie Ihnen, sobald er unauffällig Gelegenheit dazu hat.«

»Erneut: danke«, erwiderte sein Gegenüber.

Ohne ein weiteres Wort verließ John den Steuerbordfrachtraum. Kelly folgte ihm. Er hatte soeben die Luke wieder verschlossen und drehte sich zu ihr um, als sie ihn unvermittelt am Hemdkragen packte, zu sich zog und ihm einen Kuss gab.

»Wow, wofür war das denn?«, fragte er überrascht, als sie ihn wieder losließ.

»Einfach so. Weil du irgendwie doch ein guter Mann bist. Manchmal zumindest.« Sie zwinkerte ihm zu, wandte sich ab und spazierte beschwingt den Korridor hinunter.

»Manchmal zumindest.« John gestattete sich ein zufriedenes Grinsen. »Sieht wohl so aus.«

Nach dem Abendessen nahm Hobie John beiseite und drückte ihm ein weißes Stück Stoff in die Hand.

»Was ist das?«, wollte John wissen. »Ist das ein Teil einer unserer Raumanzüge?«

»Ganz genau, John. Ich habe es im Maschinenraum hinter einer losen Wandplatte gefunden, die zur Triebwerksverschalung gehört. Dort befindet sich direkt über dem Triebwerk ein Hohlraum, gerade groß genug, dass sich ein Mann in einem Raumanzug hineinzwängen könnte.«

»Willst du damit sagen, Hawkins hat sich dort versteckt?«

»Es sieht so aus.«

»Aber bei laufendem Triebwerk hätte ihn das gleichzeitig halb taub machen und knusprig durchbraten müssen!«

»Na ja, unsere Raumanzüge sind ziemlich robust. Aber ein gemütlicher Flug war es da drin ganz bestimmt nicht.«

John gab Hobie den Stofffetzen zurück. »Er war wirklich irre. Schmeiß das Ding weg und schraub die Wandplatte wieder fest.«

»Schon passiert. Ich wollte dir auch nur sagen, dass dieses Rätsel damit gelöst ist.«

»Leider zu spät, um das Leben von de Vries zu retten.« *Van Halen*, verbesserte John in Gedanken.

Hobie zuckte nur mit den Achseln und machte ein betrübtes Gesicht.

Vier Stunden später, wenige Minuten vor Mitternacht, vollzogen sie – viel später als ursprünglich gedacht – den Transit ins Iverson-System. Beim Widereintritt krachte es bedenklich im Heckbereich des Schiffs, und John sah auf seiner Instrumententafel einige rote Warnlichter aufglühen.

»Alles klar«, brummte John, »damit ist der Umweg über

Johansson vom Höflichkeitsbesuch zur Pflichtveranstaltung geworden.«

»Was ist passiert?«, fragte Aleandro vom Ortungsapparat aus.

»Der letzte Transit hat uns den Heckprojektor ruiniert. Offenbar hat das Ding im Kampf gegen die Grünhäute bei Glauron mehr abgekriegt, als wir dachten.« John klopfte auf sein Steuerpult. »Mary-Jane, Statusbericht.«

»Masseprojektor drei ist ausgefallen«, meldete sich die KI pflichtbewusst. »Triebwerk eins arbeitet nach wie vor mit verminderter Leistung. Ich habe keinen Zugriff auf die Langstreckenfunkantenne. Die Heckmanövrierdüse an Backbord gibt eine Strukturrisswarnung aus. Die Sensorphalanx ...«

»Vergiss es, ich will nicht die ganze Liste hören«, unterbrach John sie. »Sind irgendwelche Schäden akut lebensbedrohlich für uns?«

»Nein, John. Aber ich empfehle dringend, keinen weiteren Transit durchzuführen, ohne zuvor Reparaturen vorgenommen zu haben.«

»Da sind wir einer Meinung. Sind wir wenigstens rausgekommen, wo wir rauskommen wollten?« Er musste an die Warnung vor einem wandernden Transitfeld denken, die für das Iverson-System ausgesprochen worden war.

»Wir befinden uns innerhalb der aktuell kartografierten Grenzen des Brycefield-Transitfelds, zwei Millionen Kilometer unterhalb des magnetischen Südpols von Iverson. Unsere Geschwindigkeit beträgt gleichbleibend fünftausend Meter pro Sekunde.«

»Immerhin etwas. Aleandro, irgendwelche Peko in der unmittelbaren Nachbarschaft?«

»Ich orte nichts Derartiges, Cap. Wenn sie hier sind, verstecken sie sich – oder befinden sich außerhalb der Reichweite unserer Sensoren.«

»Alles klar. Mary-Jane, berechne einen Kurs nach Johansson, mittlere Beschleunigung. Es reicht, wenn wir gegen acht Uhr dort ankommen.«

»Bei mittlerer Beschleunigung benötigen wir elf Stunden und neun Minuten, bis wir den Orbit von Johansson erreichen«, bemerkte die KI.

»Gib eben ein bisschen mehr Gas.«

»Um innerhalb von acht Stunden das Ziel zu erreichen, müssten wir mit ungefähr neunhundertfünfzig Metern pro Sekunde beschleunigen. Das liegt im Maximalschubbereich der *Mary-Jane Wellington*. Ich rate dringend, davon Abstand zu nehmen.«

Seufzend hob John die Arme. »Also dann sind wir eben zum Mittagessen vor Ort. Auch gut. Ich gehe jetzt jedenfalls in meine Kabine und lege mich hin. Weckt mich, wenn ein Peko hinterm Busch hervorschaut.«

Er begab sich in sein Quartier, wo er zu seinem Unwillen feststellte, dass der Schaukelstuhl des alten Captain Sturges offenbar nach wie vor in der Messe stand. Das bedeutete, dass er entweder noch mal in die Messe laufen durfte, wo er womöglich einem vorwurfsvollen Mister Peabody oder zwei argwöhnischen Cutter-Geschwistern begegnete, oder dass er in seiner Koje schlafen musste – etwas, das ihm in Nächten, in denen jederzeit Alarm ausgelöst werden konnte, sehr unwillkommen war.

»Egal«, brummte er, zog nur Waffengurt und Stiefel aus und ließ sich dann auf die Laken fallen. Er schob das Kissen zurecht und löschte das Hauptlicht der Kabine.

Die Arme hinter dem Kopf verschränkt starrte er im Schein seiner kleinen Kojenlampe an die Decke. Er hatte am heutigen Tag ein paar riskante Entscheidungen getroffen, Entscheidungen, die ihm noch einiges an Ärger einbringen konnten. So hatte er nicht nur einem Mann Unterschlupf gewährt, der von einem Unionskonzern und dessen durchaus schussfertigen Erfüllungsgehilfen gejagt wurde, sondern er war obendrein im Begriff, eine schöne Summe Geld zu unterschlagen, die einem flüchtigen Finanzbetrüger gehört hatte und zweifellos in irgendeiner Datenbank der Space Marshalls als gestohlen gemeldet war.

»Aber, he, ich konnte das arme Schwein Piccoli doch nicht an diese zwei Kopfgeldjäger ausliefern«, versuchte er, sich von der Richtigkeit seines Handelns zu überzeugen. »Und dass ich van Halens Geld genommen habe, heißt nur, dass ich einen Dieb beklaut habe.«

»Kann ich dir irgendwie helfen, John?«, meldete sich Mary-Jane mit sanfter Stimme aus dem Deckenlautsprecher.

John schmunzelte leicht. »Du bist auch immer in meiner Nähe, kann das sein?«

»Ich habe tatsächlich eine Subroutine eingerichtet, die deinen Aufenthaltsort an Bord verfolgt und in speziellen Situationen, etwa wenn du dich zu später Uhrzeit alleine ins Cockpit zurückziehst oder auf dein Quartier gehst, in einen erhöhten Analysemodus geht.«

»Soll das heißen, du spionierst mir nach?«

»Ich versuche, immer für dich da zu sein, wenn du mich brauchst.« Die KI klang tatsächlich ein wenig beleidigt. »Das ist meine Aufgabe: Den Captain dieses Schiffes so gut wie möglich zu unterstützen. Und im Augenblick bist du dieser Captain, John. Möchtest du, dass ich die Subroutine lösche?«

»Um nichts in der Welt, Mary-Jane. Ich wollte dich nur aufziehen. Es gefällt mir, zu wissen, dass du da bist, wenn sonst niemand bei mir ist. Ich mag unsere Gespräche, das weißt du doch.«

»Ich genieße unsere Gespräche auch, John.«

»Trotzdem hoffe ich, du besitzt genug Diskretion, um zu wissen, wann ich wirklich ungestört sein will.«

»Selbstverständlich. Ich bin lernfähig, und ich kann dein Verhalten mittlerweile ganz gut einschätzen.«

»Na gut, was hältst du dann von meinem Verhalten heute?«

Es dauerte ein klein wenig, bevor Mary-Jane antwortete, was bei der Verarbeitungsgeschwindigkeit, zu der ihr Prozessor fähig war, bedeutete, dass sie eingehend über die Frage nachdachte. »Ich denke, du hast dich so verhalten, wie du es immer tust.«

»Sehr diplomatisch ausgedrückt«, brummte John sarkastisch.

»Was ich damit meine, ist dies: Du hast dich wahrscheinlich nicht an die Gesetze der Union gehalten. Stattdessen hast du dich von deiner Moral leiten lassen, welche, soweit ich das aus meinen Datenanalysen erschließen kann, die Moral eines Ehrenmannes ist.«

»Ich habe Geld unterschlagen.«

»Das du ohne Zweifel für einen guten Zweck einsetzen wirst.«

»Ach ja?«

»Davon bin ich überzeugt.«

John musste an die Schulden denken, die er bei Darius Martell hatte. »Wahrscheinlich hast du recht, Mary-Jane. Danke. Und gute Nacht.«

»Gute Nacht, John.« Mit einem leisen Knistern des Lautsprechers verabschiedete sich die Schiffs-KI.

Als er sicher war, vollkommen allein zu sein, stand John auf und ging zur Tür, an der sein Mantel hing. Er griff in die Jackentasche und zog die Goldimitat-Uhr heraus, die Martell ihm auf Briscoll gegeben hatte. *Noch 96 Stunden*, dachte John düster. *Hoffentlich kriegen wir keine weiteren Probleme …*

– 22 –

»Willkommen im Orbit von Johansson. Schön, dass wir endlich mal wieder Besuch bekommen!« Die Stimme des Operators, der in der kleinen Beobachtungs- und Messraumstation vierhundertfünfzig Kilometer über der öden Wüstenwelt saß, klang so erleichtert, als hätte er einen langen Marsch durch die Dürre hinter sich und in John endlich einen Getränkeverkäufer gefunden.

»Wir freuen uns, hier zu sein«, antwortete John. »An unserem Schiff gäbe es ein paar Dinge zu reparieren. Können wir das bei Ihnen machen?«

»Sollte kein Problem sein, wenn die Schäden nicht zu groß sind. Wir haben hier kein vollwertiges Trockendock, nur mobile Reparatureinheiten.«

»Verstanden. Ist sonst etwas hier los gewesen in letzter Zeit?« John fragte im Plauderton, aber seine Miene war ernst. Irgendwo trieben sich Geonoj und seine Krieger herum, und er wusste lieber früher als später, wo.

»Abgesehen davon, dass die Peko um uns herumschleichen? Nein. Seit Tagen herrscht völlige Leere im All. Kein Schiff kam hier durch. Wir fühlen uns ein wenig einsam, um ehrlich zu sein.«

»Dann kommen wir mit unserer Gesellschaft ja gerade richtig. Wir gehen jetzt runter. Schönen Tag noch.«

»Ebenso. War nett, mit Ihnen ein paar Worte zu wechseln.«

John schloss den Kanal und richtete seine Aufmerksamkeit

auf die helle braungelbe Kugel unter ihnen. Die Luft war so klar, dass man einzelne Bergrücken ausmachen konnte, die direkt zu ihren Füßen lagen. Irgendwo dort befand sich ihr Ziel.

»Soll ich den Anflug übernehmen?«, fragte Mary-Jane.

»Nein, das mache ich selbst. Es ist ein wunderschöner Tag und die Sicht gut. Das wird ein Kinderspiel.«

»Denk an die beschädigte Manövrierdüse.«

»Keine Sorge. Nicht vergessen.«

In flachem Winkel ließ er die *Mary-Jane* in die Atmosphäre eintreten, dann steuerte er sie mit sicherer Hand tiefer. Unter ihnen wurden die rotbraunen Felsformationen größer, die in diesem Teil von Johansson das Landschaftsbild prägten. Ein weitläufiges Canyonsystem kam in Sicht. Vor Jahrtausenden musste es in der Gegend deutlich mehr Wasser gegeben haben. John lenkte den Frachter direkt darauf zu.

Mit halber Schallgeschwindigkeit flogen sie über die tief eingeschnittenen Täler hinweg, die vielfach verästelt die trockene Gegend durchzogen. An einigen Stellen sahen sie Fördertürme und Verarbeitungsanlagen, wo die Kolonisten ihren Bergbau betrieben. Kleine Transportgefährte und Reparaturdrohnen schwirrten in der Luft über den Abbaustellen wie Fliegen über einem Müllhaufen. Am Boden standen große Lastbarken, die mit Erzcontainern beladen waren. Dass sie nicht abhoben, um sich im Orbit mit einem Großfrachter zu treffen, zeigte deutlich, wie heikel die Lage gegenwärtig war.

Nach etwa zehn Minuten erreichten sie einen besonders weitläufigen Taleinschnitt. In der Steilwand am fernen Ende der Senke klafften etliche Löcher. Diese waren, wie sich an blinkenden Navigationslichtern erkennen ließ, nur teilweise natürlichen Ursprungs. John wusste, dass die Kolonisten bestehende Hohlräume im Fels erweitert und verstärkt hatten, um ihre Siedlung dort zu errichten, geschützt von den kräftigen Strahlen der gelben Sonne Iverson.

John sah zu Hobie hinüber, der neben ihm auf dem Kopilotensitz Platz genommen hatte. »Wärst du so nett?«

»Natürlich, John.« Sein alter Freund rückte seine rote Kappe zurecht und öffnete den Kanal. »Anflugkontrolle Canyontown, hier ist *Cambria*-Klasse-Frachter *Mary-Jane Wellington*. Erbitten Erlaubnis zur Landung.«

»*Mary-Jane*, hier ist die Anflugkontrolle Canyontown«, meldete sich eine etwas rau klingende Frauenstimme zu Wort. »Sturges, alter Raumpirat, bist du das?«

John sah, wie Hobie stutzte. »Anflugkontrolle Canyontown, bitte wiederholen.«

»Ich fragte, ob du es bist, Sturges, Himmel noch mal. Ob du es glaubst oder nicht: Hier ist Fray.«

Unglauben breitete sich auf Hobies Zügen aus. »Fray? Fray Bonningham?«

»Wie sie leibt und lebt.« Ein kehliges Lachen drang aus dem Lautsprecher. »Verdammt, Sturges, das ist verdammt lang her.«

»Entschuldige, Fray, hier ist nicht Sturges, sondern Hobie.«

»Hobie? Dich gibt's auch noch? Ich werd verrückt, die ganze alte Besatzung!«

»Eine Freundin von dir?«, fragte John beiläufig.

»Sagen wir: eine alte Bekannte«, erwiderte Hobie. Er richtete seine Aufmerksamkeit wieder dem Funkgerät zu. »Fray, ich fürchte, ich muss dich enttäuschen. Hat sich einiges an Bord getan, seit wir uns das letzte Mal sahen.«

»Soll heißen?«

»Sturges und Fat Mike hat es vor ein paar Jahren erwischt. War eine üble Sache. Wenn du magst, erzähle ich sie dir bei einem Drink später.«

»Teufel, das tut mir leid. Waren gute Kerle. Bist du jetzt der Captain der *Mary-Jane?*«

»Nein, ich fliege mit John Donovan.«

»Nie gehört. Sollte ich den kennen?«

Hobie grinste. »Du wirst ihn kennenlernen, wenn du uns endlich eine Landebucht zuteilst. Dann treffen wir uns dort, wo bei euch kühles Bier ausgeschenkt wird, und ich präsentiere dir den Mann, der verrückt genug ist, einmal quer durch einen pekoverseuchten Sektor zu fliegen, nur um ein paar Seelen nach Heaven's Gate zu bringen.«

»Ein tolldreister Samariter, also.« Fray lachte erneut ihr kehliges Lachen. »Na, auf den bin ich gespannt.«

»Tolldreist vielleicht«, brummte John, »aber Samariter bestimmt nicht.«

»Ihr habt Landeerlaubnis in Dockbucht drei. Und wenn ihr in einer Stunde – da habe ich Mittagspause – runter ins *Bedrock* kommt, gebe ich euch einen aus und du erzählst mir, was du in den letzten Jahren so getrieben hast, Hobie.«

»Einverstanden. *Mary-Jane* Ende.«

»Na, das war ja ein unerwartet herzliches Willkommen«, meinte John mit einem Seitenblick, während er das Schiff langsam auf das Loch in der Felswand zusteuerte, um das soeben ein Kreis von Navigationslichtern grün aufflammte. »Wer war das?«

Hobie lehnte sich auf seinem Platz zurück. »Fray Bonningham, eine der verdammt besten Mechanikerinnen der Galaxis. Sie hat lange Zeit auf dem Raumhafen von Zaragoza auf Alvarado gearbeitet, wo Sturges sich mit uns oft herumgetrieben hat. Das war vor deiner Zeit. Dann haben sich unsere Jobs weiter randwärts verlagert, und wir verloren uns aus den Augen. Ich kann es kaum fassen, sie hier wiederzutreffen. Es muss zwölf oder dreizehn Jahre her sein, seit wir uns das letzte Mal sahen. Was sie wohl nach Johansson verschlagen hat?«

»Frag sie. Ihr werdet euch ja bald sehen.«

Sie landeten, und John teilte den Passagieren mit, dass sie wahrscheinlich bis zum Abend bleiben würden, um die Reparaturen am Schiff, die sie auf Russell Station nur behelfsmäßig hatten durchführen können, mit richtiger Ausrüstung vorzunehmen. »Die Kolonie hat einen öffentlichen Bereich für Besucher«, sagte er. »Dort gibt es Bars und auch ein paar Geschäfte. Wenn Sie ein paar Dollar dort lassen, wissen es die Kolonisten sicher zu schätzen. Kelly wird Sie bis dorthin begleiten, während Aleandro, Mister Hobel und ich uns um die *Mary-Jane* kümmern. Vielleicht treffen wir uns später zum Abendessen in einem der Läden dort.«

Alle außer Mrs. Pennington, die sich zu schwach für Ausflüge fühlte und mit der kleinen Elisabeth lieber in ihrer Kabine bleiben wollte, begrüßten die Gelegenheit, echten Boden unter den Füßen zu spüren, und so machten sich Peabody, Langdon, die Cutters und Kelly fertig, Canyontown zu erkunden.

»Darf ich mitgehen, Cap?«, bat Aleandro. »Ich brauche ein paar Computerteile, die ich hier vielleicht kaufen kann. Oder brauchen Sie mich dringend?«

John blickte fragend zu Hobie hinüber. Der Mechaniker winkte ab. »Er soll ruhig abhauen. Früher habe ich die Mary-Jane auch ohne die Hilfe eines Computerspezialisten repariert. Wenn du mir hilfst, John, kommen wir schon klar.«

»Also gut, Aleandro. Verschwinde. Aber gib nicht zu viel Geld aus.«

»Ich? Nie!« Aleandro machte eine theatralisch unschuldige Miene, dann schenkte er John ein breites Grinsen. »Danke, Captain.«

Als die anderen fort waren, rieb sich Hobie die Hände. »So, jetzt rauche ich erst mal eine Planetenzigarre, und danach machen wir uns zwei Bier auf und schauen uns den Masseprojektor und die Heckmanövrierdüse und den ganzen anderen Krempel an, der klappert.«

»Vergiss nicht, dass du Fray Bonningham im *Bedrock* treffen wolltest.«

»Stimmt, dieses Vergnügen gönnen wir uns auch noch zwischendurch.« Hobie wirkte geradezu aufgeräumt. Dass sie das Brycefield-System mit all seinen Schrecken endlich hinter sich gelassen hatten, schien seiner Laune sehr zuträglich zu sein.

Sie räumten Hobies Werkzeug nach draußen und kletterten auf das Heck des Schiffs, um die Schäden zu begutachten. Wenige Meter hinter ihnen fiel das helle Licht der hoch am Himmel stehenden Mittagssonne in den Hangar, der direkt in den Fels getrieben worden war und Platz für etwa vier Schiffe von der Größe der *Mary-Jane* bot. Obwohl sie selbst im Schatten standen, spürte John die Hitze des Tages jenseits der künstlichen Höhle. Die Temperaturen draußen am Canyonboden mussten bei mehr als fünfzig Grad liegen. Er war froh, nicht dazu gezwungen zu sein, im Freien zu arbeiten.

Von der *Mary-Jane Wellington* abgesehen war der Hangar leer. Keine weiteren Schiffe waren gegenwärtig zu Besuch. In Nischen entlang der Wände, die durch Rolltore verschließbar waren, standen Treibstofftanks und Ersatzteile. An der Decke verlief ein Schienensystem, über das sich mobile Reparaturplattformen herablassen ließen, die den Zugang zu schwer erreichbaren Stellen an der Außenhaut eines Schiffes erlaubten. In einer Ecke standen Powerladergeschirre, in einer anderen parkten zwei Lastschweber. Durch einen Zugang erreichte man einen breiten Tunnel, der zu einem Nachbarhangar zu führen schien, in dem lautes Rufen und metallisches Hämmern zu hören waren. Ein Geruch von Öl und Ozon hing in der Luft.

»Bar oder in Naturalien?«, rief ihnen ein Mann in einem khakifarbenen Overall zu, der mit einem Padd in der Hand näher kam.

John begab sich an den Rand der Triebwerksektion und schaute zu ihm hinunter. »Wir zahlen bar.«

»Nur Liegegebühr?«

»Nein, plus Treibstoff und den Reparaturservice. Wahrscheinlich brauchen wir auch ein oder zwei Ersatzteile.«

»In Ordnung.« Der Mann machte einige Einträge auf seinem Padd. »Macht fünfhundert vorab. Der Rest wird bei Abflug abgerechnet.«

»Warten Sie, ich komme zu Ihnen.« John ging zur Zugangsluke und kletterte hinunter ins Schiff. Er begab sich in seine Kabine und löste einen verborgenen Riegel, der einen Teil des für gewöhnlich fest mit der Wand verbundenen Bettkastens öffnete. In diesem persönlichen Schmuggelabteil verwahrte John ein paar private Dinge, darunter den Pass des Mannes, der er vor vielen Jahren einmal gewesen war. Jetzt befand sich auch van Halens Geldtasche in dem Kasten, aus der John nun tausend Dollar entnahm. »Ist schließlich für einen guten Zweck – sozusagen«, murmelte er.

Er verschloss das Geheimversteck wieder und verließ das Schiff über die Laderampe des Backbordhangars. »Bitte schön«, sagte er und zahlte den Hangaroffizier aus.

»Vielen Dank«, brummte der Mann, der schütteres braunes Haar hatte und einen Schnurrbart, in den er sich versehentlich Öl geschmiert haben musste, denn er glänzte an der linken Seite auffällig fettig. »Treibstoff gibt es dort drüben bei Bellaire; wenn Sie Fragen zum Kransystem oder der Schweißeinrichtung haben, wenden Sie sich an Snejbjerg da hinten in der Werkstatt.« Er deutete mit seinem Padd auf zwei Männer, die am Rand des Hangars beschäftigt waren.

»Geht klar. Danke.« John wollte sich abwenden, als er merkte, wie der Mann die *Mary-Jane* anstarrte. »Ist was?«

»Was haben Sie mit Ihrem Schiff gemacht? Da sind überall Stressspuren auf der Außenhaut. Und stammt die Brandspur im Heck von einem Lasertreffer?«

John hakte die Daumen in den Gürtel und zuckte mit den Achseln. »Wir sind im Brycefield-System mit zwei Peko-Raptoren zusammengestoßen. Mussten uns in der Atmosphäre eines Gasriesen verstecken. Unschöne Sache, aber dieses Mädchen ist robust. Die hält mehr als eine Runde im Ring mit den Grünhäuten aus.«

»Das glaube ich gerne.« Der Mann grinste. »*Cambria*-Klasse-Frachter waren mir schon immer die liebsten. Kein Schiff ist so treu wie sie.«

»Sie sagen es, Kumpel.«

Der Mann klemmte sein Padd unter den Arm. »He, wissen Sie was? Ich habe hier gerade nicht viel zu tun. Wenn Sie Hilfe mit dem Kran oder den Geräten brauchen, wenden Sie sich doch einfach an mich. Ich helfe gerne, die alte Lady auf Vordermann zu bringen. Wenn Sie mir im Gegenzug erzählen, wie es da draußen mit den verfluchten Peko aussieht.«

»Einverstanden«, sagte John nickend. »Ich bin Donovan. Das da oben ist mein Mechaniker Hobie.«

»Matt Waggoner, freut mich.« Der Mann bot John die schwielige Hand, und dieser schüttelte sie. Waggoner deutete über die Schulter. »Ich bin auch in der Werkstatt, falls Sie mich brauchen.«

»Vielen Dank. Wir melden uns bei Ihnen. Aber vorher haben wir noch einen Termin im *Bedrock*.«

»Die Bar? Gute Wahl. Probieren Sie die Köttbullar. Die sind fantastisch!«

»Danke für den Tipp.«

Waggoner machte kehrt, und John begab sich wieder zurück zu Hobie auf die Oberseite der *Mary-Jane*. In der nächsten Stunde gelang es ihnen immerhin, den Masseprojektor am Heck zu reparieren. Es hatten sich bloß zwei Energieleitungen im Sockel gelöst, nachdem der Kampf gegen die Peko die Verbindungsstücke zu den Generatoren im Inneren des Schiffs beschädigt hatte. Den Schaden zu finden, war der größere Teil der Arbeit. Ihn zu beheben, erwies sich dank der Ersatzteile der Servicemannschaft als vergleichsweise einfach.

Gegen Mittag legten sie ihre Werkzeuge beiseite und meldeten sich bei Mrs. Pennington für eine Stunde ab. John gab ihr ein Komm-Gerät, mit dem sie ihn rufen konnte, sollte es Probleme geben. Bevor sie den Frachter verließen, versorgten sie rasch Harold Piccoli mit ein paar Vorräten, danach befahl John Hobie, die Energieversorgung zum Frachtraum zu kappen und die manuelle Entriegelung zu blockieren, damit niemand in den Frachtraum kam, der nicht über das richtige Werkzeug verfügte oder die Luke aufschweißen wollte. »Mary-Jane?«, rief er die Schiffs-KI.

»Ja, John?«, meldete diese sich umgehend.

»Wir sind eine Stunde unterwegs. Wenn irgendjemand das Schiff betritt, der sich dir gegenüber nicht überzeugend identifiziert, rufst du mich sofort über Funk. Das gilt auch, wenn eine der Frachtluken des Steuerbordfrachtraums geöffnet wird.«

»Ich werde darauf achten«, versprach Mary-Jane.

»Gut.« Gemeinsam mit Hobie verließ John das Schiff. Sie durchquerten den höhlenartigen Hangar und gingen eine kurze Rampe hinunter, die tiefer in den Berg führte. Der Boden und die Wände bestanden aus rotbraunem Gestein, wobei der planierte Boden von flachen Gitterrosten bedeckt war, während sich entlang der Wände breite Kabelschächte und Farbcodierungen zur einfachen Orientierung zogen. An der Decke hingen in regelmäßigem Abstand Leuchtpaneele und sorgten für angenehme Helligkeit. Es war kühl im Inneren des Berges, aber nicht kalt, was vermutlich den leise drehenden Ventilatoren geschuldet war, die am Ausgang von Luftschächten warme Oberflächenluft transportierten.

Am Ende der Rampe erreichten sie einen breiten Tunnel, von dem eine irritierende Menge an Gängen abzweigte. Netterweise hatte jemand an die neu Eintreffenden gedacht und gegenüber an der Wand einen groben Lageplan von Canyontown ausgehängt. Links und rechts des Plans klebten Werbeschilder von Bars und Geschäften, darunter auch eins des *Bedrock*.

»Ebene drei, das ist knapp oberhalb des Canyonbodens, wenn ich das richtig sehe«, murmelte John und fuhr mit dem Finger über die Karte. »Wir müssen der blauen Markierung bis zum nächsten Liftknoten folgen. Dort können wir nach unten fahren. Und dann sind wir schon fast da.«

Wenige Minuten später spazierten sie durch das Vergnügungsviertel der Siedlung. Das war ein großspuriger Name für einen hohen Tunnel, an dessen Decke Wimpel und beleuchtete Reklametafeln hingen und zu dessen linker und rechter Seite sich eine Hand voll Geschäfte und Bars erstreckte. Vor einem Friseurgeschäft stand ein kleiner Mann mit sorgsam gescheiteltem Haar, in dem die Pomade glänzte, und grüßte freundlich die Passanten. In einem breiten Hauseingang lehnten zwei junge Frauen mit geschminkten Gesichtern und offenherzigen Dekolletees. Aus einem Laden drang exotisch klingende Musik, in der Bar gegenüber quälte ein Pianist mit wenig Übung ein Klavier. Der Geruch von Gewürzen und altem Fett hing in der Luft.

Viel Betrieb herrschte nicht. Die meisten Arbeiter schienen in den Stollen zu sein oder ihrem sonstigen Tagewerk nachzugehen. Auch die Männer und Frauen, denen John und Hobie begegneten, bewegten sich so zielstrebig auf eine der Bars zu, als lebten sie schon länger in Canyontown. Da ein Großteil von ihnen Arbeitsoveralls mit dem Emblem der Johansson Mining Corporation anhatten, lag der Verdacht nahe, dass sie sich, wie Fray Bonningham, hier zum Mittagessen aufhielten.

Wenige Schritte später hatten sie das *Bedrock* erreicht, eine Bar, die sich kaum von den anderen unterschied, an denen sie vorbeigekommen waren. Sie wirkte allerdings besser besucht, wie John durch die unverglasten Fensterhöhlen hindurch bemerkte – und darüber hinaus war sie erstaunlich hell.

Den Grund dafür sah er, als sie durch die Schwingtür ins Innere traten. Jenseits der zu kleinen Sitzgruppen angeordneten Metallstühle und Tische, an denen vielleicht dreißig Gäste saßen und zu Mittag aßen, war ein eindrucksvolles Panoramafenster in die Rückwand der Bar eingelassen. Das *Bedrock* musste sich unmittelbar an der Steilwand befinden. Der Blick über das weite Canyontal war nicht unbedingt spektakulär, aber dass es ihn überhaupt gab, schien den meisten Besuchern zu genügen, um diese Bar den anderen vorzuziehen.

»Hobie! Hier drüben!« Eine Frau, die direkt am Fenster saß, hob den Arm und winkte. Sie hatte ein rundes Gesicht, und eine rot gefärbte Lockenpracht umgab es wie eine Wolke. Anders als die meisten anderen hatte die Frau keinen Overall an, sondern eine braune Stoffhose und eine Bluse in schreienden Grüntönen, die einen deutlichen Kontrapunkt zu ihrem Haar setzte.

»Unauffällig tritt sie nicht gerade auf«, raunte John seinem alten Freund zu.

Hobie grinste. »Fray hatte noch nie Angst, Farbe zu bekennen, das ist wahr.«

Sie schoben sich an den übrigen Gästen vorbei und traten auf die Mechanikerin zu. »Fray Bonningham.« Hobie strahlte und umarmte sie. »Du siehst immer noch so gut aus wie damals auf Alvarado.«

»Und du bist immer noch ein so schlechter Lügner, Pat Hobel«, erwiderte sie lächelnd. Sie löste sich von ihm und musterte John. »Und Sie sind der berühmte John Donovan?«

»Für Freunde von Hobie genügt John.«

»Nur wenn Sie mich Fray nennen.« Sie streckte ihm eine kräftige Hand mit lackierten Fingernägeln hin.

»Das lässt sich einrichten«, gab John zurück und schüttelte sie.

»Setzen wir uns«, sagte Fray und nahm wieder Platz. »Ich empfehle die Köttbullar.«

»Da sind Sie nicht die Erste, Ma'm.«

Sie warf ihm einen spöttischen Blick zu. »Machen wir uns nichts vor. Die Speisekarte in diesen Tagen ist eher kurz. Durch den Wolf gedrehte Reste sind das Letzte, was uns an Fleisch geblieben ist. Bohnengerichte gibt es noch in allen Variationen. An Bohnenkonserven herrscht kein Mangel. Aber das frische Fleisch geht uns langsam aus, je länger die Peko dort draußen herumschleichen und den normalen Raumhandel stören.«

»Johansson ist nicht selbstversorgend?«, wunderte sich John.

»Nein. Wenn Sie das glauben, haben Sie ein falsches Bild von der Größe dieser Kolonie. Canyontown ist die einzige richtige Siedlung. Ansonsten existieren nur ein paar Arbeitercamps draußen bei den Bergwerken. Und selbst in Canyontown leben kaum vierhundert Leute, die meisten bloß auf Zeit. Farmer oder Viehzüchter gibt es hier nicht. Wir sind auf Lieferungen von Heaven's Gate oder Purcell angewiesen. Und die bleiben seit einer Woche aus.«

»Das muss hart sein.«

»Noch ist es nur ärgerlich. Aber in einer Woche könnte es sehr unangenehm werden.«

Ein hagerer Kellner mit blondem Borstenhaar und wasserblauen Augen trat an den Tisch und nahm ihre Bestellungen entgegen. John und Hobie folgten der zweifachen Empfehlung der Einheimischen und bestellten Fleischbällchen. Fray entschied sich für eine Bohnensuppe.

»Treiben sich die Peko viel im System herum?«, wollte John wissen, als sie wieder allein waren.

»Bis jetzt hat unsere Spähstation im Orbit nur einzelne Raptoren gesichtet, die sich dem Planeten genähert haben. Von Geonoj selbst haben wir noch nichts gesehen. Aber alle hier fürchten, dass der Konya nicht ohne Grund um Johansson herumschleicht. Er soll sich bislang ja nur an einzelnen Schiffen versucht haben. Wenn er jedoch erst genug Kräfte gesammelt hat, könnte er auch eine Bergwerkskolonie wie die unsere angreifen.« Fray machte ein düsteres Gesicht.

»Ich sage es nur ungern«, warf Hobie ein, »aber wir kommen gerade aus dem Brycefield-System. Dort haben die Peko die Raumstation Russell Station angegriffen und verwüstet. Dabei wurde auch ein ganzes Patrouillengeschwader der Raumkavallerie vernichtet.«

»Es war eine ziemlich hässliche Angelegenheit, ja«, pflichtete John ihm bei.

Fray presste die Lippen zusammen und warf einen Blick durch das Panoramafenster auf den Canyon, der sich jenseits des Sicherheitsglases erstreckte. Im hinteren Bereich erhoben sich Förderanlagen, mit denen Erze aus den Tiefen des Planeten geholt wurden. Ein gelber Schüttguttransporter mit sechs Rädern, die größer als John waren, rollte über eine staubige Straße auf Canyontown zu. Vom strahlend hellblauen Himmel senkte sich ein kleiner Reparaturgleiter herab und setzte zur Landung in einem der oberen Hangars der Kolonie an. Es war das Bild eines einfachen und arbeitsreichen, aber friedlichen Lebens.

»Dann werden sie bald kommen«, sagte Hobies alte Bekannte leise, und jede Heiterkeit war aus ihrer Stimme verschwunden. »Ich bin mir ganz sicher.«

– 23 –

»Warum fliehen Sie nicht?«, wollte John wissen.

»Canyontown evakuieren?« Fray Bonningham sah ihn ungläubig an. »Unsere Heimat aufgeben? Kommt nicht infrage. Lieber kämpfen wir, wenn es nötig wird. Wo sollten wir denn auch hin? Russell Station wurde geplündert, wie Sie selbst sagten. Auf Purcell gibt es bloß Farmer und Rinderzüchter. Und nach Heaven's Gate, wo die ganzen Betbrüder herumlaufen, bringen mich keine zehn Peko.«

»Manche Leute behaupten, Heaven's Gate habe sich in letzter Zeit gebessert«, wandte Hobie ein.

»Nicht genug, als dass Leute wie wir dort glücklich werden würden«, entgegnete Fray.

Ihre Getränke kamen, und sie wischte ihre eigenen Worte beiseite. »Aber nun Schluss mit diesem düsteren Gerede. Hobie, jetzt will ich wissen, was bei dir in den letzten Jahren so passiert ist. Und wo du deinen charmanten Captain aufgetrieben hast.« Sie schenkte John ein schelmisches Lächeln.

Die nächste Stunde verbrachten sie damit, in alten Zeiten zu schwelgen. Vor allem Hobie und Fray bestritten das Gespräch. John begnügte sich damit, die gar nicht üblen Köttbullar mit Bohnengemüse zu essen und gelegentlich einen sarkastischen Kommentar anzubringen. Er hätte nicht die Hand dafür ins Feuer legen mögen, aber ihm war, als sei Hobie vor Jahren, als er noch mit Captain Sturges flog, ziemlich verschossen in die vielleicht zehn Jahre jüngere Frau gewesen. Auch heute noch schien sie ihm nicht gleichgültig zu sein – zumindest waren seine Ohren beinahe so rot wie seine Schirmmütze.

John überlegte gerade, ob er sich diskret zurückziehen sollte, um dem Freund ein paar zweisame Minuten mit seiner alten Flamme zu gönnen, als Fray mit beiden Händen auf die Tischplatte schlug. »So, nun muss ich aber weiterarbeiten. Ich sitze schon viel zu lange hier, auch wenn die Zeit wie im Flug vergangen ist.« Sie stand auf, und John und Hobie kamen ebenfalls auf die Beine.

»Wir müssen auch zurück zur *Mary-Jane*«, meinte John. »Sie repariert sich schließlich kaum von selbst, nicht wahr, Hobie?«

»Nein, vermutlich nicht.« Sein Mechaniker blickte ein bisschen unglücklich drein. »Wir fliegen heute Abend weiter, Fray. Sehen wir uns noch mal? Ich habe so viel von mir erzählt, aber was du in den letzten Jahren gemacht hast, weiß ich kaum.«

»Wann fliegt ihr?«, wollte sie wissen. »Meine Schicht geht bis sechs.«

Hobie sah John fragend an.

John zuckte mit den Achseln. »Wir wollten noch mit unseren Passagieren hier zu Abend essen. Ich schätze, das wird so gegen sechs Uhr sein. Vorher schaffen wir es eh nicht, unsere Reparaturen zu beenden. Du musst bei diesem Essen natürlich nicht dabei sein, Hobie, wenn du etwas Besseres zu tun hast.« Er bedachte ihn mit einem vielsagenden Blick. »Aber wir sollten um spätestens acht wieder die Triebwerke anwerfen. Du weißt, dass die Uhr tickt.«

»Und wie ich das weiß.« Sein alter Freund schnitt eine Grimasse. »Verdammter Martell.«

»Ich bringe euch bis zur Hangarebene, dann fahre ich weiter hoch zum Kontrollzentrum«, sagte Fray. »Wenn du die

Zeit findest, Hobie, hol mich nach meinem Dienst dort ab.«

Sie spazierten durch den Tunnel des Vergnügungsviertels zurück zum Liftknoten und ließen sich wieder nach oben bringen. Zum Abschied gab Fray John die Hand. »Passen Sie auf sich auf. Ich möchte nicht, dass Hobie mir bei unserem nächsten Treffen von Ihrem Tod erzählt.«

»Ich gebe mir Mühe, ein verfrühtes Ableben zu vermeiden«, gab John zurück.

Fray wandte sich Hobie zu. »Und wir sehen uns nachher, alter Raumpirat. Komm nicht zu spät.« Sie verpasste ihm eine spielerische Ohrfeige und grinste, bevor sie in den Aufzug zurücktrat und verschwand.

Gedankenvoll rieb sich Hobie die Wange. »Ein Prachtweib«, murmelte er.

Zurück im Hangar nahmen sie ihre Arbeit an der *Mary-Jane Wellington* wieder auf. Sie holten Matt Waggoner dazu, und gemeinsam mit ihm gelang es ihnen in den nächsten Stunden nicht nur, die Heckmanövrierdüse zu ersetzen und Triebwerk eins wieder auf Vordermann zu bringen, sondern auch die Verbindung zur Langstreckenfunkantenne und die Schäden an der Sensorphalanx zu reparieren. Sie waren soeben dabei, die Stressschäden an der Außenhaut des Frachters auszubessern, als unvermittelt laute Alarmsirenen losheulten.

»Was zum Henker …?« Verwirrt hob John den Kopf.

»Achtung, an alle Personen in Canyontown«, meldete sich eine harte Männerstimme aus unsichtbaren Lautsprechern. »Die Orbitalstation hat eine Angriffsflotte der Peko gesichtet, darunter auch ein Mutterschiff. Zivilisten begeben sich bitte umgehend in die nächsten Schutzräume. Die Bergbauschutztruppe meldet sich an den Verteidigungsposten. Dies ist keine Übung. Ich wiederhole: Dies ist keine Übung. Die Peko greifen an.«

»Die wollen uns wohl auf den Arm nehmen!«, entfuhr es John. »Ausgerechnet jetzt?« Er starrte Hobie fassungslos an, und Hobie starrte fassungslos zurück.

»Verfluchte Hundesöhne!«, murmelte Waggoner tonlos. »Ein Mutterschiff? Das muss Geonoj persönlich sein. Wir sind erledigt. Wir sind so was von erledigt.«

Der Mann im Kontrollzentrum von Canyontown begann, seine Warnung zu wiederholen, und endlich kam Bewegung in die drei. Sie hasteten über die unebene Außenhaut der *Mary-Jane* zurück zur Einstiegsluke. John riss sein Funkgerät vom Gürtel und rief Kelly. »Wo seid ihr?«, fragte er, als sie sich meldete.

»Wir sind unten im Vergnügungsviertel der Stadt.«

»Wie schnell könnt ihr bei uns sein?«

»Keine Ahnung, ich weiß nicht, wo die Cutters sind, und ...«

»Vergiss die Cutters! Wir müssen hier weg, bevor die Raptoren den Luftraum zumachen. Sonst sitzen wir mit der *Mary-Jane* in der Falle. Kommt sofort hoch zu uns!«

»John, das schaffen sie nicht«, warnte Hobie. »Schau doch nur.« Er deutete aus der weiten Hangaröffnung hinaus in den blauen Nachmittagshimmel. Winzige schwarze Punkte waren dort zu erkennen, und sie sahen nicht wie Vögel aus.

»Verfluchter Dreck! Wo kommen die auf einmal so schnell her? Haben die in der Orbitalstation gepennt?« John stieg in die Luke und glitt an der Leiter hinab ins Innere des Schiffs. »Kelly, kleine Planänderung«, fuhr er fort, während er durch den Gang in Richtung Cockpit rannte. »Versteckt euch irgendwo. Hobie und ich bringen die *Mary-Jane* hier raus.

Wir gehen in einem Nachbarcanyon in Deckung und beobachten die Lage. Sobald wir können, kommen wir, um euch zu holen. Das verspreche ich, hörst du?«

»Verstanden, John. Ich wünschte, wir wären bei euch.«

Er stürzte ins Cockpit und ließ sich in seinen Pilotensessel fallen. »Das wünschte ich auch. Passt auf euch auf.«

»Ihr ebenso. Kelly Ende.«

John warf das Funkgerät aufs Armaturenbrett, dann fuhr er den Antrieb hoch. Hobie nahm neben ihm Platz. »Mary-Jane, wir überspringen den Vorflugcheck. Wir haben Peko-Raptoren gesichtet.«

»Ich habe sie ebenfalls geortet«, antwortete die Schiffs-KI ruhig. »Sie dringen in die tiefere Atmosphäre ein. Entfernung etwa einhundert Kilometer.«

»Wie kann ich helfen?«, fragte Waggoner, der als Letzter ins Cockpit stolperte.

»Setzen Sie sich an die Ortungsstation und fassen Sie nichts an«, befahl ihm John mit einem kurzen Schulterblick. Er aktivierte die Prallfeldprojektoren, zog den Schubhebel leicht nach hinten, und der schwere Frachter hob mit brüllenden Triebwerken vom Hangarboden ab. Gleich darauf schossen sie aus der Höhle in den hellen Schein der Nachmittagssonne hinaus.

John zog den Frachter nach links, weg von den Raptoren. »Mary-Jane, ich brauche eine Umgebungskarte. Wir müssen in Bodennähe bleiben, damit uns die Peko nicht entdecken. Und als Nächstes brauchen wir ein Versteck. Am besten wäre ein Felsüberhang oder eine natürliche Höhle irgendwo in der Gegend.«

»Da kann ich Ihnen weiterhelfen«, meldete sich Waggoner zu Wort. »Ich kenne das Land wie meine Westentasche.« Er stand auf und trat hinter John und Hobie. Mit ausgestrecktem

Arm deutete er auf einen Seitencanyon, der von dem breiten Tal abzweigte, dem sie folgten. »Fliegen Sie dorthinein.«

Ohne zu zögern, kam John der Anweisung nach.

»Jetzt folgen Sie dem Canyon etwa drei Kilometer. Dann erreichen wir eine aufgegebene Förderstelle. Der Haupteingang dürfte breit genug sein, um das Schiff einzulassen. Dort können wir uns verbergen. Die Erzreste im Gestein sollten dabei helfen, uns vor den Sensoren der Grünhäute zu verbergen.«

»Sehr gut.« John nahm etwas Schub weg, als die Felswände zur Linken und zur Rechten näher rückten. Stattdessen verließ er sich auf die Prallfeldprojektoren, um die *Mary-Jane Wellington* in Bodennähe zu manövrieren. Mit ohrenbetäubendem Heulen und Dröhnen rauschte der für den Canyon viel zu große *Cambria*-Klasse-Frachter die staubige Piste entlang, die sich zwischen den Felsen dahinschlängelte.

»Was ist denn auf einmal los?«, vernahm John unvermittelt eine weibliche Stimme hinter sich. »Warum sind wir gestartet? Wo sind die anderen?«

Er warf einen schnellen Blick nach hinten und sah Mrs. Pennington mit der kleinen Elisabeth im Arm im Türrahmen zum Cockpit stehen. »Mrs. Pennington, bitte gehen Sie in die Messe. Ich erkläre Ihnen alles gleich. Oder setzen Sie sich wenigstens auf den letzten Stuhl und halten Sie für einen Moment den Mund. Ich muss mich gerade aufs Fliegen konzentrieren.«

Wie um seine Worte zu unterstreichen, rumpelte und krachte es, als er versehentlich mit dem Steuerbordfrachtraum gegen eine aufragende Felsnadel stieß, die daraufhin zu Steinstaub zerbröselte. John hoffte, dass sie sich keinen Riss in der Außenhaut eingehandelt hatten. Sie hatten die *Mary-Jane* gerade wieder zusammengeflickt. Und falls es ein Loch im Boden des Steuerbordfrachtraums gab, würde die Luft für ihren heimlichen Passagier Harold Piccoli ziemlich dünn werden, sobald sie gezwungen waren, hinaus ins All zu flüchten.

Vor ihnen wurde der Canyon wieder etwas weiter, und John sah die Metallgerippe einer dem Verfall preisgegebenen Förderanlage zwischen den Felswänden aufragen.

»Dort! Dort drüben!«, rief Waggoner und deutete auf ein Loch im Berg, vor dem noch eine ausrangierte, halb ausgeschlachtete Transportbarke stand.

John kniff die Augen zusammen. »Das wird eng«, murmelte er, als er die Ausmaße der Öffnung abschätzte.

»Und es wird noch enger. Der Stollen wird nach etwa hundert Metern zu schmal für das Schiff. Fliegen Sie bloß langsam hinein.«

John verringerte den Schub noch etwas weiter und schaltete die Bugscheinwerfer an, um die Dimensionen im Inneren der Höhle ermessen zu können. Nur auf dem Prallfeld schwebend, das die Projektoren an der Unterseite des Frachters erzeugten, schob John die *Mary-Jane* in ihr grob aus dem Berg gesprengtes Versteck hinein.

»Hobie, behalt unser Heck im Blick«, befahl er, als er das Schiff herumzog, um den Bug der Öffnung zuzuwenden, für den Fall, dass sie zu einer schnellen Flucht gezwungen sein würden.

»Sieht alles gut aus«, erwiderte dieser.

Sanft ließ John den Frachter zu Boden sinken und schaltete die Maschinen ab. Er stand auf. »So weit, so gut. Hobie, du bleibst hier beim Schiff und hältst dich bereit. Pass auf Mrs. Pennington auf und … du weißt schon.«

Sein altern Freund nickte. Sorge zeigte sich auf seinen faltigen Zügen. »Und du hast, wie ich annehme, etwas sehr Dummes vor?«

»Noch nicht. Das kommt erst nach Einbruch der Dunkelheit, es sei denn, die Peko zwingen uns zu einem früheren Eingreifen. Im Augenblick will ich mich nur in den Canyon zurückschleichen, um zu sehen, was die Grünhäute vorhaben.« Er wandte sich an ihren Passagier aus Canyontown. »Waggoner, wenn Sie Manns genug sind, wäre ich für Ihre Begleitung dankbar. Sie kennen sich vor Ort besser aus als ich.«

»Geben Sie mir eine Waffe, und ich stehe keinen Meter hinter Ihnen«, knurrte der Hangaroffizier.

»Das lässt sich einrichten.«

Wenige Minuten später senkte sich die Rampe des Backbordfrachtraums, und John rauschte mit dem Fargo-Ti27 hinunter. Neben ihm saß Waggoner, eines von Johns Repetiergewehren in den Händen. Hinter ihnen, auf der kleinen Ladefläche des zweisitzigen Landgleiters, lag Kellys Scharfschützengewehr, das John mitgenommen hatte – nicht weil er unbedingt Peko damit erschießen wollte, sondern weil die Teleoptik des Gewehrs besser als jedes Fernglas war, das sie an Bord hatten. Mit heulenden Triebwerken jagten sie den Canyon entlang, der Stadt der Bergwerksarbeiter entgegen.

Über ihnen am Himmel vernahmen sie das scharfe Fauchen der über die Felslandschaft jagenden Peko-Raptoren. Donnernde, vielfach von den steilen Canyonwänden widerhallende Explosionen waren zu hören.

»Sie bombardieren die Stadt!«, schrie Waggoner gegen das Brausen an. »Diese verdammten Hunde!«

John presste die Lippen zusammen und beschleunigte. Er musste sehen, was dort geschah, auch wenn er nicht wusste, was er dem Wüten der Peko entgegensetzen sollte. *So trägt die jahrelange Ausbeutungspolitik der Unionskonzerne Früch-*

te, dachte er grimmig. *Und wir auf den Randplaneten dürfen es ausbaden.*

Als sie sich der Stelle näherten, wo der Canyon in das breitere Tal vor der Stadt mündete, hielt John im Schutz einiger Felsbrocken an, und sie stiegen aus. Geduckt und das Gelände so gut wie möglich als Deckung nutzend, liefen sie näher heran, wobei sie den an dieser Stelle weniger steilen Abhang bis auf halbe Höhe erklommen, um eine bessere Sicht zu erhalten.

Zwischen den verstreuten Felsbrocken bewegten sie sich vorwärts, bis sie einen Vorsprung erreichten, von dem aus sie einen guten Blick auf das Geschehen hatten. Sie legten sich auf den Bauch und spähten nach unten.

»Diese Grünhäute soll der Teufel holen«, zischte Waggoner. Seine Miene war bleich, und seine Hände zitterten leicht. John konnte es ihm nicht verdenken.

Die Förderanlage im linken Teil des Tals lag in Trümmern. Ihre Metallkonstruktionen ragten halb verbogen, halb zerschmettert in den Himmel auf, anklagende Finger, von den Bomben der Peko-Raptoren gebrochen. Die Zelte und Plastcontainer um sie herum brannten und fetter, schwarzer Qualm stieg von ihnen auf. Neben ihnen stand eines der riesigen Transportfahrzeuge mit den übermannshohen Rädern. Es sah aus, als wäre es mittig von der Faust eines Riesen getroffen worden.

Canyontown auf der rechten Talseite sah nicht besser aus. Der dicke Fels mochte große Teile der Stadt vor dem Bombardement der Peko geschützt haben, aber alle Fensterscheiben waren gesplittert, und aus einem der hinteren Hangars schlugen Flammen. Offenbar war ein Captain nicht so schnell wie John und Hobie gewesen. Seinem Schiff war die Höhlenkolonie zum Grab geworden.

Heulend stürzten sich zwei der blätterförmigen Raptoren aus dem Himmel und feuerten weitere Raketen auf die Steilwand ab, hinter der die Stadt verborgen lag. Es war, als wollten sie eine antike Stadtmauer stürmen. Donnernd schlugen die Projekte in den Fels ein und sprengten Teile daraus in einer Wolke aus Staub und Steinbrocken in die Luft.

Dann wurde ein Brausen wie von einem nahenden Sandsturm über ihnen am Himmel laut. John und Waggoner drehten sich um und erstarrten. Keine hundert Meter über ihnen schob sich das Mutterschiff der Peko über den Himmel. Es ähnelte in seiner Form den blattförmigen Raptoren, allerdings handelte es sich hier um zwei Blätter, die leicht nach außen gewölbt aufeinandergelegt worden waren. Verästelte Adern zogen sich über den blau-metallisch schimmernden Rumpf des Schiffs, und die Luft darunter flimmerte unter dem Einfluss der Prallfeldprojektoren, die anders als Modelle aus menschlicher Fertigung auch in größeren Höhen funktionierten und das scheinbar massige Schiff schwerelos in der Luft hielten. Pulsierende Triebwerke am Heck schoben es auf die bombardierte Bergbausiedlung zu.

Als das Schiff das Tal erreicht hatte, drehte und richtete es sich auf, sodass der Bug in den Himmel zeigte und die Triebwerke zum Boden. Die Peko mussten über unfassbar gut kalibrierte Künstliche-Schwerkraft-Plattierungen überall im Schiff verfügen – oder an Bord war alles sehr gut festgeschnallt. Durch die Drehung des Schiffs sah John, dass zwischen den beiden Blattteilen, welche die Ober- und Unterseite des Rumpfs bildeten, ein schmaler Leerraum existierte, der von Querverstrebungen durchzogen war. An einigen dieser Verstrebungen hingen Objekte. Erst auf den zweiten Blick erkannte John, dass es sich dabei um weitere Raptoren handelte. Der Leerraum war also anscheinend eine Art halb offenes

Hangardeck, in dem die kleineren Jagdmaschinen wie Ungeborene im Bauch ihrer Mutter transportiert wurden.

Vom Heck bis zum Bug musste das Schiff etwa hundertfünfzig Meter messen, bei einer maximalen Breite von vielleicht neunzig Metern. Damit war es beinahe sechs Mal so groß wie die *Mary-Jane Wellington*. Die Peko konnten durchaus noch größere Schiffe bauen, und auch im Vergleich zu Kriegsschiffen des Unionsmilitärs oder gar Fabrikraumern machte es nicht viel her. Trotzdem verfehlte es seine Wirkung nicht, als sechs Landestützen aus dem Rumpf ausfuhren und das Schiff mit fauchenden Triebwerken, die eine mächtige Staubwolke aufwirbelten, wenige hundert Meter von John und Waggoner entfernt aufsetzte.

»Bei allen Heiligen, was für ein Brocken«, murmelte Johns Begleiter. »Ich habe noch nie einen Peko-Träger aus solcher Nähe gesehen.«

»Ich auch nicht«, gestand John. »Und ich habe diese Erfahrung bislang nicht vermisst.«

»Wie viele Grünhäute da wohl an Bord sind? Das müssen Hunderte sein.«

»Nicht unbedingt. Die *Mary-Jane* lässt sich mit zwei bis drei Mann führen. Es könnte sich also auch bloß um ein Dutzend handeln – oder tatsächlich um Hunderte.« Den Berichten zufolge, die Mary-Jane noch auf Briscoll ausgegraben hatte, zählte Geonojs Anhängerschaft mindestens so viele Köpfe. Manche Schätzungen sprachen von bis zu tausend Kriegern.

Über ihnen flog einer der Peko-Raptoren eine Schleife, dann zog er nach Westen ab. Irgendwo in der Ferne waren Explosionen zu hören. Nachdem ihr Konya in Canyontown gelandet war, schienen sich seine Krieger nun den entlegeneren Camps und Förderanlagen zu widmen.

»Da tut sich was«, zischte Waggoner und nickte in Richtung des Mutterschiffs.

John kniff die Augen zusammen. Noch immer hing der aufgewirbelte Staub wie eine rotbraune Wolke um das Schiff in der Luft. Trotzdem war ihm, als öffne sich im Heckbereich eine Luke.

Er zog das Scharfschützengewehr hervor und legte an. Dabei hoffte er, dass die Peko ihre Aufmerksamkeit der Stadt widmeten und nicht zu sehr auf die umgebenden Berghänge achteten. Wenn Waggoner und er hier oben entdeckt wurden, würde ihnen kaum Zeit für ein letztes Gebet bleiben.

Mit einem Daumenschnippen aktivierte er die Teleoptik des Gewehrs und klemmte sich dahinter. Er suchte die Luke und zoomte heran. »Sie haben recht«, bestätigte er. »Da kommen Peko aus dem Schiff. Krieger, wie es aussieht. Sie tragen erbeutete Schutzwesten der Raumkavallerie und Gewehre. Außerdem haben sie Kriegsbemalung aufgelegt.«

Es waren Männer und Frauen gleichermaßen, die aus dem Schiff kamen, mindestens fünfzig an der Zahl. Ihre sehnigen Körper steckten in einer bunten Mischung aus weichen, von Hand gefertigten Ledersachen und Uniformteilen menschlicher Militärs. Ein paar von ihnen trugen erbeutete Halbschalenhelme, doch die meisten ließen ihr schwarzes Haar, in das sie rote Bänder geflochten hatten, offen über die Schultern fallen. Ihre grünen Gesichter waren ebenfalls mit roter Farbe bemalt. Sie wirkten grimmig und zu allem entschlossen.

Während er das Fadenkreuz der Teleoptik über sie fahren ließ, juckte es John in den Fingern. Er musste bloß den Abzug streicheln, und ein halbes Dutzend Peko war tot, bevor die überhaupt wussten, wie ihnen geschah. Leider würden die übrigen schnell herausfinden, wo der einsame Schütze sich versteckte, und dann bedurfte es nur eines kurzen Funkspruchs, um einen der Raptoren zurückzuholen, der ihnen den Garaus machte.

Plötzlich sog John scharf die Luft ein. Ein weiterer Mann war soeben aus der Luke getreten. Er trug Stiefel, eine braune Hose aus Leder und eine schwarze Kampfweste, die seine muskulösen grünen Arme frei ließ. In einem Gurt, der quer über seiner Brust verlief, steckten großkalibrige Sprengprojektile. Außerdem hing eine breite Kette um seinen Hals, an der in zwei Reihen etwas aufgefädelt war, das wie Fingerknochen aussah. Der Mann hatte ein fleischiges Gesicht mit einer breiten, flachen Nase, und seine blauen Lippen waren zu einem Ausdruck der Verachtung verzogen. Auch er trug sein schulterlanges nachtschwarzes Haar offen, allerdings ohne Bänder, und auf seinem Gesicht prangte bloß ein einziges blutrotes Zeichen.

»Der Tod …«, murmelte John tonlos.

»Was?«, fragte Waggoner.

»Er hat das Peko-Symbol für *Tod* auf der Stirn.«

»Wer?«

»Geonoj. Dort unten ist Geonoj.«

– 24 –

»Verschwinden wir von hier«, brummte John.

»Verschwinden?«, wiederholte Matt Waggoner ungläubig. »Wir müssen doch etwas unternehmen.«

»Werden wir auch. Aber nicht von hier aus. Oder möchten Sie zu zweit einen Frontalangriff gegen diese Horde starten?«

Der Hangaroffizier von Canyontown zögerte. »Nein, das nicht. Aber warum erschießen Sie nicht Geonoj mit Ihrem Gewehr? Der Tod dieses Kerls würde die Galaxis jedenfalls zu einem besseren Ort machen.« Er deutete auf die Waffe in Johns Händen.

»Weil das Selbstmord wäre. Glauben Sie etwa, der hat keinen Stellvertreter, der sofort für ihn das Kommando übernimmt, wenn ihm was passiert? Die holen uns hier runter, bevor ich das halbe Magazin leer habe.« Kopfschüttelnd sah John Waggoner an. »Nein, wir müssen subtiler vorgehen, wenn wir hier lebend rauskommen wollen. Und dazu muss ich erst mal eines wissen: Wo befinden sich Kelly, Aleandro und meine Passagiere?«

»Wie können Sie immer nur an Ihre Leute denken? Die ganze Kolonie ist in Gefahr!«

»Das weiß ich auch, verdammt noch mal. Aber sehe ich aus wie ein Regiment Unionstruppen? Ich will auch so viele Leute wie möglich retten. Deswegen meinen Kopf verlieren, will ich allerdings weniger. Also kommen Sie jetzt mit, oder bleiben Sie hier sitzen?«

Waggoner verzog mürrisch das Gesicht. »Schon gut, wir machen es auf Ihre Weise.«

»Kluge Entscheidung.«

Während die Peko unten im Tal in Richtung der aufgesprengten Eingänge in die Stadt ausschwärmten, krochen John und Waggoner rückwärts, bis sie sicher sein konnten, nicht mehr gesehen zu werden. Dann standen sie auf und eilten zu Johns Landgleiter zurück. John warf sein Gewehr auf die Frachtfläche, zog sein Komm-Gerät und schickte eine Rufanfrage an Kellys Apparat.

Es dauerte einen Moment, dann drang ein leises Rauschen aus dem Lautsprecher. »John?«

»Kelly? Hörst du mich?«

»Nicht sehr deutlich, wir sind ziemlich tief im Berg. Was ist draußen los, John? Wir hören leise Schüsse. Wie sieht es bei euch aus?«

»Die Peko sind vor der Stadt mit ihrem Mutterschiff gelandet. Geonoj ist auch da. Sie dringen gerade in die Kolonie ein. Wir haben uns mit der *Mary-Jane* in einem Seitencanyon versteckt. Hör zu, Kelly, haltet noch ein wenig aus. Wir schmieden einen Plan, um euch herauszuholen. Wo genau seid ihr?«

»Wir befinden uns mit etwa zwanzig anderen Leuten in einem Schutzraum auf Ebene vier, über dem Vergnügungsviertel.«

John sah Waggoner an. »Gibt es neben dem Haupteingang am Tal noch Nebenzugänge nach Canyontown?«

Der Hangaroffizier nickte. »Oben auf dem Hochplateau liegen zwei Ausgänge. Einer bei der Funkanlage von Canyontown und einer bei den Solarkollektoren weiter südlich. Außerdem gibt es einen Notausgang in Richtung Haupttal und einen weiteren, der in einen parallel verlaufenden Canyon führt.«

»Der klingt gut«, meinte John. »Passt die *Mary-Jane* in den Canyon?«

»Ich denke schon.«

»Und auf welcher Ebene liegt der Ausgang?«

»Ebene sieben. Wir nennen den Ausgang Dämmerungstor, weil der Canyon von Norden nach Süden verläuft und die Abendsonne so schön darauf scheint. Es gibt auch eine Terrasse, und die jungen Leute von Canyontown treffen sich dort häufig am frühen Abend. Es ist …« Er stockte. »Vergessen Sie's, spielt im Moment keine Rolle.«

»Sehe ich auch so.« John hob erneut sein Komm-Gerät. »Kelly, versuch, mit unseren Leuten Ebene sieben zu erreichen. Dort gibt es einen Notausgang. Die Einheimischen nennen ihn Dämmerungstor. Sollte eigentlich gut zu finden sein. Wir kommen dort in zwei Stunden hin, wenn es dunkel wird.«

»John, wir haben keine Waffen, und wir hören jetzt überall Kampflärm aus der Stadt. Ich weiß nicht, ob es so klug von uns wäre, den Schutzraum zu verlassen. Vor allem dann nicht, wenn ihr erst in zwei Stunden auftaucht. Vielleicht sollten wir besser hier warten. Die Panzertüren durchzuschweißen dürfte sie eine Weile aufhalten.«

Rasch überschlug John die Optionen. An der Einwohnerzahl gemessen war Canyontown eine eher kleine Kolonie. Bloß vierhundert Menschen wohnten laut Fray Bonningham dort. Am Tag mochten zudem viele von ihnen in den Minen außerhalb arbeiten.

Dennoch konnten Geonoj und seine Leute nicht einfach hineinspazieren und die Stadt plündern, denn die Tunnel im Berg waren verzweigt und es gab viele Kammern. Außerdem hatte der Bergschutz zweifellos Verteidigungsstellungen eingerichtet. Es würde die Peko Zeit und Mühe kosten, sich von

Ebene zu Ebene vorzuarbeiten. Daher stand die Wahrscheinlichkeit nicht schlecht, dass sie einem geschlossenen Schutzraum erst mal nicht allzu viel Beachtung schenkten. Die dort Eingesperrten konnte man schließlich noch später ausräuchern.

»Gut. Bleibt im Augenblick, wo ihr seid. Wir müssen noch ein paar Dinge vorbereiten. Sobald wir kommen, melde ich mich wieder.«

»Ist gut. Viel Glück, John.«

»Euch auch.« Er schloss den Kanal.

»Und jetzt?«, fragte Waggoner.

»Jetzt sage ich Hobie, dass er sich bereithalten soll. Wenn es uns nicht gelingt, unauffällig aus Canyontown zu verschwinden, muss er uns nämlich mit dem Schiff am Notausgang abholen. Dann muss alles sehr schnell gehen. Und danach gilt es, den zweiten Teil unserer Flucht zu bewerkstelligen.«

»Und das heißt?«

»Sobald wir mit der *Mary-Jane* von Johansson abheben, wird Geonoj Jagd auf uns machen. Seine Raptoren sind schon Problem genug, wobei ich darauf baue, dass die übereifrigen Grünhäute einen Großteil ihrer Munition verschossen haben, wenn sie mit den äußeren Camps und Förderanlagen fertig sind. Dann müssen sie erst mal zurück zum Mutterschiff und nachladen. Das heißt, das Mutterschiff darf uns auf keinen Fall folgen, sonst gewinnen wir niemals genug Vorsprung, um sicher in den Transit entkommen zu können. Also müssen wir das Mutterschiff ausschalten.«

Waggoner riss die Augen auf. »Den Riesenbrocken, der vor der Stadt gelandet ist? Den sollen wir zwei ausschalten? Sie haben doch eben gesagt, Sie wollen Ihren Kopf behalten.«

»Ich gedenke es auch nicht zu zerstören. Das gelingt uns ohnehin nicht. Mir schwebte eher vor, das Schiff zu sabotieren.«

»Hm, dazu fällt mir etwas ein.« Mit dem Daumen deutete Waggoner über die Schulter. »Drüben in der Mine ist Sprengstoff für die Arbeiten im Stollen. Wenn wir uns einschleichen und ein oder zwei Paletten davon mitgehen lassen, könnten wir ein paar der Landestützen sprengen. Liegt der Brocken erst auf dem Rücken wie eine Schildkröte, dürfte es den Peko schwerfallen, ihn wieder flott zu kriegen.«

John grinste. »Eine gute Idee, aber ich fürchte, die Landestützen sind zu massiv, um unter einer Explosion einzuknicken, die nicht gezielt bewegliche Teile trifft. Aber der Sprengstoff könnte uns trotzdem nützlich sein. Wenn wir ihn in Antriebsnähe platzieren, geht er hoch, sobald Geonoj abheben will. Das dürfte die Grünhäute kräftig ausbremsen.«

»Sehr gut«, sagte Waggoner nickend. »Dann machen wir es so.«

»Eins nach dem anderen. Um in die Mine zu gehen, brauchen wir Ausrüstung – wenigstens Lampen. Also fahren wir jetzt doch erst mal zur *Mary-Jane*, setzen Hobie von dem Plan in Kenntnis, und sobald es dämmert, ziehen wir los.« John ließ den Motor des Schwebers an.

»Sie haben Glück, dass im Augenblick Spätherbst ist und die Dunkelheit recht früh kommt. Im Sommer wäre es nicht vor zehn Uhr abends dunkel.«

»Wir haben Spätherbst?« Mit einem Blick auf das Armaturenbrett sah John, dass nach wie vor dreißig Grad um sie herrschten.

Waggoner grinste schwach. »Willkommen auf Johansson.«

Tatsächlich wurden die Schatten im Canyon eine Stunde später zunehmend länger, und es begann zu dunkeln. Gleichzeitig wurde die Luft rasch kälter. Mit Lampen, etwas Werkzeug,

Ferngläsern, Revolvern und Repetiergewehren bewaffnet – das Scharfschützengewehr ließ John im Schiff – machten sich die beiden Männer erneut auf den Weg. Sie gingen zu Fuß und verzichteten auf den Landgleiter. Wenn sie in die Mine vordringen und danach an das Mutterschiff heranschleichen wollten, war der Fargo nur hinderlich.

»Bist du sicher, dass ich nicht mitkommen soll?«, fragte Hobie, am oberen Ende der Frachtraumrampe stehend, beim Abschied. »Ich erkenne wahrscheinlich besser als du, wie man an dem Peko-Träger Schaden anrichten kann.«

»Und wer fliegt dann das Schiff, Hobie?«, entgegnete John. »Nein, wir halten uns an den Plan. Waggoner und ich kümmern uns um die Grünhäute und unsere Leute. Du bleibst in der Reserve, um zur Not als Kavallerie heranrauschen zu können.«

Hobie kratzte sich am Kopf. »Ich habe ein mieses Gefühl bei der Sache. Die werden das Mutterschiff garantiert bewachen.«

»Dass es nicht ganz leicht wird, ist mir auch klar. Aber wir können Kelly und Aleandro schließlich nicht zurücklassen.«

»Nein, das ist wahr. Oh, wo wir gerade von Kavallerie sprachen. Das hatte ich völlig vergessen zu erwähnen. Wir haben einen Notruf aus Canyontown aufgefangen. Offenbar hat das Kontrollzentrum noch einen Hilferuf absetzen können, bevor die Peko die Antennenanlage zerstört haben. Vielleicht können wir also alle auf das Eintreffen der Kavallerie hoffen.«

Grimmig schüttelte John den Kopf. »Darauf möchte ich lieber nicht wetten. Bis die Raumkavallerie hier eintrifft, wird einige Zeit vergehen. Das Geschwader im Brycefield-System wurde aufgerieben, und für das Unionsmilitär von Fort Junction ist der Weg noch weiter. Nein, wir sind auf uns allein gestellt – wie immer.«

Er wollte sich gerade abwenden, als ihm noch etwas einfiel. »Eine Sekunde, Waggoner, ich habe noch etwas vergessen.« Er eilte die Rampe wieder hoch und nahm Hobie beiseite.

»Was ist noch, John?«

»Etwas, das überhaupt nichts mit den Peko zu tun hat. Nutze unsere Abwesenheit und schaffe wenn möglich die Leiche von de Vries von Bord. Wirf sie einfach irgendwo unauffällig in die Landschaft. Es sollte so aussehen, als hätten die Grünhäute ihn erwischt.«

»Findest du das nicht ein bisschen pietätlos, John? Wir wollten ihn doch auf Heaven's Gate abliefern.«

»Ich sagte, ich würde es mir überlegen. Und das habe ich jetzt. Ist besser, wenn wir uns mit diesem Toten nicht länger belasten, glaub mir. Ich erkläre es dir alles genauer, wenn wir hier raus sind. Bis dahin vertrau mir und tu mir den Gefallen und lass ihn verschwinden.«

Mit ergebenem Seufzen nickte Hobie. »Was immer du sagst, John. Ist ja nicht so, als wäre de Vries ein besonders netter Kerl gewesen, der ein Staatsbegräbnis verdient hätte.«

»Eben. Wir sehen uns später.« John klopfte seinem Mechaniker auf den Arm. Dann wandte er sich ab und marschierte die Rampe wieder hinunter. »Alles klar«, sagte er zu dem wartenden Waggoner. »Es kann losgehen.«

Waggoner übernahm die Führung und wandte sich nach rechts, entgegen der Richtung, in die sie bislang gegangen waren. »Es gibt einen Pfad, der über das Felsplateau führt«, sagte er zur Erklärung. »Wenn wir den nehmen, erreichen wir die Förderanlage von der Rückseite und laufen nicht so leicht Gefahr, von den Peko entdeckt zu werden.«

»Gehen Sie vor. Ich bin direkt hinter Ihnen.«

Im schwindenden Licht des Tages marschierten die beiden Männer den Canyon hinunter, bis sich zur Rechten ein Pfad auftat, der sich steil den Berg hinaufschlängelte. Radwagen und Schweber würden Mühe haben, ihm zu folgen, für John und Waggoner stellte er jedoch kein Problem dar, sah man von der Anstrengung ab, den Abhang hinaufzukraxeln.

Einem schmalen Einschnitt zwischen etwa fünf Meter hohen Steilhängen folgend, gelangten sie über eine Kuppe der Felsformation, die das Versteck der *Mary-Jane* von dem breiten Tal trennte. In ihm lag die Förderanlage und die Stirnseite von Canyontown. Als sie den Abhang erreichten, der zu der bombardierten Mine führte, ging John in die Hocke und hob das Fernglas vor die Augen. Er regelte die Helligkeit etwas hoch, um besser sehen zu können. Dann zoomte er die rauchenden Trümmer heran und suchte sie nach möglichen Gefahren ab. »Sieht in Ordnung aus«, meinte er. »Ich kann keine Peko entdecken.«

Geduckt bewegten sich die beiden Männer talwärts. Dabei achteten sie darauf, stets außer Sicht möglicher Augen zu bleiben, die vom Mutterschiff ein paar hundert Meter zur ihrer Rechten hinüberschauen mochten. Geröll knirschte unter ihren Stiefelsohlen, und der Geruch von Qualm hing in der Luft. Aus den Tiefen des Berges, in denen die Stadt lag, glaubte John, Schreie und Waffenfeuer zu hören. Ansonsten war es ruhig geworden. Das Bombardement hatte aufgehört, und gegenwärtig waren auch keine am Himmel kreisenden Peko-Raptoren zu sehen, die nach Beute suchten wie die Raubvögel, nach denen sie benannt worden waren.

Als sie den Talboden erreichten, wandte Waggoner sich einem der Schachteingänge zu, die in den Berg führten. »In den Lagercontainern werden wir wohl keinen Sprengstoff mehr finden«, sagte er mit Blick auf die schwelenden Quader, die halb unter einer zusammengefallenen Erzzerkleinerungsanlage begraben waren. »Aber in den Schachtlagern sollte noch etwas liegen.«

Sie bogen um das Wrack eines zerschmetterten Lasttransporters, als Waggoner plötzlich erstarrte. John erkannte sofort, was der andere Mann gesehen hatte, packte diesen am Kragen und zog ihn zurück in Deckung.

Aus dem Schachteingang direkt vor ihnen kamen zwei der Peko-Krieger. Sie schoben eine Schwebebarke vor sich her, auf die sie Beutegut geladen hatten. Die beiden grünhäutigen Männer unterhielten sich leise in der weichen, fließenden Sprache der Peko. John beherrschte sie bruchstückhaft, aber auf die Entfernung verstand er kein Wort.

»Verdammt«, flüsterte Waggoner und deutete auf die Barke. »Die Burschen sind uns zuvorgekommen. Diese schwarzen Kisten brauchen wir. Was jetzt?«

John machte ein grimmiges Gesicht. »Wir schalten die Kerle aus. Was bleibt uns sonst übrig?«

Mit einem Nicken hob Waggoner sein Gewehr. Sofort streckte John die Hand aus und drückte den Lauf nach unten. »Nicht so. Das macht viel zu viel Krach.« Er sah sich um und hob ein kurzes Metallrohr auf, das schmal vom Durchmesser war, aber sich hinreichend massiv anfühlte. »Wir müssen uns an sie anschleichen und sie überraschen. Kriegen Sie das hin?«

Waggoner zögerte. »Ich weiß nicht. So etwas habe ich noch nie gemacht.«

»Dann bleiben Sie in Deckung und halten sich bereit. Ich umgehe die Burschen. Wenn ich Ihnen ein Zeichen gebe, machen Sie irgendein Geräusch, das deren Aufmerksamkeit erregt. Klar?«

»Ist gut.«

Vorsichtig lehnte John sein Repetiergewehr neben Waggoner an das Fahrzeugwrack, dann wechselte er das Metallrohr in die andere Hand und huschte geduckt los. Schwelende Trümmer als Deckung verwendend, umging er die gemächlich die Straße hinunterlaufenden Peko. Er stieg über einige Steinbrocken hinweg, die aus dem Fundament des Förderturms gesprengt worden waren, und zuckte kurz zusammen, als er die Leiche eines Mannes dahinter entdeckte, der den Overall eines Bergarbeiters trug. Sein Schädel war eingeschlagen und seine Beine unter einem Metallträger eingeklemmt. John presste die Lippen zusammen. Damit hätte er rechnen müssen. In der Mine hatten zum Zeitpunkt des Angriffs eine Menge Leute gearbeitet. Natürlich gab es auch hier Tote. Und womöglich Verletzte. Unbehaglich blickte John auf den Eingang zur Schachtanlage. Wie viele Bergleute mochten wohl noch da unten sein, zum Teil verschüttet, zum Teil vielleicht zu Tode verängstigt und auf Rettung hoffend?

Verdammt, konzentrier dich auf deine jetzige Aufgabe, rief er sich zur Ordnung. *Du kannst nicht den ganzen Planeten retten.* Wenn es ihnen gelang, mit heiler Haut Heaven's Gate zu erreichen, würde er den Vorfall den Behörden melden. Sollten die doch einen Rettungskreuzer senden. Wofür gab es Institutionen wie die Space Marshalls, die Raumnotrettung und das Unionsmilitär?

Er richtete seine Aufmerksamkeit wieder auf die beiden Peko mit der Schwebebarke, die den mit einem großen Metallschild gekennzeichnete Ausgang des Geländes beinahe erreicht hatten.

Schnell huschte John weiter, sprang über herumliegende Trümmerstücke und schlich hinter den schwelenden, halb geschmolzenen und daher furchtbar stinkenden Plastbehausungen der Arbeiter entlang. Schließlich hatte er ein gutes

Versteck hinter einigen leeren Öltonnen gefunden. Die Peko waren keine drei Meter mehr von ihm entfernt.

Rasch warf er einen Blick nach hinten und über die Straße hinweg. In den Schatten des Transporterwracks sah er in angespannter Haltung Waggoner stehen. John zog die Lampe vom Gürtel und ließ sie kurz aufblitzen. Waggoner duckte sich außer Sicht. Im nächsten Moment gab es ein Geräusch wie von einer zu Boden fallenden Metallstange.

Die beiden Peko drehten sich um und sahen in Richtung des zerstörten Fahrzeugs. Die Ablenkung nutzend sprang John heran und hob das Metallrohr. Die beiden Männer bemerkten die Bewegung aus dem Augenwinkel und fuhren herum. Für einen von ihnen war es zu spät. Johns provisorische Hiebwaffe traf ihn am Kopf. Der Peko-Krieger zuckte keuchend zusammen und stürzte zur Erde. Blaues Blut floss aus einer Platzwunde am Schädel und mischte sich mit dem rotbraunen Staub.

Der zweite Krieger griff instinktiv an seinen Gürtel und riss ein Messer hervor, doch John schlug ihm mit dem Metallrohr die Waffe aus der Hand. Dann zog er in einem Rückhandschlag das Rohr nach oben, um dem Krieger einen Kinnhaken zu verpassen. Der aber drehte sich blitzschnell zur Seite und wich dem Hieb aus.

Bevor John darauf reagieren konnte, duckte sich der grünhäutige Mann und katapultierte sich nach vorn. Er rammte John mittig und brachte ihn damit aus dem Gleichgewicht. Taumelnd gingen beide zu Boden.

Erneut versuchte John, mit dem Metallrohr zuzuschlagen. Sein Winkel war jedoch schlecht, und er erwischte seinen Gegner nur am Rücken und damit an der gefütterten Weste. Der Peko-Krieger, der auf ihm gelandet war, packte John mit beiden Händen an der Kehle und drückte zu. Sein so menschenähnliches und doch fremdartig wirkendes Gesicht war vor Wut verzerrt. Er zischte etwas, das John nicht verstand, aber er nahm an, dass sein Gegner ihn beschimpfte.

Keuchend umschloss John mit der Linken das Handgelenk des Feindes und versuchte, den Griff zu lösen. Gleichzeitig holte er mit der rechten aus und schlug mit dem Metallrohr auf die Arme des Peko. Der Angriff zeigte Wirkung. Mit einem Schmerzenslaut zog sein Gegner eine Hand zurück. Wütend blickte er auf die provisorische Waffe in Johns Besitz; er fuhr herum, packte sie mit beiden Händen und versuchte, sie Johns Griff zu entringen.

John nutzte seine Chance, riss das linke Bein hoch und warf sich gleichzeitig herum, womit es ihm gelang, den Peko von sich herunterzuschleudern. Der rollte durch den Staub, wobei er John das Rohr aus der Rechten hebelte. Der Peko-Krieger sprang auf. Plötzlich hatte er die Waffe, und John, der ebenfalls auf die Beine kam, sah sich erneut in der Defensive.

Knurrend griff der andere Mann an. Das Metallrohr sauste Johns Kopf entgegen. Erst im letzten Moment fing er den Waffenarm seines Feindes mit beiden Händen ab. Der Peko griff mit der anderen Hand zu, und einige Sekunden lang rangen sie miteinander, der grünhäutige Krieger in dem Versuch, John zu erschlagen, und John schwer atmend damit beschäftigt, genau das zu verhindern.

Auf einmal gab es einen dumpfen Schlag. Der Peko erstarrte. Einen Herzschlag lang starrte er verdutzt drein, dann rollten seine Augen nach oben, er drehte sich halb um die eigene Achse und sackte zu Boden. Hinter ihm stand Waggoner, den Schaft des Gewehrs noch immer erhoben. Er senkte den Blick. »Habe ich ihn erwischt?«

Ächzend ging John in die Hocke und fühlte den Puls des Mannes. »Er lebt noch. Sie haben ihn nur K. o. geschlagen.

Schnell, helfen Sie mir.« Er packte den Burschen unter den Achseln und zog ihn hoch. Gemeinsam legten sie ihn auf die Schwebebarke. Seinen Begleiter auch. Dass der noch einmal aufwachen würde, bezweifelte John allerdings.

»Was haben Sie vor?«, wollte Waggoner wissen.

»Wir schaffen sie zurück in den Schacht und fesseln den hier. Er wird zwar sicher eine Weile schlafen, aber sicher ist sicher.«

»Sollten wir ihn nicht töten? Nur zur Sicherheit.«

John ging drei Schritte und hob das Messer auf, das er dem Peko aus der Hand geschlagen hatte. »Machen Sie es, wenn Sie wollen. Ich töte keine Wehrlosen. Fühlt sich einfach nicht gut an, wenn Sie verstehen, was ich meine.«

Waggoner senkte das Gewehr und nahm das Messer entgegen. Ruhig sah John zu, wie der Hangaroffizier von Canyontown langsam auf den bewusstlosen Peko-Krieger zuschritt. Er hob die Klinge und setzte sie dem Mann an die Kehle. Fünf Sekunden vergingen. In Waggoners Gesicht arbeitete es. John sah, dass er es wollte. Er wollte diesen Scheißkerl, der seine Heimat und seine Leute angegriffen hatte, tot sehen. Zugleich konnte er es aber nicht. Der Mann war kein kaltblütiger Mörder, anders als die Cutters, die sicher keinen Herzschlag lang gezögert hätten, zu tun, was sicher besser für den Fortlauf ihrer Mission wäre.

Langsam zog Waggoner das Messer wieder zurück. »Fesseln wir ihn und schaffen ihn in den Schacht. Es gibt da einen Lagerraum, nicht weit vom Eingang entfernt, da können wir ihn ablegen. Bis seine Leute ihn dort finden, sind wir längst weg.«

John nickte. »Alles klar. Und danach« – er legte eine Hand auf die schwarze Kiste, auf der mehrere Gefahrensymbole angebracht waren – »kümmern wir uns um unser nächstes Problem.«

– 25 –

Sie verstauten die Leiche und den Bewusstlosen in der Schachtanlage, danach inspizierten sie die Beute der beiden Peko-Krieger. Neben allerhand Werkzeug, das ihnen im Augenblick wenig nützte, hatten die Peko drei Kisten mit Sprengkapseln und Zündern erbeutet – genug, um jeden Schutzraum in Canyontown aufzusprengen, wie Waggoner mit unbehaglicher Miene versicherte.

»Nun, darauf wird Geonoj jetzt noch eine Weile warten müssen«, erwiderte John.

Sie leerten eine der Kisten vollständig aus und entfernten die Schaumstoffverkleidung, in der die handtellergroßen Sprengkapseln lagerten. In die gelehrte Kiste füllten sie so viele Kapseln wie möglich. Das war sicher nicht die vom Hersteller empfohlene Transportweise, aber für ein paar hundert Meter würde es gehen.

»Wie machen wir das mit dem Zünder?«, fragte Waggoner. »Eigentlich müssen diese Kapseln verdrahtet und dann per Hand ausgelöst werden.«

John grinste. »Ich glaube, das können wir getrost vergessen. Wenn wir die Kiste unter das Haupttriebwerk des Mutterschiffs stellen, wird sie explodieren, sobald der Träger startet, so viel ist klar. Vermutlich reicht es, wenn wir bloß einen Teil direkt am Triebwerk platzieren und den Rest günstig überall im Bereich der Antriebssektion verteilen. Das sollte zu einer schönen Kettenreaktion führen.«

»Hoffentlich gelingt uns das, ohne bemerkt zu werden.«

»Etwas mehr Optimismus bitte. Wir können ihn gebrauchen.«

Mittlerweile war es draußen merklich dunkler geworden. Die Nacht brach herein. Einerseits kam das John entgegen, denn so würde es jedem Peko-Wachposten schwerer fallen, ihn und Waggoner zu entdecken. Die Angelegenheit hatte jedoch ihre Kehrseite. Ihnen würde es ebenso schwerfallen, den Wachposten zu bemerken, zumal Peko dazu neigten, sich sehr leise zu bewegen. Waggoner und er würden äußerst vorsichtig sein müssen.

Mit der Kiste voll Sprengstoff zwischen sich schlichen sie am Rand des Tals entlang auf Canyontown und das davor stehende Mutterschiff zu. Die Stadt selbst lag im Dunkeln. Das Bombardement hatte die Außenbeleuchtung zerstört und offenbar auch im Inneren für Stromausfälle gesorgt. Ob das nur Teile der Kolonie oder die ganze betraf, war nicht auszumachen. Hinter den leeren Fensterhöhlen und den klaffenden Löchern, die von den Raketen im Fels hinterlassen worden waren, herrschte jedenfalls Finsternis. Nur hier und da huschte der Schein eines Handstrahlers durch die Räume dahinter.

Auch am Mutterschiff brannte nicht viel Beleuchtung. Die Raumpositionslichter waren abgeschaltet. Und die einzigen ovalen Fenster, aus denen Licht fiel, befanden sich ganz oben am Bug des Trägers, in mehr als hundert Metern Höhe. Dazu kamen ein paar gedämpfte Cockpitbeleuchtungen von Raptoren, die sich im Bauch der Bestie befanden und deren Piloten dort ihre Maschinen für die Nacht angedockt hatten. Ansonsten erschien der stumme Gigant, der sich vor ihnen erhob, als schlafe er.

Nach ein paar Minuten waren sie so nah an das Schiff herangeschlichen, wie es möglich war. Nur noch eine freie Fläche von etwa hundert Metern trennte sie von der zwischen den Landestützen hängenden Antriebssektion des Trägers. John bedeutete Waggoner, stumm stehen zu bleiben, und zog sein Fernglas hervor. Er hob es vor die Augen, regelte die Helligkeit auf Maximum und überprüfte den Zielbereich.

Er schien verwaist zu sein. Etwas anderes hatte John auch nicht erwartet. Die Peko rechneten sicher kaum damit, dass jemand verrückt genug war, zum Angriff überzugehen, statt im Schutze der Nacht sein Heil in der Flucht zu suchen. »Also schön, legen wir los«, sagte er, als er das Fernglas sinken ließ und wieder verstaute.

Sie hoben die Kiste und hasteten los. Johns Herzschlag beschleunigte sich. Ab jetzt waren sie auf pures Glück angewiesen. Wenn auch nur ein Peko-Krieger mit scharfen Augen und wachem Verstand aus den rauchenden Höhlen der Stadt oder einer Schiffsluke auftauchte, standen sie verdammt dumm da.

Geduckt hetzten sie auf das riesige Schiff zu, das groß wie ein Hochhaus auf den Kernwelten in den klaren Abendhimmel aufragte. Ein fahler Dreiviertelmond stieg eitergelb über den östlichen Bergen auf. Noch immer lag der Geruch von Rauch in der Luft, und aus den Tiefen von Canyontown drangen leise Rufe in der Sprache der Peko an ihre Ohren. Ob sie ihren Sieg feierten oder letzte Widerstandsnester auszuräuchern versuchten, konnte John nicht sagen. Da er jedoch kein Waffenfeuer hörte, nahm er Ersteres an.

Schwer atmend erreichten sie den Schutz einer Landestütze. Sie glänzte schwach im Mondschein, aber John wusste, dass sie nur zum Teil aus Metall bestand. Die Peko besaßen eine eigentümliche Form von Hybridtechnologie, die zu gleichen Teilen gewachsen und künstlich gefertigt war. Das ging nicht so weit, dass ihre Schiffe lebten, aber sie waren auch nicht ausschließlich in einer Werft zusammengeschweißt worden.

»Da wären wir«, flüsterte John und sah sich angestrengt in der Dunkelheit um. Noch immer zeigte sich keiner der grünhäutigen Angreifer. »Legen wir los und platzieren die Sprengkapseln.«

»Ich muss gestehen, dass ich keine Ahnung von Peko-Raumschiffen habe«, antwortete Waggoner leise. »Ich kann Ihnen nicht sagen, wo wir die Ladungen anbringen müssen, um den meisten Schaden anzurichten.«

»Das weiß ich auch nicht, also halten wir uns an die universelle Weisheit: Viel hilft viel.« John klappte die Kiste auf, steckte sich Sprengkapseln in die Taschen seines Mantels und stapelte dann weitere auf seinen angewinkelten linken Arm. Waggoner gab ein zustimmendes Knurren von sich und tat es ihm gleich.

So schnell und lautlos wie möglich verteilten sie etwa ein Drittel der Kapseln rund um die Antriebsdüsen. Das erwies sich als nicht so einfach, wie John erhofft hatte, denn zum einen lagen die Düsen immer noch gut zwei Meter über dem Boden, und sie mussten sich strecken, um sie überhaupt zu erreichen, und zum anderen besaßen die Sprengsätze keine Haftelemente, sondern mussten irgendwie zwischen Leitungen und Spalten in der Verkleidung geklemmt werden.

Plötzlich vernahmen sie über sich ein Geräusch. Es klang wie das Öffnen einer Luke. Sofort gingen sie in Deckung, legten sich flach auf den Boden. John verdrehte den Kopf und spähte nach oben. Ein Kegel gelben Lichts fiel aus dem Schiff, und mit leisem Summen senkte sich eine Gangway, die in Richtung Canyontown wies. Das untere Ende hatte den Boden kaum berührt, als eine Gruppe lachender Männer hinuntergelaufen kam. Die Peko unterhielten sich lebhaft und gestikulierten dabei wild.

John hielt die Luft an. Er konnte nicht abschätzen, wie gut Waggoner und er zwischen den Landestützen zu erkennen waren. Vermutlich zu gut. Er schickte ein Stoßgebet gen Himmel, dass sich keiner der Peko umdrehte.

Und er wurde erhört. Die Gruppe marschierte schnurstracks und ohne einen Blick zurückzuwerfen auf das gesprengte Hauptportal von Canyontown zu.

Ihm fiel auf, dass alle Männer gleichartig braune Overalls trugen. *Die Piloten der Raptoren*, dachte er. Sie machten sich nach getaner Arbeit auf den Weg in die Stadt, um sich ihren Brüdern und Schwestern bei der Siegesfeier anzuschließen.

Während die Gruppe durch das Portal in den Tiefen des Berges verschwand, hob sich die Gangway, und das Licht erlosch. Alles wurde wieder dunkel und still.

»Das war knapp«, raunte Waggoner.

Dem konnte John nur beipflichten. »Beeilen wir uns lieber. Lassen Sie uns die restlichen Kapseln einfach unter den Triebwerksöffnungen verteilen und mit etwas Staub bedecken. Dann bringen wir die Kiste weg und widmen uns Teil zwei des Plans.« *Dem gefährlicheren*, fügte er in Gedanken hinzu.

Sie beendeten ihren Akt der Sabotage ohne weitere Störung. Ein paar Minuten später lag unter der Antriebssektion des Mutterschiffs ein hübsches Minenfeld, und die Kiste war zwanzig Meter weiter unter ein paar Trümmern verborgen. Verstohlen huschten die beiden Männer zum Rand des Tals zurück.

»Übernehmen Sie wieder die Führung, Waggoner«, befahl John seinem Begleiter. »Bringen Sie uns zu diesem Ausgang im Nachbarcanyon.« Der Hangaroffizier nickte und setzte sich an die Spitze.

Es dauerte etwa zwanzig Minuten, bis sie das Felsmassiv umrundet und ihr Ziel erreicht hatten. Der aus mehreren Metalltüren bestehende Ausgang befand sich einige Meter über dem Canyonboden und führte auf eine schmale, lang gezogene Stufe im Fels. Über zwei Metalltreppen konnte man nach oben gelangen. Wieder gingen sie zunächst in Deckung, und John sondierte mit seinem Fernglas die Lage. Auch hier zeigte sich kein Peko. Tatsächlich machte es den Eindruck, als hätten die Angreifer diesen Ausgang bis jetzt nicht einmal bemerkt.

John steckte das Fernglas weg, zog sein Komm-Gerät hervor und aktivierte es. Ein Blinken auf der Anzeige verriet ihm, dass Kelly versucht hatte, ihn zu erreichen. Um sie würde er sich gleich kümmern. Zunächst rief er Hobie. »Wir sind jetzt am Dämmerungstor. Ich sende dir ein Ping, damit du mich markieren kannst.« Er aktivierte eine Sekunde lang das Peilsignal seines Komm-Geräts. Damit konnten zwar auch die Peko ihn orten, doch er hoffte, dass die im Augenblick Besseres zu tun hatten, als ihr Radar zu beobachten.

»Alles klar, John. Empfangen und markiert. Ich halte mich bereit.«

»Sehr gut. Sobald ich dich wieder rufe, kommst du im Eiltempo hierher und sammelst uns auf. John, Ende.«

Er kappte die Verbindung und rief Kelly an.

»John? Wo seid ihr?«, drang ihre Stimme nach wenigen Sekunden aus dem Lautsprecher.

»Wir befinden uns jetzt am Notausgang, diesem sogenannten Dämmerungstor. Wie ist bei euch die Lage?«

»Nicht so gut. Vor einer Viertelstunde haben die Peko angefangen, sich für unsere Schutztür zu interessieren. Erst haben sie dagegen geklopft, dann geschossen, natürlich ohne Erfolg. Jetzt ist es gerade ruhig, aber ich fürchte, sie holen bloß schweres Gerät. Wir kommen hier nicht raus, denn es stehen sicher Wachen vor der Tür. Ihr müsst uns helfen, John.«

»Verstanden. Wir sind auf dem Weg. Haltet durch.« Er brach die Verbindung ab und fluchte unterdrückt. »Das war's dann wohl mit der Geheimhaltung. Wie es aussieht, müssen wir uns den Weg freikämpfen.« John hob sein Repetiergewehr. »Sind Sie bereit für einen Kampf, Waggoner?«

»Wäre ich es nicht, wäre ich nicht mitgekommen«, erwiderte der grimmig. Das winzige Zögern vor seiner Antwort wäre den meisten Menschen nicht aufgefallen. John kommentierte es nicht.

Sie packten ihr Gewehre fester und schlichen die Treppe hoch. Oben an den Türen angekommen, drückte John eine der Klinken herunter und stellte fest, dass sie sich nicht bewegen ließ. Das Gleiche galt für alle anderen Türklinken. Seine Miene verfinsterte sich. »Sie haben die Türen blockiert.«

»Warten Sie, vermutlich ist es nur eine elektronische Blockade.« Waggoner begab sich ans Ende der vier Türen und schob seinen Finger in ein Loch in der Wand. Zu Johns Überraschung zog er damit eine im Fels verborgene Luke auf, hinter der sich eine Codetafel befand. »Eine Notfallmaßnahme. Wir hatten in den letzten Jahren ein paar Mal Probleme mit Raumpiraten, die sich in die Kolonie einschleichen wollten. Deshalb wurden elektronische Sperren angebracht, um die Türen in Gefahrenzeiten verriegeln zu können. Die Stadtführung hielt es jedoch für sinnvoll, diese Sperren überbrücken zu können – nur für den Fall des Falles. Deshalb wurde diese Tafel angebracht. Den Entsperrungscode kennen nur eine Hand voll Leute in Canyontown. Glücklicherweise gehöre ich dazu.«

Er gab eine Zahlenfolge ein und wurde mit einem doppelten Piepton belohnt sowie dem vierfach simultanen Geräusch eines Schließmechanismus.

»Versuchen Sie es noch einmal«, sagte Waggoner.

John drückte erneut die Klinke der Tür vor sich herunter. Sanft und lautlos schwang die überraschend schwere Tür auf. Dahinter wurde ein Tunnel sichtbar, der bis auf ein paar glimmende Notlampen im Dunkeln lag. Wie es aussah, hatten die Peko größere Schäden an der Energieversorgung der Stadt angerichtet.

Sein Begleiter spähte an ihm vorbei in die Finsternis. »Sieht nach einem stadtweiten Stromausfall aus. Vermutlich haben die Jagdmaschinen durch ihr Bombardement der Sonnenkollektoren auch das darunter im Berg liegende Kraftwerk beschädigt. Zum Glück haben die Türen eine Notfallbatterieversorgung.«

Nacheinander traten sie über die Schwelle, dann zogen sie die Tür wieder zu. Niemand sollte Verdacht schöpfen. Die Verriegelung aktivierten sie nicht. Sollte ihre Flucht hektisch vonstatten gehen, wollten sie beim Öffnen der Türen keine wertvollen Sekunden verlieren.

John schlang sich das Gewehr über die Schulter und zog stattdessen seinen Revolver und die Taschenlampe. Waggoner packte sein Gewehr fester. »Regeln Sie die Leistung Ihrer Waffe ein wenig nach unten«, empfahl John seinem Begleiter. »Dann machen Sie nicht so viel Krach beim Schießen. Und je weniger Lärm wir machen, desto besser.«

»Guter Gedanke«, gab Waggoner leise zurück.

Sie machten sich auf den Weg, um von Ebene sieben hinunter nach Ebene vier zu gelangen, wo sich der Schutzraum befand, in dem Johns Leute festsaßen. Der Stromausfall verhinderte eine Fahrt mit dem Aufzug – ganz abgesehen davon, dass es ziemlich riskant gewesen wäre, eine der Kabinen zu nehmen.

Stattdessen steuerte Waggoner eine Tür neben dem Liftknoten an, die zu einem breiten Treppenhaus führte, das sich Stockwerke weit in die Höhe und Tiefe erstreckte. Es handelte sich um Betonstufen mit einem Metallgeländer, und auf jedem Geschoss hing über dem Ausgang eine grüne Notlampe. Gemeinsam tauchten sie den ganzen Schacht in diffus grünes Licht. »Wie weit geht das?«, wollte John wissen, nachdem er zunächst gelauscht und danach einen Blick nach oben und unten geworfen hatte.

»Bis ganz hinauf zu Ebene zwanzig, wo sich das Kraftwerk und ein paar andere technische Anlagen befinden. Von dort aus gelangt man zu den Ausgängen, die hinaus an die Oberfläche führen.«

»Gut zu wissen.« So leise und so schnell wie möglich liefen die beiden Männer die Treppe hinunter, bis sie Ebene vier erreicht hatten. Dort angekommen, öffneten sie die Tür einen Spaltbreit und lugten nach draußen. Auch hier war es kaum heller als sonst irgendwo in der Stadt, was zur Folge hatte, dass John den Peko-Krieger, der unweit der Tür auf einer Bank saß, erst bemerkte, als er schon beinahe über die Schwelle getreten war.

Mitten in der Bewegung erstarrte John und bedeutete Waggoner, keinen Mucks zu machen. Die Bank, auf dem der Peko saß, gehörte zu einer kleinen Sitzecke, die in einer Nische des Tunnels eingerichtet worden war. Jetzt sah John auch, dass noch zwei andere Männer dort saßen. Allerdings wirkte keiner von ihnen sehr aufmerksam. Allen war der Kopf auf die Brust gefallen, und ihre Bewegungen machten einen schwerfälligen Eindruck.

Die Erklärung dafür roch John gleich darauf: Whiskey. Als er genauer hinsah, fielen ihm die leeren Flaschen auf, die neben den Peko auf den Bänken standen. Anscheinend hatten die Krieger, bevor Canyontown auch nur halb erobert war, bereits die Vorräte der Bars des nahen Vergnügungsviertels geplündert.

Einen Moment lang überlegte er, ob er das Trio sicherheitshalber erschießen sollte. Allerdings widerstrebte John, wehrlose Männer niederzustrecken, selbst wenn es sich um Peko handelte. Mit jedem Toten wuchs zudem die Gefahr, dass ihr Eindringen bemerkt und Alarm geschlagen wurde, insbesondere wenn die Grünhäute ganz offensichtlich nicht im Kampf gestorben, sondern volltrunken ermordet worden waren.

»Ducken Sie sich, Waggoner«, wies John seinen Begleiter an. »Die drei hier können wir umgehen.«

Sie gingen in die Hocke, öffneten die Tür noch etwas weiter und schlüpften durch den Spalt, bevor John sie behutsam wieder schloss. Dann entfernten sie sich in die andere Richtung. Als sie den offenen Bereich um die Aufzüge hinter sich gelassen und einen der Tunnel erreicht hatten, richteten sie sich wieder auf, und John spähte zurück. Die Männer hatten sich nicht gerührt. Einer von ihnen war mit dem Oberkörper zur Seite gesunken und schien zu schlafen. Die Peko vertrugen einfach nichts, so sehr sich manche von ihnen auch für die Spirituosen der Menschen interessierten.

»Kommen Sie, hier entlang«, raunte Waggoner und führte John den Tunnel hinunter. Durch Luftschächte, die innerhalb der Felswand verliefen, vernahmen sie das schwache Echo johlender Peko eine Ebene tiefer im Vergnügungsviertel. Sie hörten auch einige spitze Schreie, die menschlich zu sein schienen und dem Klang nach von Frauen stammten. Johns Eingeweide verkrampften sich.

»Was tun diese Tiere ihnen an?«, flüsterte Waggoner, der die Schreie ebenfalls vernommen hatte.

»Ich weiß es nicht«, gestand John. »Ich glaube, ich will es auch gar nicht wissen.«

Sie erreichten eine Kreuzung, und John wollte gerade einen vorsichtigen Blick wagen, als zwei Peko aus dem Quergang kommend um die Ecke bogen. Auf einmal ging alles sehr schnell. Die Krieger, ein Mann und eine Frau, rissen die Augen auf und ließen die zwei mit Beutegut gefüllten Transportkisten fallen, die sie getragen hatten. Bevor diese den Boden erreichten, schoss John. In blitzschneller Folge zog er zweimal den Abzug durch, nur durch die winzige Pause unterbrochen, die er benötigte, um den Lauf herumzuziehen.

Das Geräusch des heruntergeregelten Revolvers war kaum zu hören. Umso lauter polterten die Plastboxen, als sie auf den Metallgittern am Boden aufkamen und ihren Inhalt – Kleider, Werkzeug und persönliche Kleinode – verteilten.

»Verdammt«, fluchte John leise. »Das war's dann wohl mit Heimlichkeit. Schnell, weiter.« Sie rannten los, um die Ecke und den Quergang hinunter. »Wie weit ist es noch bis zu dem Schutzraum?«

»Nicht mehr weit. Er befindet sich hinter der nächsten Ecke.« Waggoner deutete auf eine Abzweigung. Dort waren die Überreste einer hastig aufgebauten Barrikade zu erkennen, Kisten, Tonnen und ein kleinerer Transportwagen, der umgekippt auf der Seite lag. Im Schein der Notbeleuchtung sah John mehrere reglose Gestalten dazwischen. Es mussten etwa ein Dutzend sein. Die meisten von ihnen trugen die Arbeitsoveralls der Bergarbeiter, und auch bei den übrigen handelte es sich um Menschen.

Dunkle, noch feucht schimmernde Flecken vor der Barrikade zeugten davon, dass auch Peko hier gestorben waren. Allerdings waren diese von ihren Kameraden fortgeschafft worden, nachdem der Widerstand der Bewohner von Canyontown gebrochen worden war. Nur die Verteidiger hatte man liegengelassen.

Als sie die Toten erreichten, wurde Waggoner langsamer und senkte sein Gewehr. »Oh Gott, Carl ... Carl Sounders.« Er machte Anstalten, sich neben einem der Männer hinzuknien, doch John packte ihn am Ärmel und riss ihn wieder in die Höhe. »Nicht jetzt, Waggoner. Wenn wir nicht schnell machen, sind wir so tot wie diese Männer. Und dann sterben auch alle, die noch im Schutzraum auf uns warten.«

Ein scharfes Knistern, gepaart mit rötlichem Licht, das aus dem Quergang vor ihnen drang, weckte Johns Aufmerksamkeit. Genau dort lag ihr Ziel. Er machte zwei lange Schritte hinüber zur Ecke, presste sich mit dem Rücken an die Wand und wagte, den Revolver gehoben, einen Blick. Das Bild, das sich ihm bot, ließ ihm das Blut in den Adern gefrieren.

– 26 –

Vor ihm standen zehn bewaffnete Peko um einen Anhänger herum, auf dem nichts Geringeres als ein Bergbauschneidlaser montiert war. Die oberschenkeldicke Industriekanone, die von einem Kranz von Kühlrippen umgeben war und dadurch noch klobiger wirkte, war durch dicke Starkstromkabel mit einer zweiten Transportbarke verbunden, auf der zwei portable Energiegeneratoren summten.

Ein scharf gebündelter, rubinroter Strahl ging von der Mündung des Apparats aus und fraß sich in diesem Augenblick durch die Sicherheitstür des Schutzraums. Eine annähernd rechteckige Spur glühenden Metalls, die sich am Rahmen entlangzog, zeugte vom bisherigen Fortschritt. Die Peko hatten die Tür so gut wie bezwungen.

John atmete tief durch. Zwei zu zehn – das war nicht die Art von Kräfteverhältnis, die ihm zusagte. Aber ihm blieb keine Wahl. Wenn die Peko erst durch die Tür waren und die im Schutzraum Sitzenden als Geiseln nahmen, war die Chance verstrichen, die Waffen sprechen zu lassen.

Lautlos schob er den Revolver ins Holster und holte das Gewehr vom Rücken. Wenn er schnell die Waffe wechseln musste, weil er eine leer geschossen hatte, war es leichter, vom Gewehr auf den Revolver zu wechseln als anders herum. Er warf Waggoner einen fragenden Blick zu. Der nahm sein Gewehr hoch und nickte. John erwiderte das Nicken.

Mit einem Ruck fuhr er herum und trat halb aus der Deckung. Beinahe ohne bewusstes Zutun hob sich der Gewehrlauf, und die Mündung fand ihr erstes Ziel. John schoss, traf einen der Peko im Rücken und ließ ihn zu Boden stürzen. Beim zweiten Schuss – wieder ein Treffer, wieder ein Toter – reagierten die Peko, wirbelten herum und gingen rund um den Bergbaulaser in Deckung. Neben John gab Waggoner ein wildes Sperrfeuer ab, aber er verursachte dabei mehr Krach als Schaden.

Die Peko griffen ihrerseits zu den Waffen, und John drehte sich wieder an die Felswand. »In Deckung, Waggoner!«, schrie er, als ihnen aus mehr als einem halben Dutzend Waffenläufen ein Kugelhagel entgegenschlug. Steinsplitter spritzten von der Ecke, hinter der er sich versteckte, und Querschläger sausten jaulend den Gang hinunter.

Waggoner warf sich hinter den quer liegenden Transportwagen, was eine gute Wahl war, denn dessen verstärkter Boden schützte ihn besser vor den Kugeln als die Tonnen und Kisten.

John ging in die Hocke, und während über seinem Kopf die Kugeln einschlugen, drehte er sich erneut um die Ecke und schoss. Sein Winkel war aber nicht gut. Er traf nur die Kante des Laser-Kühlkörpers.

Einer der Peko-Krieger, die John nicht sehen konnte, schrie schmerzerfüllt auf. »Ha!«, tönte es von Waggoners Position aus. »Erwischt.« Gleich darauf ging er in Deckung, als ihm zorniges Feindfeuer entgegenschlug.

Aus dem Korridor drang hektisches Rufen. Das glutrote Licht des Lasers verlosch, und das Knistern hörte auf. Dann war ein Scharren und Summen zu vernehmen. Gleichzeitig folgten weitere Schüsse, aber weniger konzentriert. Es schien den Peko eher darum zu gehen, dass John und Waggoner die Köpfe unten hielten, als darum, sie wirklich zu treffen – ein Plan, der dank ihrer zahlenmäßigen Überlegenheit gut aufging.

Rasch ließ John seinen Blick über die Reste der behelfsmäßigen Barriere schweifen. Er entdeckte einen Ölkanister, der vermutlich leer war, ergriff ihn und schleuderte ihn quer in den Korridor hinein. Unter lautem Gepolter prallte er von der gegenüberliegenden Gangwand ab und hüpfte über den Boden. Die kurze Ablenkung nutzend, warf sich John nach vorn, rollte ab und landete bei Waggoner hinter dem Transportwagen, was ihm einen besseren Blick auf ihre Feinde verschaffte. Er kam auf die Knie, hob Kopf und Gewehr und schoss. Einer der Peko zuckte zusammen und hielt sich die Schulter. Waggoner fiel in das Feuer ein und verletzte einen weiteren Krieger.

Im nächsten Augenblick begriff John, was die Peko in den letzten Sekunden getrieben hatten. Seine Augen weiteten sich, als er direkt in die Mündung des Bergbaulasers starrte. »Verdammt. In Deckung!«

Ohne auf Waggoners Reaktion zu warten, ließ er sein Gewehr fallen und hechtete zurück in den Schutz der Tunnelwand, aus dem er sich gerade erst vorgewagt hatte. Er fuhr herum und sah, dass Waggoner sich bloß wieder hinter den Wagen geduckt hatte, statt wegzuspringen. Er hatte keine Gelegenheit mehr, den Fehler zu bereuen.

Aus dem Seitenkorridor stach die rote Lichtlanze des Lasers, fraß sich beinahe augenblicklich durch den dünnen Unterbau des umgekippten Fahrzeugs und brannte sich einmal quer durch Waggoners Schädel. Es war ein absoluter Glückstreffer der Peko, aber er tötete den Hangaroffizier auf der Stelle.

John riss seinen Revolver aus dem Holster, stieß einen wilden Schrei aus und wagte sich einmal mehr aus der Deckung. In schneller Folge gab er drei Schüsse ab und fällte damit, obwohl ungezielt, mindestens einen weiteren Gegner.

Zur Antwort zog der Krieger, der den Laser führte, die Mündung herum, und John war gezwungen, sich mit einem Satz in Sicherheit zu bringen. Ächzend landete er auf den Metallbodenplatten, als über ihm die superheiße Lichtlanze in den Fels schnitt.

Gedeckt von ihrer Strahlenkanone wagten sich zwei der Krieger bis zur Ecke vor und legten auf John an. Gerade noch rechtzeitig rollte er hinter eine Metallkiste, die den Verteidigern von Canyontown zuvor als Deckung gedient hatte. Noch im Liegen hob er seinen Revolver und gab vier weitere Schüsse ab, die die Peko außer Sicht zwangen.

»Verdammt, ich sitze in der Klemme«, murmelte er, als er hockend wieder auf die Beine kam. In dem Gang warteten mindestens noch vier bis fünf Peko auf ihn, und nun, da sie erkannt hatten, wie wirksam ein Bergbaulaser Menschen umbrachte, würden sie die Waffe sicher so lange einsetzen, bis die mobilen Generatoren den Geist aufgaben. Gleichzeitig rief der Lärm weitere Grünhäute auf den Plan. Ihm lief die Zeit weg.

Johns Fuß stieß gegen etwas, und als er den Blick senkte, erkannte er eine der handtellergroßen Sprengkapseln, mit denen sie vorher Geonojs Schiff präpariert hatten. Er erinnerte sich daran, dass er während der Arbeit ein paar davon in die Manteltaschen gesteckt hatte. Offenbar hatte er eine dort vergessen, und nun war sie ihm aus der Tasche gefallen.

Er hob sie hoch und wog sie in der Hand. Sie war recht massiv, was sie sicher im täglichen Umgang machte. Um den eingekapselten Sprengstoff zu zünden, musste man ihr, wenn man keinen konventionellen Zünder hatte, ganz schön zusetzen.

Erneut wagten sich die Peko vor. Kugeln pfiffen John so nah um die Ohren, dass er den scharfen Luftzug spürte. Dass sie ihn noch nicht erwischt hatten, grenzte an ein Wunder. Er gab zwei weitere Schüsse ab und traf einen von ihnen am Arm. Wieder zogen sie die Köpfe ein. Gleichzeitig ging der Laser aus, und es wurde dunkler im Korridor. Weiteres Scharren und Summen war zu hören.

Sie bringen ihn in Stellung, um mich ebenfalls gar zu kochen, begriff John. Er blickte auf den Sprengstoff in seiner Linken und den Santhe in seiner Rechen. Die Warnleuchte am Griff blinkte rot. Noch ein Schuss im Magazin. Er hätte nachladen können, aber wenn der Trick schiefging, war er ohnehin erledigt.

Mit einer raschen Drehung regelte er die Leistung der Induktionsspulen im Lauf auf Anschlag. Im Geiste zählte er die Sekunden, die der Energiespeicher brauchte, um die zusätzliche Ladung in die Kondensatoren zu pressen. Die Zeit schien sich zu dehnen, wurde zäh wie Sirup.

Beinahe unnatürlich langsam kam die Spitze des Bergbaulasers in Sicht. John ließ die Sprengkapsel zu Boden gleiten und versetzte ihr einen Stoß, der sie zur Gangecke beförderte. Anschließend sprang er auf und rannte los, weg von dem Laser, den Peko und dem Sprengsatz.

Hinter ihm erklangen Schüsse. Er duckte sich und schlug Haken, um nicht erwischt zu werden. Eine Kugel streifte ihn am Oberschenkel und biss ihm schmerzhaft ins Fleisch. John kam ins Straucheln, warf einen Blick auf die Ladeanzeige und ließ sich fallen. Noch im Sturz rollte er herum, richtete den Revolver auf seine Gegner und zielte.

Über ihm zerschnitt der rote, tödlich heiße Laserstrahl die Luft und verwandelte sie in glühendes Plasma.

»Alles oder nichts«, flüsterte John und schoss.

In der nächsten Sekunde explodierte der Gang dort, wo der Bergbaulaser gestanden hatte. Ein ohrenbetäubend lauter

Donnerschlag hallte durch den Tunnel, darunter mischte sich schrilles Kreischen, das abrupt abbrach. Der Laserstrahl beschrieb eine tödliche Spur quer durch den Gang, bevor das von der Detonation erfasste Gerät gegen die Korridorwand geschmettert wurde und ausging. John zog den Kopf ein und barg ihn unter beiden Armen, als die Druckwelle über ihn hinwegbrandete und Trümmerteile durch die Luft schleuderte.

Blinzelnd drehte John sich um. Ihm war schwindelig, und es fühlte sich an, als habe ihm jemand Watte in die Ohren gestopft. Ächzend rappelte er sich auf und starrte in die Finsternis vor sich. Einen Moment lang fragte er sich, ob er blind geworden sei, und tastete nach seinen Augen, doch dann begriff er, dass die Explosion bloß die umliegenden Lampen der Notbeleuchtung zerstört hatte. Weiter hinten im Tunnel brannte noch Licht.

»Teufel auch«, murmelte er. Seine Worte klangen unangenehm dumpf in seinen Ohren. Er hatte gewusst, dass es keine gute Idee war, eine Sprengladung in einem Tunnel zu zünden, wenn man keinen ausreichenden Sicherheitsabstand halten konnte. Aber immerhin atmete er noch, obgleich seine Überlebensaussichten vor wenigen Sekunden noch denkbar schlecht gewesen waren.

Unsicher tastete er im Dunkeln nach seinem Revolver, den er instinktiv fallen gelassen hatte, als er in Deckung gegangen war. Dann kam ihm der Gedanke, dass er noch eine Lampe besaß, und er nahm sie vom Gürtel. Prüfend betätigte er den Anschaltknopf und wurde mit einem Flackern belohnt, das sich stabilisierte, als er kurz gegen das stabile Metallgehäuse schlug. Manche Geräte waren eben echte Wertarbeit!

Er richtete den Lampenstrahl auf die Gangecke. Die Sprengkapsel hatte ganze Arbeit geleistet. Die Trümmer der

Barriere lagen in weitem Radius um das Explosionszentrum verstreut, das aus verbogenen Metallbodenplatten bestand, die sich ineinandergeschoben hatten. Die Transportbarke mit dem Laser lag auf der Seite an der gegenüberliegenden Wand, das Energiekabel war abgerissen.

Von den Peko-Kriegern waren kaum mehr als zerrissene Körper übrig geblieben. Blaues Blut triefte von den Wänden und der Decke wie Farbe, die man aus einem Eimer dagegengeschleudert hatte. Johns Magen rebellierte, und er musste sich zusammenreißen, um sich nicht auf der Stelle zu übergeben. Rasch senkte er die Lampe, und die grausigen Folgen seiner wahnwitzigen Tat versanken im Dunkeln.

Auf den Knien auf dem Gangboden kauernd atmete John ein paar Mal tief ein und aus. Dann hob er erneut die Lampe, um seinen Revolver zu suchen. Er fand ihn zwei Schritte weiter und kroch hinüber, um ihn aufzunehmen. Mit zittrigen Händen warf er die leere Trommel aus und setzte eine neue ein. Die nächsten Grünhäute waren zweifellos auf dem Weg hierher.

Der Gedanke sorgte dafür, dass Leben in seine Glieder kam. Schwankend kam John auf die Beine. Wieder befiel ihn leichter Schwindel, aber er drängte ihn zurück.

Dann begann er zu laufen. Ohne nach links oder rechts zu schauen und bloß darauf achtend, dass er nicht über eine Bodenplatte oder einen Peko-Arm stolperte, hastete er zur Gangecke und weiter auf die Sicherheitstür zu.

Die Tür stand nicht mehr im Rahmen, sondern hing nur noch halb darin. Die Druckwelle der Explosion hatte ihr den Rest gegeben. Mildes gelbes Licht, das auf eine unabhängige Stromquelle schließen ließ, fiel durch die Öffnung auf den Gang. »Kelly?«, rief John. »Aleandro? Seid ihr da?«

»John!«, vernahm er die Stimme einer Frau, die vermutlich

vor Erleichterung laut aufschrie, auch wenn der Laut nur sehr gedämpft bei ihm ankam. »John, du bist es!«

Im Eingang erschien Kelly, etwas zerzaust und schmutzig, aber augenscheinlich unverletzt. Sie duckte sich und kroch unter der verkeilten Tür hindurch. Dann eilte sie auf ihn zu und umarmte ihn. Dankbar ließ John sich einen Moment lang in ihre Arme sacken.

»John, du … Oh, mein Gott! Was ist denn hier passiert?«

»Wir hatten einen kleinen Zusammenstoß mit ein paar Peko.« Er gab sich einen Ruck, straffte sich und löste sich aus der Umarmung.

»Wir?« Suchend sah Kelly sich um.

»Waggoner und ich. Er … er war ein Hangaroffizier von Canyontown, aber es hat ihn erwischt.« John verzog das Gesicht.

Kellys Augen weiteten sich unterdessen vor Entsetzen, als sie das Chaos auf dem Gang erfasste. »Hast du den Tunnel gesprengt?«

»Die Grünhäute hatten einen Bergbaulaser. Mit meinem Revolver war ich ein bisschen unterbewaffnet. Aber lass uns dieses Gespräch verschieben.« Er schüttelte den Kopf und hob die Stimme, um sich an die anderen Insassen des Schutzraums zu wenden, die sich nun im Türrahmen zeigten. »Los, kommt schon! Wir müssen sofort hier weg. Die Schießerei und die Explosion sind garantiert nicht unbemerkt geblieben. Die nächsten Grünhäute sind schon auf dem Weg.«

Er musste sie nicht zweimal bitten. Aleandro tauchte als nächster auf, dann die Cutters, Peabody und Langdon. Als der fahrende Whiskeyhändler das Gemetzel auf dem Gang sah, seufzte er etwas, das nach »Ojemine« klang, und seine Knie wurden weich. Der hinter ihm gehende Frontiersman konnte ihn gerade noch auffangen, bevor er mit dem Kopf aufschlug. »Ach, du Scheiße«, murmelte Aleandro und wurde seinerseits sehr blass im Gesicht.

»Leute, schaut bitte nicht so genau hin«, empfahl John auch den nachfolgenden Bewohnern von Canyontown. »Das hier ist verdammt hässlich.«

Seinen Ratschlag rundweg in den Wind schlagend, begannen Jason und Janelle Cutter sofort mit klinisch sezierendem Blick den Kampfplatz in Augenschein zu nehmen. Mit raschen, gezielten Bewegungen, die John beinahe Angst machten, gingen sie zwischen den zerfetzten Toten umher und sammelten alle Waffen ein, die sie finden konnten. Jason warf Kelly ein blutiges Gewehr zu, Janelle hielt Langdon eine zweite Waffe hin. »Wir werden jeden Mann brauchen, der schießen kann, wenn wir diesen Ort lebend verlassen wollen.«

Langdon nickte finster, reichte den benommenen Peabody an zwei Bewohner von Canyontown weiter und ergriff das Gewehr.

»Los jetzt«, befahl John. Er sah die Befreiten an, etwa zwanzig an der Zahl, die meisten Frauen und Kinder. »Wir haben ein Schiff in den Canyons und versuchen damit, vom Planeten zu verschwinden. Wer mitkommen will: Nächster Halt ist Heaven's Gate. Den anderen: viel Glück. Wir schicken euch Unterstützung, sobald wir können.«

»Aber wir müssen doch unsere Leute retten«, wandte einer der wenigen Männer der Gruppe ein. Er war von schmaler Statur und sah wie ein Buchhalter aus.

»Dann tun Sie es«, erwiderte John unwirsch. »Ich muss *meine* Leute retten. Hier wimmelt es noch immer von Peko. In einem offenen Kampf haben wir keine Chance. Es sei denn, sie wollen, dass halb Canyontown nachher so aussieht.« Er deutete auf die Sauerei, die sie umgab.

Der Mann schluckte vernehmlich und schüttelte den Kopf.

»Dann seien Sie klug und retten Sie erst mal Ihre eigene Haut. Alles andere kommt später.« Ohne eine Antwort abzuwarten, wandte John sich ab und setzte sich in Bewegung. Seine Leute waren da und würden ihm folgen. Wie es mit den Bewohnern von Canyontown weiterging, war ihm in diesem Moment gleichgültig. Er hatte seine Haut heute schon genug für sie aufs Spiel gesetzt.

Bis auf drei Lebensmüde, die in die andere Richtung eilten, schlossen sich ihm alle an.

John wollte sein Funkgerät vom Gürtel ziehen und stellte fest, dass er es im Laufe des Kampfes verloren hatte. »Kelly?«, wandte er sich an seine Partnerin, die neben ihm den Tunnel hinuntereilte. »Ruf Hobie an. Er soll die Maschinen hochfahren. Wir sind auf dem Rückweg. Treffpunkt in zehn Minuten beim Dämmerungstor. Er weiß, wo das ist.«

»In Ordnung.«

Eilig führte John die Gruppe den Korridor hinunter. Er bog ab, um zu dem Liftknoten und den Treppen zu gelangen, die sie zurück zu Ebene sieben bringen würden. Kurz musste er dabei an die betrunkenen Peko vor dem Treppenschacht denken. Wenn sie schlau waren, verkrochen sie sich hinter den Bänken, sobald Johns mittlerweile recht große und nicht schlecht bewaffnete Gruppe auftauchte.

Sie kamen zu der Tür, hinter der der Treppenschacht lag. Von den betrunkenen Peko war keine Spur mehr zu sehen, dafür öffnete sich die Tür genau in dem Augenblick, als John die Klinke hinunterdrücken wollte – und ein Peko zeigte sich im Türspalt.

John zögerte keine Sekunde, sondern riss den Revolver hoch und schoss dem Mann in die Brust. Während dieser mit einem Aufschrei nach hinten fiel, ließ John der ersten Kugel drei weitere folgen, bevor er die Türklinke packte und die Tür wieder zuriss. »Verdammt, sie sind schon da! Helft mir, die Tür zu blockieren.«

Im Treppenschacht war das Peitschen zweier Schüsse zu hören, gefolgt vom Jaulen abprallender Querschläger. Die Tür bestand aus massivem Metall und ließ sich nicht so einfach durchschießen. Das hätte John den Peko gleich sagen können, aber so mussten sie es auf die harte Tour lernen.

Hinter ihm kamen Langdon und der Buchhalter-Kerl mit einer Bank aus der nahegelegenen Sitzgruppe an. Sie stellten sie quer und verkanteten die Türklinke mit der Lehne der Bank. »Wir brauchen noch eine, um die hier abzustützen«, rief Langdon, und sofort setzten sich die Cutters in Bewegung, um eine zweite Bank heranzuschleppen. Ein paar Frauen aus Canyontown, die sich ihnen angeschlossen hatten, brachten die dritte.

»Das dürfte ein paar Minuten halten«, brummte John, als er ihr Werk begutachtete. »Zumindest bis die Burschen auf die Idee kommen, den Schließmechanismus zu zerschießen.« Er sah seine Mitstreiter an. »Und jetzt brauchen wir ein zweites Treppenhaus, um zum Dämmerungstor zu gelangen. Jemand eine Idee?«

»Der nächste Liftknoten ist zweihundert Meter in diese Richtung«, sagte der Buchhalter leise und deutete mit bebendem Finger in die Richtung, aus der sie gekommen waren.

»Es gibt noch eine andere Möglichkeit«, meldete sich ein Junge von etwa zwölf Jahren zu Wort. Er hatte zerzaustes blondes Haar, und anders als bei den meisten Bewohnern Canyontowns in Johns Gefolge glühte in seinen Augen eine gefährliche Begeisterung für ihre derzeitige Lage.

»Und die wäre?«, fragte Kelly an Johns Stelle.

»Einer der Hauptluftschächte hat ein paar Meter den Tunnel hinunter einen Wartungsausgang. Durch den kommen wir in jede Ebene.«

Kelly hob die Augenbrauen und drehte sich fragend zu John um.

Der zuckte mit den Achseln. »Versuchen wir's.«

– 27 –

Den Zugang zum Luftschacht zu finden war nicht schwer. Dann jedoch begannen die Probleme. John öffnete die Luke und fand sich nach zwei Schritten auf einem Metallbalkon wieder, von dem aus in die Schachtwand eingelassene Leitersprossen nach unten und nach oben führten. Im Abstand von je vier Metern gab es weitere Balkone. Tatsächlich erreichte man über den Luftschacht jede Ebene.

Der Schacht, der glatt und lotrecht in den Fels geschnitten worden war, schien sich vom Grund der Anlage auf Talbodenniveau bis zur Planetenoberfläche oben auf der Felskuppe zu erstrecken. Ganz sicher war John sich allerdings nicht, denn es gab kein Licht in dem Schacht, außer dem suchenden Strahl seiner Lampe. Alle fünf Ebenen spannte sich ein kreisrundes Metallgerüst in dem etwa vier Meter durchmessenden Schacht, zwischen dessen Schutzgittern sich ein großer Ventilator drehte. Ein konstantes Surren lag in der Luft, und es wehte eine ordentliche und ziemlich kühle Brise.

»Sagtest du nicht, wir würden von hier aus jede Ebene erreichen?«, fragte John den Jungen an seiner Seite und leuchtete vielsagend auf den Ventilator zwei Ebenen unter ihnen.

»Kann man auch«, gab dieser zurück. »Man kann die Ventilatoren abschalten, durchklettern und dann wieder anschalten. Ist für die Leute gedacht, die hier Wartungsarbeiten durchführen müssen.«

»John, das geht nicht gut«, warnte Kelly leise. »Wir haben kleine Kinder dabei. Die kannst du nicht im Dunkeln diese

Sprossen runterklettern lassen. Schau nur, wie ungesichert das hier alles ist. Das ist viel zu gefährlich.«

Mit finsterer Miene ließ sich John ihre Optionen durch den Kopf gehen. Ein Teil von ihm wünschte sich, diese Frauen und Kinder nicht ermuntert zu haben, sich ihnen anzuschließen. Es war schwer genug, seine eigenen Leute heil aus diesem Schlamassel herauszubringen. Mit fast zwanzig weiteren Schutzbefohlenen, für die er ungewollt die Verantwortung übernommen hatte, wurde es fast ein Ding der Unmöglichkeit.

Doch wie er es auch drehte und wendete, Kelly hatte recht. Der Weg zum nächsten Liftknoten mochte gefährlich sein, aber diese Kraxelei war ganz sicher gefährlicher. Wenn auch nur ein Kind abrutschte und in den Tod stürzte, war die Katastrophe perfekt. »Okay, zurück.« Er hob die Stimme, um auch die Nachrückenden zu erreichen. »Zurück! Wir nehmen die Treppe!«

Erneut setzte er sich an die Spitze, gemeinsam mit Kelly und Frank Langdon. Die Cutters übernahmen die bewaffnete Nachhut. So schnell wie es ihnen als Gruppe möglich war, liefen sie den Gang hinunter, geführt von dem Buchhalter, der sich als Bellegarde vorgestellt hatte und wahrscheinlich gar kein Buchhalter war, doch John hielt es für den falschen Zeitpunkt, einander besser kennenzulernen.

Statt in den Korridor einzubiegen, der zu dem Schutzraum und dem Kampfschauplatz davor führte, lief Bellegarde weiter den Haupttunnel hinunter. Dabei kamen sie an einer weiteren Verteidigungsstellung der Bewohner von Canyontown vorbei, um die vier tote Männer lagen. Eine Frau ihrer Gruppe fing an zu schreien und zu jammern. Als John einen Blick über die Schulter warf, sah er, dass sie neben einem der Männer zu Boden gesunken war, doch eine Begleiterin packte sie am Arm und zog sie wieder hoch, damit sie nicht zurückblieb.

Sie hatten den zweiten Liftknoten fast erreicht, als hinter ihnen ein lautes Krachen und Bersten zu hören war, gefolgt von einem vielstimmigen Heulen, das abgehackt wie ein Chor kaputter Sirenen klang. »Sie sind durchgebrochen!«, brüllte John. »Lauft!« Er beschleunigte seine Schritte, und mit Angstschreien auf den Lippen rannten die anderen ihm nach.

Der Tunnelbereich vor den Aufzügen war erfreulicherweise frei von Gegnern. John stürmte auf die Tür zum Treppenschacht zu und riss sie auf. Mit einem hektischen Blick nach oben und nach unten vergewisserte er sich, dass die Luft rein war. »Mir nach«, rief er und stürmte die Treppe hinunter. Kelly und Langdon blieben direkt hinter ihm.

Sie waren kein Stockwerk weit gekommen, als zwei Geschosse unter ihnen die Tür aufgestoßen wurde und Peko ins Treppenhaus strömten. Es mussten mindestens ein Dutzend sein. Fluchend blieb John mitten im Lauf stehen und wirbelte herum. »Planänderung! Wir fliehen übers Dach. Sie führen, Cutter!« Ob er damit Jason oder Janelle ansprach, ließ er offen.

Die ganze Gruppe machte kehrt und hetzte die Stufen wieder hinauf. Die Frauen und Kinder schrien angsterfüllt, die Peko fielen mit ihrem eigenartig abgehackten Heulen, das wohl eine Art Kampfschrei sein sollte, in den allgemeinen Lärm ein.

Sie hatten kaum Ebene acht erreicht, als auch auf Ebene sieben ihre Verfolger die Tür aufrissen und sich ihren Kameraden anschlossen. Jetzt verfolgte eine Meute von sicher zwanzig Peko die Gruppe. Erste Übereifrige schossen den Schacht hinauf.

»Haltet euch an den Wänden!«, rief John den Flüchtenden zu. »Dann können sie euch nicht treffen.« Er hoffte, dass das stimmte.

Er selbst hielt sich nicht an seinen eigenen Ratschlag, sondern beugte sich vor und zielte auf ihre ersten Verfolger. Mit zwei schnellen Schüssen brachte er den Führungsmann ihrer Verfolger zu Fall, der nach hinten in seine Gefolgsleute stürzte und sie damit aufhielt. Kelly und Langdon fielen in das Sperrfeuer ein, und ein zweiter Mann aus der heulenden Kriegerschar sackte auf die Betonstufen.

Sie erreichten Stockwerk zehn, dann elf, und die Angstschreie der Frauen und Kinder verwandelten sich in schweres Atmen. Die rasante Flucht das Treppenhaus hinauf forderte ihren Tribut. Auch Johns Herz hämmerte so wild in seiner Brust, als wolle es seinen Brustkorb sprengen. Immer zwei Stufen auf einmal nehmend, hetzte er aufwärts bis zum nächsten Absatz, um dort kurz innezuhalten und ihren Verfolgern ein paar Kugeln entgegenzujagen.

Bei Stockwerk dreizehn war das Magazin seines Revolvers leer, und er wechselte im Laufen die Trommel. »Das ist meine letzte«, verkündete er Kelly mit einem kurzen Seitenblick.

»Ich bin schon leer«, gab sie grimmig zurück.

»Schau mal, ob einer der Zivilisten eine Waffe mitgenommen hat, und lass sie dir geben. Langdon?«

»Noch drei Schuss«, erwiderte der Frontiersman.

»Verschwenden Sie keinen«, gab John zurück. Innerlich fluchte er. Nun rächte es sich, dass sie die Überreste der Toten nicht nach Ersatzmunition durchsucht, sondern nur deren Gewehre mitgenommen hatten. Doch er war kurz nach der Explosion einfach nicht in der Verfassung gewesen, um an solche Details zu denken.

Weitere Schüsse peitschten aus den Tiefen des Treppenhauses, und Kugeln flogen ihnen um die Ohren. Die Peko verwendeten zum Teil Gewehre mit pulvergetriebenen Projektilen. Vermutlich stammten die Waffen aus uralten Armeebeständen. Der Lärm war in dem hohen Schacht infernalisch.

Einen Absatz über John zuckte eine Frau zusammen und sank auf die Stufen. Ein kleines Mädchen schrie auf. »Mum! Mum, steh auf, wir müssen weglaufen!« Johns Blick suchte den von Kelly, und sie nickte. Rasch kniete sie neben der Frau nieder, prüfte ihren Puls und besah sich die Verletzung. Dann nahm sie das Mädchen kurz entschlossen auf den Arm und presste es fest an sich. Ihre Miene war eine Maske aus mühsam aufrechterhaltener Selbstbeherrschung, als sie das hemmungslos weinende Kleinkind wegtrug.

Im sechzehnten Stock kam ihre Flucht ins Stocken, als von oben Schüsse laut wurden. Ein Mann mit grüner Haut und flatternden schwarzen Haaren, der mit lang gezogenem Kreischen durch den Mittelschacht nach unten fiel, beantwortete John die unausgesprochene Frage, was bei den Cutters an der Spitze los war.

Er kniete sich hin und richtete den erneut halb leeren Revolver auf den Absatz, auf dem ihre Verfolger auftauchen würden. Dem ersten Peko, der herangestürmt kam, schoss er mitten in die Stirn. Der Getroffene zuckte haltlos wie eine Gliederpuppe, krachte gegen die Wand und fiel seinem Nachfolger in die Arme, dem John ebenfalls eine Kugel verpasste. Neben ihm gab Langdon einen letzten Schuss ab, dann warf er den Peko das Gewehr entgegen. »Das war's. Jetzt kann ich ihnen nur noch Flüche entgegenschleudern.«

»Hier«, meldete sich eine Frau mit zittriger Stimme hinter ihnen. »Nehmen Sie diese Waffe. Ich habe sie vorhin geborgen.« Sie hielt dem alten Frontiersman ein in die Jahre gekommenes Jagdgewehr hin.

»Danke.« Langdon griff zu und prüfte rasch den Munitionsstand. »Nochmal fünf Schuss. Großes Kaliber. Sehr gut.« Er hob den Lauf und ließ das Gewehr donnern. John spürte, wie allein der Schalldruck ihm eine Ohrfeige verpasste.

Im nächsten Augenblick ächzte Langdon, ließ sein Gewehr fallen und fasste sich an den linken Arm. »Verdammte Hundesöhne! Ich bin getroffen.«

John warf ihm einen raschen Seitenblick zu. »Schlimm?«

Langdon schüttelte mit verbissener Miene den Kopf. »Nur eine Fleischwunde, glaube ich. Hoffe ich.« Mit der Rechten hob er das Gewehr wieder auf und gab einhändig einen weiteren Schuss ab. Der Rückstoß ließ ihn verreißen, aber die Geste genügte.

Ihre Verfolger zogen sich ein paar Stufen zurück und verschanzten sich hinter ihren Toten. Sie hatten wohl erkannt, dass sie in einem Treppenhaus wie diesem in niedrigerer Position immer den Kürzeren ziehen würden. Letzten Endes hatten sie alle Zeit der Welt, um auf Verstärkung aus anderen Stockwerken zu warten – dachten sie zumindest. Dass John ein Ass namens *Mary-Jane Wellington* in der Hinterhand hatte, konnten die Peko nicht wissen.

Das Schießen weiter oben hörte auf, und ihre Gruppe setzte sich erneut in Bewegung. Hastig kam auch John auf die Beine und zog sich mit Langdon zurück. Ein Stockwerk höher passierten sie ein Trio toter Peko, das auf dem Treppenabsatz vor der Tür lag. Auch Bellegarde lag dort, niedergestreckt durch eine Kugel in die Brust. Der Anblick versetzte John einen kurzen Stich, obwohl er den Mann praktisch nicht gekannt hatte.

Weiter oben wurde eine Metalltür aufgerissen, und ein Schwall kühler Luft wehte ins Treppenhaus. John hob den

Kopf und erkannte, dass Jason und Janelle Cutter das obere Ende des Treppenhauses erreicht hatten. Wie es aussah, gelangte man von dort direkt auf die felsige Ebene oberhalb der Canyons.

»Ausgang ist frei!«, rief Janelle Cutter in einem Tonfall, bei dem es jedem Unionsmilitär-Drill-Sergeant warm ums Herz geworden wäre.

Nacheinander drängten die Flüchtenden über den letzten Absatz im zwanzigsten Stockwerk durch die Metalltür, die auf einen überdachten Weg führte. John und Langdon gaben ein paar letzte Schüsse auf ihre Verfolger ab, bevor auch sie ins Freie eilten. Dabei rammte John seinen Revolver zurück ins Holster und knallte die Tür hinter sich zu. »Bringt mir was zum Blockieren!«, rief er, während er die Klinke festhielt und sich gegen das kalte, mattgraue Metall stemmte.

Langdon schob kurzerhand sein robustes Jagdgewehr darunter. »Ist ohnehin nur noch ein Schuss drin.«

Zufrieden nickend ließ John die Klinke los. Mit raschem Blick sondierte er die Lage. Zur Linken und zur Rechten erhoben sich flache Gebäude, die statt Fenstern nur metallene Lüftungsschlitze aufwiesen. Ein Netzwerk aus Leitungen verteilte sich von ihren Dächern in der Umgebung. In einem eingezäunten Bereich brummten Transformatoren – oder hatten vielmehr gebrummt, bevor eine Rakete der Peko die Anlage in Trümmer gelegt hatte. Auch das Feld aus Solarzellen, das sich dahinter erstreckte, war in Mitleidenschaft gezogen worden. Viel konnte John im gelblichen Mondschein nicht erkennen, aber was er sah, erinnerte an einen riesigen Scherbenhaufen. Daneben erstreckte sich die nächtliche, karge Felslandschaft.

»Okay, hört mal alle her!«, rief er, um die Aufmerksamkeit der unruhigen Menge zu erwecken. »Wir gehen jetzt da rüber auf das freie Feld. Ich rufe mein Schiff.«

Hinter ihm bebte die Tür, als sich jemand von innen dagegen warf. John zuckte zusammen und bedachte ihren provisorischen Riegel mit prüfendem Blick. Noch hielt er. »Los! Los!«, spornte er die Gruppe an. Kelly, die das gerettete Kind mittlerweile einer Stadtbewohnerin übergeben hatte, übernahm die Führung, und die Überlebenden folgten ihr. Rasch zählte John durch: Aleandro, die Cutters, Langdon und der wieder auf eigenen Beinen stehende Peabody – alle, die für ihn wirklich zählten, waren noch da.

Ein weiterer Schlag ließ die Tür erbeben. Erneut hielt sie. Aber lange würde sie dem Ansturm nicht standhalten. John zog das Komm-Gerät aus dem Gürtel und rief Hobie. Doch der meldete sich nicht.

»Verdammt, Hobie, was ist los mit dir?« John gab es nicht gern zu, aber langsam wurde er nervös. Ihre Verfolger hämmerten an die letzte Barriere zwischen ihnen und den Geflohenen, die Munition ging rapide zur Neige, und ihr Fluchtschiff war weit und breit nicht zu sehen.

»Wo ist die *Mary-Jane?*«, wollte Aleandro wissen, als John sich zu den anderen an den Rand des Splitterfeldes aus Solarzellen gesellte.

»Sie kommt«, versicherte John ihm mit falschem Selbstvertrauen. »Nur noch eine Frage von Augenblicken.« Er hob die Stimme etwas, damit alle ihn hören konnten. »Das Schiff ist gleich da. Versteckt euch so lange zwischen den Resten der Solarzellen.« Er deutete auf die halb zerschmetterten Fundamente und die traurigen Metallgerippe, die von der einstigen Energieversorgung von Canyontown übrig geblieben waren.

Er selbst ging am Eingang des Feldes hinter einem Betonklotz in Deckung. »Kelly, Aleandro, bleibt in meiner Nähe«, gebot er seiner Mannschaft leise. Verstohlen aktivierte er den

Peilsender an seinem Komm-Gerät. Jetzt war es egal, ob die Peko sie dadurch aufspüren konnten. Sie wussten ohnehin, wo John und die anderen waren. Aber vielleicht konnte er so Hobies Aufmerksamkeit erregen – oder zumindest die von Mary-Jane selbst.

Weiter vorn zwischen den Gebäuden ertönte ein Bersten, als es den Peko gelang, die Tür aufzusprengen. John hob seinen Revolver. Das gelbe Warnsignal am Griff erinnerte ihn daran, dass nur noch zwei Kugeln in der Trommel waren. Seine letzten. Danach hatte er bloß noch sein Messer im Stiefel und den vierschüssigen Colt Minimum für den absoluten Notfall – eine Kugel für Kelly, eine für Aleandro, eine für sich und eine für den Teufel. Das war ein barmherzigeres Ende, als von den Peko zu Tode gemartert zu werden.

Jason und Janelle Cutter überprüften ihre Gewehre und gesellten sich an seine Seite. Sie mochten Kopfgeldjäger sein und damit keineswegs die Art von Leuten, mit denen John gern pokerte oder ein Bier trank, aber er musste ihnen in diesem Moment zugutehalten, dass sie Mut hatten und zumindest den Anstand, für die Gruppe zu kämpfen, statt sich abzusetzen und auf eigene Faust ihr Glück zu versuchen. Möglicherweise war ihre scheinbare Selbstlosigkeit aber doch dem Eigennutz geschuldet. Sie mochten an die Leiche von Hawkins alias Darrell Metzger an Bord der *Mary-Jane* denken, die ihnen nach wie vor eine hübsche Summe einbringen würde – aber nur, wenn sie mit John und den anderen gemeinsam Heaven's Gate erreichten.

Aus der Tür strömten die Peko-Krieger. Ungeachtet der erlittenen Verluste waren es sicher zwanzig an der Zahl. Mit Gewehren und Revolvern bewaffnet verteilten sie sich und hielten nach ihren Opfern Ausschau. Trotz der Dunkelheit dauerte es nicht lange, bis sie die Gruppe erspäht hatten. Ein paar der Peko hatten starke Handlampen dabei, und es gab hier einfach zu wenig Deckung.

Sie wollten gerade losstürmen, als sie ein scharfer Befehl zurückhielt. Die Krieger hielten inne und drehten sich halb um. Eine Lücke bildete sich in ihren Reihen.

»Was machen die?«, flüsterte Aleandro verwirrt. Er umklammerte sein Padd, das er immer bei sich trug, als wäre es ein Schutzschild, der ihn vor Kugeln bewahren könnte.

John schwante Ungutes. »Auftritt des Oberschurken«, murmelte er.

Im Schein der Handlampen tauchte ein Mann auf, flankiert von drei weiteren Kriegern – zwei Männern und einer Frau. John erkannte ihn sofort wieder. Er trug immer noch die schwarze Kampfweste, die Fingerknochenkette und den Gurt mit großkalibrigen Sprengprojektilen, von denen jetzt allerdings die Hälfte fehlte.

»Geonoj«, zischte Janelle Cutter und hob ihr Gewehr.

»Warten Sie.« John legte seine Hand auf den Lauf und drückte ihn nach unten. »Wenn er hier auftaucht, will er offenbar irgendwas. Lassen Sie ihn erst mal reden. Wenn Sie ihn umbringen, geht das große Schießen wieder los, und dabei sind wir eindeutig unterlegen. Wir sollten versuchen, Zeit zu schinden, bis Hobie eintrifft.«

»Er hat recht, Janelle«, sagte Jason Cutter leise. »Wir könnten das Kopfgeld für ihn nie kassieren, selbst wenn wir ihn töten.«

Mürrisch gab Janelle Cutter nach.

Ihr Gegner baute sich vor seinen Kriegern auf, die sich im Halbkreis um ihn versammelt und ihre Waffen auf die in den Trümmern des Solarzellenfeldes kauernde Gruppe gerichtet hatten. »Ich bin Konya Geonoj von Uanada!«, hob er an. Er beherrschte die Sprache der Menschen fast ohne Akzent. »Ich suche den Mann, der mehr Tod über meine Leute gebracht hat als all diese Bergbewohner zusammen.«

»Na, jetzt übertreibt er aber«, brummte John und rief dann, ohne aus der Deckung zu treten: »Ich bin hier!«

Suchend sah Geonoj sich um, aber er konnte John nicht ausmachen. »Wer sind Sie? Zeigen Sie sich mir!«

»Mein Name ist John Donovan, freischaffender Glücksritter und Raumschiffcaptain. Was wollen Sie von mir, Geonoj?«

»Ich will, dass Sie sich mir stellen, im Kampf, Mann gegen Mann. Wenn Sie wirklich ein so großer Krieger sind, beweisen Sie Ihren Mut einmal mehr.«

John gluckste leise. »Das hätte der wohl gerne.« Er hob erneut die Stimme. »Wissen Sie, ich habe heute Abend schon genug einstecken müssen. Mir brummt jetzt noch der Schädel von dieser verdammten Explosion unten im Tunnel. Ich glaube nicht, dass das ein fairer Kampf wäre. Abgesehen davon: Was hätte ich davon? Wenn Sie siegen, bin ich tot. Und wenn ich siege? Dann erschießen mich Ihre Männer. Dann bin ich auch tot. Ich habe mir zu viel Mühe gegeben, die letzten Stunden zu überleben, um mir das jetzt verderben zu lassen.«

Geonojs Miene verfinsterte sich. »Wenn Sie sich mir nicht stellen, werde ich Sie alle töten lassen.«

»Ich hoffe, Ihnen ist klar, dass Sie als Erster dran glauben werden«, erwiderte John. »Wir haben nicht mehr viel Munition, aber für Sie genügt es. Ich töte nicht gerne, aber wenn es sein muss, tue ich es.«

Endlich fand einer der suchenden Lichtstrahlen John und blieb auf ihm liegen. Geonoj richtete die dunklen Augen auf ihn. Ein gefährliches Feuer flackerte in ihnen – oder vielleicht war es bloß der Widerschein der Lampen. »Dafür, dass Sie angeblich nicht gerne töten, haben Sie in dieser Nacht viele Leben genommen.«

»Das war Notwehr! Und damit hier nichts durcheinanderkommt: Sie und Ihre Leute haben diese friedliche Kolonie angegriffen. Sie sind die Schlächter hier.«

»Bist du sicher, dass es hilfreich ist, ihn zu provozieren, John?«, fragte Kelly ihn leise.

»Alles ist hilfreich, solange es ihn am Reden hält.«

»*Schlächter* nennen Sie uns?« Geonoj ließ ein bitteres Lachen hören. »Sie haben doch keine Ahnung. Auch wir töten aus Notwehr. Wir wehren uns gegen unsere Not! Ihr Menschen habt uns unsere Welten weggenommen und jetzt nehmen wir euch eure – eine nach der anderen, bis ihr dorthin zurückgeflohen seid, wo ihr herkamt.«

Johns Komm-Gerät zirpte und zeigte an, dass Hobie versuchte, ihn zu erreichen. Er schnitt eine Grimasse. »Ungünstiger Zeitpunkt, Kumpel.«

»Ich übernehme das.« Kelly schnappte sich das Gerät und kroch ein paar Meter nach hinten, wo sie ein geflüstertes Gespräch begann.

Um von ihr abzulenken, ging John das Risiko ein und stand auf. Den Revolver hielt er locker in der rechten Hand. Wenn auch nur ein Gewehrschuss peitschte, würde er damit Geonoj immer noch erwischen, bevor die Peko ihn erwischten. »Wissen Sie was?«, sagte er. »Ich verstehe ja, dass Sie wütend sind. Wäre ich vermutlich auch, wenn ich jemandem die Schlüssel zu meinem Gleiter geben würde und er führe damit zu mir nach Hause, um mein Heim für sich zu beanspruchen.«

Er schüttelte theatralisch den Kopf und schielte dabei zu Kelly hinüber. Sie begriff und hielt einen Zeigefinger hoch: eine Minute.

John holte tief Luft und sah Geonoj wieder an. »Aber

hören Sie, Konya: Ihr Zorn richtet sich gegen die falschen Leute. Diese Burschen, die Russell Station betrieben haben, oder die Bergleute hier – das sind einfache Arbeiter. Die gehen bloß einem schlecht bezahlten, harten Job nach, um irgendwie durchzukommen. Die eigentlichen Schuldigen finden Sie in den Kernwelten, wo die Politiker und die Konzerne sitzen. Aber um sich mit denen anzulegen, sind Sie ja zu feige. Deshalb schleichen Sie hier draußen am Rand durchs Buschwerk und bringen Frauen und Kinder um. Das nennen Sie Notwehr? Ich nenne das die Taten von Männern und Frauen ohne jede Ehre.«

»Sie haben keine Ahnung!« Wütend trat Geonoj einen Schritt näher. »Auf Ihrer wertvollen Raumstation lebten Soldaten, die Frauen und Kinder der *Peko* niedergemetzelt haben. Und wissen Sie, was diese Leute hier tun? Sie bauen Erze ab für Kriegsschiffe, die nur dem einen Zweck dienen, mein Volk zu unterdrücken. Es mag wahr sein, dass es mir im Augenblick an Stärke fehlt, um das wahrhaft Böse zu bekämpfen. Aber seine Handlanger kann ich bestrafen, und ich werde es weiter tun, so lange ich lebe.«

»Tja, dann werden wir wohl keine Freunde werden, und wie es aussieht, muss ich wohl doch gegen Sie kämpfen. Mann gegen Mann, sagen Sie? Keine Waffen! Nur Fäuste.« Er schob den Santhe ins Holster zurück und begann langsam, seinen Waffengurt abzuschnallen. »Und wenn ich gewinne ...«

Ein ohrenbetäubendes Brüllen und Brausen unterbrach ihn, als wenige Meter zur Rechten die gewaltige Masse der *Mary-Jane Wellington* aus dem nahen Canyon aufstieg. Hobie schaltete alle Bugscheinwerfer an und ließ vierhundert Tonnen Metall auf die versammelten Peko niedergehen. Staub wirbelte auf, und der Sturmwind der Triebwerke zerrte an ihren Haaren und Kleidern. Dabei schlug aus allen Außenlautsprechern dramatische Opernmusik, von der John überhaupt nicht gewusst hatte, dass sie sich in den Datenspeichern des Schiffs befand.

Der Effekt war zugegebenermaßen beeindruckend. Und obwohl die Peko keine tumben Wilden waren, sondern sehr genau wussten, was ein Raumschiff war, schrien sie auf und rannten kopflos auseinander – vielleicht gerade, *weil* sie wussten, wie verheerend es war, wenn man unter das Prallfeld oder in den Triebwerksstrahl eines solchen Brockens geriet.

Als er heran war, drehte Hobie das Schiff, sodass der Backbordfrachtraum auf das Trümmerfeld wies, wo John und die anderen sich versteckten. Ohne zu landen, ließ er die Backbordfrachtraumrampe herunter. »Los! Los!«, brüllte John die Gruppe an. »Alle an Bord!«

Kelly, Aleandro und die anderen fingen an zu rennen. Ein paar der Peko gaben schlecht gezielte Schüsse in ihre Richtung ab, die von den Cutters erwidert wurden.

John wartete, bis alle an ihm vorbeigerannt waren, dann sprang er ebenfalls auf die Rampe. Er sah zu Kelly hoch, die am oberen Ende gewartet hatte, und hob den Daumen. Sie rief etwas, das er im Lärm der Schiffstriebwerke nicht verstehen konnte, und die *Mary-Jane* begann sich langsam wegzudrehen, während sich die Rampe zu schließen anfing.

Als John einen Blick zurückwarf, sah er Geonoj, der furchtlos ausgeharrt hatte, wo er zuvor gestanden hatte. Sein schwarzes Haar flatterte im Sturmwind, den die Triebwerke und das Prallfeld des Frachters erzeugten. In den Augen des Konya brannte blanke Wut.

Grinsend schenkte John ihm ein Achselzucken. »Beim nächsten Mal vielleicht!«, schrie er, obwohl er bezweifelte, dass Geonoj ihn verstehen konnte. Dann winkte er und rannte die Rampe hinauf, die sich hinter ihm schloss.

– 28 –

»Was hat dich so lange aufgehalten?«, wollte John von Hobie wissen, als er ins Cockpit kam und von seinem Mechaniker den Pilotensitz übernahm.

»Ob du es glaubst oder nicht, aber das Schiff wurde von einer Peko-Streife entdeckt, die mit einem Schweber im Canyon unterwegs war.«

»Was?« John verstärkte den Schub und zog das Schiff in die Höhe. Er öffnete die Bordsprechanlage. »Alle festhalten, es wird vielleicht etwas holprig.« Anschließend wandte er sich wieder an Hobie. »Und was ist dann passiert?«

»Sie haben sich vor dem Schiff postiert und mich mit vorgehaltenem Maschinengewehr gezwungen, die Brücke zu verlassen und zu ihnen nach draußen zu kommen.«

»Und?«

»Ich ... äh ...« Hobie warf John einen unbehaglichen Seitenblick zu. »Ich bin ein kleines Risiko eingegangen.«

»Das heißt?«

»Natürlich musste ich ihrer Aufforderung Folge leisten, sonst hätten sie das Cockpit zerschossen, was für unsere Flucht nicht gut gewesen wäre. Allerdings wussten die nichts von Mrs. Pennington und Piccoli. Ich habe den Grünhäuten gegenüber ziemlich überzeugend behauptet, dass ich allein sei und nur das Schiff bewachen würde. Mrs. Pennington war mir in dem Moment natürlich keine Hilfe. Also habe ich mich an Piccoli gewandt.«

»Um was zu tun?«

»Mich irgendwie rauszuhauen. Die Kerle im Dunkeln zu überraschen.«

John gab vollen Atmosphärenschub, und die *Mary-Jane* raste mit donnernden Triebwerken dem Orbit entgegen. »Das war verdammt riskant. Piccoli hätte mit dem Schiff in dem Moment verschwinden können.«

»Das hätte er nicht, John«, mischte sich Mary-Jane ruhig aus dem Deckenlautsprecher ein. »Ich habe alle Systeme gesperrt, als Mister Hobel das Schiff verlassen hat.«

»Richtig. Entschuldige Mary-Jane. Und weiter?«

Hobie grinste schief. »Er hat es wirklich geschafft. Der Bursche ist ein Teufelskerl. Ist durch die Nacht geschlichen, hat die Peko, die mich befragt haben, umgangen und sie von hinten ausgeschaltet. Er hat mir das Leben gerettet – und sich dann einfach wieder einsperren lassen! Sagte noch, er hoffe, damit bewiesen zu haben, dass er zu den Guten gehöre.«

Erstaunt nahm John die Worte zur Kenntnis. »Das hat er damit tatsächlich. Wie es aussieht, verdanken wir alle ihm unser Leben. Das würde den Cutters nicht schmecken – wenn sie es wüssten.«

»Was das betrifft ...« Hobie fuhr sich unbehaglich mit der Hand über den Nacken. »Ich fürchte, Mrs. Pennington hat mitbekommen, dass Piccoli an Bord ist. Ich habe ihr eingeschärft, kein Wort zu sagen. Und dass er uns geholfen hat, wird sie auch begriffen haben. Aber vielleicht redest du später noch einmal mit ihr. Sicher ist sicher.«

»Wenn wir nicht gerade von Peko gejagt werden, gerne. Hobie, gib mir die Ansicht der Heckkameras auf den Bildschirm.« John warf einen raschen Blick darauf. Canyontown war bereits tief unter ihnen zurückgeblieben, sodass sich in der Dunkelheit keine Einzelheiten ausmachen ließen. »Wechsel auf die Wärmebildkamera.«

Das Bild nahm Falschfarben an. Inmitten des abkühlenden Blau der Berge glühten einzelne rote Nischen, wo Camps der Bergarbeiter brannten. Ein stecknadelkopfgroßer Hitzefleck blühte just in diesem Augenblick direkt unter ihnen auf. Er wuchs sprunghaft auf seine mehrfache Größe an und schrumpfte dann wieder auf ein kleines, heißes Zentrum. Ein Lächeln umspielte Johns Lippen. »Ich glaube, die Peko haben eben versucht, einen Alarmstart mit dem Mutterschiff hinzulegen. Und dabei haben sie festgestellt, dass ihr kompletter Antriebsbereich voller Sprengkapseln war.«

Hobie warf ihm einen verblüfften Seitenblick zu. »Sprengkapseln?«

»War Waggoners Idee. Ein guter Mann. Eine Schande, dass er es nicht geschafft hat.«

Die Luke zum Cockpit ging auf, und Aleandro kam herein. »Alle Passagiere sind untergebracht«, meldete er, als er sich ans Ortungsgerät setzte. »Es ist eng, aber für einen Tag wird es schon reichen.«

»Ich hoffe, du hast niemanden zu Piccoli in den Steuerbordfrachtraum gelassen«, sagte John.

Aleandro schnaubte. »Ich bin doch nicht blöd, Cap.«

»Gut. Dann heißt es jetzt, mit Volldampf zum Trinity-System. Mary-Jane, haben wir die Koordinaten des Transitfelds?«

»Negativ, John. Unsere letzten Informationen über das Trinity-System-Transitfeld stammen von einem Datenupdate auf Briscoll. Da das Transitfeld als wandernd markiert ist, könnten sie mittlerweile veraltet sein. Ich habe dich gewarnt, dass es schwierig sein könnte, das Iverson-System wieder zu verlassen.«

»Warum haben wir kein Datenupdate während der Reparaturen in Canyontown vorgenommen?«

»Der Zentralrechner der Systemüberwachung von Canyontown befand sich in einem Wartungszyklus, als wir die Kolonie erreicht haben. Das Update war für sechzehn Uhr angesetzt. Allerdings kam der Angriff der Peko dazwischen. Es war mir nicht mehr möglich, den Datentransfer durchzuführen.«

»Verflixt.« John ballte die Rechte zur Faust. Er musste sich zurückhalten, um nicht auf die Armaturen zu schlagen. »Das hat uns gerade noch gefehlt.«

Er aktivierte die Bordsprechanlage. »An all unsere neuen Gäste, hier spricht ihr Captain: Ist jemand unter Ihnen, der Ahnung von Astrogation hat und uns sagen kann, wo sich das Transitfeld zum Trinity-System im Augenblick genau befindet? Wenn ja, wäre ich der Person sehr verbunden, wenn sie sofort ins Cockpit kommen würde.« Er legte den Schalter wieder um und lehnte sich frustriert zurück.

»Mann, wenn nur Fray jetzt bei uns wäre«, murmelte Hobie. »Die arbeitete doch im Kontrollzentrum. Die hätte bestimmt die aktuellen Daten im Kopf.«

»Ja, das wäre nicht schlecht.« John sah zu seinem alten Freund hinüber. »Es tut mir leid, Kumpel. Wir konnten sie nicht suchen. Die Peko saßen uns im Nacken.«

Hobie nickte und nestelte an seiner Schirmmütze herum. »Sie ist ein großes Mädchen und kennt sich aus. Sie wird den Peko schon entwischt sein – hoffe ich.«

»Wir schicken Canyontown Verstärkung, sobald wir im Trinity-System eintreffen. Das verspreche ich. Jetzt, wo sie die Chance hat, Geonoj am Boden zu erwischen, wird die Raumkavallerie sicher alle Hebel in Bewegung setzen, um ihn möglichst rasch dingfest zu machen. Wir müssen also nur noch ...«

»Verzeihung«, meldete sich eine Frauenstimme in seinem Rücken. »Sie wollten mich sprechen?«

John drehte sich um. Im Türrahmen stand eine schlanke

Frau mittleren Alters, die ein graugrünes Kostüm trug. In ihr braunes Haar mischten sich erste silberne Strähnen, und in den Mund- und Augenwinkeln zeigten sich Lachfältchen. Sie war sicher eine hübsche Frau, wenn sie lachte. Im Moment schien ihr jedoch so gar nicht danach zumute zu sein.

»Wer sind Sie?«

»Mein Name ist Ellen McCormack, ich arbeite in Canyontown als Lehrerin. Ich bringe den Kindern Naturwissenschaften bei, darunter auch Astronomie. Daher kenne ich mich ganz gut mit den Gegebenheiten im Iverson-System aus.«

»Mrs. McCormack, damit sind Sie soeben zu meiner neuen besten Freundin und zur wichtigsten Person an Bord geworden.«

»Miss«, verbesserte sie ihn.

»Wie bitte?«

»Miss. Ich bin nicht verheiratet.«

»Verzeihung. Mein Fehler. Nun ja, würden Sie bitte an meiner Seite Platz nehmen? Hobie, ruf die Systemkarte auf und räum den Sitz für die Dame.«

»Geht klar, John.«

McCormack setzte sich und studierte die Anzeigen auf der Kopilotenkonsole.

»Verstehen Sie, was Sie da vor sich …?«, setzte John an, doch sie unterbrach ihn gleich.

»Ja, Captain, ich weiß, wie man mit einem Astrogationsrechner umgeht. Ich muss mich nur kurz orientieren.« Sie gab einige Befehle ein und vergrößerte den Bereich des Systems, der direkt um die Sonne lag. Stirnrunzelnd drehte und verschob sie die Perspektive, zoomte wieder etwas zurück. »Hier«, verkündete sie schließlich und markierte eine Stelle im Raum. »Ungefähr in dem Bereich lag das Feld laut unseren Überwachungssonden vor zwei Tagen.«

Hobie pfiff leise durch die Zähne. »Das ist zwanzig Millionen Kilometer näher als erwartet. Wir wären mittendurch gerauscht, wenn wir unseren alten Daten gefolgt wären.«

»Das Transitfeld ist nur knapp hundert Millionen Kilometer von uns entfernt«, stellte John erfreut fest. »Offenbar meint es doch jemand gut mit uns. Mary-Jane, berechne einen Kurs zu den eingegebenen Koordinaten, voller Schub. Die Peko werden uns noch früh genug mit ihren verdammten Raptoren auf die Pelle rücken. Ich will so viel Vorsprung wie möglich gewinnen, bevor sie sich von der Explosion an ihrem Mutterschiff erholt haben.«

»Captain?« Irritiert sah McCormack ihn an.

»Machen Sie sich keine Sorgen. Dank Ihnen stehen unsere Chancen ziemlich gut, dass wir mit heiler Haut aus der Geschichte herauskommen. Gehen Sie zurück zu den anderen. Und sagen Sie Kelly bitte, sie soll einen Blick in unseren Vorratsschrank werfen. Ich könnte eine Kleinigkeit zu essen vertragen, und ein paar von Ihnen mag es ähnlich gehen.«

Sie stand auf. »Das mache ich. Danke, Captain, dass Sie uns gerettet haben.«

Er schenkte ihr ein dünnes Lächeln. »Danken Sie mir erst, wenn wir auf Heaven's Gate eintreffen. Noch ist das Ganze nicht vorbei.«

Sie erwiderte das Lächeln, wenn auch deutlich wärmer. »Ich habe Vertrauen in Sie, Captain.« Mit diesen Worten neigte sie anmutig den Kopf, drehte sich um und ging.

Hobie nahm den Platz des Kopiloten wieder ein. Dabei hatte er ein unpassend unverschämtes Grinsen auf dem Gesicht. »Na, John, eine Lehrerin? Wäre das nicht mal eine Abwechslung zu deinen sonstigen Frauenbekanntschaften?«

»Halt die Klappe, Hobie. Außerdem … die ist doch zehn Jahre älter als ich.«

»Hat sich aber gut gehalten, das muss man sagen.«

»Dann lade du sie doch zum Essen ein. Ich jedenfalls habe jetzt andere Dinge zu tun, als mir um Miss McCormack Gedanken zu machen.« Er arretierte das Steuer und stand auf.

»Und zwar?«

»Ich muss mit Mrs. Pennington über ihre unheimliche Begegnung mit einem Schwerverbrecher reden. Sonst haben wir nachher zwei Krisen gleichzeitig am Brodeln.«

»Verstanden. Lass dir Zeit. Bis zum Transitfeld brauchen wir etwa fünf Stunden. Ich halte derweil hier mit Aleandro die Stellung, nicht wahr, mein Junge?«

»Auf jeden Fall, Pop«, erwiderte der junge Computerspezialist. »Keine zehn Pferde kriegen mich im Moment in diese Messe voller aufgescheuchter Flüchtlinge.«

»Nenn mich nicht Pop«, knurrte Hobie.

»Nenn mich nicht Junge«, entgegnete Aleandro.

»Ich sehe schon, dass ihr zwei euch prächtig unterhalten werdet«, meinte John und ließ die beiden allein.

Wie erwartet fand er Mrs. Pennington in ihrem Quartier vor. »Darf ich reinkommen?«, erkundigte er sich, nachdem er geklopft und sich auf ihre Rückfrage hin identifiziert hatte.

»Ja, bitte, Captain Donovan«, drang es durch die Tür.

Er öffnete die Luke und trat ein. Emma Pennington saß auf ihrer Koje und streichelte die kleine Elisabeth, die in einen braunen Strampelanzug gekleidet neben ihr auf dem Laken lag und leise krähte. Die junge Mutter wirkte angespannt und erschöpft, ein Zustand, den John ihr gut nachfühlen konnte. Ihm selbst ging es kaum anders – und er hatte nicht vor Kurzem ein Kind zur Welt gebracht.

»Was verschafft mir die Ehre Ihres Besuchs, Captain?«,

fragte Mrs. Pennington und strich sich eine braune Haarsträhne hinters Ohr, als sie zu ihm aufschaute.

John sah sich suchend in der engen Kabine um und deutete dann auf einen der zwei Stühle, auf denen Wäsche und Gepäckstücke lagen. »Darf ich mich setzen?«

»Natürlich, warten Sie, ich räume das weg.«

Sie wollte aufstehen, doch John gebot ihr mit einer Geste sitzenzubleiben. »Lassen Sie nur. Ich mache das schon.« Er stellte die Reisetasche, die sich auf einem der Stühle befand, zu Boden, legte das über der Lehne hängende Nachthemd darauf und nahm Platz.

Seine Gastgeberin errötete leicht, als sie ihn mit ihrer Wäsche hantieren sah. »Verzeihen Sie die Unordnung, Captain. Ich komme neben meiner Sorge für die kleine Elisabeth kaum zu irgendetwas. Und ich habe auch nicht mit Besuch gerechnet.«

»Machen Sie sich keine Gedanken. In meiner eigenen Kabine sieht es schlimmer aus.« Er schenkte ihr ein schiefes Grinsen. »Wie geht es Ihnen denn? Mit dem Baby alles in Ordnung?«

»Ja, danke. Sie macht die Nacht zum Tage und hat ständig Hunger. Aber ich schätze, das ist ein gutes Zeichen.« Mrs. Pennington lächelte etwas unsicher. »Aber Sie sind doch bestimmt nicht gekommen, um sich mit mir über mein Befinden zu unterhalten?«

»Nein«, gab John kopfschüttelnd zu. »Es geht um das, was vorhin passiert ist, während Sie mit Hobie im Versteck auf uns gewartet haben.«

»Sie meinen den Zwischenfall mit der Peko-Streife?«

»Und den Umstand, dass Sie dabei einem kleinen Geheimnis von mir auf die Schliche gekommen sind.«

Sie ließ von dem Neugeborenen ab und versteifte sich ein wenig. »Mister Piccoli.«

»Richtig.«

»Hören Sie, Captain Donovan, ich weiß, dass dies Ihr Schiff ist und ich als Gast nicht das Recht habe, zu entscheiden, wen Sie an Bord lassen und wen nicht, aber ich bin doch ein wenig beunruhigt über Ihre offensichtliche Bereitschaft, einem Verbrecher Unterschlupf zu gewähren. Haben Sie uns nicht erzählt, Mister Piccoli sei auf Russell Station umgekommen und läge nun wieder in der Kryo-Einheit?«

»Es tut mir leid. Das war eine Notlüge, um Sie nicht zu beunruhigen.«

Verwirrt sah Mrs. Pennington ihn an. »Das verstehe ich nicht. Wieso haben die Cutters diese Lüge mitgetragen?«

»Weil sie nicht zugeben wollten, dass Piccoli ihnen entwischt ist und sie ihn auf der Station nicht wiedergefunden haben.«

»Aber er hat de Vries ermordet! Wie können Sie diesen Mann nur decken?«

John fuhr sich mit der Hand durchs Haar und kratzte sich am Hinterkopf. »Oh, Mann, de Vries, richtig.« Er dachte einen Moment lang nach, wie viel er Mrs. Pennington erzählen sollte, und kam zu dem Schluss, ihr zumindest eine grobe Vorstellung der Geschehnisse zu vermitteln. »Wissen Sie, Piccoli hat de Vries nicht umgebracht. Das war Teil der Notlüge. Er wurde von Hawkins getötet, dem Schiffbrüchigen, den wir aufgelesen haben, erinnern Sie sich?«

»Natürlich, aber ich dachte, er hätte uns bei Fort Junction verlassen.«

»Dem war nicht so. Er hatte sich an Bord versteckt und ist als blinder Passagier mitgeflogen. Bei Russell Station wollte er sich absetzen, und de Vries muss ihm dabei über den Weg gelaufen sein.«

Die junge Frau schlug die Hand vor den Mund. »Oh, mein

Gott. Da lief dieser unheimliche Kerl in der Station herum, während ich mein Kind bekommen habe?«

»Äh, ja.«

Ihre Miene verfinsterte sich. »Wie konnten Sie nur? Wie konnten Sie zulassen, dass wir auf diese Station gehen, wenn dort ein Mörder sein Unwesen trieb?« Ihre scharfen Worte brachten Elisabeth zum Weinen, und Mrs. Pennington nahm ihre Tochter auf den Arm, um sie zu trösten.

»Es tut mir leid«, wiederholte John. »Wir wussten es nicht. Und als wir seine Anwesenheit an Bord bemerkten, haben wir sofort alles daran gesetzt, um ihn zu finden. Er ist es, der in der Kryo-Einheit liegt. Die Cutters haben ihn erschossen. Wir haben es vor den anderen Passagieren geheim gehalten, weil wir Sie nicht unnötig ängstigen wollten.«

»Gott im Himmel …« Emma Pennington hob die Augen zur Decke und presste die Lippen zusammen. Sie schien um Fassung zu ringen. »Auf was für einem Seelenverkäufer bin ich hier gelandet?«

»He, mir wäre es auch lieber, wenn diese Reise nicht ganz so dramatisch verlaufen würde«, knurrte John etwas gereizt. »Aber konnte ich ahnen, dass Hawkins so ein Irrer ist? Wir haben nur versucht, einem in Raumnot Geratenen zu helfen. Und für Piccolis Anwesenheit können Sie sich bei den Cutters bedanken. Immerhin haben die ihn an Bord gebracht. Mir haben Sie, genau wie Ihnen, die Geschichte vom alten kranken Vater erzählt.«

Die junge Frau schnaubte leise. »Ja, Sie haben recht. Vielleicht sollte ich das wirklich: mich bei den Cutters bedanken.«

»Äh, nein, warten Sie.« John hob abwehrend die Hände. »Genau deswegen bin ich gekommen. Ich möchte, dass Sie niemandem – schon gar nicht den Cutters – von Piccolis

Anwesenheit etwas erzählen. Er hat de Vries nicht getötet und ist auch nicht der Verbrecher, als den diese Kopfgeldjäger ihn hingestellt haben. Ich habe mit ihm gesprochen. Er wird von einem rachsüchtigen Konzernmann gejagt, wegen einer Sache, die jetzt nicht so wichtig ist. Aber er ist kein böser Mensch. Immerhin hat er Ihnen und Hobie bei dem Peko-Zwischenfall im Canyon die Haut gerettet.«

»Ich weiß nicht, ob ich Ihre Überzeugung teile, Captain Donovan. Auf mich machte dieser Mann einen durchaus bedrohlichen Eindruck. Und die Art, wie er so einfach drei Peko ermordet hat, beweist doch, wie gefährlich er ist.« Sie musterte John prüfend. »Haben Sie schon einmal daran gedacht, dass er Sie belogen haben könnte, als er Ihnen gegenüber seine Unschuld beteuert hat? Lügen zu erzählen, scheint ja einigen hier an Bord nicht schwerzufallen.«

Natürlich hatte John schon daran gedacht. Aber sein Bauchgefühl sagte ihm, dass Piccoli in diesem Fall das Opfer war und die Cutters die Täter. Allerdings musste auch er zugeben, dass sein Bauchgefühl ihn in der Vergangenheit schon getrogen hatte – und Piccolis Heldentat im Canyon machte ihn durchaus verdächtig.

»Ich kann Ihnen nur so viel sagen: Seine Geschichte klang sehr plausibel, und anders als die Cutters habe ich ihn bislang auch nicht einer glatten Täuschung überführen können. Ich bin also geneigt, ihm Glauben zu schenken. Jedenfalls werde ich ihn nicht an diese Kopfgeldjäger ausliefern. Er genießt auf der *Mary-Jane* Asyl bis Heaven's Gate. Daher möchte ich Sie bitten, sich aus dieser Sache rauszuhalten. In ein paar Stunden sind wir am Ziel. Dann können Sie mit Ihrem Mann und Ihrem Kind in Ihr nettes neues Leben aufbrechen. Überlassen Sie Piccoli und die Cutters doch einfach sich selbst. Die sind nicht Ihr Problem, nicht wahr?«

Eine Weile lang schwieg Emma Pennington, wiegte ihre wimmernde Tochter im Arm und dachte nach. Schließlich nickte sie. »Einverstanden, Captain Donovan. Ich mische mich nicht ein. Aber sorgen Sie bitte dafür, dass dieser Mann mir und meiner Tochter nicht zu nahe kommt.«

»Er wird niemandem nahe kommen«, versprach John. »Er sitzt im Steuerbordfrachtraum eingeschlossen, und genau da wird er bleiben, bis wir in Lordsburg gelandet sind.« Er musste an Geonoj und seine Peko denken, die sie auf Johansson zurückgelassen hatten. *Hoffentlich erreichen wir Lordsburg auch wirklich*, ging es ihm durch den Sinn. Denn eines war klar: Die Peko würden kommen und sie jagen. Und wenn sie die *Mary-Jane Wellington* einholten, würden sie sie aus dem All blasen.

– 29 –

Ihr Glück währte genau dreißig Minuten. John hielt sich gerade in der Messe auf, wo er Kelly, Frank Langdon und Mister Peabody dabei half, den Flüchtlingen aus Canyontown Mut zuzusprechen und unbeholfenen Trost zu spenden, als Aleandro ihn rief.

»Schlechte Neuigkeiten, Cap«, meldete der junge Computerspezialist, als John das Cockpit betrat.

»Was ist los?«

»Die Peko setzen zur Verfolgung mit Raptoren an. Ich habe eine Gruppe Echos auf der Fernortung.«

»Wie viele Schiffe?«, wollte John wissen.

»Schwer auszumachen, da sie im Pulk fliegen. Aber es sind mindestens ein Dutzend. Die müssen mit allem gestartet sein, was noch fliegen konnte.«

»Du scheinst Geonoj da unten mächtig wütend gemacht zu haben«, warf Hobie ein.

»Darauf kannst du wetten.« John fluchte. »Wie viel Vorsprung haben wir?«

»Wir sind etwa eins Komma acht Millionen Kilometer von Johansson entfernt.«

»Das ist nicht viel.«

Hobie zuckte unbehaglich mit den Schultern. »Wir sind noch in der Beschleunigungsphase. Mehr war nicht drin.«

John ließ sich auf seinem Pilotensitz nieder. »Die Frage lautet: Genügt es? Wenn die Raptoren uns einholen, bevor wir das Transitfeld erreichen, sind wir geliefert. Wir haben keine

Splitterbomben mehr und nur noch zwei Täuschkörper für Raketen. Wir können ein bisschen Rauch erzeugen und ihnen Ausrüstung von uns in den Weg werfen, aber das war es dann auch. Damit halten wir vielleicht zwei von ihnen auf, aber nicht zwölf.«

»Ich habe jetzt eine genauere Zahl«, warf Aleandro ein. »Es sind vierzehn.«

John drehte sich auf seinem Platz um und bedachte ihn mit einem säuerlichen Blick. »Danke, Aleandro.« Er wandte sich wieder Hobie zu. »Okay, normalerweise ist ein *Cambria*-Klasse-Frachter für einen Peko-Raptor ein leichtes Ziel. Die *Mary-Jane* hat gute dreißig Prozent mehr Schubleistung, als die *Cambrias* es ab Werk aufweisen, aber wie wir bei Glauron festgestellt haben, reicht selbst das nicht, um die Burschen abzuhängen. Doch wie viel schneller als wir sind sie wirklich?«

»Ich weiß es nicht, John. Es gibt keine Spezifikationen dieser Dinger in unserer Datenbank.«

»Vielleicht kann ich helfen, John«, meldete sich Mary-Jane zu Wort. »Den Werten zufolge, die wir im Brycefield-System gemessen haben, sind sie zu Beschleunigungswerten von eintausendeinhundert Metern pro Sekunde imstande. Ob das den Höchstschub darstellt und ob es unterschiedliche Modelle mit abweichenden Leistungsprofilen gibt, vermag ich allerdings nicht zu sagen.«

»Na schön«, brummte John mit grimmigem Nicken. »Also sind sie etwa zehn Prozent schneller als wir. Wenn das alles wäre, was sie aufzubieten haben, bleibt uns vielleicht eine Chance. In viereinhalb Stunden erreichen wir den Rand des Transitfelds. So lange brauchen die auch. Also wenn wir noch ein bisschen Schub aus den Triebwerken herauskitzeln können, verschafft uns das hoffentlich die Minuten, die wir benötigen, um einen Weißen Wurm hervorzulocken.«

»Du vergisst eins«, warf Hobie ein. »Wenn wir abbremsen, um nicht über das Transitfeld hinauszuschießen, wird unser Vorsprung schmelzen wie Eis auf der Felsebene von Johansson. Denn die verdammten Grünhäute müssen nicht bremsen. Die wollen nicht springen, das heißt, es ist ihnen egal, ob sie das Transitfeld verpassen.«

»Dann bremsen wir so spät wie möglich. Mary-Jane, berechne die maximale Geschwindigkeit, mit der wir in das Transitfeld einfliegen können.«

»Man kann theoretisch mit jeder beliebigen Geschwindigkeit in das Transitfeld einfliegen, John. Es ist bloß eine Frage der Stärke des Schiffsrumpfes und des Glücks. Die Rahmenstruktur eines *Cambria*-Klasse-Frachters sollte einen Transit bei einer Geschwindigkeit von einer Million Metern pro Sekunde überstehen. Allerdings bleiben uns in dem Fall bei der durchschnittlichen Ausdehnung eines Transitfelds von fünfhunderttausend Kilometern nur acht Minuten und zwanzig Sekunden, um von einem Exo-Energiefilament getroffen zu werden. Dazu kommt, dass die Trefferwahrscheinlichkeit bei hoher Geschwindigkeit stark abnimmt, weil das generierte Massefeld nicht stabil genug ist. Es handelt sich hier um eine gegen null tendierende …«

»Okay, genug doziert, Mary-Jane«, ging John dazwischen. »Sag uns einfach, was wir machen müssen, um auf jeden Fall den Express ins Trinity-System zu bekommen. Wir werden keine zweite Chance bekommen.«

»Bei einer Durchfluggeschwindigkeit von einhunderttausend Metern pro Sekunde liegt die Wahrscheinlichkeit eines erfolgreichen Transits bei siebenundneunzig Prozent. Allerdings muss mit Schäden am Schiff gerechnet werden, denn nur weil die Rahmenstruktur solchen Stress aushält, bedeutet es nicht, dass sie ihn unbeschädigt aushält.«

»Schon in Ordnung. Wir müssen nur noch einen Sprung überleben. Mary-Jane, berechne einen Kurs, der uns mit bester Geschwindigkeit zum Transitfeld bringt. Und du, Hobie …«

»Ich weiß schon«, erwiderte sein alter Freund nickend. »Ich treibe die Maschinen mal wieder über die rote Linie. Wir werden nachher keinen Dollar Gewinn bei diesem Flug machen, wenn wir weiter so mit unserem Texaferm-Brennstoff umgehen, das ist dir hoffentlich klar.«

»Ich lebe lieber in Armut, als auf einem Totenbett voller Geld zu liegen.«

»Amen.« Hobie seufzte und stand auf. »Ich bin im Maschinenraum.«

»Gib Bescheid, wenn du fertig bist. Dann überlasse ich Kelly das Cockpit und komme zu dir nach hinten.«

»Wozu?«

»Wir müssen ein paar neue Splitterbomben bauen. Ist mir egal, was wir reinstecken, aber ich will nicht völlig unvorbereitet sein, wenn uns die Grünhäute einholen.«

»Hm«, brummte Hobie nachdenklich.

»Was ist?«, wollte John wissen.

»Ich habe da vielleicht noch eine andere Idee. Aber ich weiß nicht, ob sie dir gefallen wird …«

»Ich kann nicht fassen, dass ich mich dazu bereit erklärt habe«, murmelte John in der Stille seines Raumanzugs.

»Was brummelst du?«, erklang Kellys Stimme aus dem Helmlautsprecher.

»Nichts, nichts. Gebt mir einfach die Daten durch. Ich bin bereit.« *So bereit, wie man eben sein kann in einem solchen Fall*, fügte er in Gedanken hinzu.

Sie hatten ihre zwei Täuschkörper ausgestoßen und ihren Verfolgern die drei hastig hergestellten Trümmerbomben in den Flugweg geworfen. Drei Raketen und zwei Gegner hatten sie damit ausgeschaltet. Jetzt schienen die Peko zwar über keine Flugkörper mehr zu verfügen – wie erhofft hatten sie einen Großteil ihres Pulvers beim Angriff auf Canyontown und die umliegenden Minen und Camps verschossen und danach keine Zeit mehr gehabt, um neu aufzumunitionieren –, aber es waren immer noch zwölf Gegner, alle mit wenigstens einem Laser oder einem Massetreiber bewaffnet. Dieser musste sich die *Mary-Jane Wellington* noch weitere fünf Minuten erwehren, bis sie das Transitfeld erreichte.

Die Lage war praktisch aussichtslos.

Und hier kam John ins Spiel. Gekleidet in einen der weißgrauen Raumanzüge befand er sich auf der Oberseite des Steuerbordfrachtraums. Hinter ihm stand die große Frachtluke offen. Das Mittelschott war geschlossen und die vordere Hälfte des Frachtraums entlüftet worden. Piccoli, der sich immer noch dort versteckte, hatte das Glück, dass die Wohncontainer in der hinteren Hälfte standen. Abgesehen davon waren die Container luftdicht, und er hätte darin auch sicher zwei Stunden im Vakuum überlebt. So oder so war ihr blinder Passagier außer Gefahr.

Was man von John nicht sagen konnte, denn direkt *vor* ihm ragte der stahlgraue Lauf einer Massetreiber-Autokanone in die sternenübersäte Schwärze des Alls. Die Waffe gehörte zu dem Schweber, mit dem die Peko-Streife unterwegs gewesen war, die Hobie und die *Mary-Jane* auf Johansson entdeckt hatte. Nachdem Piccoli die drei Krieger ausgeschaltet hatte, war Hobie auf den glorreichen Gedanken gekommen, das Fahrzeug kurzerhand mitzunehmen.

Er hatte den Schweber gemeinsam mit Piccoli im Steuerbordfrachtraum geparkt, war allerdings geistesgegenwärtig genug gewesen, den Steuerchip der Waffe zu entfernen. Sie mochten gern glauben, dass Harold Piccoli auf ihrer Seite stand, aber ihr Vertrauen reichte nicht so weit, ihm eine funktionstüchtige Autokanone in die Hand zu drücken.

Im Rahmen ihrer Kampfvorbereitungen hatte Hobie John den Schweber samt Waffe gezeigt. Sie hatten ihn mit dem externen Frachtkran nach draußen gehievt – und nun stand John als lebender Geschützturm wenige Meter vom Bug entfernt auf dem unebenen Schiffsrumpf der *Mary-Jane*. Gelegentlich zuckte ein Laserstrahl durchs All, oder das Projektil eines Massetreibers knallte ins Heck des Schiffes, während die Sterne um ihn herum wirbelten, weil Hobie den Frachter um die Längsachse rotieren ließ, damit sie ein schwerer zu treffendes Ziel abgaben.

»Die Führungsmaschine liegt bei vierzig Kilometern«, meldete Kelly. »Wir drehen jetzt das Schiff und verstärken kurz den Bremsschub, damit sie auf zehn Kilometer rankommen können. Halt dich fest.«

»Sehr witzig«, brummte John. Da er die gleiche relative Geschwindigkeit wie der Frachter hatte, bestand wenig Gefahr, dass er bei einem Wendemanöver von Bord geschleudert wurde. Trotzdem hatte er sich gleich nach seinem Ausstieg mit der Sicherungsleine des Raumanzugs am Kranausleger befestigt – nicht nur, um im Gefecht nicht verloren zu gehen, sondern auch, damit er sich von dort aus rasch in den Frachtraum abseilen konnte, sobald sie das Transitfeld erreicht hatten. Denn er wollte ganz bestimmt nicht hier draußen stehen, wenn die *Mary-Jane* von einem Energiefilament getroffen wurde.

Er konnte das Fauchen der Manövriertriebwerke weder sehen noch hören, aber er bemerkte den Zug zur Seite und das

Kreisen der Sterne um die Querachse. Die Sonne wanderte in einem Halbkreis links um ihn herum, bis sie in seinem Rücken stand, halb verborgen hinter den Heckaufbauten. Das Glühen der Fronttriebwerke verblasste, und die Primärtriebwerke erwachten mit dumpfem Brüllen, das John durch seine Stiefel spürte, um den Abbremsvorgang zu übernehmen. Über dem Heck der *Mary-Jane* stieg eine dunkle Wolke auf, die in der Kälte sofort kristallisierte. Offenbar hatten die Peko erneut eines der Triebwerke getroffen.

»Dreißig Kilometer«, meldete Kelly. Sie saß zusammen mit Hobie im Cockpit des Frachters, das nun, genau wie John, dem Feind zugewandt war, während das Schiff sich rückwärts bewegte.

John warf einen Blick zur Seite auf das leicht erhöhte Cockpit, das zwischen den beiden Frachträumen aus dem Heckbereich der *Mary-Jane* hervorstach. Er sah gerade noch, wie sich die schweren Schutzlamellen vor die Scheiben schoben, eine sinnvolle Vorsichtsmaßnahme, um nicht durch einen Glückstreffer mit einem der Laser oder Massetreiber außer Gefecht gesetzt zu werden.

»Zwanzig Kilometer.«

Er richtete den Blick wieder nach vorn und kniff die Augen zusammen. In der Ferne glaubte er eine Wolke winziger, glühender Punkte zu sehen, die sich leicht bewegte. Sie sah aus wie ein Schwarm zorniger Feuerkäfer. Das mussten die Peko-Raptoren sein.

Die Autokanone hatte eine Atmosphärenreichweite von etwa fünfzehn Kilometern. Im Weltraum war sie gewissermaßen unbegrenzt. Allerdings hatte die Sache zwei Haken: Zum einen gab es in dem Schweber keine Sichtverstärkersysteme, die John beim Zielen unterstützten; zum anderen war der Korrekturmechanismus der Spule im Lauf nicht fein genug, um auf diese Entfernung etwas so Kleines wie einen Raptor halbwegs zuverlässig zu treffen. Selbst eine Korrektur um bloß einen Grad hatte enorme Auswirkungen, wenn das Ziel zwanzig Kilometer weit weg war.

»Zehn Kilometer!«, rief Kelly. »Sie haben uns gleich!«

John visierte die Wolke an. Er hatte knapp zweihundert Schuss im Magazin, der einzig wirklich positive Aspekt seiner gegenwärtigen Lage. Er konnte sich also ein paar Schüsse ins Blaue leisten.

»Mal sehen, was ihr davon haltet«, knurrte er und drückte den Abzug durch. Dumpf vernahm er das Knacken und Knistern der sich entladenden Kondensatoren, die von den Peko mit einiger technischer Eleganz an den Energieumwandler des Schwebers angeschlossen worden waren, sodass John den Motor des Schwebers im Leerlauf laufen lassen musste, um feuern zu können.

Eine Kette großkalibriger Projektile schoss ins All hinaus, wobei sie eine leicht grünliche Spur hinterließ, da alle paar Kugeln ein Leuchtspurgeschoss mitflog.

Im ersten Moment passierte gar nichts. Dann blühte eine winzige Feuerblume in der Schwärze auf, und die Wolke aus Lichtpunkten stob auseinander.

John stieß ein Freudengeheul aus. »Ein Millionentreffer. Das soll mir mal einer nachmachen. Volltreffer auf zehn Kilometer ohne elektronische Hilfsmittel.«

»Acht Kilometer«, korrigierte Kelly ihn. »Sie feuern!«

Ohne die Ortungsgeräte im Cockpit konnte John das zwar nicht sehen, aber im nächsten Moment spürte er, wie die *Mary-Jane* unter krachenden Einschlägen erbebte.

»Treffer am Backbordfrachtraum. Die Bugpanzerung hält.«

John schickte ein Stoßgebet zum Himmel. Wenn die schwerfällige, klobige, massige *Mary-Jane* etwas hatte, dann

Nehmerqualitäten. Vor allem der Frontbereich war verstärkt, um die Strapazen von Atmosphärenflügen trotz des nicht gerade windschnittigen Profils wegstecken zu können. Darauf bauten sie im Augenblick mehr als alles andere.

»Ich bin wieder dran.« Er zog den Lauf der Autokanone etwas nach oben. Die verbliebenen elf Schiffe waren nun recht deutlich zu sehen, winzig nach wie vor, aber bereits unverkennbar mit ihren glänzend blauen Rümpfen in Blätterform.

Grimmig feuerte John erneut und schwenkte die Kanone dabei von links nach rechts. Ihre Feinde durch Sperrfeuer zu beschäftigen und dadurch ein paar Sekunden Zeit herauszuschinden war mindestens so wertvoll wie tatsächliche Treffer.

Die Peko zogen ihre Formation weiter auseinander. Ihr bislang sporadisches Gegenfeuer wurde stärker. Der Rumpf vibrierte wie kurz vor einem Transit, und das Schiff begann, eine Spur aus kleineren Trümmerstücken und gefrorenen Metalltropfen hinter sich her zu ziehen. Einige Meter vor John explodierte ein Teil der Oberseite des Steuerbordfrachtraums. Er duckte sich, um den Trümmern zu entgehen. Die *Mary-Jane* mochte eine dicke Haut haben, er selbst hatte das nicht.

»Lasst mein Schiff ganz, ihr grünhäutigen Mistkerle!«, schrie John die Peko an, auch wenn sie ihn nicht hören konnten. Er riss die Autokanone herum und jagte seinen Verfolgern eine weitere Salve entgegen.

Im Gegensatz zur *Mary-Jane* waren die Raptoren für Wendigkeit gebaut – sowohl im All als auch in der Atmosphäre. Ihre flexiblen Rümpfe hatten den Projektilen aus Johns Fahrzeugwaffe wenig entgegenzusetzen. Die Leuchtspur, die er erzeugte, als Orientierungshilfe nutzend, schwenkte John die

Autokanone nach oben und links. Der grünliche Finger strich über ein weiteres Peko-Schiff und ließ es aufplatzen wie eine überreife Frucht. Die Explosion erfasste den Flügelmann des Schiffes und riss auch diesen mit ins Verderben.

»Zwei auf einen Streich«, freute John sich.

Einer der Raptoren beschleunigte und kam näher. John feuerte, aber der Pilot vollführte mit der Jagdmaschine eine Fassrolle und entging der tödlichen Salve. Er zog seinen Jäger hoch und damit außerhalb des Schwenkbereichs der Waffe.

»Kelly!«, rief John, »drückt das Heck runter. Ich habe hier einen, der direkt über mir ist.«

Rauschen antwortete ihm aus dem Lautsprecher. »... verstehen ... John ... Wiederholen.«

»Ich sagte, mir rückt hier einer auf die Pelle. Heck runter! Hört ihr? Heck runter!«

»Wir ... Funk ... stört ... Oh, ... dammt! John! ... rein ...nergie ... ort rein!«

»Was?«, schrie John in sein Helmmikrofon. »Ich versteh euch nicht!« Er fluchte und regelte das enervierende Rauschen herunter. Aus den Sprachfetzen wurde er ohnehin nicht schlau. Offenbar störten die Peko ihren Funk. Aber das würde er ihnen schon austreiben.

Der Peko-Pilot zog vorbei, und John feuerte ein weiteres Mal auf seine Verfolger, bevor er etwas tat, was vermutlich überhaupt nicht schlau war. Er riss die Kanone aus der Schwenkhalterung des Schwebers. Sie war nur auf ein Rohrgestänge aufgesetzt, ließ sich also leicht entfernen. Unter normalen Schwerkraftbedingungen wäre sie nur von zwei Mann zu heben gewesen. Im All spielte das Gewicht eine untergeordnete Rolle.

Durchaus eine Rolle spielte dagegen die Hitze des Laufs nach diesem Dauerfeuer. John fluchte, als sein Anzughandschuh zu schmelzen begann, und er packte die Waffe schnell weiter hinten. Dann richtete er sich auf der Transportfläche des Schwebers auf und schwenkte die Autokanone herum.

Der Peko-Pilot hatte seinen Raptor gedreht und flog jetzt genau wie die *Mary-Jane* rückwärts. Er hing keine dreißig Meter hinter dem Frachter, ein wahnwitziges Manöver bei dieser Geschwindigkeit. Wenn Hobie jetzt nur einen winzigen Schubstoß gab, würde das massige Schiff den leichten Jäger rammen und einfach davonschleudern.

Der Pilot schaltete die Cockpitbeleuchtung an, und John riss die Augen auf. Es war Geonoj persönlich, der in dem Raptor saß. Er trug Druckanzug und Helm, war aber dennoch durch das hochgeklappte Visier gut zu erkennen. Und er schien genau zu wissen, wer da in dem Raumanzug auf der Oberseite des Frachtraums stand und ihm trotzig eine viel zu große Fahrzeugwaffe entgegenreckte.

Beiläufig fiel John auf, dass ihre Verfolger das Feuer eingestellt hatten. Sie schienen darauf zu warten, dass ihr Konya zum finalen Schlag ansetzte.

Es knackte in den Helmlautsprechern, und das Rauschen war wieder da. Kaum verständlich drangen die Worte des Peko an Johns Ohren. »...utiger Krieg..., Cap ...onovan. Ich ...aure, dass wir ...einde ...«

John runzelte die Stirn. Auch der Funkspruch des Peko kam kaum zu ihm durch. Wie war das möglich, wenn er doch die Frequenzen störte? Oder war er es gar nicht?

Mit einem Mal begriff John, und ihm wurde eiskalt. Sein Blick zuckte an dem Jäger vorbei, in dem Geonoj noch immer seinen grimmigen Monolog hielt. Da! Keine fünfhundert Kilometer entfernt irrlichterte ein weißes Wetterleuchten quer durch den Raum.

Geonoj verstummte, und die beiden Massetreiberkanonen,

die unter den Flügeln seines grellblauen Jägers angebracht worden waren, drehten sich leicht in ihren Aufhängungen, um sich direkt auf John zu richten. Unheilvolles Glühen drang aus ihren Tiefen.

Normalerweise wäre das der Zeitpunkt gewesen, an dem John geschossen hätte. Der Raptor war so nah, dass er ihn unmöglich verfehlen konnte, auch nicht mit einer klobigen Fahrzeugwaffe. Geonoj wäre Geschichte gewesen, ein für alle Mal.

Doch statt den Abzug durchzudrücken, warf John die Autokanone von sich, fuhr herum und hechtete von der Ladefläche des Schwebers in die offene Frachtluke des Steuerbordfrachtraums. Sofort erfasste ihn die auf ein Viertel Normalstärke heruntergeregelte Gravitation der Schwerkraftplattierung am Boden des Frachtraums und zog ihn nach unten.

»Hobie!«, brüllte John. »Vollbremsung! Und schließ die Frachtluke! Da kommt was aus dem Transit!«

Noch im Fallen drehte er sich – und riss die Augen auf.

Ein gewaltiger Schlag erschütterte die *Mary-Jane Wellington*, und ein Blitzgewitter aus fein verästelten weißen Energiefingern tastete über die Oberfläche. John wurde getroffen, und die Wucht des Weißen Wurms schleuderte ihn auf das Deck unter ihm. Krachend kam er auf, und in seinem Helm erblühte eine Batterie an Warnlämpchen.

Doch er beachtete sie nicht, denn was er durch den Spalt zwischen den sich schließenden Lukenhälften sah, jagte ihm einen Schauer über den Rücken. Geonojs Raptor wurde von dem Gewitter erfasst und herumgeschleudert wie ein Stück Wäsche in der Wäschetrommel. In der gleichen Sekunde wurde die Schwärze des Alls durch die gewaltige graue Masse eines Unionskampfschiffes ersetzt, das praktisch über ihnen im Trinity-Transitfeld auftauchte.

Das Letzte, was John sah, bevor die Frachtluke sich krachend schloss, war das Aufblitzen von Waffenstellungen am Rumpf des Kreuzers.

Im nächsten Moment spürte John, wie die Gravitationsplattierung im Frachtraum hochgeregelt wurde. Das Licht ging an, und aus mehreren Druckluftzuleitungen wurde die zuvor abgezogene Atmosphäre zurückgepumpt.

Ächzend kam John auf die Beine. Ihm tat alles weh, aber dank des robusten Versorgungstornisters auf seinem Rücken schien er sich nichts gebrochen zu haben. Rasch schraubte er den Helm vom Kragen und warf ihn von sich. Dann hastete er zum geschlossenen Mittelschott.

»Aleandro, hol mich raus!«, schrie er und hämmerte dagegen. Mit hydraulischem Zischen schwenkten die Schottteile zur Seite, und John gesellte sich zu dem jungen Computerspezialisten, der die Tür bewacht hatte.

»Was ist da los?«, fragte Aleandro aufgeregt.

»Das will ich selbst herausfinden. Wie es aussieht, ist die Kavallerie eingetroffen.« Ohne sich aus dem Anzug zu schälen, rannte John durch den Gang ins Cockpit, wo Kelly und Hobie saßen.

»... wiederhole«, drang es soeben aus dem Lautsprecher an der Decke. »Hier ist der Unionsmilitärjagdmaschinenträger *Retribution*. An alle Peko, die sich widerrechtlich in diesem System aufhalten: Fahren Sie Ihre Waffen herunter und gehen Sie längsseits, damit wir Sie an Bord nehmen können. Wenn Sie der Aufforderung nicht Folge leisten, werden Sie vernichtet.«

»Also haben mich meine trüben Augen nicht getäuscht«, sagte John. »Das Unionsmilitär ist wirklich auf der Bildfläche erschienen. Und wie immer gleich mit einem richtig markigen Auftritt.«

»Sie sind aus dem Trinity-System gekommen«, informierte Kelly ihn, die am Ortungsgerät saß. »Die müssen den Hilferuf von Johansson empfangen haben.«

»Ich hätte nie gedacht, dass ich das mal sage, aber ich bin froh, dass die Burschen da sind.«

John übernahm von Hobie den Platz des Piloten, während sein alter Freund sich auf dem Kopilotensitz niederließ. Mit einem Knopfdruck öffnete er die Cockpitverblendung, um nach draußen schauen zu können. Durch den eingeleiteten maximalen Gegenschub hatte sich ihre Geschwindigkeit auf tausend Meter pro Sekunde reduziert, ihre Relativgeschwindigkeit zu den Peko-Raptoren und dem Jagdmaschinenträger des Unionsmilitärs betrug fast null. Aus diesem Grund konnte John das fast vierhundert Meter lange Schiff gut erkennen, das in nicht einmal drei Kilometer Entfernung im All schwebte und mit blitzenden Kanonenstellungen die verbliebenen Raptoren der Peko reduzierte, die wie ein Schwarm aufgescheuchter Insekten auseinanderstoben.

An Aufgeben dachte keiner von Geonojs Kriegern. Wahrscheinlich konnten sie sich selbst ausrechnen, dass sie nicht viel Gnade von den Militärs zu erwarten hatten, nachdem sie wochenlang Menschen massakriert und deren Einrichtungen zerstört hatten. Ein paar von ihnen suchten tatsächlich den Kampf mit dem deutlich größeren Schiff. Die meisten flohen in alle Himmelsrichtungen, verfolgt von Jagdmaschinen der Union, die aus der Unterseite des Trägers starteten.

John wandte den Blick ab. Das war jetzt nicht mehr sein Problem, und dafür war er dankbar. »Hobie, überprüf den Status der *Mary-Jane*. Ich will wissen, ob wir noch den Transit ins Trinity-System schaffen.«

»Geht klar, John.«

»Und ich werde mich dann mal bei unseren Rettern melden.« John schnitt eine Grimasse, setzte danach – obwohl sein Gegenüber ihn nicht sehen konnte – sein bestes Lächeln auf und öffnete den Funkkanal. »*Retribution*, hier ist der *Cambria*-Klasse-Frachter *Mary-Jane Wellington*. Captain John Donovan am Apparat. Danke für Ihr Auftauchen. Das war Rettung in letzter Minute. Wir wissen Ihre Hilfe zu schätzen.«

Es dauerte einen Moment, bevor ihm die sonore Männerstimme antwortete, die zuvor bereits die Peko zur Aufgabe aufgefordert hatte. »*Mary-Jane Wellington*, hier ist die *Retribution*. Es war uns ein Vergnügen. Was machen Sie hier draußen? Ist Ihnen nicht bekannt, dass für den Oklahoma-Sektor eine Reisewarnung ausgesprochen wurde?«

»Doch, *Retribution*, das wissen wir. Aber wir mussten das Risiko eingehen. Wir haben Passagiere an Bord, die aus unterschiedlichen Gründen unbedingt nach Heaven's Gate müssen, darunter eine Frau mit einem neugeborenen Kind.« Es konnte nicht schaden, ein bisschen Mitleid zu erwecken und gleichzeitig ihre Harmlosigkeit zu unterstreichen.

»Verstanden, *Mary-Jane Wellington*. Wir haben einen Notruf von Johansson empfangen. Können Sie uns etwas über die Lage dort berichten?«

»Die Bergbaukolonie wurde von Konya Geonoj und seinen Leuten am späten Nachmittag angegriffen. Canyontown, die Camps und die Minen wurden bombardiert. Es gibt etliche Überlebende, die sich in der Stadt und den Canyons verstecken. Es wäre gut, wenn Sie diesen Leuten schnellstmöglich zu Hilfe eilen könnten. Aber passen Sie auf, in der Gegend ist auch noch das Mutterschiff von Geonoj unterwegs. Wir sahen es bei unserer Flucht vor dem Canyon stehen.« Dass es dort stand, weil er es sabotiert hatte, erwähnte John nicht. Er wollte nicht den Eindruck erwecken, viel zum

Kampf gegen die Peko beigetragen zu haben, ansonsten kam der Kommandant des Trägers noch auf die Idee, einen umfassenden Bericht von ihm zu fordern.

»Danke für die Warnung, *Mary-Jane Wellington.* Wie ist Ihr Status?«

John sah zu Hobie hinüber. Der verzog die Miene, hob aber stumm den Daumen.

»Wir haben uns eine Tracht Prügel von den Raptoren eingefangen, sind jedoch flugtauglich«, erwiderte John daraufhin. »Trotzdem würde ich gerne so schnell wie möglich den Flug nach Heaven's Gate fortsetzen. Je schneller wir das Schiff für Reparaturen landen können, desto besser.«

»Warten Sie einen Moment.« Der Funkkanal wurde geschlossen.

»Bitte lass sie zu beschäftigt sein, um sich noch länger um uns zu scheren«, murmelte John halb zu sich selbst. Er musste an Hawkins im Backbordfrachtraum und an Harold Piccoli im Steuerbordfrachtraum denken. Wenn die *Retribution* sie zum Andocken zwang, würden sie einiges zu erklären haben.

»*Mary-Jane Wellington*, Sie haben Weiterfluggenehmigung. Melden sie sich nach Ihrer Landung auf Heaven's Gate binnen eines Tages bei der Raumsicherheit, um dort einen vollständigen Zeugenbericht abzuliefern. Wenn Sie dieser Pflicht nicht nachkommen, wird das strafrechtliche Folgen für Sie nach sich ziehen. Haben Sie das verstanden?«

»Alles klar, kein Problem. Wir revanchieren uns doch gerne für unsere Rettung. Viel Erfolg bei der Jagd nach Konya Geonoj und seinen Leuten, *Retribution.*«

»Danke. *Retribution* Ende.«

Mit einem tiefen Seufzer schaltete John das Funkgerät aus. Er ließ seinen Blick von Hobie zu Kelly und Aleandro schweifen. »Das lief doch gut, würde ich sagen. Wir sind den

Bösen entkommen, und die Guten belästigen uns vorerst nicht mit unangenehmen Fragen. Nutzen wir die Gelegenheit und verschwinden von hier. Es wird höchste Zeit.« Er drehte sich wieder seiner Instrumententafel zu. »Drehe das Schiff und gebe ein Viertel Schub. Hobie, sobald wir hundert Kilometer Abstand zwischen uns und die *Retribution* gebracht haben, fährst du die Energietaster und Masseprojektoren aus.«

»Ich bin bereit, John.«

»Fantastisch.« Zufrieden lehnte John sich auf seinem Platz zurück und umfasste das Steuer mit beiden Händen. »Nächster Halt: Heaven's Gate.«

– 30 –

Strahlend blau hing der Blue-Sky-Nebula vor ihnen in der Schwärze des Weltraums. Das kosmische Phänomen, um welches das Trinity-System kreiste, hatte gewaltige Ausmaße, sodass es selbst aus einer Entfernung von knapp vier Milliarden Kilometer eindrucksvoll das All vor dem Cockpitfenster beherrschte. An den Rändern zerfaserte das Nebelfeld und wurde blasser, aber im Zentrum, das von weißen Wirbeln durchsetzt war, erweckte es den Eindruck, als sei der Weltraum an dieser Stelle aufgerissen und gebe den Blick auf eine andere, höhere Daseinsebene frei.

Es verwunderte John nicht, dass viele Leute eine geradezu religiöse Ehrfurcht empfanden, wenn sie das Phänomen betrachteten. Auch er spürte regelrecht, wie die Last alles Irdischen von ihm abfiel. Der Grund dafür lag indes weniger in dem Nebel als vielmehr in der kleinen grünbraunen Kugel, die vor ihm durchs All trieb – Heaven's Gate, das Ziel ihrer Reise.

Er warf Kelly, die neben ihm saß, einen Seitenblick zu und grinste. »Wir haben es mal wieder geschafft.«

Sie nickte und unterdrückte ein Gähnen. Zehn Stunden waren seit ihrer Flucht aus dem Iverson-System vergangen, und keiner von ihnen hatte während des Fluges vom Transitfeld nach Heaven's Gate viel Schlaf gefunden. Doch trotz der dunklen Ringe unter den Augen wirkte Kelly erleichtert, als sie das Lächeln erwiderte. »Es sieht so aus.«

»Sobald wir gelandet sind, komplimentieren wir die ganzen Gäste von Bord, ich fahre zur nächsten Bank, zahle Martell aus, bringe diese blöde Zeugenaussage bei der Raumsicherheit hinter mich und danach sind wir frei zu gehen, wohin es uns gefällt.«

»Oder wohin uns die Geldnot verschlägt.«

John warf ihr einen vielsagenden Blick zu. »Geldnot sollte in der nächsten Zukunft keins unserer Probleme sein.«

Misstrauisch verengten sich Kellys Augen. »Du denkst an van Halens … Erbe.«

Statt einer Antwort legte John bloß den Finger an die Lippen, nickte und grinste.

»Mach das nicht, John. Das ist gefährlich.«

»Unsinn. Es wird alles gutgehen. Wir müssen nur vorsichtig sein. Und vielleicht kann ich ja mit Martell einen Handel machen, sobald wir ihm nichts mehr schulden. Er ist Geschäftsmann. Gegen einen guten Handel wird er nichts einzuwenden haben.«

Kelly schüttelte den Kopf. »Darüber reden wir noch.«

Keine halbe Stunde später erreichte die *Mary-Jane Wellington* den Raumhafen von Lordsburg, der größten Stadt auf Heaven's Gate. An Bord war es zehn Uhr am Morgen, lokal herrschte jedoch später Nachmittag. Im Nachrichtenticker, den sie beim Anflug empfingen, hieß es, dass Konya Geonoj am frühen Morgen von Raumtruppen der Union über Johansson geschnappt und getötet worden sei. Der Oklahoma-Sektor war endlich wieder sicher.

»Hoffen wir, dass die wissen, wovon sie reden«, brummte John.

»Du bist ein ewiger Skeptiker«, meinte Kelly.

»Alles aus der Erfahrung geboren, Süße.«

Nachdem sie sicher aufgesetzt hatten, begab sich John zum Backbordfrachtraum und öffnete die Frachtrampe. Hobie, der Peabody und den Cutters beim Entladen ihrer Fracht helfen würde, gesellte sich zu ihm, und auch Kelly erschien, um sich von ihren Passagieren zu verabschieden.

Die Flüchtlinge von Johansson gingen als Erste von Bord. »Viel Glück«, wünschte John, als sich jeder Einzelne von ihnen noch einmal persönlich bei ihm bedankte. »Sie können sicher schon bald in Ihre Stadt zurückkehren. Geonoj ist besiegt, und auch mit seinen Mitstreitern sollte das Unionsmilitär kurzen Prozess machen. Schon bald wird wieder Frieden einkehren.«

Trotz der aufmunternden Worte gab er sich keinen Illusionen hin. Viele gute Männer waren am gestrigen Tag gestorben, und die Peko hatten eine Menge Zerstörung hinterlassen. Es würde schwer für die Überlebenden werden, den Minenbetrieb wieder aufzubauen. Wenn sie Pech hatten, würde schon bald ein Kernweltenkonzern anklopfen und ihnen seine Hilfe anbieten. Um ihre Freiheit war es dann geschehen.

Gemeinsam mit den Flüchtlingen verließ auch Mrs. Pennington das Schiff. »Leben Sie wohl, Captain Donovan«, sagte sie und reichte ihm die Hand. »Ich kann nicht sagen, dass diese Reise ein Vergnügen für mich war. Trotzdem danke ich Ihnen, dass Sie meine Tochter und mich nach Heaven's Gate gebracht haben.«

Sie wandte sich an Kelly, und ihre abweisende Miene wurde weicher. »Ihnen danke ich ganz besonders, dass Sie für mich da waren, als ich Hilfe bei der Geburt brauchte. Wenn Sie mal wieder nach Heaven's Gate kommen, melden Sie sich bei meinem Mann und mir. Unsere Tür steht Ihnen immer offen.«

»Vielen Dank, Emma«, antwortete Kelly, schüttelte ihr herzlich die Hand und strich der kleinen Elisabeth über den Kopf. »Es war mir eine Freude, mal keine Verletzten vor dem

Tod bewahren zu müssen, sondern dabei zu helfen, ein neues Leben zur Welt zu bringen.«

»Auf Wiedersehen, Mrs. Pennington«, sagte Hobie und lupfte seine Mütze. »Warten Sie, ich helfe Ihnen noch mit Ihrem Gepäck.«

»Sie sind ein Gentleman, Mister Hobel. Vielen Dank.«

Als die junge Mutter mit Hobie, der ihre Taschen trug, nach draußen ging, beugte John sich zu Kelly hinüber. »Kam das nur mir so vor, oder hat sie etwas gegen mich?«

Seine blonde Partnerin klopfte ihm tröstend auf den Arm. »John, ich glaube, Männer wie du und Frauen wie sie werden nie zusammenfinden.«

»Na ja«, meinte er achselzuckend, »gibt Schlimmeres.«

»Captain Donovan!«, rief Peabody, der als Nächster auf John zutrat. Er wirkte deutlich versöhnlicher als Mrs. Pennington, aber mindestens genauso erleichtert wie sie. »Was soll ich sagen? Peko-Verfolgungsjagden, Unwetter in der Atmosphäre eines Gasriesen, irre Serienkiller – mit was für Unbillen wir nicht fertigwerden mussten. Und trotzdem wurde keine einzige Tonne meines guten Bénodet-Whiskeys beschädigt. Ich bin begeistert. Wissen Sie was? Ich mache Ihnen ein unschlagbares Angebot: Für viertausend Dollar gehört eine dieser Tonnen Ihnen. Ich habe doch gesehen, wie Ihr Mechaniker um den guten Tropfen herumgeschlichen ist. Also will ich ihm und Ihnen etwas Gutes tun. Ich verdiene bei dem Preis keinen Cent! Genau genommen lege ich sogar etwas drauf, aber das ist es mir wert. Na? Was sagen Sie? Nie wieder auf dem Trockenen sitzen? Mit so einer Tonne haben Sie Vorrat über Jahre hinweg.«

»Ich weiß die Geste zu schätzen, Mister Peabody«, sagte John. »Aber dieses Schiff fliegt nicht mit Whiskey. Es benötigt Treibstoff und Texaferm. Ich fürchte also, ich brauche meine viertausend Dollar selbst.«

»Na gut. Kann man nichts machen. Dann nehmen Sie wenigstens die hier – als Zeichen meiner Dankbarkeit.« Er öffnete seine Tasche und zog eine gute Flasche Bénodet-Whiskey hervor. »Meine eiserne Notreserve. Geben Sie sie Mister Hobel.«

»Geben Sie sie ihm selbst. Er wird Ihnen ja noch beim Ausladen helfen.«

»Auch wieder wahr. Dann auf Wiedersehen, Captain. Auf Wiedersehen Miss Kelly. Der Flug mit Ihnen war ein Abenteuer.«

»Er nimmt mir die Worte aus dem Mund«, brummte Frank Langdon, der nach Peabody zu John trat und sich mit festem Händedruck verabschiedete. »Ist eine Menge Dreck auf dem Weg nach Heaven's Gate passiert. Aber wir sind noch da, und das ist am Ende alles, was zählt. Ich werde mich also jetzt auf meine Farm zurückziehen und den Lebensabend genießen – sofern mir kein gieriger Nachbar sie inzwischen weggeschnappt hat. Die Testamentseröffnung war gestern.«

»Tut mir leid, viel schneller konnten wir nicht hier sein«, gab John zurück.

Langdon schüttelte den Kopf. »Ich mache Ihnen keinen Vorwurf. Ich kriege das schon hin. Und Sie kriegen natürlich noch die dreitausend Dollar, die ich Ihnen schulde. Ich bringe Sie Ihnen morgen vorbei.«

»Freut mich zu hören.«

»Und in ein paar Tagen sitze ich auf der Veranda vor meinem Haus, ein kühles Bier in der Hand und schaue, wie die Sonne über meinem Land untergeht. Das verspreche ich Ihnen.«

»Klingt gut. Aber nichts für mich, wie Sie wissen.«

»Ich weiß. Sie zieht es wieder nach dort draußen.« Langdon deutete mit dem Daumen zur Decke. »Nun ja, ich wünsche Ihnen, dass Sie dort Ihr Glück finden, Donovan. Denken Sie an diese Sache, über die wir auf Russell Station gesprochen haben. Es wird der Tag kommen, da werden die Randplaneten Leute wie Sie brauchen.«

»Ich behalte es im Hinterkopf, versprochen.«

Langdon tippte sich an den Hut. »Miss Kelly.« Er wandte sich ab und stapfte die Rampe hinunter. Dort traf er auf Hobie, der gerade wieder hereinkam. Die beiden schüttelten einander zum Abschied die Hände.

Unvermittelt wurde Hobie blass. »Da soll mich doch einer ... Jetzt fällt es mir wieder ein.«

»Was fällt Ihnen ein?«, fragte Langdon.

»Woher ich Ihren Namen kenne: Frank Langdon. Ich hatte die ganze Zeit das Gefühl, ihn schon mal gehört zu haben.«

»Tatsächlich?«

»Aber ja! Wissen Sie, es gab vor Jahren einen Space Marshall namens Frank Langdon. Ein verflucht harter Knochen. Soll im Alleingang Tombstone befriedet haben. Man sagt, er habe noch jeden Verbrecher hinter Gitter gebracht.«

Ohne Hobies Hand loszulassen, warf Langdon John und Kelly einen kurzen Blick zu. Ein mildes Lächeln trat auf seine Züge. »Sehen Sie hier irgendwo Verbrecher, Mister Hobel? Ich nicht.«

»Sie sind es wirklich ...« Hobie sah aus, als würde er vor Ehrfurcht gleich in Ohmacht fallen.

Aufmunternd schlug Langdon dem Mechaniker auf den Arm. »Machen Sie es gut, Mister Hobel.« Dann schlenderte er die Rampe hinunter und verschwand.

Zuletzt erschienen Jason und Janelle Cutter. Sie trugen jetzt beide Revolver am Gürtel und hatten ihre Fassade als gut meinende Kinder eines todkranken Vaters vollständig abgelegt. »Wir besorgen ein Fahrzeug, um Metzger und unsere Kryo-Einheit zu holen«, verkündete Jason Cutter.

John nickte. »Machen Sie das.«

»Im Übrigen rate ich Ihnen, dass Sie sich in den nächsten Jahren bloß nichts zuschulden kommen lassen. Dass wir Harold Piccoli verloren haben, war Ihr Fehler. Das werden wir nicht so schnell vergessen. Daher könnten wir für sehr kleines Geld bereit sein, einen Jagdauftrag auf Sie anzunehmen.«

»Übernehmen Sie sich lieber nicht. Ich bin ein schwer zu verdauender Brocken.« John blickte die beiden Kopfgeldjäger noch einen Moment lang finster an, dann trat er zur Seite und ließ auch sie das Schiff verlassen.

Er straffte sich und warf einen Blick in Richtung Schiffsinneres. »So, ich hole jetzt meinen Mantel und unser Erspartes. Es wird Zeit, dass ich zur Bank fahre und die Sache mit Martell aus der Welt schaffe. Halt du hier so lange die Stellung, Kelly. Sag Piccoli, er soll den Kopf unten halten, bis die Cutters mit Metzger und ihrer Kryo-Einheit verschwunden sind. Danach wirfst du ihn raus. Schöne Grüße und so, aber wir sind auf Heaven's Gate und damit haben wir unseren Teil der Abmachung eingehalten.«

»Ich richte es ihm aus, John.«

Vorsichtig manövrierte John den Fargo-Ti27 an Peabodys Whiskeytonnen vorbei, bevor er schwungvoll die Frachtraumrampe hinunterfuhr. Draußen stand bereits ein Lastwagen mit offener Ladefläche, um die silbern glänzenden Tanks aufzunehmen. Hobie kletterte darauf herum und sortierte Spanngurte, während Peabody mit dem Fahrer sprach, einem stämmigen Mann mit hochgekrempelten Hemdsärmeln und Schiebermütze auf dem breiten Schädel.

Ähnlich wie auf Briscoll bestand der Raumhafen im Wesentlichen aus einem weiten leeren Landefeld, an dessen Stirnseite sich die Flughafengebäude erhoben. Anders als in Williamsport war das Landefeld aber nicht bloß festgebackene staubige Erde, sondern mit hellgrauen Betonplatten belegt, die allerdings mehr als nur ein paar Risse aufwiesen, durch welche kümmerliches Unkraut spross.

Das Klima auf Heaven's Gate war deutlich milder als auf Briscoll oder gar Johansson. Dem planetaren Kalender zufolge herrschte später Frühling, und ein frischer Wind wehte weiße Wolkenbänke über den eisblauen Himmel. Überall wucherte Grün, rund um das Landefeld ebenso wie vor den Flughafengebäuden und in den Straßen, die John entlangfuhr, um zu einer Zweigstelle der Union Money Transfer zu gelangen, von wo aus er das Geld an Darius Martell schicken wollte.

Die UMT-Filiale befand sich im Erdgeschoss eines zweistöckigen Gebäudes mit weiß getünchter Fassade. Direkt daneben ragte eine kleine Kirche auf, über deren Eingang das stilisierte Symbol eines blauen Nebels hing. Lordsburg war keineswegs riesig. Die Stadt hatte vielleicht zehntausend Einwohner. Aber Kirchen gab es trotzdem an jeder Ecke.

John parkte den zweisitzigen Landgleiter vor der Bank und ging hinein. Das Geld in seiner Tasche stammte vollständig aus den Einnahmen ihres Passagierflugs. Van Halens Barschaft hatte er nicht angerührt. Solange er nicht wusste, wie heiß diese Dollarnoten waren, würde er sich hüten, jemandem wie Martell etwas davon anzudrehen.

»Ein Geldtransfer nach Victoriaville, Bénodet«, sagte er zu dem Mann hinter dem Schalter. »Das Geld muss in bar an eine bestimmte Adresse geliefert werden.«

Der schmächtige Mann mit der randlosen Brille schaute

prüfend zu ihm auf. »Natürlich, Sir. Wenn Sie sich bitte in Kabine zwei begeben würden. Ich komme dann zu Ihnen.« Er deutete auf eine stabile Tür an der linken Wand.

Man mochte UMT einiges vorwerfen, beispielsweise dass sie horrende Bearbeitungsgebühren verlangten, doch die Bank wusste, wie man diskret Geschäfte machte.

John begab sich in das gesicherte Zimmer, damit kein anderer Kunde die Einzelheiten der Transaktion mitbekam. Zwar befand sich außer ihm, den zwei Schalterbeamten und einem grimmig dreinschauenden Wachmann an der Tür gerade niemand in der Filiale, aber man konnte nie vorsichtig genug sein.

Der schmächtige Banker betrat durch eine zweite Tür den kleinen Raum, in dem es außer einem Tisch, drei Stühlen und einem unvernetzten Computer nichts gab. Er legte eine Geldkassette auf den Tisch, ein Aufzeichnungsgerät und ein Formular. »Bitte füllen Sie das aus, Mister …«

»Donovan.«

»Mister Donovan. Und danach unterschreiben Sie es.«

»Alles klar.« John vermerkte die Absender- und Empfängerdaten.

»Wünschen Sie einen offenen Geldtransport oder einen Blindtransport? Oder genügt es, wenn wir die entsprechende Summe auf Briscoll anweisen?«

John überlegte kurz. Ein Blindtransport lohnte sich nur bei enorm großen Summen oder fragwürdigen Transfers, bei denen der Geldkurier nicht wissen durfte, was genau er transportierte. Im Gegensatz zum offenen Geldtransport wurde die Sendung nicht auf ihren realen Wert versichert, sondern auf den vom Kunden angegebenen. In beiden Fällen wurde exakt das Geld, das eingezahlt wurde, von UMT auch am Zielort wieder ausgeliefert. Der Nachteil lag in der längeren

Zustellzeit. Nach Briscoll, so schätzte John, benötigte selbst ein Kurierschiff vierzig Stunden. Das Risiko wollte er lieber nicht eingehen.

»Eine Geldanweisung genügt«, sagte er. »Es ist auch keine sehr große Summe. Sie muss bloß schnell am Ziel ankommen.«

»Die Funkstrecke geht über Safford, Wayland und Blue Junction ins Avilon-System. Das sind vier Transits. Lassen Sie mich das kurz berechnen.« Johns Gegenüber gab einige Befehle in seinen Computer. »Die Sendung wird zwischen zehn und fünfzehn Stunden bis zum Ziel benötigen. Eine Eilsendung braucht zwischen fünf und acht Stunden.«

»Danke, ein normaler Transfer genügt.«

»Sehr gut. Dann geben Sie mir jetzt bitte das Geld und das Formular.«

John zog die zwanzigtausend Dollar aus dem Mantel. Damit waren sie schon fast wieder blank. Wenn es ihm nicht gelang, van Halens gestohlenes Geld zu waschen, war es mit der großen Freiheit, die er Kelly ausgemalt hatte, nicht sonderlich weit her.

Sein Gegenüber nahm das Geld, zählte es und legte es in die Geldkassette. Anschließend setzte er ein paar Kreuze auf dem Formular.

»Wünschen Sie dem Empfänger eine verschlüsselte Nachricht zu übermitteln?«

»Ja, bitte.«

»Gut.« Der Bankbeamte schob John das Aufzeichnungsgerät hin. »Sie kennen sich damit aus?«

»Ja. Ist nicht mein erster Geldtransfer.«

Sein Gegenüber stand auf. »Sehr schön. Ich warte am Schalter auf Sie. Lassen Sie das Gerät einfach hier im Raum stehen. Die Aufzeichnungsdisk bringen Sie mit. Die Transfergebühr beträgt fünfhundert Union Dollar.«

»Halsabschneider«, murmelte John, als der Mann den Raum verließ. Er zog das Aufzeichnungsgerät zu sich, legte sich rasch ein paar Worte zurecht und aktivierte die Aufnahme.

»He, Martell, hier ist John Donovan. Anbei finden Sie die zwanzigtausend, die ich Ihnen schulde. Damit sind wir quitt. Ich hoffe, jetzt sind Sie zufrieden und sitzen mir nicht länger im Nacken. Richten Sie auch Santander einen schönen Gruß von mir aus. Wenn ich ihn trotzdem irgendwo in der Nähe meines Raumschiffs entdecke, schieße ich garantiert zuerst. Na ja, das war's auch schon. Man sieht sich.« Er wollte schon die Stopp-Taste drücken, als ihm noch etwas einfiel. »Ach so, richten Sie dem Geschäftsführer des *Starry Nights* aus, dass ich ihm seine Uhr schicke, wenn wir etwas näher am Yellowstone-System sind. Bis dann.«

Er beendete die Aufnahme, kehrte in den Schalterraum zurück und gab sie dem Beamten, zusammen mit der Transfergebühr. Anschließend verließ er die Bank. Noch auf den Stufen vom Eingang hinunter zur Straße blieb er stehen, griff in seine Manteltasche und zog die Goldimitatuhr hervor. Sie zeigte einundsechzig Stunden und zwölf Minuten. John hielt den Countdown an und stellte ihn auf null. Mit zufriedenem Nicken ließ er die Uhr wieder in seine Tasche gleiten. Ein Problem weniger.

– 31 –

Es dämmerte bereits, als John, nachdem er seine Zeugenaussage bei der Raumsicherheit abgegeben hatte, zur *Mary-Jane Wellington* zurückkehrte. Als er sich dem Schiff näherte, fielen ihm zwei Dinge auf: Zum einen stand ein Wagen mit getönten Scheiben auf dem Landefeld vor dem Frachter; zum anderen kauerte eine Gestalt im Schatten der heruntergelassenen Frachtraumrampe. Es handelte sich um Aleandro, wie John erkannte, kaum dass die Scheinwerfer des Fargo die Gestalt erfassten.

Misstrauisch blieb John ein paar Meter von der Rampe entfernt stehen und zog seinen Revolver. Er sah sich um, konnte aber keine unmittelbare Gefahr bemerken. Die Landefläche zur Linken war leer, und zur Rechten, jenseits der *Mary-Jane*, ragte dunkel und abgeschaltet die kantige Masse eines Schwertransporters auf.

»Was machst du da unter der Rampe, Aleandro?«, fragte John, während er langsam ausstieg.

»Ich sitze in Deckung«, erwiderte der junge Computerspezialist. Er hielt eines seiner Padds an die Brust gedrückt und machte ein klägliches Gesicht.

»Und wieso?«

»Weil es ein Problem gibt. Und ich habe den Auftrag bekommen, Ihnen die Lage zu erklären, wenn Sie zurückkommen. Damit Sie keine Dummheiten machen.«

»Welche zum Beispiel?« Bedächtig näherte John sich der Rampe und spähte in den Frachtraum hinauf.

»Na ja, eine Waffe ziehen und in der Gegend herumballern.«

»Habe ich denn Anlass dazu?«

»Wahrscheinlich schon, aber sie haben gesagt, dass niemandem etwas passiert, wenn wir keine Schwierigkeiten machen.«

Erneut blickte John zu dem Wagen hinüber. »In Ordnung, wie wäre es, wenn du mir jetzt genau sagst, was hier läuft?«

Zögernd wagte Aleandro sich aus der Deckung. »Die beiden Kopfgeldjäger sind wieder da«, sagte er leise. Dabei nickte er in Richtung des Wagens. »Sie haben irgendwie erfahren, dass wir Piccoli an Bord verstecken. Keine Ahnung, wer ihnen das verraten hat.«

Johns Miene verfinsterte sich. Er hatte eine bestimmte Verdächtige im Sinn. »Diese undankbare Klatschtante Pennington«, murmelte er zu sich selbst, bevor er sich wieder Aleandro zuwandte. »Und weiter?«

Der Junge wollte gerade zu einer Antwort ansetzen, als sich die ihnen abgewandte Beifahrertür des Wagens öffnete und Jason Cutter ausstieg. Ganz entspannt legte er seine Linke aufs Dach, in der er seinen auf Hochglanz polierten Revolver hielt. »Die Sache ist ganz einfach, Captain Donovan«, sagte er, als habe er das Gespräch bis jetzt mit irgendwelchen elektronischen Hilfsmitteln verfolgt. »Es war uns leider nicht möglich, Mister Piccoli aus dem Steuerbordfrachtraum zu holen. Er hat sich dort verschanzt, und ich weiß nicht, woher er es hat, aber er trägt ein Gewehr bei sich. Das bedeutet, wir kommen nicht an ihn heran. Da Sie ihn dort untergebracht haben, halten meine Schwester und ich es nur für recht und billig, dass Sie ihn dort auch wieder herausholen. Um Ihnen einen Anreiz für Ihre Mitarbeit zu geben, haben wir Kelly und Mister Hobel zu uns in dieses Fahrzeug eingeladen. Übergeben Sie uns Piccoli – lebend –, und wir ziehen einfach wieder ab. Wenn Sie es allerdings auf Ärger anlegen, werden Ihre Freunde darunter als Erste leiden.«

John spürte, wie es ihn in den Fingern juckte, den Santhe herumzureißen und Cutter zu erschießen. Leider war das nicht im Geringsten zweckdienlich. Er hatte die Situation nicht in der Hand. Daher musste er sich den Cutters einstweilen fügen. »In Ordnung«, knurrte er und schob langsam die Waffe ins Holster. »Kein Ärger, sehen Sie?« Er breitete die Arme aus.

»Sehr vernünftig«, lobte Cutter ihn. »Dann gehen Sie jetzt bitte an Bord und überzeugen Sie Piccoli, sich zu ergeben. Wie, das ist uns egal.«

John schnaubte leise. »Nichts leichter als das …« Er schwang sich auf die Rampe.

»Ach, Donovan?«

»Hm?«

»Sie haben zehn Minuten Zeit. Ansonsten …« Cutter schenkte ihm ein kühles Lächeln.

»Passen Sie bloß auf, Cutter«, erwiderte John finster. »Wenn auch nur einem meiner Leute was zustößt, werde *ich* zum Jäger, und das ganz ohne Kopfgeld. Dann sind Sie nirgendwo mehr vor mir sicher, nicht einmal in der Hölle. Nur damit das klar ist.«

»Lassen wir es einfach nicht dazu kommen, dass irgendjemand von uns auf den anderen richtig wütend werden muss«, schlug Jason Cutter vor.

Knurrend wandte John sich ab und marschierte ins Innere des Schiffs. Seine Gedanken überschlugen sich. Er hatte ein Raumschiff und eine nicht unerhebliche Menge an Handfeuerwaffen zur Verfügung. Nichts davon half ihm allerdings, solange Janelle Cutter ihre Waffe auf Hobie oder Kelly gerichtet hielt. Selbst wenn er über Funk die Space Marshalls rief, würde das nicht unbedingt von Vorteil für ihn sein. Die Cutters jagten Piccoli vermutlich mit Erlaubnis der Ordnungskräfte, denn er hatte immerhin einen Mann auf dem Gewissen. Außerdem wollte John keine Gesetzeshüter an Bord haben, solange er das Geld von van Halen im Bettkasten aufbewahrte. Es blieb ihm also mal wieder bloß eines: sein Verhandlungsgeschick.

Er erinnerte sich an etwas, das sich in Kellys Quartier befand, und das hilfreich bei dem anstehenden Gespräch sein mochte. Nachdem er es an sich genommen hatte, marschierte John zum Steuerbordfrachtraum. Er nahm den Waffengurt ab und legte ihn neben die Tür auf den Gangboden. Dann schlug er mit der Faust gegen die Luke. »Piccoli. Hören Sie mich? Hier ist Donovan.«

»Ich höre Sie, Captain«, erwiderte der hünenhafte Schwarze nach einem Moment des Schweigens. »Was wollen Sie?«

»Ich will reden. Deshalb komme ich jetzt rein. Ich bin alleine und unbewaffnet, also seien Sie so freundlich und schießen Sie nicht auf mich. Verstanden?« Ohne die Antwort abzuwarten, entriegelte John die Tür und schob sie auf. Vorsichtig trat er über die Schwelle, die Hände erhoben. »Sehen Sie? Ich habe keine Waffen«, rief er, wobei er sowohl sein Messer im Stiefel als auch den Colt Minimum hinten im Hosenbund unterschlug.

»Was haben Sie da in der Hand?«, drang Piccolis Stimme aus einem der zu Behelfskabinen umgebauten Frachtcontainer, in dem er sich verschanzt hatte, womöglich aus Furcht vor einem Angriff von mehreren Seiten.

»Das hier?« John blickte auf das gerahmte Quadrat, das er aus Kellys Zimmer hatte mitgehen lassen. »Das ist ein Bild. Sehen Sie es sich an.« Er ging einige Schritt vor dem nur einen

Spaltbreit geöffneten Container in die Hocke, legte die Fotografie auf den Boden und gab ihr einen Stoß, sodass sie über die Metallplatten bis zu dem Container rutschte.

Vorsichtig schob Piccoli die Tür zu seinem Versteck etwas weiter auf. Im Dunkeln konnte John kaum mehr als die weit aufgerissenen Augen des riesigen Mannes und den abgesägten Lauf von Hobies Donnerbüchse sehen. John hatte keine Ahnung, wie Piccoli an die Waffe seines Mechanikers gekommen war. Vielleicht hatte Hobie sie in der Messe auf dem Tisch liegen lassen.

Eine dunkelhäutige Hand tastete nach dem Bild und hob es hoch. Piccoli besah sich das Motiv. John erhob sich, rührte sich sonst aber nicht. Er ließ dem anderen Mann Zeit, das Foto zu betrachten.

»Das ist Ihre Mannschaft«, sagte Piccoli.

»Ganz richtig«, bestätigte John. »Auf dem Bild sind Kelly und Hobie und Aleandro und ich. Wir haben die Aufnahme vor zwei Standardmonaten auf Ariana gemacht. Anlass war ein Sommerpicknick auf diesem ... diesem Hochplateau, man erahnt es vielleicht im Hintergrund.« John schob die Hände in die Hosentaschen und grinste wehmütig. »Das war so eine bescheuerte Idee von Kelly, wissen Sie? Wir hatten gerade einen Job erledigt, der uns immerhin ein paar Dollar eingebracht hatte, und sie wollte feiern. Also sind wir eines verdammt frühen Morgens mit unserem Schiff dort raufgeflogen. Es war ziemlich kalt, aber die Sonne hat geschienen und der Himmel war einfach fantastisch. Man konnte bis zum Horizont gesehen. Wir haben da oben gefrühstückt. Anschließend wollte Kelly unbedingt ein Gruppenbild von uns haben. Ich fand das ja albern, aber die anderen waren Feuer und Flamme. Also haben wir uns gemeinsam vor die Bugkamera der *Mary-Jane* gestellt und sie gebeten, uns zu fotografieren. Kelly hat jedem von uns einen Abzug ausgedruckt. Ich gestehe, ich weiß schon gar nicht mehr, wo mein Bild liegt, aber sie hat ihres an die Wand in ihrer Kabine gehängt – als Erinnerung an eine gute Zeit mit guten Freunden.«

Wortlos starrte Piccoli noch eine Weile auf das Bild. Dann ließ er es sinken. »Verdammt«, murmelte er leise.

»Hören Sie, Piccoli.« Johns Stimme gewann ein wenig an Schärfe. »Ich habe für Sie meinen Hintern riskiert und Sie vor diesen Kopfgeldjägern versteckt, weil ich Sie für einen guten Mann halte. Aber wir hatten einen Handel: Wir landen hier und Sie verschwinden. Und wenn es schiefgeht, ist das Ihr Problem. Jetzt ist es schiefgegangen, doch was machen Sie? Verbarrikadieren sich hier in meinem Schiff mit der Waffe meines Freundes, während die Cutters Kelly und Hobie in ihre Gewalt gebracht haben und zu erschießen drohen. Wollen Sie ihr Blut wirklich an den Händen kleben haben? Das Blut von Kelly, die sich so für Sie eingesetzt hat? Zum Teufel, schauen Sie sich das Foto an!« John schrie jetzt regelrecht, wütend über die Situation als Ganzes und auf Piccoli im Speziellen.

»Captain, die werden mich umbringen. Verstehen Sie nicht auch, dass ich leben will?«

»Natürlich verstehe ich das. Aber was soll ich Ihrer Meinung nach machen? Ich muss Sie hier herausholen. Das fordern die Cutters, und die sitzen am längeren Hebel. Also machen Sie es uns allen nicht so schwer. Seien Sie der Mann, der zu sein Sie behaupten, und stellen Sie sich. Retten Sie Kellys und Hobies Leben. Und vielleicht finden wir danach irgendeine Lösung, um auch Ihr Leben zu retten.«

Der Gedanke, wie das funktionieren könnte, war auf einmal in Johns Kopf. Er gefiel ihm nicht – ganz und gar nicht, um genau zu sein –, aber es lag ein gewisses Potenzial darin, das ihm die Sache beinahe schmackhaft machte. Da er allerdings nicht wusste, ob die Cutters auf sein kleines Angebot eingehen würden, sagte er erst mal nichts dazu.

Er beobachtete, wie es in Piccolis Gesicht arbeitete. Der Zorn darüber, versagt zu haben, rang mit dem Willen, zu leben, und dem schlechten Gewissen, zwei Unschuldige in Gefahr gebracht zu haben. Dass er dieses schlechte Gewissen zu haben schien, sprach für ihn und weckte in John die Hoffnung, dass dieser Tag vielleicht noch ein gutes Ende nehmen würde.

»In Ordnung«, grollte Piccoli. Er öffnete die Containertür vollständig und trat daraus hervor. Schwerfällig schritt er auf John zu, die Miene steinern, Schweißperlen auf der Stirn. Einen Meter vor John blieb er stehen, und die Männer maßen einander mit Blicken. Piccoli hob die Schrotflinte, drehte sie und hielt John den Schaft hin. Der ergriff die Waffe, und nach kurzem Zögern ließ sein Gegenüber sie los. »Sie haben gewonnen.« Er gab ihm auch das gerahmte Foto zurück, das John auf eine benachbarte Kiste legte.

»Mary-Jane, öffne die untere Steuerbordfrachtluke und lass die Rampe runter«, befahl John.

»Gern, John«, erwiderte die Schiffs-KI.

Mit hydraulischem Surren verschwand die Metalltür im Rumpf, und die Frachtraumrampe fuhr nach unten, bis sie krachend auf den Beton der Landefläche traf. An Piccolis Seite spazierte John ins Freie, die abgesägte Schrotflinte lässig über die Schulter gelegt. »Na schön, Cutter. Hier ist Ihr Mann. Jetzt geben Sie mir meine Leute zurück.« Er verpasste Piccoli einen leichten Stoß, und der ging ein paar Schritte auf Jason Cutter zu, der nach wie vor am Auto lehnte. An der Backbordfrachtrampe stand Aleandro und beäugte das Geschehen misstrauisch.

»Sehr gut, Captain Donovan«, erwiderte Jason Cutter. »Nun haben wir es fast geschafft. Wenn sich alle ganz langsam und unaufgeregt bewegen, gibt es auch kein Drama mehr kurz vor Schluss.«

»Das will ich hoffen«, brummte John.

Cutter beugte sich nach unten und schien mit seiner Schwester im Wageninneren zu sprechen. Daraufhin gingen die Beifahrertür und die Hecktüren auf, und Janelle Cutter erschien mit Hobie und Kelly. Beiden waren die Hände mit Kabelbinder gefesselt worden. Verletzt wirkten sie nicht.

»Gehen Sie«, sagte Jason Cutter zu den beiden.

»Und Sie kommen her!«, befahl seine Schwester Piccoli.

Aufmerksam sah John zu, wie Kelly und Hobie den Streifen Landefeld überquerten. Auch die Cutters und Piccoli behielt er im Auge. Es wunderte ihn, dass sich die Raumhafensicherheit von Lordsburg nicht für den Vorfall interessierte. Allerdings parkte die *Mary-Jane* ziemlich weit draußen, und es richtete auch niemand offensichtlich eine Waffe auf jemand anderen. Auf einen fernen Augenzeugen mochte das Ganze wie ein Treffen unter Geschäftspartnern aussehen – was es letzten Endes ja auch war.

Von der Seite gesellte sich Aleandro zu ihm. »Schneid sie los«, sagte John zu dem jungen Computerspezialisten, als Kelly und Hobie sie erreichten. Gleichzeitig kam Piccoli bei den Cutters an, und Janelle Cutter packte ihn am Arm, um ihn in den Fond des Wagens zu zwingen. Ihr Bruder behielt mit der Pistole in der Hand John und die anderen weiter im Auge.

»Warten Sie mal, Miss Cutter«, sagte John in diesem Moment und trat einen Schritt nach vorn.

»Was wollen Sie noch, Donovan?«, fragte Janelle Cutter.

»Ich hätte eine letzte Frage: Wie viel ist der Kamerad denn eigentlich wert? Also für Sie und Ihren Auftraggeber?«

»Was geht Sie das an?«

»Kommen Sie, ich bin neugierig. Nachdem wir zusammen durch dick und dünn gegangen sind, ist eine Antwort auf diese Frage doch wirklich nicht zu viel verlangt.«

»Kommen Sie mir nicht so, Donovan. Seien Sie froh, dass wir Ihnen keine Kugel verpassen, weil Sie Piccoli vor uns an Bord versteckt haben.«

»He! Ich hatte keine Ahnung, dass er an Bord war! Er muss sich irgendwo versteckt haben, genau wie dieser Metzger auch.«

»Ihr Schiff hat ziemlich viele Verstecke, um Verbrecher zu schmuggeln.«

»Es ist eine *Cambria*-Klasse. Die haben ihre Ecken und Nischen.« Er grinste entschuldigend und hob die Schultern. »Und? Was ist er wert?«

»Sechzigtausend«, antwortete Jason Cutter an Stelle seiner Schwester.

John pfiff durch die Zähne. »Nicht schlecht. Ich hätte ihn behalten und selbst ausliefern sollen.«

»He!«, entfuhr es Kelly.

»War nur Spaß, Kelly«, ließ John sie über die Schulter wissen. »Aber wissen Sie was?«, wandte er sich wieder an die Cutters. »Ich gebe Ihnen achtzigtausend, wenn Sie ihn mir überlassen, statt ihn auszuliefern.«

Dafür erntete er von gleich beiden Geschwistern ein belustigtes Schnauben. »Achtzigtausend, Captain? Wo haben Sie denn das Geld her?«

»Geerbt«, antwortete John. »Ob Sie es glauben oder nicht, aber Mister de Vries war wohlhabender, als wir alle dachten.«

»John?« Kelly klang mehr als nur ein wenig überrascht, dass er de Vries ins Spiel brachte.

»Lass mich nur machen, Kelly. Ich weiß, was ich tue.«

Janelle Cutter legte den Kopf schief. »Mister de Vries hatte achtzigtausend Dollar dabei, die Sie einfach eingesackt haben, nachdem er gestorben ist?«

»So könnte man es nennen«, erwiderte John. »Und bevor Sie jetzt auf dumme Gedanken kommen: Nur ich weiß, wo das Geld ist. Und ich komme nur dran, wenn Mary-Jane mich lässt. Und ich habe ihr verboten, es mir zu geben, sollten die Umstände ihren Sensoren zufolge fragwürdig sein. Was soll ich sagen? Sie ist ein Computer. Sie wird meinen Befehlen gehorchen, selbst wenn wir uns alle deswegen umbringen.«

»Niemand bringt hier irgendwen um«, stellte Jason Cutter klar. »Wir sind doch alle zivilisierte Menschen.« Fragend sah er seine Schwester an.

»Es wird nicht reichen«, sagte diese. »Wenn wir Eisen keine Genugtuung verschaffen, schickt er nur die nächsten Leute los, um Piccoli zu erwischen. Piccoli hat seinen Neffen auf dem Gewissen!«

»Das wäre nicht unser Problem, Schwesterherz«, gab Jason zu bedenken.

»Wir haben einen Ruf zu verlieren. Wir erledigen immer unseren Job.«

»Fast immer, das weißt du so gut wie ich.«

»Vielleicht kann ich Ihnen die Angelegenheit noch etwas schmackhafter machen«, warf John ein. »Sie bekommen die achtzigtausend und noch mal achtzigtausend, mit denen Sie bei diesem Eisen vorstellig werden können. Bieten Sie ihm das Geld als Kompensation für erlittene Verluste an. Willigt er ein, sind alle zufrieden. Weigert er sich, erschießen Sie ihn und behalten das Geld als Lohn. Betrachten Sie es als offiziellen Auftrag. Ich klage Eisen des mehrfachen Mordes an den Arbeitern der Minenkolonie auf Hasperat II an.«

»Sie belieben zu scherzen«, erwiderte Jason Cutter.

»Damit kämen Sie nie durch«, meinte seine Schwester.

»Ich könnte Ihnen den genauen Standort eines entsprechenden Massengrabs nennen. Und Zeugen für die Spannungen damals auf Hasperat II gibt es genug. Aber wir wollen ja alle die Einmischung von Behörden und Space Marshalls und so weiter vermeiden. Ich sage Ihnen nur, dass es eine Alternative dazu gibt, Piccoli jetzt ins Auto zu stecken und mit ihm wegzufahren. Eine verdammt lukrative Alternative.«

Argwöhnisch verengte Jason Cutter die Augen. »Wie viel Geld *hatte* de Vries bei sich?«

»Hundertsiebzigtausend und ein bisschen Kleingeld«, antwortete John. »Er erzählte mir, er wolle sich damit am Rand eine neue Existenz aufbauen, nachdem ihm seine Frau in den Kernwelten das Leben zur Hölle gemacht hat.« Das war gelogen, klang aber halbwegs plausibel, wie John fand.

»Und davon wollen sie hundertsechzig uns geben?«

John nickte. »Zehntausend brauche ich, um mein Schiff wieder auf Vordermann zu bringen. Den Rest können Sie im Austausch für Piccoli haben.«

»Warum machen Sie das?«, wollte Cutter wissen. »Sie haben bislang nicht gerade den Eindruck des selbstlosen Retters auf mich gemacht.«

»Ich versuche es auch gut zu verbergen. Nett zu sein ist nicht das Klügste hier draußen am Rand. Aber ich dachte, die Rettung von Hawkins und der Versuch, den Leuten auf Russell Station und auf Johansson zu helfen, hätten mich vielleicht verraten.«

»Hm«, brummte Jason Cutter widerwillig beipflichtend.

John zuckte mit den Achseln. »Außerdem macht Geld allein nicht glücklich. Aber Leben retten, das hat schon was, wie ich gerade erst wieder auf Johansson festgestellt habe. Wo ich übrigens auch Ihr Leben gerettet habe, wenn ich Sie daran erinnern darf.«

Die Geschwister sahen sich erneut an. Sie schienen stumme Zwiesprache zu halten.

»Wir wollen das Geld sehen«, verkündete Janelle Cutter.

»Kein Problem. Ich bringe die Tasche her.«

»Und es ist kein Falschgeld?«

»Sie können sich gerne in alle Ruhe vom Gegenteil überzeugen.«

Sie nickte auffordernd. »Gut. Holen Sie es.«

»Ich glaub es einfach nicht, John, dass du das tatsächlich getan hast«, staunte Kelly, als sie zehn Minuten später zusahen, wie der Wagen mit den getönten Scheiben davonfuhr und mit ihm zwei Kopfgeldjäger und hundertsechzigtausend Union Dollar.

»Um ehrlich zu sein, ich auch nicht«, sagte John. »Manchmal macht es mich einfach fertig, immer das Richtige tun zu wollen.«

»Ich bin stolz auf dich!«

»Sei stolz auf Mary-Jane. Die hat mir den Floh ins Ohr gesetzt, das Geld für einen guten Zweck einzusetzen.«

»Wir hatten *hundertsiebzigtausend Dollar* von de Vries an Bord?« Hobie lupfte seine Mütze und ächzte.

»Eigentlich waren es sogar zweihunderttausend, aber dreißigtausend müssen wohl auf dem Weg nach draußen irgendwo im Schiff verloren gegangen sein. Diese *Cambria*-Klasse hat wirklich viele Ecken und Nischen.« John grinste.

»Jetzt begreife ich, warum du unbedingt die Leiche loswerden wolltest«, murmelte Hobie.

»Ich dagegen begreife gar nichts.« Von allen Anwesenden

war Harold Piccoli wohl der Fassungsloseste. »Warum haben Sie das getan? Warum haben Sie mich – erneut – gerettet?«

»Sind Sie etwa unzufrieden mit dem Ausgang der Dinge?«, wollte John wissen.

»Nein!« Der schwarze Riese hob abwehrend die Hände. »Das meinte ich damit nicht. Ich habe bloß noch nie erlebt, dass jemand so viel für einen Fremden geopfert hat.«

»Tja, wissen Sie, Piccoli, das hat im Grunde gar nichts mit Ihnen zu tun. Ich lasse bloß ungern eine Gelegenheit verstreichen, Gesetzeshütern eins auszuwischen, wenn Sie verstehen, was ich meine.«

»Ich verstehe es absolut *nicht*.«

»Dann hören Sie zu und lernen Sie.« John wandte sich an den jungen Computerspezialisten. »Aleandro, schick mal eine anonyme Botschaft an die Behörden von Union City auf Constitution. Sag Ihnen, dass James van Halen, der berühmte, aber – wie wir ja alle wissen – nach einer Bankpleite flüchtige Finanzspekulant von zwei Kopfgeldjägern namens Jason und Janelle Cutter auf Johansson erwischt und umgebracht wurde. Diese beiden haben das von van Halen veruntreute Geld an sich genommen. Wenn sie sie erwischen wollen, sollten sie mal in Lordsburg auf Heaven's Gate vorbeischauen, denn dort befinden sich die Geschwister gegenwärtig.«

Kellys Lippen umspielte ein dünnes Lächeln. »Du bist ein fieser Hund, John.«

»Ich kann Kopfgeldjäger nur nicht leiden. Willst du es mir ausreden? Zu gefährlich? Zu unmoralisch?«

Sie schüttelte den Kopf. »Heute ausnahmsweise nicht, John. Sollen die Cutters in ihrem eigenen Saft schmoren.«

»Das ist mein Mädchen.«

»Captain Donovan, ich weiß nicht, wie ich Ihnen danken soll«, sagte Piccoli. »Ich werde auf ewig in Ihrer Schuld stehen.«

»Vergessen Sie es einfach. Sie hatten Glück. Wir haben einen Höllenflug hinter uns, aber wir haben überlebt. Unsere Schulden bei einem fiesen Verbrecherboss sind getilgt, wir haben vorhin eine gute Flasche Bénodet-Whiskey geschenkt bekommen und da hinten am Horizont, das ist mal ein wirklich prachtvoller Sonnenuntergang.« Er deutete in Richtung Osten, wo in einem eindrucksvollen Farbenspiel die Sonne Trinity zwischen den Bergen versank. »Es geht mir schlicht gut«, fuhr John fort. »Und wenn es mir gut geht, bin ich mit Geld nicht kleinlich. Also, gute Reise, Mister Piccoli, und sehen Sie zukünftig davon ab, sich mit Konzernleuten anzulegen.«

»Nein!« Der dunkelhäutige Riese schüttelte den Kopf. »Nein, so leicht lasse ich mich nicht aus meiner Schuld befreien. Ich werde das Geld, das Sie für mich eingesetzt haben, bei Ihnen abarbeiten, Dollar für Dollar.«

John entfuhr ein Lachen. »Sie wollen hundertsechzigtausend Dollar bei mir abarbeiten? Wie wollen Sie das bitte anstellen?«

»Was verdient Ihre Besatzung im Monat?«

Hobie gluckste, Kelly schaubte, und Aleandro gab vor, einen Hustenanfall zu erleiden.

»He!«, knurrte John. »Das ist nicht sehr professionell!«

»Rechnen Sie nicht mit mehr als fünfhundert, plus Kost und Logis«, sagte Kelly zu Piccoli.

»Sagen wir tausend«, verbesserte John. »Ich muss Ihnen das Geld ja eh nicht zahlen. Aber selbst wenn Sie mit tausend rechnen, würde das bedeuten, dass Sie hundertsechzig Monate für mich arbeiten müssten. Das sind gute dreizehn Standardjahre.«

»Ich weiß«, erwiderte sein Gegenüber ernst. »Und ich bin bereit dazu. Ich weiß anzupacken, erledige meine Aufgaben zuverlässig, und ich habe keine Angst. Was sagen Sie?« Er streckte John eine Pranke hin.

Nachdenklich blickte John auf die dargebotene Hand. Noch ein weiteres Maul zu füttern würde ihr Leben nicht einfacher machen. Allerdings war die Galaxis ein gefährlicher Ort, und einen Berg Muskeln wie Harold Piccoli an Bord zu nehmen mochte nicht die dümmste aller Personalentscheidungen sein – zumal er sich auf Johansson offenbar gut geschlagen hatte.

John sah Hobie an. Sein alter Freund zog eine Zigarre aus der Westentasche, schob sie sich zwischen die Zähne und grinste. Johns Blick wanderte zu Kelly weiter, die nur lächelnd mit den Schultern zuckte. Aleandro reckte solidarisch einen Daumen in die Höhe. Offenbar erinnerte er sich daran, dass er selbst erst vor wenigen Monaten der Bittsteller gewesen war.

»Was sagen Sie?«, wiederholte der dunkelhäutige Riese vor ihm und hob die dargebotene Hand ein wenig.

John Donovan richtete den Blick langsam auf Harold Piccoli. »Ich sage, dass Sie verrückt sind. Aber wissen Sie was?« Seine Mundwinkel verzogen sich zu einem schiefen Grinsen. »Ich mag Verrückte.«

Und die Mary-Jane Wellington *fliegt weiter …*

Danksagungen

Ich möchte folgenden Personen, die direkt oder indirekt an der Entstehung des Romans beteiligt waren, meinen Dank aussprechen: Natalja Schmidt & Julia Abrahams, meinen unermüdlichen Agentinnen, die sich zu dem Versuch bereit erklärt haben, ein Science-Fiction-Buchprojekt an den Mann zu bringen. Ruggero Leò von Bastei Lübbe, der eben jener Mann war, der sich von dem Konzept überzeugen ließ und seinerseits alles daran gesetzt hat, den Verlag von den *Frontiersmen* zu überzeugen. Andrea Bottlinger hat mir als Testleserin ein paar wertvolle Hinweise gegeben, und meine Lektorin Hanka Jobke mit dem Feingefühl einer Bonsaibaum-Liebhaberin genau die richtigen »Blättchen« abgeschnitten, um meinem Text eine runde Form zu geben.

Weiterhin gebührt Dank Guy de Maupassant, dessen 1880 veröffentlichte Novelle *Boule de Suif* der Ausgangspunkt dieser Idee einer reisenden Gemeinschaft in unruhigen Zeiten darstellt. Seine Geschichte adaptierte Ernest Haycox mit seiner 1937 publizierten Western-Erzählung *Stage to Lordsburg*. Auf selbiger basiert der 1939 von John Ford inszenierte Filmwestern *Stagecoach*, der wiederum die Inspiration für *Höllenflug nach Heaven's Gate* war. Insbesondere möchte ich hierbei den Schauspielern Louise Platt, Donald Meek und Berton Churchill danken, die als pointiert agierende Nebendarsteller einigen Passagieren der Postkutsche in Fords Film Leben einhauchten und damit zum direkten Vorbild für einige der Passagiere der *Mary-Jane Wellington* wurden.

Auf der technischen Seite gilt mein Dank den Betreibern der Website Rechneronline.de, deren Formelsammlung Mathe und Physik mir ausgesprochen hilfreich beim Berechnen von Flugzeiten zwischen Transitfeldern und Planeten war. Außerdem kann man den steten Eifer und die umfangreiche Kenntnis der unzähligen Wikipedia-Autoren gar nicht oft genug preisen: Um ein paar schnelle Informationen über Spektralklassen von Sternen, Gaußkanonen, Frachtflugzeuge oder die Dimensionen von Gasriesen nachzuschlagen, gibt es keine bessere Quelle im Internet!

Zu guter Letzt möchte ich meinen Eltern, meinen Freunden und Kollegen danken, die mich während des Schreibens an diesem Buch mit Rat, Tat und gelegentlich einem kühlen Bier am Abend unterstützt haben – und natürlich meiner wundervollen Frau, ohne die ich vermutlich schon längst irgendwo in den Weiten des Alls verloren gegangen wäre. Du bist mein Leitstern, der mir stets den Weg weist!